dtv

Vor der rauen Küste der Normandie findet sich die geheimnisumwobene Inselgruppe Chausey. Einsam und windumtost wird sie zum Schauplatz einer rätselhaften Mordserie. Alles beginnt mit dem Fund einer Flaschenpost, die von den Wellen an den Strand gespült wird. Der Inhalt: eine Liste mit fünf Namen. Der Mann, der die Flaschenpost findet, steht auch darauf – und stirbt auf der Rückfahrt zum Festland eines qualvollen Todes.
Nicolas Guerlain, Personenschützer der französischen Regierung, versucht verzweifelt, die anderen Personen auf der Liste ausfindig zu machen, und gerät dabei in tödliche Gefahr: Denn auch er selbst steht auf der Todesliste. Ein Wettlauf gegen die Zeit beginnt…

Benjamin Cors ist politischer Fernsehjournalist und hat viele Jahre für die ARD Tagesschau, die ARD Tagesthemen und den Weltspiegel berichtet. Heute arbeitet er für den SWR. Er ist Deutsch-Franzose und hat die Sommer seiner Kindheit in der Normandie verbracht. Mit seiner Familie lebt er in der Nähe von Wiesbaden.

Benjamin Cors

STURMWAND

Ein Normandie-Krimi

dtv

Ausführliche Informationen über
unsere Autorinnen und Autoren und ihre Bücher
finden Sie unter www.dtv.de

Von Benjamin Cors
sind bei dtv außerdem erschienen:
Strandgut (21716)
Küstenstrich (21722)
Gezeitenspiel (21773)
Leuchtfeuer (21919)
Schattenland (26286)

MIX
Papier aus verantwortungsvollen Quellen
FSC® C019821

Ungekürzte Ausgabe 2021

Umschlaggestaltung: Katharina Netolitzky
unter Verwendung eines Fotos von
mauritius images / Levi-Pascal Bohnacker / Alamy
Satz: pagina GmbH, Tübingen
Gesetzt aus der Aldus 10,2/13˙
Druck und Bindung: Druckerei C.H.Beck, Nördlingen
Printed in Germany · ISBN 978-3-423-21943-3

Der Tod klopft nicht an die Tür.
Er tritt sie ein, glaub mir, ich war dabei.
Jedes Mal.

Erster Monolog

Ich habe mir die folgenden Worte gut überlegt.

Ich habe sie abgewogen, Tausende Male, weil ich sicher sein wollte, dass sie genug Gewicht haben. In alle Einzelteile habe ich sie zerlegt, sie betrachtet, sie gewälzt, in meinem Kopf. Geschliffen habe ich sie, gefeilt und glatt gerieben, ich habe sie abgeklopft, mein Ohr an ihren Klang gewöhnt und meine Stimme an ihre Aussprache.

Vier Wörter. Das muss reichen.

Nicht für den Anfang. Aber für das Ende.

Ich kann mich an das Lächeln erinnern, das der Spiegel mir zeigte, als ich sie zum ersten Mal sagte und hörte, diese vier Wörter. Ich lächle nicht oft, wirklich nicht, aber diesmal konnte ich nicht anders.

Sie fühlten sich sofort richtig an, gut. Sie wärmten mich, drängten sich nicht auf, nahmen sich nicht zu ernst und entfalteten doch ihre Wirkung.

Ein Gruß zum Abschied.

Das sollte es sein.

Und nun bist du es also, dem sie zufliegen, dir sollen sie gelten, dir flüstere ich sie ins Ohr. Sie werden beginnen, dich zu zerstören, ganz langsam, aber unaufhaltbar.

Komm also her und höre, was ich sage.

Denn ich habe mir die folgenden Worte gut überlegt.

Herzlich willkommen auf Chausey.

Beherrscht von den Gezeiten, gefangen inmitten des Wassers, das uns umschließt, wie das Schicksal seine Beute.

Wir riechen das Meer, hören die Möwen und die Kormorane und das Rauschen in unseren Köpfen, ich spüre das Flattern deines Herzens, du hörst meine Stimme, ich nehme deine Hand, du zerrst daran. Schließ die Augen so fest du kannst, lass dich von diesem Ort verzaubern, von der Stille um uns herum. Und weine ruhig, während ich dir das Blut von der Stirn wische. Du hättest dich nicht wehren sollen, es hat ja keinen Sinn. Wir sind ganz allein hier.

Du. Ich.

Und er.

Es ist dein erster Besuch auf dieser Insel und zugleich dein letzter. Wir beide wissen das und es macht uns zu Verbündeten. Der Wind zerrt an dir und die kalte Luft lässt dich zittern. Oder ist es etwa die Angst? Ich sehe es in deinem Blick, der nach Halt und Hoffnung sucht.

Aber, so leid es mir tut: Hier ist nichts, rein gar nichts, außer Wasser, Felsen, Schlick zwischen den Steinen, dornigen Sträuchern. Falls du einen Silberstreif am Horizont suchst, suchst du vergeblich.

Komm näher, hab keine Scheu! Fürchte dich nicht, es gibt keinen Grund dazu, zumindest jetzt noch nicht. Später wirst du dich ganz deiner Angst hingeben können, aber jetzt sollten wir den Moment genießen, er gehört nur uns!

Ich werde dir sagen, wer ich bin.

Wer ich wirklich bin.

Tut sie weh? Die Schlinge, meine ich. Ist sie dir zu fest? Reibt sie auf deiner Haut?

Folge mir einfach. Wir gehen diesen Pfad entlang, ich nehme dich an die Hand, damit du nicht ausrutschst. Wir sollten uns beeilen, wir haben keine Zeit zu verlieren, nicht eine Sekunde!

Nicht hier, an diesem gottverdammten Ort, der mir alles genommen hat. Ich weiß, du hast Schmerzen, du bist erschöpft. Aber das ganze Schreien, der Rotz, der aus deiner Nase läuft, um Himmels willen, wofür soll das gut sein? Hier hört dich keiner, und wenn du so weitermachst, dann verpasst du alles.

Und glaub mir, das willst du nicht.

Jetzt nicht schwach werden, mein Gott, kann das denn so schwer sein … und du sollst nicht heulen! Ich habe schließlich auch nicht geheult. Geschrien habe ich, das ja, hinauf zu den Sternen. Ich habe geschrien, so laut, bis das Firmament geplatzt ist!

Aber jetzt musst du still sein. Sei ganz ruhig, der Tod ist nicht das Ende. Was für ein lächerlicher Gedanke. Wenn alles verrinnt, der Sand durch die Uhr läuft, die Zeit, das Leben sich dem Ende neigt, dann muss man hartnäckig sein. Nicht aufgeben. Warum gebt ihr nur alle so schnell auf?

Als wäre der Tod das Ende, so etwas Lächerliches! Das ist so schwachsinnig, dass es stinkt wie der abgeschnittene Kopf einer Makrele, der in der Sonne liegt, im Rinnstein, das Blut ist geronnen, er liegt dort seit einer Woche, die Fliegen sind dran, die Maden sind drin, er stinkt, dieser Fischkopf, aber keiner erbarmt sich seiner, sie lassen ihn dort liegen, und als die Augen, die ja längst zerfressen sind, als diese Augen sich plötzlich öffnen, da kriegt es keiner mit.

Und genau das ist das Problem!

Das Problem ist, dass keiner hinsieht, wenn der Tod etwas ausspuckt, es dem Leben zurückgibt. Etwas wie mich. Ich wurde ausgespuckt, der Tod wollte mich nicht.

Aber andere, die wollte er, und ich habe sie ihm gegeben, ich habe sie ihm geben müssen.

Erlaubst du, dass ich mich deshalb kurz verbeuge? Vor dem Leben, vor dem Tod, mit einem spöttischen Lächeln, weil Spott mir so gut steht.

Sieh dich ruhig um, während du mit der Schlinge kämpfst, und mit deinen Tränen. Du sagtest, du warst noch nie hier, das ist wirklich schade. Denn Chausey muss man immer zweimal sehen, bei Ebbe und bei Flut. Das wird dir nicht vergönnt sein, aber wir sollten nicht jammern, man kann nicht alles haben, nicht wahr?

Chausey.

Eiland im Meer. Insel im Wind. Archipel unter Wasser. Ein magischer Ort. Woran du das erkennst? Zum Beispiel daran, dass es ganz und gar wahr ist und eben kein Zufall: Chausey hat genauso viele Inseln wie das Jahr Tage. Unglaublich, oder?

365 Felsen, Inseln, Eilande, Brocken, nenn sie, wie du willst. Ich nenne sie: die Welt der Gezeiten. Magisch. Mystisch. Angsteinflößend.

Du willst wissen, warum wir hier sind? Warum so ungeduldig? Ungeduld ist eure größte Schwäche. Doch keine Sorge, du wirst bald alles erfahren. Viel mehr, als du je wissen wolltest.

Die Sonne ist untergegangen und das Wasser steigt, siehst du es? Die Gezeiten wissen, wie sie dieses Eiland erobern müssen: nicht im Sturm, nicht drängend und fordernd, vielmehr sachte, behutsam. In einer Stunde wird die Ebbe wieder von dieser Welt Besitz ergreifen, sie wird an den Steinen, an den Muscheln zerren. Diese eine Stunde aber haben wir noch.

Das wird reichen.

Jetzt aber ein bisschen schneller, wir haben getrödelt, hinein ins Wasser, das jetzt bereits knietief ist und weiter ansteigt. Unter unseren Füßen fliehen die Krabben, in stummem Protest. Eine Sandbank, ein Felsen. Hinter jedem Felsen auf Chausey steckt eine Geschichte, das darfst du niemals vergessen. Steinerne Gesichter, Fratzen, kleine Elefanten, ja, auch das.

Immer mehr Steine, scharfkantig, unser Blick geht aufs offene Meer, hinauf jetzt, hier ist es noch trocken. Alles geschieht in diesem Augenblick, nichts dürfen wir verpassen. Aber jetzt still!

Setz dich hierhin, hinter diesen Felsen, er schützt dich vor dem Wind. Sieh es mir nach, wenn ich jetzt nur noch flüstere, ich komme ganz dicht an dich heran, diese Worte gehören nur dir, keinem anderen! Hörst du mein Herz, spürst du es schlagen? Hier, leg deine Hand auf meine Brust. Du musst schon aufhören zu schluchzen, du hörst es sonst nicht! Ruh dich kurz aus, atme ein. Es ist jetzt so weit. Ich habe ein Geschenk für dich.

Ich bin der Mann, der dir die Augen öffnet.

Nimm meine Hand. Dreh dich um, ich führe dich. Siehst du das Wasser steigen? Siehst du die Möwen tanzen? Sie tanzen für dich, sie heißen dich willkommen auf Chausey, die Wellen, der Wind, die Möwen, der Tod und das Leben.

Hier hinter dem Felsen liegt es, das Geschenk, ich habe es gut verpackt. Du wirst dich freuen. So ist es gut, nicht stolpern, der Strick führt dich, er gibt dir Halt auf deinen letzten Metern.

Jetzt sind wir da.

Ein Kreis aus Steinen, mitten im feuchten Sand. Sie nennen ihn Cromlech de l'Oeillet, keiner weiß, warum er hier ist. Seit grauer Vorzeit gibt es ihn schon, und nun ist er mein Geschenk an dich.

Ich weiß, das überwältigt dich, ich sehe es in deinen Augen, aber warum weinst du nur?

Natürlich. Es muss die Freude sein.

Die Wiedersehensfreude.

Zerr nicht so an deinem Strick, er wird dich noch umbringen! Und das wäre nun wahrlich schade.

Komm, wir gehen näher heran, lass uns dein Geschenk betrachten, während du keuchst und nach einem Ausweg suchst, während du auf das blickst, was du nicht sehen willst. Aber du musst hinsehen, du kannst den Blick nicht abwenden von der Gestalt, die dort liegt. Inmitten dieses Kreises aus jahrhundertealtem Gestein. Das Wasser steigt, die Flut kommt und mit ihr die Erkenntnis, dass am Ende eben alles stirbt.

So einfach ist das.

Gefällt dir mein Geschenk? Genieße es, bald gehört es ganz dir. Genieß die Vorfreude, so wie ich sie seit Jahren spüre. Sieh nur, wie er dich anschaut, immer noch so stark, noch längst nicht gebrochen. Arme Kreatur.

Darf ich deine Haare zurückstreichen, dich küssen, während du zusiehst, wie dieser Mann stirbt?

Er wird dich verlassen, viel zu früh. Aber du brauchst ihn nicht mehr, glaub mir. Sieh ihn dir doch an, wie erbärmlich er da liegt, dem Tode geweiht, weil das Wasser steigt und er nicht mehr rufen kann, weil seine Stimme fort ist, aufgerieben vom Flehen um Hilfe.

Schau ihn dir an, deinen Helden. Deinen Krieger. Deinen Nicolas.

Wer ich bin, willst du wissen?

Ich bin der Mann, der dir die Geschichte seines Todes erzählt.

Von Anfang an.

KAPITEL 1

Chausey, Normandie
Wenige Tage zuvor

»Hallo, Dumbo.«

Sie legte ihre Hand auf die graue Haut des Elefanten, fuhr über die Furchen und Falten seines massigen Körpers, streichelte sanft über seinen Rücken. Dann umschloss sie den Kopf des Tieres mit beiden Armen und legte ihre Wange an sein rechtes Ohr.

»Wir haben uns lange nicht mehr gesehen, nicht wahr?«, flüsterte sie. Der Elefant regte sich nicht, stoisch ertrug er die Liebkosungen, seine alten Gliedmaßen dem ewigen Wind ausgesetzt.

»Es war ein gutes Jahr, weißt du?«, sagte die Frau und sah ihm fest in die Augen. »Na ja, kein herausragendes, wir wollen mal nicht übertreiben. Aber ein wirklich gutes, doch, das kann man wohl so sagen, mein lieber kleiner Dumbo.«

Die Frau war etwa Mitte sechzig, sie trug ein leuchtend rotes Kopftuch. Ihre Füße steckten in gelben Gummistiefeln und gegen den Wind und die Kälte am Meer hatte sie sich eine dicke Segeljacke übergezogen.

Sie und der Elefant kannten sich seit vielen Jahren. Genau genommen seit mehr als drei Jahrzehnten, seit sie zum ersten Mal hierhergekommen war, zusammen mit Rémy, der nun etwas weiter unten am Strand stand, genüsslich seine Pfeife stopfte und dabei zufrieden auf das Meer hinausblickte.

Immer wieder fuhren ihre Hände über den Rücken des

Tieres, ihre Finger glitten über kleinste Erhebungen, tätschelten die Flanke, sanft berührte sie die Ohren und die dunkle Stelle zwischen den Augen. Sie lehnte sich an das Tier, schloss die Augen und spürte den Wind in ihrem Gesicht, die schwache Wintersonne auf ihrer Haut.

Sie seufzte.

»Den Kindern geht es gut, Dumbo. Jeanne hat ihren zweiten Sohn bekommen, er heißt Max, ein kurzer Name, ich hätte ja einen längeren bevorzugt. Aber er ist ein ganz süßer Fratz. Du wirst ihn bestimmt bald kennenlernen.

Benoît hat eine neue Stelle bekommen, in seiner Firma. Ich weiß immer noch nicht genau, was ein Prokurist macht, aber offenbar verdient er genug, um seiner Familie ein Ferienhaus bei La Rochelle kaufen zu können. Es ist ein schönes Haus, größer als unseres! Dabei ist es nur für die Ferien, ich meine, sie sind kaum da, kannst du dir das vorstellen? Aber ich will mich nicht beschweren, es ist schön dort mit den Kleinen. Wobei, so klein sind sie längst nicht mehr. Seine Älteste, Aurore, hat ihren ersten Freund. Kann man das glauben? Das Leben fliegt nur so dahin. Nur du, Dumbo, du bist immer hier, veränderst dich nicht im Geringsten. Das mag ich so an dir.«

Sie blickte dem Elefanten in die steinernen Augen, fest und entschlossen, so wie jedes Jahr zum Abschluss ihres kleinen Besuchs.

»Wünsch mir ein gutes nächstes Jahr, Dumbo, ja? Ein gesundes, für mich und Rémy. Die Rente bekommt ihm übrigens gut, wer hätte das gedacht?«

»Audile, wollen wir weiter? Der Wind frischt auf!«

Sie lächelte das Tier an und legte ein letztes Mal wehmütig ihren Kopf an seine Stirn.

»Au revoir. Wir sehen uns in einem Jahr. Mach mir keinen Unfug bis dahin. Und ich mache auch keinen. Na ja, vielleicht ein bisschen. Wir wollen ans Nordkap, Rémy und ich, kannst du dir das vorstellen? Im Wohnmobil, die Toissonts, unsere Nachbarn, die haben das gemacht, und es muss wirklich …«

»Audile, mir wird langsam wirklich kalt!«

Sie rollte mit den Augen, lächelte und tätschelte zum Abschied die Wange des Elefanten.

»Also wirklich, oder? Harte Kerle gibt es auch immer weniger. Aber man kann nicht alles haben, nicht wahr, Dumbo? Rémy jammert heute ein bisschen, er hat sich den Magen verdorben. Na ja, das geht auch vorbei. Au revoir, kleiner Elefant.«

Vorsichtig löste sie sich von dem Tier, ihre Füße suchten nach sicherem Tritt. Mit einiger Mühe stützte sie sich auf einem der scharfkantigen Felsen auf, ging in die Hocke und rutschte ein Stück auf dem kalten Stein hinab. Als sie kurz hochschaute, sah sie, dass der Himmel noch immer von jenem Blau war, wie es nur im Winter und am Wasser möglich war. Sie lächelte bei dem Gedanken an einen warmen Tee an Bord der Fähre und klopfte sich den Sand von der Hose, als sie die beiden großen Felsen, die die Form eines kleinen Elefanten hatten, hinabgeklettert war.

Als sie schließlich auf dem Strand stand, wo sie ihre Umhängetasche auf einem kleinen Stein abgestellt hatte, sog sie die frische Luft ein und spürte das Salz in ihrer Nase. Sie sah Rémy, der drüben am Wasser stand, ihr zuwinkte und dabei an seiner Pfeife zog.

Ja, es war ein gutes Jahr gewesen, zweifelsohne. Endlich keine Dienstreisen mehr, keine einsamen Abende in ihrem Haus, Abschiede am Morgen, Begrüßungen am übernächsten Abend, Telefonate, Mails, Kurznachrichten. Sie hatten zu viel verpasst, dessen waren sie sich beide bewusst geworden, und nun stand sie hier, so wie immer gegen Ende eines Jahres, und sie freute sich auf alles, was nun kommen würde.

Die Zeit mit ihrem Mann. Das Nordkap. Die Enkelkinder. Den Herbst ihres gemeinsamen Lebens.

»Na gut, Spätherbst«, murmelte sie, griff nach ihrer Tasche und drehte sich ein letztes Mal um.

Der Elefant von Chausey war in jedem Reiseführer zu finden. Eine Felsformation, von Wind und Wellen im Laufe der Jahrhunderte geformt, ein uraltes Geschöpf der Gezeiten. Den Rüssel noch oben gestreckt, die Spitze leicht eingerollt, die großen Ohren flach angelegt.

Dumbo, so hatte sie ihn für sich getauft, als sie ihn zum ersten Mal gesehen hatte, vor mittlerweile mehr als dreißig Jahren.

Sie liebte diesen Ort, die Grande-Grève, im Nordwesten der Hauptinsel, den Blick hinaus auf das Meer, hinüber zu den vorgelagerten Felsen: La Gentaie, Le Vieux, La Meule. Das Geräusch der Möwen, die über den Austernbänken kreisten, die kleinen Fischerboote, die bei Ebbe in den Buchten lagen.

Sie sah den Rauch aus Rémys Pfeife, seine Mütze, die leicht schief auf seinem Kopf saß, sie lächelte, weil jetzt, hier, in diesem Moment, alles gut war.

»Das wird ein gutes Jahr«, sagte sie leise vor sich hin.

Als sie ein Knacken hinter sich hörte, drehte sie sich überrascht um.

La Grande-Grève war der größte Strand der Insel, da er aber etwas abseits der Pfade lag und ein gutes Stück entfernt von den Häusern, dem Hotel und dem Restaurant am südlichen Ende der Hauptinsel, waren sie meist allein, wenn sie ihren Spaziergang machten.

»Unser Fazit-Spaziergang«, so hatte Rémy ihren jährlichen Ausflug nach Chausey mal getauft, und sie fand, dass es eine gute Bezeichnung war.

Wie war das Jahr? Wie wird das neue? Was hat dich gestört? Was wünsche ich mir?

Sie besprachen ihre Gedanken, ihre Sorgen und Pläne. Offen und ehrlich, so gut das eben ging in einer Ehe, die schon so viele Jahre Bestand hatte. Gute Jahre, alles in allem.

Und immer kletterte sie die Felsen hinauf, zu ihrem Elefanten. Aber jetzt knackte es hinter ihr, und Audile hatte das Gefühl, beobachtet zu werden. Sie sah hinüber zu Rémy, aber der schaute aufs Wasser hinaus und suchte dort, jenseits des Horizonts, nach den gleichen Antworten wie sie bei ihrem Elefanten.

Plötzlich fiel ein Schatten neben ihr auf den Sand, und ohne Vorwarnung kam ein Mann hinter einem der Felsen hervor, nur wenige Meter von ihr entfernt.

Sie erschrak sich so sehr, dass sie kurz aufschrie und ihre Tasche festhielt. Aus dem Augenwinkel sah sie, wie Rémy herumwirbelte und in ihre Richtung blickte.

»Würden Sie bitte einen Schritt zur Seite gehen?«

Perplex sah sie den Mann an, der jetzt wenige Meter vor ihr stand und ihr zu ihrer Überraschung den Rücken zuwandte. Er war groß und spindeldürr.

»Bitte, würden Sie einen Schritt zur Seite machen? Es ist ohnehin schon schwer genug, sich alles zu merken. Es wäre wirklich ärgerlich, wenn ich wieder von vorne anfangen müsste.«

Sie war so überrumpelt, dass sie tat, was er verlangte.

»14. Aha. Und hier noch einer. 15. Das macht mit denen dahinten … Moment … 37.«

Der Mann ging mit langsamen Schritten auf sie zu, allerdings rückwärts und mit nach vorne gebeugtem Kopf. Sein Blick wanderte über den Sand, er murmelte immer wieder Zahlen, während ein schweres Fernglas, das an seinem Hals baumelte, ihn immer weiter nach unten zu ziehen drohte. Auf seinem Kopf saß ein khakifarbener Hut mit breiter Krempe, der seltsamerweise im Nacken verlängert war, als solle er seinen Besitzer möglichst gut gegen die Sonne schützen.

Ein Tropenhut, dachte sie. Der Mann trug tatsächlich einen Tropenhut.

»37 also … 37. Das dachte ich mir, ich muss mir das, wo habe ich nur …«

Sie sah, wie er etwas suchte, in den Taschen seiner viel zu großen Weste, in seiner Hose, und wie er schließlich hinter seinem linken Ohr einen abgekauten Bleistift hervorholte. Als er schließlich, schnaufend und schwer atmend, neben ihr zum Stehen kam, sah sie, dass er Sommersprossen im Gesicht hatte und dass unter seinem seltsamen Hut rote Haare abstanden.

Er war schätzungsweise Mitte dreißig. Er musterte sie kurz.

»37 plus 26?«

»63«, antwortete sie wie aus der Pistole geschossen, Kopfrechnen war schon immer ihre Stärke gewesen.

Er nickte zufrieden. »Dachte ich mir.« Dann blickte er wieder zu Boden.

»Was machen Sie da?«, fragte sie ihn verdutzt, während sie Rémy ein Zeichen gab, dass alles in Ordnung war.

Doch der Mann machte eine fuchtelnde Handbewegung.

»Pssst! Kein Wort.«

»Was … was meinen Sie?«, fragte sie ihn verwundert und betrachtete mit wachsender Belustigung die seltsame Gestalt, die wie aus dem Nichts aufgetaucht war, rückwärtsging und mit ihrem Tropenhut so wenig nach Chausey passte wie … ein Elefant.

Der Mann hob jetzt den Kopf und zeigte nach oben. Sie tat es ihm gleich und sah einen Vogel, der krächzend über ihnen am Himmel kreiste.

»Eine Möwe«, stellte sie fest.

Er seufzte.

»Wenn das eine Möwe wäre, wäre ich nicht hier. Das ist eine Brandseeschwalbe. Sie ist selten und eigentlich nistet sie vermehrt an Steilküsten, aber ich dachte mir gleich, dass ich hier etwas ganz Besonderes vorfinden würde. Diese Insel ist magisch, wussten Sie das? Ein einziger Ort der Magie!«

Sie nickte und lächelte ihn an.

»Das finde ich auch. Entschuldigung, wenn ich die …«

»Brandseeschwalbe.«

»Genau, wenn ich Ihre Brandseeschwalbe für eine Möwe gehalten habe.«

Er sah sie an. Dann streckte er ihr seine Hand entgegen.

»Ich bin Olivier.«

Sie zögerte kurz, dann gab sie ihm die Hand.

»Audile. Was machen Sie da eigentlich? Ich meine, Sie gehen rückwärts …«

»Strandläufer«, unterbrach er sie.

»Wie bitte?«

»Ich zähle Strandläufer. Das ist mein Job hier. Also seit gestern. Ich bin gestern hier angekommen.«

Langsam begriff sie.

»Sie sind Ornithologe?«

Lächelnd neigte er den Kopf.

»Derzeit bin ich wohl Vogelzähler. Ich wohne dort hinten in dem Haus in den Dünen.« Mit einem dürren Finger zeigte er in Richtung der Hügel.

»Und wie viele haben Sie bereits gezählt?«, fragte sie ihn belustigt.

»64.«

»Waren es nicht 63?«

»Richtig«, sagte er sichtlich genervt. »63. Ich folge ihren Spuren im Sand und seltsamerweise sind sie für mich besser zu erkennen, wenn ich rückwärtsgehe.«

»Ich verstehe.«

»Das bezweifle ich.«

»Wie meinen Sie das, ich …«

»Audile, komm mal! Das musst du sehen!«

Rémys Ruf drang durch die kalte Luft zu ihnen herüber und als wäre es ein Signal zum Aufbruch gewesen, reichte ihr der Vogelschützer die Hand und verbeugte sich.

»Es hat mich gefreut«, sagte er. »Und danke für das Rechnen. Damit habe ich es nicht so.«

»Dann wird es aber keine einfache Aufgabe«, sagte sie.

»Audile!«

Der Mann legte den Kopf schief und sah sie ernst an.

»Das ganze Leben ist keine einfache Aufgabe, meine liebe Audile. Gehen Sie zu Ihrem Mann, er ruft Sie.«

Verdutzt sah sie ihm hinterher, als er rückwärtsgehend zwischen den Felsen verschwand.

»Meine liebe Audile ... was fällt dir ein, du Grünschnabel?«, murmelte sie und drehte sich schließlich zum Wasser, vor dem ihr Mann stand und aufgeregt winkte.

»Was hast du?«, rief sie, während sie durch den Sand zu ihm stapfte. Sie nahm sich vor, die seltsame Gestalt von eben schnellstmöglich zu vergessen.

»Wer war das?«, fragte Rémy, als sie bei ihm ankam. Er hustete kurz und hielt sich mit gequältem Blick den Bauch.

»Ach, ein komischer Kauz, nicht der Rede wert. Was hast du? Und was macht dein Magen?«

»Der rebelliert, mir ist speiübel, seitdem wir auf die Insel gekommen sind. Aber das geht bestimmt vorbei, ich trinke an Bord einfach noch einen Schnaps, der wird mir helfen. Es müssen die Muscheln im Restaurant gewesen sein.«

Audile sah sich um.

Dies war Rémys Stelle, hier stand er Jahr für Jahr, blickte hinaus aufs Meer, zum Horizont und zu den zerklüfteten Felsen, er sah den Wellen hinterher, er ließ das Wasser auf sich zurollen, lauschte der leichten Brandung und den Geräuschen der Vögel.

Sie wusste, dass er dabei oft an seine Krebserkrankung dachte. Die gekommen und gegangen war, die sie gemeinsam besiegt hatten, vor zehn Jahren.

Wie war das Jahr, wie wird es werden?

Wovor haben wir Angst?

Was wünschen wir uns?

Sie nahm seine Hand und küsste ihn.

»Deinen Magen kriegen wir wieder hin, auch wenn du tatsächlich ein wenig blass aussiehst. Hast du schon eine Antwort darauf bekommen, was das nächste Jahr für uns bereithalten wird? Bekomme ich endlich einen feurigen Liebhaber? Und du eine Modelleisenbahn?«

»Werd nicht frech!«, drohte er scherzhaft und zeigte auf eine Stelle im Wasser, keine zehn Meter von ihnen entfernt. Dorthin, wo eine Flasche sachte auf den Wellen tanzte. In ihrem Innern konnte Audile ein Stück Papier sehen.

»Eine Flaschenpost!«, rief sie entzückt und reichte Rémy ihre Tasche. »Die Insel hat uns einen Brief geschrieben. Der Name meines feurigen Liebhabers steht drauf, ich bin mir ganz sicher!«

Vorsichtig schritt sie durch das flache Wasser und freute sich, dass sich die Entscheidung für die Gummistiefel gelohnt hatte.

Die Flasche war noch einige Meter entfernt, sie konnte jetzt sehen, dass das Papier zusammengerollt war. Sie spürte eine kindliche Vorfreude auf ihre Entdeckung und überlegte, was dort wohl stehen würde.

Vielleicht die Geburtstagswünsche eines kleinen Jungen. Eine Liebesbotschaft, ins Meer geworfen von einem Teenagerpaar von den Felsen von Granville, wo die jungen Leute abends saßen, hinter sich den Leuchtturm und vor sich die endlose Weite des Meeres.

Und Chausey, vom Festland aus gerade noch am Horizont erkennbar.

Es war eine Weinflasche, wenn auch jegliches Etikett fehlte. Sie griff danach, zog sie aus dem kalten Wasser und war nach einigen entschlossenen Schritten zurück bei ihrem Mann.

»Und?«, fragte er.

»Na, nun warte doch ab, ich kann nicht hellsehen! Komm, wir setzen uns dahinten auf den Felsen.«

Der Korken saß tief im Hals der Flasche, und sie hatten einige Mühe, ihn herauszuziehen. Kurzerhand nahm Audile ihn in den Mund und zog ihn mit den Zähnen heraus.

Neugierig blickten sie beide in die Flasche und auf die Papierrolle.

»Was glaubst du, was draufsteht?«, fragte Rémy leise.

»Vielleicht ist es eine Schatzkarte!«, flüsterte sie zurück.

»Ein ausgefüllter Lottoschein mit sechs Richtigen.«

»Eine Nachzahlung vom Finanzamt.«

»Die Telefonnummer von Brigitte Bardot.«

Sie lachte und drehte die Flasche um, schüttelte sie leicht und ließ die kleine Papierrolle herausrutschen.

»Das wird ein gutes neues Jahr, wenn das alte so spannend endet«, sagte sie und küsste ihn.

Und im Nachhinein würde sie denken, dass sie niemals falscher gelegen hatte, als in diesem Moment.

»Nun mach es nicht so spannend«, sagte sie, als Rémy langsam das Papier aufrollte.

Sie sah, wie er kurz die Stirn runzelte und seine Augen sich erstaunt weiteten. Wie er das Papier vollständig ausrollte. Und dann sah sie die Angst in seinem Blick.

»Rémy, würdest du mir bitte sagen, was draufsteht? Du weißt, ich kann sehr ungeduldig sein, und ...«

»Ich verstehe das nicht«, sagte er leise, hustete kurz und schüttelte den Kopf. »Das ist … das muss …«

»Rémy, würdest du mir jetzt bitte …«

Sie hatte mit einem Mal das Gefühl, den Boden unter den Füßen zu verlieren.

»Das kann nicht …«, sagte er und als sie es nicht mehr aushielt, riss sie ihm das Papier aus der Hand.

»Nun, zeig schon, was steht …«

Dann wurde sie still.

Rémy war aufgestanden und schaute sich um, drehte sich im Kreis, suchte etwas, während er sich erneut stöhnend den Bauch hielt.

Aber sie waren allein am Strand der Grande-Grève, der Hauptinsel von Chausey, dieser einsamen Inselwelt am äußersten Rande der Normandie.

Nur sie beide und eine Flaschenpost.

»Was soll das bedeuten …«, murmelte Audile und bekam eine Gänsehaut. Der Wind war abgeflaut, die Sonne beschien den Felsen, auf dem sie saßen.

In einer Stunde würden sie die Fähre zurück nehmen, so wie jedes Jahr. Zurück in ihr Leben, mit den Kindern, den Enkelkindern, mit dem Nordkap und dem Ferienhaus bei La Rochelle.

Rémy Marchand.

In dunklen Lettern stand am oberen Rande des Papiers der Name jenes Mannes, der neben ihr am Strand von Chausey saß, so wie er es seit so vielen Jahren tat. Sie griff nach seiner Hand, als fürchtete sie, dass er fortgezogen werden könnte, von einer unheilvollen Kraft, die von dieser Flaschenpost ausging. Von dieser Botschaft, von der sie nicht wusste, was sie zu bedeuten hatte.

Rémys Hand war kalt, er fror, genau wie sie.

»Da hat sich jemand einen dummen Scherz erlaubt«, murmelte sie und merkte dabei, wie ihre Stimme von der Stille um sie herum fast verschluckt wurde. Dann rollte sie das Papier ganz auf und blickte erstaunt auf vier weitere Namen.

Allesamt Männer, die Namen sagten ihr nichts.

»Kennst du davon jemanden?«, fragte sie und hielt Rémy das Papier hin.

Er nickte kurz und deutete auf den Namen, der direkt unter seinem eigenen stand.

»Er hier, das ist … das ist seltsam. Ein ehemaliger Geschäftspartner, du hast ihn mal bei einem Essen kennengelernt, glaube ich. Mein Gott, mir ist wirklich schlecht.«

Audile sah sich um, stand auf, ging ein paar Schritte den Strand entlang, um eine bessere Sicht zu haben. Sie drehte sich nach allen Seiten, sucht die Büsche, den Pfad, die umliegenden Felsen mit ihrem Blick ab.

Doch sie waren allein. Auch Olivier, der seltsame Vogelkundler, war nicht mehr zu sehen.

»Mir ist kalt, lass uns zur Fähre gehen«, sagte sie schließlich und Rémy nickte ihr zu.

Noch einmal betrachtete sie das Papier in ihrer Hand. Es war gutes Papier, dicker als ein normales Blatt, sie vermutete, dass es teures Briefpapier war. Die fünf Namen waren mit schwarzer Tinte geschrieben, in schwungvollen Lettern.

Einige Minuten später war der Strand leer. Zurück blieben nur einige wenige Fußspuren im Sand. Die Fähre nach Granville fuhr in einer knappen Stunde zurück und Chausey würde noch ruhiger werden. Und dann würde die Flut zurückkommen und die letzten Spuren im Sand auslöschen, als hätte es sie nie gegeben.

Nur ein grauer Felsen würde sich absetzen vom blassen

Himmel, weil er hoch genug stand, um hier, im Nordwesten der Hauptinsel, nicht in der Flut zu versinken. Eine Gesteinsformation, die sie »Den Elefanten« nannten: die Ohren angelegt, den Rüssel eingerollt, den Blick aufs Meer gerichtet.

KAPITEL 2

Théâtre des Champs-Élysées, Paris
Am Abend

Nicolas Guerlain nahm seine Hand vom Polster des leeren Sessels neben ihm und blickte sich um. Applaus erklang, schwoll an, schwebte zur Decke, während der Dirigent auf der Bühne seine Schultern straffte und den Taktstock hob. Die erste Geige nickte unmerklich, am schwarz glänzenden Flügel in der Mitte der Bühne schloss ein junger Pianist kurz die Augen, seine schmalen Hände lagen auf den Tasten. Es war sein Abend, sein großer Auftritt.

Nicolas hörte, wie jemand durch die Reihen kam, in letzter Sekunde. Knie wurden angezogen, Hüften verdreht, um Platz zu machen. Eine ältere Dame zischte verärgert.

Julie erreichte den Platz neben ihm und setzte sich. Sie sah müde aus, Nicolas wollte nach ihrer Hand greifen, zögerte aber, bis es schließlich zu spät war. Noch oft würde er sich fragen, warum er es nicht getan hatte: Sie mehr berühren, sie trösten, ihr zeigen, dass er für sie da war. Aber dann würde es zu spät sein und die Dinge würden ihren Lauf genommen haben.

Die Musiker setzten ihre Instrumente an, eine gespannte Stille lag über dem Raum. Nicolas stellte sich vor, wie Julie sich doch noch schnell zu ihm hinüberbeugte und ihm einen Kuss gab.

»Ich habe doch gesagt, ich bin gleich wieder da.«

Aber sie blieb stumm, wie so oft in diesen Tagen, die ihm

bleischwer vorkamen. Der Taktstock senkte sich, die ersten Töne erklangen, und als Nicolas zur Seite blickte, da sah er, dass Julie weinte, still und leise, nur für sich.

Und er hatte das Gefühl, nichts dagegen tun zu können.

Dabei war dies ihr Tag, ihr gemeinsamer Abend. Er hätte unbeschwert sein sollen, voller guter Erinnerungen, während sie dem Konzert lauschten. Einander berührend, sein Daumen, der sanft über den Ärmel ihres Abendkleides strich, verstohlene Blicke, Gedanken an früher, der erste Kuss in den Kabinen von Deauville, ein junges Leben, gemeinsam begonnen, gemeinsam beschlossen, niemals getrennt.

So sollte es sein.

Eine Nacht, in der sie sich in die Arme nehmen würden, wenn die letzte Note verklungen war, und danach gemeinsam durch die Lichter der Stadt schlendern.

So sollte es sein.

Aber so war es nicht.

Weil ein ungebetener Gast sich stattdessen zu ihnen gesellt hatte, aufdringlich und penetrant, und nicht bereit, ihnen je wieder von der Seite zu weichen.

Rachmaninoff, Klavierkonzert in c-Moll.

Ehrfurcht hatte sich im Théâtre des Champs-Élysées breitgemacht, die Violinen schickten Klanggemälde durch den Raum, sinnlich und hingebungsvoll. Nicolas jedoch hörte nur das leise Schluchzen neben sich. Er drehte sich zu Julie und nahm sie schließlich doch in den Arm. Sie legte den Kopf an seine Schulter, und er wusste, dass sie nach Halt suchte, nach Kraft, doch zugleich wusste er, dass er ihr nichts davon geben konnte.

Fast fünf Jahre waren mittlerweile vergangen, seitdem die Frau an seiner Seite, seine Jugendliebe und engste Vertraute, in genau diesem Konzertsaal gesagt hatte: »Ich bin gleich wieder da.«

Dann war sie verschwunden, spurlos, und er hatte sie gesucht und war daran fast zerbrochen. Er hatte sie gesucht wie ein Phantom, hatte seinen Job als Personenschützer der französischen Regierung darüber fast verloren, hatte den heutigen Staatspräsidenten vor den Augen der Öffentlichkeit niedergeschlagen, aus Versehen, weil er geglaubt hatte, Julie gesehen zu haben. Er hatte sich seinem Vater gestellt, dem übermächtigen Geist aus seiner Vergangenheit. Er hatte lose Enden eingesammelt, sie zu einem festen Tau zusammengebunden, er hatte Julie nie aufgeben wollen.

Und dann, als die Hoffnung geschwunden war, als jedes Licht erloschen schien, da war sie plötzlich wieder da gewesen, blass und mit schwarz gefärbten Haaren, zurück von einem Auftrag, den ausgerechnet sein eigener Vater als Chef des Inlandsgeheimdienstes ihr aufgebürdet hatte. Dann eine kurze Nacht im Hotel, ein Anschlag, den sie in letzter Sekunde gemeinsam vereitelt hatten.

Und doch war es auch dann nicht vorbei gewesen, es war alles nur noch schlimmer geworden. Erneut wurde Julie ihm entrissen, eingesperrt für eine Tat, die sie nicht begangen hatte. Und wieder hatte Nicolas den Spaten in die Hand genommen, hatte den Acker umgegraben, hatte den steinharten Boden mit seinen Händen aufgerissen, bis seine Fingerkuppen bluteten. Und Julie kam frei und das Leben funkelte, für einen ganz kurzen, aber sehr entschlossenen Moment. Eine Liebe unter den Sternen von Paris. Endlich wieder vereint, kaum zu fassen.

Nur wenige Tage war es her, da hatte sich vor Julies Augen eine alte Frau erschossen, auf den Holzbohlen am Strand von Deauville. Sie hatte Julie ein Abschiedsgeschenk hinterlassen, die letzten Worte einer gebrochenen Mutter im Angesicht des Todes.

»Es ist Ihre Schuld. Das alles.«

Es waren diese Worte, von denen Nicolas sofort wusste, dass sie zu viel waren für Julie. Ein letztes Gewicht auf dem Weg in die Tiefe. Ein Windstoß, der eine Kerze erstickte, die ohnehin fast bis auf den Stumpf niedergebrannt war.

Und jetzt saßen sie hier, an ihrem gemeinsamen freien Tag. Ein Abend im Konzert, eine Reise zurück in die Zeit, eine Erinnerung an bessere Tage. Nicolas nahm Julies Hand.

»Ich bin da«, flüsterte er.

»Ich weiß. Es ist nur …«

»Es wird vorbeigehen. Du wirst sehen, es wird vorbeigehen.«

Doch das klamme Gefühl in seinem Inneren blieb, die vertraute Wärme wollte sich nicht einstellen. »Wir machen dir morgen einen Termin«, sagte er leise. »Du musst mit jemandem reden.«

Sie nickte und er wusste, dass sie nicht reden wollte. Sie wollte schweigen, grübeln, und er musste das verhindern, aus Angst vor dem, was dabei herauskommen könnte.

Der Tag hatte eine erste schlechte Wendung genommen, als Nicolas' Teamleiter, Gilles Jacombe, ihm verkündet hatte, dass er seinen freien Abend nun doch in Begleitung des Staatspräsidenten würde verbringen müssen.

»Das ist nicht dein Ernst, Gilles!«, hatte Nicolas leise in sein Mikro gesprochen, während er gegen Mittag den Eingang eines Nobelhotels an der Place Vendôme gesichert hatte, aus dem François Faure gleich nach einem Essen mit dem Britischen Botschafter kommen würde.

»Tut mir leid. Kurzfristige Änderung.«

»Ich brauche diesen Abend, Gilles«, hatte er geantwortet. Gilles war nicht nur sein Teamleiter, er war auch sein Mentor. Gewissermaßen hatte er ihn entdeckt, er war es gewesen, der Nicolas' Talent erkannt und gefördert hatte.

Er hatte es bis in das innerste Sicherheitsteam des französischen Staatspräsidenten geschafft, ein normalerweise geschlossener Kreis für die talentiertesten Personenschützer des Landes.

Und selbst unter ihnen war Nicolas einer der Besten.

»Ich weiß«, hatte Gilles gesagt und ihn schnell beruhigt. »Carole, Bertrand und ich kriegen das hin, wir werden ein weiteres Team dazubekommen. Es ist eine spontane Änderung im Terminplan.«

»Faure steht doch gar nicht auf klassische Musik. Er hält Rachmaninoff vermutlich für einen teuren Wodka.«

»Aber seine Frau … die versteht etwas davon. Und sie will ihn spontan ins Konzert entführen.«

Nicolas hatte gelächelt, weil er um die Sympathie seines Teamleiters für Hélène Faure wusste. Sie war eine einsame, in sich gekehrte Person, die in Gilles Jacombe, dem Sicherheitschef ihres Mannes, immer einen klugen Gesprächspartner gefunden hatte und dem sie sich im Lauf der Jahre, die sie jetzt schon gemeinsam an François Faures Seite verbrachten, immer mehr anvertraut hatte.

Faure war ein strahlender, das Leben heftig umarmender Staatspräsident. Ein Mann, der seine Wirkung auf Menschen kannte und der mehr als jeder andere wusste, welche Türen die Macht ihm öffnete. Mehr als einmal hatten sie ihn aus einer fremden Wohnung oder einem spontan gebuchten Hotelzimmer abgeholt.

Und deutlich mehr als einmal hatte seine Frau diese Tatsache mit einem großen Glas Weißwein hinuntergeschluckt. Der Schatten, in den sie sich immer mehr zurückzog, bot ihr Schutz, dennoch waren ihr die Spuren eines Lebens an der Seite dieses Mannes deutlich anzusehen.

»Abfahrt in fünf Minuten. Zurück in den Élysée-Palast und dann hast du frei, Nicolas. Lass dich nicht von uns stören, genießt den Abend. Die beiden werden oben in der Loge sitzen, ihr werdet uns nicht bemerken.«

Eine Stunde später hatte Nicolas sich aufgemacht, hatte Julie abgeholt, sie waren essen gegangen, in einem kleinen Restaurant im Marais, hatten geredet, sie hatten gelächelt, geschwiegen, geflüstert, hatten Klippen umschifft und Blicke ausgetauscht, die voller Hoffnung waren. Und sie hatten beide gewusst, dass das Leben es ihnen so einfach nicht machen würde.

Ganz im Gegenteil.

Rachmaninoff. Klavierkonzert in c-Moll.

Es war eines von Julies Lieblingsstücken, jedoch klang die Musik für Nicolas plötzlich seltsam gedämpft. Am Klavier saß eines jener vielgepriesenen Talente aus Fernost, Nicolas sah die Finger über weiße Tasten fliegen, er sah den Blick der Violinen, fest auf das Notenblatt geheftet, sah den Taktstock des Dirigenten in der Luft, schloss die Augen und wünschte sich, dass alles stillstünde.

»Ich bin da«, flüsterte er und spürte, wie die Musik in den Hintergrund trat, weil etwas anderes in seinem Innern an die Oberfläche drängte. Etwas wie … eine Vorahnung.

Langsam hob Nicolas den Kopf und warf einen Blick nach hinten. Im zweiten Rang des in Gold und Rot gehaltenen Konzertsaales waren einige Logen untergebracht. Er hatte beim Betreten des Saales sofort gewusst, in welcher Loge der Staatspräsident mit seiner Frau saß, aus einem ebenso trivialen wie ärgerlichen Grund. François Faure hatte nicht nur wenig übrig für die Schönheit klassischer Musik, sondern auch kein Gespür für angemessenes Verhalten in einem solchen Konzertsaal.

»Hier ist es viel zu warm. Kaum auszuhalten.«

Wie oft hatten sie diese Worte gehört, bei Empfängen und Konzerten, in Theatern und festlichen Sälen in ganz Europa. Und wie oft hatte Faure einfach beschlossen, sein Jackett auszuziehen und es über einen Stuhl oder einen Sessel zu legen. Oder eben über die Balustrade einer Loge in einem eleganten Konzertsaal in der Avenue Montaigne.

Nicolas erahnte den Schatten eines Mannes im hinteren Teil der Loge, vermutlich Gilles, sein Teamleiter. Er vermutete, dass Bertrand unmittelbar vor der Tür im Gang stehen würde und Carole Adams einige Meter weiter, um jede Person, die an den Logen vorbeiging, vorab zu überprüfen und gegebenenfalls eine kurze Warnung weiterzugeben.

»Entspann dich«, sagte er leise zu sich selbst. Er hatte heute Abend frei, neben ihm saß Julie, er spürte ihre Wärme.

Aber die Musik blieb gedämpft, die Empfindung ging nicht fort. Nicolas wurde unruhig, ohne zu wissen, warum.

»Alles okay?«, flüsterte Julie neben ihm und legt ihm eine Hand auf den Arm.

»Ja«, sagte er und dachte dabei genau das Gegenteil.

Weil irgendetwas nicht stimmte.

Die Geigen vereinten sich zu einem traurigen und doch triumphalen Klangbild, die Finger des jungen Mannes am Flügel flogen über die Klaviatur, Nicolas konnte ein Lächeln auf den Lippen des Dirigenten sehen. Es war ein schweres Stück, ein kompositorisches Meisterwerk, und in einer der Logen saß der Staatspräsident.

Dramatik, Spannung. Das erste Stück endete in einem ersten, frühen Finale, die Musik füllte den Saal ganz aus. Nicolas spürte förmlich den Wunsch des Publikums, bereits jetzt in tosenden Applaus auszubrechen.

Der Pianist atmete kurz durch, fuhr sich durch sein Haar, nickte knapp in Richtung des Dirigenten, legte seine Hände zurück auf die Klaviatur und wartete.

Nicolas drehte sich um. Er wusste nicht, warum. Das Gefühl, beobachtet zu werden, eine Bewegung im Augenwinkel, ein heller Fleck in der Dunkelheit.

Nicolas sah die junge Frau wenige Reihen schräg hinter sich, er konnte ihr Gesicht erkennen, hinter den Köpfen einiger anderer Konzertbesucher. Weil es heller, weil es hübscher war als die anderen.

Und weil sie ihn anlächelte.

Er erkannte sie sofort.

Marie.

»Warum schließt sich der Vorhang?«, flüsterte Julie neben ihm, aber Nicolas antwortete nicht, obwohl er sich ebenfalls wunderte, warum nach dem ersten Stück der rote Stoff zugezogen wurde.

Erstauntes Murmeln erhob sich im Saal.

Marie.

Sein Puls stieg an, Nicolas spürte die aufkommende Unruhe im Saal.

Der Vorhang schloss sich normalerweise nicht nach einem ersten Stück, einem ersten Teil, einem ersten Satz. Das wussten hier alle.

Heute passierte aber genau das.

Und Marie lächelte ihn an. Es war eine Warnung, das wusste Nicolas sofort.

»Au revoir, Bodyguard.«

»Das würde mich wundern. Aber gut: Au revoir, Marie.«

Dann war sie verschwunden, abgetaucht im kalten Hafenbecken von Le Havre, in das Nicolas sie wenige Momente zuvor hineingerissen hatte. Nachdem sie wiederum versucht hatte, splitterfasernackt auf den Präsidenten zuzurennen.

»Sexiste!« Das hatte in blutroten Lettern auf ihrer Brust gestanden.

Nicolas hatte sie in letzter Sekunde aufgehalten. Und sie dann laufen lassen, abtauchen lassen, im wahrsten Sinne des

Wortes, aus einem Gefühl heraus, Mitleid vielleicht, Sympathie, er hatte nicht darüber nachgedacht, er hatte einfach gehandelt und sie entkommen lassen.

Es war nicht lange her.

Und nun war Marie hier, im Théâtre des Champs-Élysées, in einem Saal mit dem Staatspräsidenten, den sie so sehr verachtete. Nicolas sah ihre Sommersprossen, ihr schulterlanges Haar, das sie offen trug, und ihr schlichtes, aber elegantes rotes Kleid.

Sie sah umwerfend aus.

Sie deutete in Richtung des Vorhangs und Nicolas begriff.

Marie war nicht zufällig hier.

Und sie war nicht allein.

»Was soll das?«, flüsterte Julie erneut neben ihm und lenkte seinen Blick auf den Vorhang, der sich mittlerweile ganz geschlossen hatte. Ein Wellenmeer aus rotem Stoff, auf dem in diesem Augenblick eine Projektion des Bildes des Staatspräsidenten erschien. Nicolas' Blick flog durch den Saal, aber es war zu dunkel, die Menschen um sich herum nahm er nur als Schemen wahr.

Applaus erklang. Höflich, zurückhaltend, ohne Euphorie.

»Das wird ihm gefallen«, murmelte Julie und Nicolas sah wieder nach vorne.

Wir sind glücklich, den Staatspräsidenten heute Abend hier begrüßen zu dürfen.

Die Worte waren oberhalb des Bildes auf dem roten Stoff erschienen. Nicolas sah den Lichtstrahl eines Beamers, der aus dem hinteren Teil des Saales nach vorne schien.

»Das war nicht geplant«, sagte er nur knapp und rutschte unruhig auf seinem Stuhl nach vorne.

»Na ja, solche Überraschungen liebt er doch«, sagte Julie

und blickte hinauf zu der Loge, in der François Faure mit seiner Frau saß.

»Aber es war nicht geplant«, wiederholte Nicolas. Seine Nervosität steigerte sich sekündlich, er konnte sein Unbehagen förmlich greifen.

Hier stimmte etwas nicht.

Oben in seiner Loge tat François Faure das, was alle Staatsmänner in einem solchen Augenblick taten, weil sie es gewohnt waren: den Applaus, die Aufmerksamkeit und das Gefühl, wichtig zu sein, zu genießen.

Er stand auf und winkte.

Faure trat in der Loge nach vorne, kam aus dem Schatten des überhängenden Balkons hervor, stützte seine linke Hand auf der Balustrade ab, während er mit der rechten winkte.

»Oh mein Gott, er liebt das wirklich«, sagte Julie und der verächtlichen Ton in ihrer Stimme war kaum zu überhören.

Ein breites Grinsen, leuchtende Augen: Es war sein Moment.

Der Moment, in dem er dankbar war, dass seine Frau ihn hierhergeschleppt hatte, dass sie ihn gezwungen hatte, sich dieses anstrengende Werk anzuhören. Der Moment, in dem der Abend sich doch noch zu lohnen begann.

Nicolas drehte den Kopf und blickte Marie an, die schöne, geheimnisvolle Marie.

Auch sie applaudierte. Und sah dann Nicolas an, mit einem spöttischen Lächeln. Ihr Mund öffnete sich, ihre Lippen formten ein Wort.

Ein einziges, Nicolas erkannte es sofort.

Assez.

Genug.

Der Schriftzug auf dem Vorhang verschwand, und genau dieses Wort erschien. Und mit ihm ein Fadenkreuz, projiziert auf das Bild des lächelnden Staatspräsidenten darunter. Und Nicolas begriff, worum es hierbei wirklich ging: Es war kein Aufruf, kein Zeichen des Protestes, keine Warnung. Es war ein Schlachtruf.

»Was soll das?«, fragte Julie neben ihm, aber da war Nicolas schon aufgesprungen.

Er wusste genau, was es bedeutete.

Dies war eine Falle und François Faure war mitten hineingetappt, weil er genau das getan hatte, was eitle Menschen taten, wenn ihnen Anerkennung zuteilwurde. Sie traten aus dem schützenden Schatten, weil sie die Blicke spüren und den Applaus genießen wollten.

»Exit!«

Nicolas' Schrei durchschnitt den Saal, laut, hart, rücksichtslos. Aber er wusste, dass es zu spät war. Das Ziel war ins Licht getreten.

Und Marie lächelte noch immer.

Jemand schrie, François Faure hatte seine Hand gesenkt, blickte irritiert auf den Vorhang, hinter dem das Getuschel der Musiker zu hören war.

Eine halbe Sekunde, mehr blieb ihm nicht.

Nicolas' Ruf hallte noch nach, als die Geschosse François Faure trafen.

Die Wucht riss den Staatspräsidenten von den Füßen, schleuderte ihn nach hinten, seine Schulter prallte gegen einen Stuhl, für einen Moment war sein Körper verdreht, sein Blick spiegelte die Erkenntnis, getroffen worden zu sein.

Nicolas sah das Blut auf der Balustrade und auf der darauf abgelegten Jacke.

Er drehte sich um, sein Blick suchte die Reihen ab, glitt

hinauf zur Decke, er suchte den Schützen, konnte ihn aber im schummrigen Licht nicht ausmachen. Er griff nach Julies Hand, es ging nur um sie, er musste sie beschützen, gleich würde die Hölle losbrechen im Théâtre des Champs-Élysées. Nicolas wirbelte herum, suchte nach einem roten Kleid, nach Sommersprossen und einem Lächeln, das ihn bereits im kalten Wasser von Le Havre gelähmt hatte.

Aber Marie war fort.

KAPITEL 3

Théâtre des Champs-Élysées, Paris

Als wäre er unter meterhohem Eis eingeschlossen, kroch die Kälte Nicolas in den Nacken, sie ließ ihn erstarren, kurz nur, aber doch schien es ihm ewig zu dauern. Schreie waren zu hören, einige Besucher waren aufgesprungen, deuteten hinauf zu der Loge, in der François Faure eben noch gestanden hatte. Panik griff um sich, sie verwandelte das Publikum in eine rücksichtlose Horde, die innerhalb weniger Augenblicke nur noch eines wollte: raus!

Und oben lag der Staatspräsident, schwer verwundet, mindestens.

»Das darf nicht sein«, murmelte Nicolas. Aber so war es.

Er sah die Umrisse einiger Männer in der Loge, er meinte die Stimmen seiner Kollegen zu hören, die zwar schnell reagiert hatten, aber dennoch nicht schnell genug. Sie hatten schlicht keine Chance gehabt.

Um ihn herum brach endgültig das Chaos aus, Menschen kletterten über die Sitze, rempelten sich gegenseitig an, schubsten sich zu Boden. Jeder kämpfte für sich selbst.

»Ein Anschlag!«

»Der Präsident ist tot!«

Rufe knallten wie Peitschenhiebe durch die Luft, Besucher sprangen auf, wollten fort, Menschen stolperten über andere, jemand stieß Julie an der Schulter, sie stürzte zu Boden. Nicolas griff nach ihr, zog sie wieder hoch und sah die Angst in ihren Augen.

»Du musst hier raus, sofort«, sagte er und zog sie mit sich durch die Reihen.

Aus dem Eis wurde Feuer, es brannte, lichterloh. Die Lichter des Saales waren angegangen, die Kronleuchter beschienen die Szenerie, im grellen Licht war das Chaos jetzt allgegenwärtig. Eine hysterisch schreiende Frau saß in der ersten Reihe, sie deutete nach oben, ein Mann wollte sie mit sich ziehen, es gelang ihm nicht. Menschen duckten sich hinter ihren Sesseln, andere waren bereits durch die Türen ins Foyer geflohen. Eine ältere Dame stand hinter einem Pfeiler, sie zitterte, um sie herum schrien Besucher, alle wollten fort. Und alle hatten Angst.

Nicolas griff sich instinktiv ans Ohr, aber da war nichts. Kein Ohrstöpsel, auch kein Mikro am Ärmel. Es war sein freier Abend, ausgerechnet.

»Hier lang!«, schrie er und zog Julie über eine der Sitzreihen nach vorne, wo sich eine kleine Lücke in der Masse aufgetan hatte. Er schirmte sie mit seinem Körper ab, sein Blick suchte nach einem roten Kleid.

Es waren nur noch wenige Meter bis zur Einlasstür, dahinter begannen die weit verzweigten Gänge des Foyers.

»Wir sind gleich draußen!«

Julie hatte sich mittlerweile gefangen, ihren ersten Schock überwunden.

»Ist er tot?«, fragte sie ihn, während sie einer Frau aufhalfen, die vor ihnen gestolpert war. Von hinten drückten weitere Besucher in Richtung Ausgang.

»Ich weiß es nicht! Aber das ist jetzt nicht wichtig. Wir müssen erst hier raus. Du musst hier raus!«

Nicolas spürte die kalte Luft, die durch die geöffnete Tür

drang. Gleich waren sie im Foyer, gleich draußen, wo er Julie in Sicherheit wusste.

Der Schütze musste in einer der gegenüberliegenden Logen gestanden haben. Nicolas rief sich den Moment in Erinnerung, in dem François Faure getroffen worden war.

Mitten in die Brust, drei Treffer, gleichzeitig.

»Es sind mehrere«, murmelte Nicolas, während er Julie abschirmte, dann schaute er zurück in den Konzertsaal, hinauf zu den Logen. Bertrand, sein Freund und Teamkollege, stand mit gezogener Waffe an der Balustrade und sicherte die Loge nach vorne ab. Sollte es weitere Schüsse geben, er würde sie abfangen.

Das war sein Job.

Und meiner, dachte Nicolas bei sich.

Schließlich schafften sie es aus dem Konzertsaal. Flackernd blaues Licht zuckte von draußen über Boden und Wände, die Sirenen der Krankenwagen kamen näher, das Geräusch eines Transporters, der auf der Avenue Montaigne scharf abbremste, war zu hören. Türen wurden zugeschlagen, ein Hund bellte.

»Julie!«

Er bremste in vollem Lauf ab und hielt sie am Arm fest, gerade, als sie nach draußen eilen wollte.

»Wir sind draußen, komm …«, sagte sie und sah ihn eindringlich an.

Dann verstand sie.

»Du kommst nicht mit.«

»Nimm die Hände hoch, wenn du rausgehst«, sagte Nicolas. »Gleich kommen hier die Spezialkräfte reingestürmt, die haben keine Zeit zu überlegen, ob du Freund oder Feind bist. Nimm die Hände hoch, renne nicht und setz dich irgendwohin. Jemand wird sich um dich kümmern.«

Sie hatte eine Schramme auf der Stirn, sie war beim Fallen gegen die Lehne eines Sessels geprallt.

»Lass mich nicht allein, Nicolas. Nicht jetzt.« Ihre Stimme klang flehend, er konnte sehen, wie hinter ihren Augen ein Sturm tobte.

Eine weitere Ausnahmesituation, eine weitere Lage, die sie nicht allein bewältigen konnte. Und doch hatte er keine Wahl, sosehr es ihn schmerzte.

»Hör mir zu, ich muss …«

»Nicolas, bitte. Ich … ich schaffe das nicht, ich …«

»Doch, Julie, du schaffst das!« Er nahm ihren Kopf in beide Hände. »Du musst nur da rausgehen, lass dir eine Decke geben. Sie werden dich befragen, du wirst einen heißen Tee bekommen und …«

»Ich will keinen Tee! Ich will, dass du mit rausgehst, dort drinnen sind Verrückte, sie haben den Präsidenten erschossen! Ich will nicht, dass du …«

Es war sein Job und es würde immer sein Job sein.

Er zog seinen Dienstausweis aus der Innentasche und hielt ihn in die Luft. Dann blickte er Julie kurz an, zog sie an sich und hielt ihre rechte Hand. Er beugte sich zu ihr hinab. Ihre Haut war warm, ihr Herz schlug schnell in ihrer Brust.

Nicolas lächelte.

»Ich bin gleich wieder da«, flüsterte er. Dann gab er ihr einen Kuss.

»Ich gehöre zum Personenschutz des Präsidenten!«, rief er den Männern zu, die in diesem Augenblick durch die Türen ins Foyer stürmten, ihre Schnellfeuerwaffen im Anschlag, mit dunklen Masken und Sturmhauben ausgerüstet. Rote Laserpunkte flogen durch den Raum, Befehle wurden gegeben.

»Hinlegen! Alle hinlegen!«

Julie klammerte sich an ihn und Nicolas schob sie entschlossen nach unten.

»Es tut mir leid«, flüsterte er und drückte sie auf den Boden.

»Ich gehöre zum Präsidenten!«, sagte er erneut laut und hielt einem der Männer seinen Ausweis hin.

»Nicolas!«

Es war die Stimme von Carole Adams, die zu ihm drang. Seine Teamkollegin stand mit gezogener Waffe im Gang, der zu den Logen hinaufführte.

Nicolas hastete zu ihr.

»Carole, wie geht es Faure?«

»Foyer sauber«, sprach sie in ihr Mikro und brüllte in Richtung der Spezialkräfte, die gerade in den Konzertsaal stürmten.

»Wir brauchen eine Absicherung! Der Präsident kommt in zehn Sekunden hier runter!«

»Verstanden!«

»Absicherung!«

»Der Wagen steht bereit!«

Carole sah ihn jetzt an.

»Es war Farbe.«

Nicolas runzelte die Stirn. Er brauchte drei Sekunden, um die Information zu verarbeiten.

»Sie haben ihn mit Farbbeuteln beschossen. Er hat starke Schmerzen, dort, wo ihn die Geschosse getroffen haben. Aber sonst geht es ihm gut. Seiner Frau auch.«

»Gott sei Dank.«

»Aber er ist außer sich vor Wut. Kurz davor, jemanden hinzurichten.«

»Kann ich mir denken«, sagte Nicolas. Und Faure würde nicht irgendjemanden hinrichten. Sondern diejenigen, die für seine Sicherheit zuständig waren. Und die ihn zum Gespött gemacht hatten, zum Opfer einer Farbbeutel-Attacke mitten in Paris. Er würde sein Team zur Verantwortung ziehen, und das zu Recht.

»Der Präsident kommt!«

»Sichern!«

Nicolas warf einen Blick in den Konzertsaal. Ein Sanitäter kümmerte sich um eine ältere Dame, mehrere Spezialkräfte durchsuchten mit gezogenen Waffen die hinteren Reihen.

Carole Adams sah ihn an.

»Schöne Scheiße, nicht wahr?«

Nicolas nickte, er hörte Rufe im Gang, durch den offenbar gleich sein Team mit dem Präsidenten kommen würde.

Und dann sah er es.

Nicolas machte einen Schritt Richtung Konzertsaal, blinzelte kurz, weil die Kronleuchter nun hell strahlten. Nein, er hatte sich nicht geirrt.

Auf der anderen Seite des Saales, vor einer angelehnten Kassettentür, lag ein abgerissenes Stück Stoff. Es war blutrot.

»Sichern«, sprach Carole Adams in ihr Mikro. »Nicolas, übernimm du die …«

Aber da war Nicolas bereits losgerannt. Er stürmte durch den Saal, überall waren jetzt Mitglieder des Sondereinsatzkommandos, ihre Waffen im Anschlag. Sich immer wieder gegenseitig absichernd kamen sie zwischen den Reihen hindurch, in denen vor wenigen Minuten noch ein unbekümmertes Publikum gesessen hatte. Auf dem Vorhang prangte noch immer das Foto des Staatspräsidenten, schwächer jetzt, weil der helle Schein der Kronleuchter das Licht des Projektors überstrahlte. Einige Spezialkräfte gingen hinter den Vorhang, von beiden Seiten. Keiner von ihnen wusste, ob noch einer der Attentäter im Raum war, ob er sich in einer der oberen Logen verbarg. Aber sie hatten keine Wahl, sie mussten so schnell wie möglich das Gebäude sichern und alle Besucher evakuieren.

»Sicherung abwarten!«, blaffte ihn einer der Spezialkräfte unter seiner dunklen Maske an, als Nicolas mit schnellen Schritten an ihm vorbeilief.

»Ich gehöre zum Präsidenten«, rief er laut und rannte weiter in Richtung der Seitentür, vor der er das rote Stück Stoff entdeckt hatte. Der Mann versuchte ihn aufzuhalten, aber es war zu spät. Mit einem großen Satz übersprang Nicolas eine Sitzreihe und schlitterte über das glatte Parkett Richtung Tür. Ohne den Stoff, den er jetzt in die Hand nahm, hätte er Maries Spur sofort verloren.

Am Saum des Stoffes war ein Klettverschluss befestigt, und Nicolas verstand sofort. Es war der untere Teil eines eleganten roten Abendkleides, der sich mit einem kräftigen Ruck abziehen ließ.

Während er die Tür vorsichtig mit der Schulter öffnete, griff er nach seiner Waffe … die er nicht dabeihatte, weil sie in einer abgeschlossenen Schublade seines Nachttischs in seiner Wohnung lag.

»Scheiße!«, fluchte er und überlegte, ob er unbewaffnet die Verfolgung aufnehmen sollte. Dann drehte er sich noch mal um und sah, dass oben in der Loge des Präsidenten sein Kollege und Freund Bertrand immer noch den Rückzug absicherte.

»Bertrand!«

Nicolas' Ruf hallte durch den Konzertsaal. Bertrand sah überrascht zu ihm hinab und verstand Nicolas' Geste sofort.

Dafür waren sie ein Team.

Der bullige Personenschützer zog seine zweite Dienstwaffe, die er im Gegensatz zu den anderen Teammitgliedern immer bei sich trug, und warf sie in hohem Bogen hinab in den Saal.

Mit einem dumpfen Geräusch landete sie wenige Meter von Nicolas entfernt. Als er die Glock 22 an sich nahm, die schwer in seiner Hand lag, blickte er ein letztes Mal in den Konzertsaal zurück, in dem jetzt Dutzende von Spezialkräften standen. Er dachte an Julie, die vermutlich schon draußen auf der Straße war und fror und sich fragte, warum er sie alleingelassen hatte.

»Später«, sagte er zu sich selbst, stieß die kleine Seitentür auf und rannte hinaus in einen Gang, der in einem weiten Bogen um den Konzertsaal herumführte.

»Sauber!«

»Gesichert!«

Die Rufe der Beamten hallten von den Wänden wider.

Wo bist du hin, Marie?

Nicolas dachte kurz an das Meeting vor einigen Tagen im Élysée-Palast. An die Warnungen vor einer neuen Gruppierung, Aktivisten, die Chaos stiften und den Präsidenten bloßstellen wollten. Und Marie gehörte dazu, diese junge Frau, die er in Le Havre vor einer Verhaftung bewahrt hatte, weil sie ein Zeichen hatte setzen wollte, indem sie versucht hatte, den Präsidenten in der Öffentlichkeit nackt anzuspringen. Eine idealistische Studentin, das war sie für ihn gewesen, der dumme Streich einer jungen Frau, und deshalb hatte er sie laufen lassen.

Du hast dich ganz schön geirrt, dachte er bei sich. Und wenn jemand herausbekam, dass er Marie kannte und er die Chance hatte verstreichen lassen, sie festnehmen zu lassen, dann würde er nicht mehr lange für den Schutz des Präsidenten verantwortlich sein.

Nicolas durchquerte ein kleines Foyer, in dem niemand war, weil alle in Richtung des Ausgangs geflohen waren. Ein weiterer Gang führte in das Innere des Gebäudes, er rannte zu einer Tür, die jedoch abgeschlossen war.

Eine Sackgasse.

Schnell drehte er sich um, hetzte zurück ins Foyer und sah schließlich, wohin er musste: nach oben.

Hinter einem Tresen führte eine kleine Treppe in die oberen Etagen. Sie war offensichtlich nicht für die Besucher, sondern für das Personal gedacht.

Fast hätte er sie übersehen.

Mit gezogener Waffe umrundete Nicolas den Tresen, auf dem Broschüren lagen und Faltblätter zu den Aufführungen im Théâtre des Champs-Élysées. Daneben glänzten ein Paar silberne Damenschuhe im Schein der Kronleuchter und Nicolas konnte sehen, dass einer der Verschlüsse herausgerissen war. Marie hatte sich nicht die Zeit genommen, ihre Schuhe fein säuberlich auszuziehen. Sie musste weg, und dafür brauchte sie keine hochhackigen Schuhe.

Nicolas stand auf der untersten Stufe der Treppe und horchte. Es war still.

Dann fiel eine Tür ins Schloss, sehr weit oben.

Er rannte sofort los.

Drei Stufen auf einmal nehmend hastete er durch das schmale Treppenhaus, das sich in enger Kreisform seitlich des Konzertsaals hinaufwand. Unter sich hörte er jetzt wieder die Stimmen und Rufe des Sondereinsatzkommandos, das dicht hinter ihm jeden Raum des Gebäudes absuchte. Nicolas fluchte, weil er keine Möglichkeit hatte, mit den Kollegen in Kontakt zu treten. Er war von jeglicher Information abgeschnitten. Er war auf sich allein gestellt und er musste sich beeilen, wenn er Marie erwischen wollte.

Fünfter Stock. Es war der letzte.

Das Treppenhaus endete vor einer Metalltür. Vorsichtig drückte er die Klinke hinunter.

Kalte Luft strömte zu ihm herein, der Wind wirbelte feinste Schneeflocken durch die Luft.

»Auch das noch«, fluchte er und stieß die Tür weit auf.

Vor ihm erstreckte sich das flache Dach des Konzertsaales, darauf Klimaanlagen, Belüftungsrohe und dahinter das

Lichtermeer von Paris. Vorsichtig huschte er über das Dach, suchte an Mauervorsprüngen Deckung und mit seinem Blick fieberhaft die Umgebung ab.

Von unten hörte er Sirenen, das blaue Licht Dutzender Einsatzfahrzeuge erleuchtete die Häuserwände.

»Verdammt!«, fluchte er, während er mit gezogener Waffe weiterlief.

Dann sah er sie. Eine dunkle Silhouette vor den glitzernden Lichtern der Stadt, ihr Kleid, ihre ausgestreckten Arme, ihre braunen Haare. Und ihr Lächeln, als sie sich zu ihm umdrehte.

»Marie, bleib stehen! Das ist doch Wahnsinn!«

Sie lachte, hell und klar, ihre Augen glänzten.

Marie stand auf einem schmalen Sims, der vom Gebäude des Konzertsaales über das spitze Dach eines Nachbargebäudes führte, hinüber zu einer Reihe von Flachdächern, die terrassenförmig weiter in die Dunkelheit führten.

Sie hatte die andere Seite fast erreicht.

Nicolas trat an den Sims heran, er konnte sehen, dass sie fror, ihre nackten Füße balancierten geschickt über den schmalen Steg. Links und rechts ging es hinab – auf die Avenue Montaigne auf der einen Seite, in einen Hinterhof auf der anderen.

Fünf ganze Stockwerke tief.

»Bleib stehen, oder ich schieße!«, rief er und tatsächlich hielt sie kurz inne. Sie drehte den Kopf in seine Richtung und er konnte ihren belustigten Gesichtsausdruck erkennen.

»Jemand wie du sollte nicht jemanden wie ihn beschützen!«

Ihre Stimme war klar, sie drang durch die kalte Luft zu ihm herüber.

Nicolas hielt seine Waffe auf sie gerichtet, etwa dreißig Meter lagen zwischen ihnen.

»Wen sollte ich denn beschützen, deiner Meinung nach?«,

rief er ihr durch die Schneeflocken und den Wind hindurch zu.

Sie machte einen Schritt nach vorn, vorsichtig, aber ohne nach unten zu sehen.

»Marie, das ist es nicht wert, du wirst …«

»Du solltest lieber dich selbst schützen, Nicolas.«

Und mit einem Lachen drehte sie sich um, sprang die verbleibenden zwei Meter über den Sims und landete mit einer Rolle auf dem Flachdach des Nachbargebäudes.

»Marie!«

Hinter ihm wurde eine Tür aufgestoßen, die Lichtkegel mehrerer Taschenlampen drangen durch die Nacht.

»Diesmal nicht«, murmelte er, steckte die Glock in den Gürtel und machte einen Schritt auf den schmalen Vorsprung.

Marie sah ihn kurz an, dann rannte sie in die Dunkelheit davon.

»Bleiben Sie stehen, das ist Wahnsinn!«, hörte Nicolas den Ruf eines Beamten hinter sich, aber da war er schon einige schnelle Schritte über den Sims gelaufen.

Er war schwindelfrei und doch wusste er, dass das ein lebensgefährlicher Balanceakt war. Aber es stand zu viel auf dem Spiel, nur, wenn er Marie zu fassen bekam, konnten sie das Fiasko des Abends etwas abmildern und die Ehre des Sicherheitsteams retten.

Noch mal würde er sie nicht laufen lassen.

Sein Handy vibrierte.

»Das ist jetzt gerade etwas ungünstig«, murmelte Nicolas und schob sich einige wertvolle weitere Meter über das schmale Mauerstück.

Noch zehn Meter.

Fünf.

Mit einem Satz sprang er hinunter auf das Flachdach, rollte sich ab und prallte dabei schmerzhaft gegen eine Mauer.

»Das zahle ich dir heim!«, fluchte er und hielt Ausschau nach Marie, die nicht weit sein konnte. Dann rannte er los, diesmal ohne gezogene Waffe, von der er ohnehin wusste, dass er sie gegen Marie nicht einsetzen würde.

Hinter einer Ecke fiel ein schwacher Lichtschein durch eine geöffnete Tür. Mit zwei schnellen Schritten war er dort, riss die Tür auf und stand kurz darauf in einem Treppenhaus. Von unten stieg Essensduft zu ihm herauf, er hörte schnelle Schritte auf der Treppe.

Nicolas stürzte die Stufen hinunter, sein Körper voller Adrenalin. Das Jagdfieber hatte von ihm Besitz ergriffen.

Sie konnte nicht mehr weit entfernt sein, er kam Marie immer näher. Kurz darauf hörte er, wie sie im Erdgeschoss ankam und eine Tür aufriss. Der Geruch von schweren Bratensaucen und noch schwererem Rotwein drang in seine Nase. Wenige pumpende Atemzüge später wusste er, wo sie waren.

Das »Trois d'Or« war eines des edelsten Restaurants der Stadt, das feine Dekor und die elegante Atmosphäre passten sich der Aussicht an, die die Gäste auf die Place Alma-Marceau hatten. Wie eigens für sie in den Nachthimmel drapiert, leuchtete der Eiffelturm für die betuchte Kundschaft. Das reiche, das schöne Paris war hier ganz unter sich und die Erwartungen an die Küche enorm.

Und die Tür zu exakt dieser Küche riss Nicolas in diesem Augenblick auf, er prallte dabei direkt gegen einen Laufburschen, der mehrere abgeräumte Teller in den Händen hielt.

Der Krach war infernalisch, er erfüllte die großräumige Küche, in der mehrere Köche und Küchengehilfen an ihren Herdplatten und Öfen standen. Einer von ihnen hatte gerade damit begonnen, mehrere Tonschalen mit Crème brûlée zu flambieren, als Nicolas ihn umrannte und zu Boden riss.

»Scheiße, pass doch auf!«

Nicolas hob entschuldigend die Hände und rappelte sich auf. Dann stolperte er weiter voran, rutschte auf dem glatten Boden fast erneut aus, hielt sich an einem der Köche fest, überall war Dampf und die Protestrufe wurden lauter.

Aber Nicolas hatte keine Zeit. Er musste weiter.

»Sie ist da raus«, rief ihm ein junger Koch zu und zwei Sekunden später passierte Nicolas die Schwingtür, die in das Restaurant führte.

Das Erste, was ihm auffiel, war die Stille.

Nicolas hielt kurz inne, er atmete schwer. Ungläubig blickte er sich im »Trois d'Or« um.

Die Bar war verwaist, niemand saß an den gedeckten Tischen, auch Kellner waren nicht zu sehen. Auf den Tischen standen volle Teller, die Gläser waren mit Wein gefüllt, ein Käsewagen stand seitlich an einem der größeren Tische. Auf den Bänken lagen Handtaschen, Handys, zurückgelassene Autoschlüssel.

Von den Gästen keine Spur.

Die Erklärung für diese seltsame Szenerie fand sich im nächsten Augenblick.

Die neugierigen Gäste hatten sich, inklusive des Personals, nach draußen begeben, um die ungewöhnliche Parade der Einsatzkräfte zu bestaunen. Schwere Mannschaftswagen der Polizei rasten vorbei, Blaulicht zuckte über den Köpfen der Gäste, am Nachthimmel war ein Hubschrauber zu hören.

Die ersten Übertragungswagen erreichten die Avenue Montaigne, Reporter machten sich bereit für die Live-Schaltungen ihrer Sender. Das Théâtre des Champs-Élysées lag direkt um die Ecke, die Gäste des »Trois d'Or« wussten nicht, was passiert war – aber sie wollten es wissen.

»Vielleicht eine Explosion?«

»Ich habe nichts gehört.«

»Ein Anschlag? Mon dieu, wir sollten fahren, Jean-Louis!«

»Wir kommen hier nicht weg, besser, wir gehen wieder rein, Cherie.«

Nicolas stand zwischen den gut gekleideten Damen und Herren und suchte … suchte nach einem roten Kleid.

Er sah sie gerade noch rechtzeitig.

Nicolas löste sich aus der Menge und beschleunigte seinen Schritt, rannte zwischen zwei heranrasenden Polizeibussen hindurch, auf die andere Seite der Kreuzung, wo er in vollem Lauf die Treppe nahm, die hinab zur Métro führte.

Wieder klingelte sein Handy, aber er bemerkte es gar nicht.

Nicolas rannte weiter die Treppe hinab, weiter vorn sprang ein rotes Kleid über eine Absperrung und rannte in Richtung der Métrogleise.

Immer noch barfuß.

Ich kriege dich, dachte er, und überwand kurz darauf mit einem großen Satz die gleiche Absperrung, begleitet von den Protesten des zuständigen Sicherheitspersonals.

Die Métro der Linie neun durchquerte ganz Paris, vom Pont de Sèvres im Südwesten bis zur Mairie de Montreuil, weit im Osten. Die Station Alma-Marceau war keine Umsteigestation, wer hier ein- oder ausstieg, wollte zu den teuren Restaurants im 1. Arrondissement, wollte den glitzernden Eiffelturm sehen und das Denkmal für die ganz in der Nähe gestorbene Lady Diana. Nicolas sah Männer in Anzügen, Frauen in teuren Kleidern, er hörte das Geräusch einer einfahrenden Métro und beschleunigte noch einmal.

Von Marie keine Spur.

Kurz darauf knickte der Gang scharf nach links ab und Nicolas rannte von hinten in eine Gruppe Studenten, die sich über einen Stadtplan gebeugt hatte. Er landete auf den kalten Fliesen der Plattform, auf der gerade Dutzende von Menschen aus der eingefahrenen Métro stiegen.

»Alter, pass doch auf!«

Nicolas rappelte sich auf und drehte sich um die eigene Achse. Er scannte seine Umgebung, suchte nach Marie, nach dem roten Kleid in der Menge, sie musste hier sein.

Aber sie war nicht hier.

»Scheiße, Scheiße, Scheiße!«

Sein Herz raste, er wischte sich den Schweiß aus den Augen, drehte sich wieder im Kreis, blickte über die Köpfe der Menschen hinweg, durch ihre Beine, die Métro stand noch immer, Abfahrt in zehn Sekunden, er konnte Marie nicht finden, aber er musste sie einfach kriegen …

»Achtung, Türen schließen.«

Ein Zischen, das Geräusch der Türen, die sich schlossen, er war draußen geblieben. Und rannte weiter.

Der Zug setzte sich langsam in Bewegung, aber Nicolas hatte die Spitze bereits überholt, es waren nur noch zehn Meter bis zum Ende der Plattform, Menschen drängten Richtung Treppe, ein Bettler saß am Rand, eine Taube pickte auf einem Vorsprung nach Brotkrumen.

Alles drehte sich.

Ihm war heiß, immer wieder fuhr Nicolas sich über die Augen, spürte, wie seine Knie nachgaben.

Seine Seite schmerzte, seine Lunge pumpte. Das Geräusch der Métro, die abgestandene Luft, das Gurren der Tauben. Er spürte den Schmerz, als er gegen eine Schulter prallte, jemand schrie auf, er torkelte.

Suchte nach Halt.

Fand ihn nicht.

Dies war sein freier Abend. Ihr freier Abend.

Und nun fiel er.

Nicolas wunderte sich kurz darüber, warum der Boden zur Seite kippte, warum die Fliesen der Plattform sich neigten.

Er sah den schwarzen Tunnel, die blinkenden Lichter auf den Gleisen. Er hörte einen Aufschrei, sah das Licht an der Decke, er schloss die Augen, hatte den Halt verloren.

Er hatte zu nah am Abgrund gestanden, und jetzt fiel er.

Dann wurde ihm sein Arm förmlich aus dem Körper gerissen und die Welt drehte sich zurück. Er wurde nach oben katapultiert, weg von dem Zug, im allerletzten Moment. Sein Körper wurde zurück auf die Plattform geschleudert, gezogen von einer Hand, einem Arm, einem Körper, von einer verbissenen Entschlossenheit, die ihm das Leben rettete.

Um ihn herum die Lichter der Métro, die aus der Station fuhr, unscharfe Gesichter, die gefliesten Wände, Werbeplakate, ein Bettler, der an der Wand lehnte.

Das rote Kleid.

Als sein Blick wieder klar wurde, schaute er Marie direkt in die Augen, sah ihre Sommersprossen, spürte ihren Griff, ihre Anspannung.

Dann krachte er mit dem Rücken gegen einen Betonpfeiler, Luft wurde aus seiner Lunge gepresst, seine Knie sackten weg und ihm wurde kurz schwarz vor Augen.

Sein Hinterkopf prallte hart gegen den Fliesenboden, er stöhnte auf, als sein Knie gegen eine der stählernen Bänke schlug.

Dann wurde es still.

Sein Handy vibrierte erneut. Das war das Erste, was er merkte.

Das Zweite war, dass er auf dem Rücken auf dem Boden der Plattform lag, umgeben von Menschen, die besorgt zu ihm hinunterschauten. Und über ihm die Frau in dem roten Kleid, die ihn ebenfalls besorgt ansah. Ihre Sommersprossen flimmerten dicht vor seinen Augen, eine Haarsträhne kitzelte ihn. Sie blickte ihn stumm an.

»Das war knapp«, sagte Marie schließlich.

»Verdammt, tut das weh«, stöhnte er und betastete mit seiner linken Hand den Kopf. Er spürte eine rasch anschwellende Beule und warmes Blut an seinen Fingern.

»Das geht vorbei«, sagte Marie und sah sich dabei um, offenbar auf der Suche nach weiteren Sicherheitskräften.

»Was sollte das, Marie?«, zischte Nicolas und griff nach ihr, als sie versuchte aufzustehen.

»Was meinst du?«, sagte sie schneidend. »Etwa die Tatsache, dass ich dir das Leben gerettet habe? Das ist eine gute Frage, ich weiß nämlich selbst nicht genau, warum ich das gemacht habe. Ich hätte dich auch einfach fallen lassen können!«

Für einen Moment starrten sie sich an, Nicolas' Atem ging schwer, schmerzhaft spürte er jede einzelne Faser seines Köpers. Aber er wollte Marie nicht loslassen.

»Du weißt genau, was ich meine«, sagte er schließlich, während um sie herum die Menschen verwundert auf sie herabsahen, nur um dann kopfschüttelnd weiterzugehen.

Immer noch war keine Polizei in Sicht, Marie warf jedoch immer wieder Blicke in Richtung Ausgang.

»Das ist doch Wahnsinn, was ihr da macht!«, zischte Nicolas. »Ein Anschlag auf den Staatspräsidenten, mitten in Paris! Sie werden euch jagen, ihr landet alle hinter Gittern! Und wofür? Für ein bisschen Aufmerksamkeit? Um François Faure moralisch zu demaskieren? Ist es das wert?«

Langsam wand sich Marie aus seinem Griff, er wollte sie aufhalten, aber ihm fehlte die Kraft.

»Es geht um viel mehr«, sagte sie schließlich mit leiser Stimme, während sie aufstand und ihm die Hand hinhielt. »Glaub mir, wir wollen niemanden verletzen. Und es wird bald vorbei sein.«

»Was soll das heißen?« Nicolas ergriff ihre Hand, mühsam stützte er sich an der Wand ab und stand schließlich vor ihr, blutend, verdreckt und mit Knien aus Gummi.

Marie sah sich um, sie wussten beide, dass sie nicht mehr viel Zeit hatten. Sie schaute ihn ernst an.

»Versuch nicht, mich aufzuhalten, Nicolas«, sagte sie. »Ich habe dir eben gerade das Leben gerettet. Alles was ich will, ist, dass du uns …«

»Wer sind die anderen, wen meinst du? Marie, das ist kein Spiel! Es geht um den Präsidenten, und …«

»Es geht immer um den Präsidenten!«, unterbrach sie ihn heftig. »Das ganze Land muss sich nach ihm richten, die Menschen, die Frauen, die er benutzt! Und du beschützt ihn auch noch, wie kannst du nur!«

»Das ist mein Job und was ihr tut, ist der reinste Wahnsinn …«

»Oh nein! Wir sind vielleicht traurig und wütend, aber nicht wahnsinnig. Und außerdem entschlossen, es zu Ende zu bringen! Und du wirst mich nicht daran hindern. Dafür steht zu viel auf dem Spiel, Nicolas.«

Er sah das Feuer in ihren Augen, ihre Stimme zitterte, sie meinte es ernst.

»Für wen tust du das, Marie?«, fragte er leise. Und als er sah, wie sie sich hastig umblickte, da wusste er, dass er einen wunden Punkt getroffen hatte.

Sie schüttelte den Kopf.

»Ich muss jetzt gehen, Nicolas.«

»Ich kann dich nicht gehen lassen. Diesmal nicht.« Nicolas' Hinterkopf pochte, seine rechte Seite brannte, sein gesamter Körper schien aus einem dumpfen Schmerz zu bestehen.

»Ich habe dir das Leben gerettet, schon vergessen?«

Wütend sah sie ihn an. Dann schaute sie über ihre Schulter, über das Gleis, und erstarrte.

»Das spielt für das große Ganze keine Rolle«, sagte Nicolas. »Ohne dich haben wir keine Spur und ich kann nicht zulassen, dass …«

Ehe er sich versah, umarmte sie ihn plötzlich, er stöhnte, als sie seinen Hinterkopf berührte. Sie schob sich eng an ihn, ihre Augen verschmolzen mit seinen, und nur den Bruchteil einer Sekunde, bevor zwei private Sicherheitswachmänner der Métro zu ihnen hinübersahen, hörte er ihren Atem an seinem Ohr. Für Außenstehende mussten sie wie ein frisch verliebtes Paar wirken, das eng umschlungen an der Wand einer Métrostation stand. Doch im nächsten Moment waren die Wachleute außer Sicht und mit einer schnellen Bewegung rammte Marie ihm ihr Knie zwischen die Beine. Nicolas sank stöhnen zu Boden, während sie sich umdrehte und losrannte.

Das Letzte, was Nicolas von Marie sah, waren ihre nackten Füße auf dem kalten Stein der Treppe, die hinauf in den Abend führte, zurück zu den glitzernden Lichtern der Stadt.

Einige Minuten später schleppte er sich den Gang der Métrostation entlang, bis zu einem Getränkeautomaten, neben dem eine Metallbank an der Wand angebracht war. Unter Mühen kramte er Kleingeld aus seiner Tasche und hielt sich kurz darauf eine kalte Cola-Dose an den Hinterkopf. Nachdem er sie anschließend in einem Zug ausgetrunken hatte, holte er sein Handy heraus und blickte auf das Display.

Neun Anrufe von Tito, seinem alten Nachbarn, der vermutlich in seiner durchlöcherten Strickjacke im »Le Vannier« saß und mit einem Glas Pastis in der Hand nach draußen auf die Place Sainte-Marthe blickte. Nicolas drückte auf die Rückruftaste und lauschte dem Freizeichen in der Leitung. Sein Atem ging schwer, an seinen Fingern klebte Blut und er hatte Maries Duft in der Nase.

Jemand nahm den Anruf entgegen. Es war nicht Tito.

Es war eine Krankenschwester im Hôpital Saint-Louis im 11. Arrondissement.

Sie sagte, es würde nicht gut aussehen.

Eine Minute später erhob sich Nicolas stöhnend von der Bank und machte einen ersten Schritt. Langsam, behutsam und mit schmerzverzerrtem Gesicht.

Ein zweiter Schritt, ein dritter, ein vierter. Er ging schneller, stolperte voran.

Bis er schließlich rannte, so schnell er noch konnte.

KAPITEL 4

Deauville, Normandie
Zur gleichen Zeit

Luc Roussel ahnte, dass er in diesem Augenblick kein wirklich gutes Bild abgab. Aber erstens war ihm das egal, mehr denn je sogar. Und zweitens konnte er es gerade nicht ändern, dafür war er zu gefesselt von den Ereignissen, die sich direkt vor seiner Nase abspielten, auf dem Bildschirm seines kleinen Fernsehers.

Er stand in der Küche, direkt neben ihm auf dem Küchentisch eine halb volle Packung Chips und eine Tüte vom Supermarkt, in der sich zwei Flaschen Wein, eine Fertigpizza und eine Mango befunden hatten. Wobei er die Mango nur mitgenommen hatte, um bei der Kassiererin einen weniger schäbigen Eindruck zu machen. Sie hatte die beiden Flaschen über den Scanner gezogen, die Pizza ebenso und die Mango kurz in der Hand gewogen.

»Die müssen Sie heute noch essen, morgen ist sie zu reif.«

Er hatte genickt und nun lag die Mango noch in der Tüte, während die Pizza in der Mikrowelle labbrig, aber wenigstens warm wurde und die erste Flasche bereits zur Hälfte leer war.

Dies waren wahrlich keine guten Zeiten.

Die Mikrowelle meldete sich.

Roussel ließ den Fernseher nicht aus den Augen, während er die Pizza auf einen Teller schob. Und auch später nicht, als der heiße Käse auf seine Hose tropfte und auf den Boden, wo er einen fettigen Fleck hinterlassen würde. Stattdessen setzte er sich auf einen Stuhl und schob die Tüte zur Seite, um sich etwas Platz zu verschaffen. Die Tüte kippte von der Tischplatte und er hörte, wie die überreife Mango auf dem Boden aufschlug.

»Scheiße«, fluchte er, wischte sich über den Mund und verteilte dabei die Tomatensauce großzügig in seinem unrasierten Gesicht.

Luc Roussel, den alle nur bei seinem Nachnamen riefen, wusste selbst am besten, dass er momentan in keinem besonders guten Zustand war. Aber das war dem knurrigen Mann, der seit mehr als einem Jahr Leiter des Commissariat von Deauville war, herzlich egal, schließlich würde er Sandrine erst nächste Woche im Büro wiedersehen. Und nicht, wie bis vor Kurzem üblich, hier an seiner Seite, in seinem Bett, in seinem Leben.

»Sag endlich, dass du mich liebst!«, äffte er Sandrine nach. Als ob das irgendetwas geändert hätte. Er hatte die Frauen nie wirklich verstanden, die ganze Romantik, die Gefühlsduselei, die Anhänglichkeit. Sandrine war schließlich wieder ausgezogen und hatte ihn zurückgelassen wie eine überreife Frucht. Roussel spürte die Einsamkeit, die an ihm zerrte, so wie der Wind draußen an den Fensterläden. Er nahm einen großen Bissen seiner Pizza, einen noch größeren Schluck Rotwein und hörte dem Moderator der Sondersendung zu.

Was in Paris geschehen war, war verrückt.

Ein Anschlag auf den Präsidenten bei einem Besuch im Théâtre des Champs-Élysées, es war kaum zu glauben. Roussel sah die Bilder aus der Avenue Montaigne, las den Text im Ticker am unteren Bildschirmrand.

Alles war noch unklar, sowohl der Gesundheitszustand des Präsidenten als auch die Hintergründe des Anschlages. Sie zeigten verwackelte Amateuraufnahmen aus dem Inneren des Konzertsaales, Menschen flohen nach draußen, einige schrien panisch, Befehle waren zu hören, Sicherheitskräfte riegelten das Gebäude ab.

Ein Interview mit einem Psychologen, dann ein Einsatzleiter der Feuerwehr.

»Was für ein Wahnsinn«, murmelte Roussel und nahm einen weiteren Schluck. Er sah auf sein Handy, das er vorhin auf das Sofa geworfen hatte, und überlegte, ob er Nicolas anrufen sollte. Nach einigem Zögern und einem Blick auf die Wanduhr beschloss er jedoch, damit noch mindestens zwei Stunden zu warten.

Nicolas war sicherlich gerade mitten im Auge des Sturms, unterwegs mit François Faure, zu einer Klinik, womöglich sicherte er gerade einen OP ab oder stand in einem langen Krankenhausflur, um ungebetene Gäste (vor allem Journalisten) fernzuhalten.

»Das ist ein Debakel für euch, Nicolas«, sagte er in seine leere Küche hinein und für einen Augenblick wünschte er sich, dass Sandrine hinter ihm stünde.

»Allerdings«, würde sie sagen, sich neben ihn setzen, und sie würden gemeinsam diesen denkwürdigen Moment erleben und Montagfrüh gemeinsam zum Commissariat laufen, durch die noch leeren Straßen der Stadt, in denen kurze Zeit später die ersten Lieferanten halten würden, mit frischem Fisch und Geflügel aus dem Hinterland, für die Restaurants und Feinkostläden.

Vermutlich hätte Sandrine aus der Mango schnell noch einen Nachtisch gezaubert, weil sie im Kühlschrank den Rest zusammengesucht hätte: Sahne, Himbeeren, womöglich auch Eis.

Nun aber war der Kühlschrank leer.

Und im Fernsehen sprach der Moderator plötzlich von einem Anschlag mit Farbbeuteln. Keine Verletzten, der Staatspräsident sei wohlauf, zwar an einen unbekannten Ort gebracht, aber in Sicherheit. Der Premierminister würde seine Reise nach London vorzeitig abbrechen, das Kabinett morgen zu einer Sondersitzung zusammenkommen.

Wer macht denn so einen Scheiß?, fragte sich Roussel. Offenbar war noch niemand festgenommen worden, jedenfalls wussten sie im Fernsehen nichts zu berichten, und allmählich wurde Roussel müde, immer die gleichen Bilder zu sehen.

Er würde heute früh zu Bett gehen, um morgen den freien Sonntag am Strand zu genießen. Ein winterlicher Spaziergang zu den Vaches Noires und nach Villers-sur-Mer, das in der Wintersaison so wunderbar verlassen war.

»Da passe ich gut hin«, murmelte er, als auf dem Sofa sein Handy brummte. Mühsam stand er auf, legte das halbe Stück Pizza auf den Teller zurück und runzelte die Stirn, als er die Nummer sah.

Festnetz, Normandie. Nicht in Deauville.

»Wo ist das noch mal …?«, dachte er laut nach, während er auf die Vorwahl schaute.

»Hier spricht Roussel«, grantelte er schließlich ins Telefon.

»Und hier spricht Marc. Marc Huet aus Granville, es ist ein paar Jahre her.«

Roussel kratzte sich am Kopf und überlegte krampfhaft, wer in Gottes Namen Marc Huet aus Granville sein konnte. Die Stadt lag ganz im Westen der Normandie, kurz vor der Bretagne, an der Küste des Cotentin. Und dort war er zum letzten Mal gewesen, als …

»Marc! Mein Gott, das ist wirklich ein paar Jahre her!« Roussel war die Fortbildung wieder eingefallen, die er vor Ewigkeiten in Granville gemacht hatte. Es war um Verwesung und die Wirkung von Salz auf Wasserleichen gegangen, ein schauriges Thema, aber er hatte sich mit Marc Huet, dem Leiter des dortigen Commissariat, angefreundet und drei feuchtfröhliche Abende in Granville verbracht.

»Ich glaube, acht Jahre, kann das sein?«, sagte nun Huet am anderen Ende der Leitung. »Dafür, dass wir in Kontakt bleiben wollten, haben wir uns etwas Zeit genommen, aber so ist wohl das Leben, nicht wahr? Wie geht es dir, Roussel?«

Beschissen, dachte Roussel.

»Ach, ganz gut eigentlich, ich kann nicht klagen.«

»Du leitest jetzt das Commissariat in Deauville, nicht wahr? Glückwunsch dazu.«

»Danke dir, manchmal wünschte ich, ich hätte mehr Zeit für die Straße, du weißt schon …«

Huet lachte.

»Das versteh ich nur zu gut! Aber bei euch war doch einiges los in letzter Zeit, oder? Ich meine, ein Toter im Hafenbecken, die Geschichte in Vieux-Port, dann letzten Sommer die Sache in Arromanches – und du immer dabei. Über Langeweile kannst du nicht klagen, oder?«

Roussel lächelte und goss sich etwas Rotwein ein.

»Und du, wie geht es dir, Marc? Granville wird dich wohl nicht los, was?« Er hörte Huets Lachen durch die Leitung.

»Nein, eher nicht, aber was will man machen – es ist meine Heimat, Emma und den Kindern gefällt es hier. Was soll ich woanders?«

Roussel stand auf und schaltete den Fernseher aus.

»Wie kann ich dir helfen, Marc?«

»Tja, du kannst mir wirklich helfen. Oder vielleicht eher ich dir, da bin ich mir noch nicht so sicher …«

Roussel runzelte die Stirn, er spürte, wie sich unter der dicken Schicht aus Rotwein und Liebeskummer seine Polizistenseele zu rühren begann. Huet rief nicht ohne Grund um diese Uhrzeit auf seinem Handy an, an einem Samstagabend.

»Sagt dir der Name Rémy Marchand etwas?«, fragte Huet in diesem Augenblick und Roussel hörte das Rascheln von Papier und eine Stimme im Hintergrund. Huet war noch im Commissariat.

Oder wieder.

Irgendetwas musste passiert sein.

»Nein, wer soll das sein?«, fragte er und schob das Glas Rotwein etwas zur Seite, wenn auch nicht besonders weit. Vom Küchentresen angelte er einen Notizblock und einen abgekauten Bleistift.

»Marchand war bis diesen Sommer der Chef der Fährgesellschaft von Granville. Seine Flotte fährt rüber nach Guernsey und Jersey, nach Saint-Malo, aber auch nach Chausey und hinüber nach Saint-Brieuc. Er ist seit einigen Monaten in Rente und lebt mit seiner Frau am Meer, in der Nähe von Carolles.«

»Und seinetwegen rufst du mich nun an?«, fragte Roussel. Er erinnerte sich nun, dass Marc Huet auch während der Fortbildung zu einem etwas ausschweifenden Erzählstil geneigt hatte.

»Ja, warte, es wird gleich spannender, als dir lieb ist.«

»Na, dann schieß los«, brummte Roussel und zog das Glas wieder dichter zu sich heran.

»Rémy Marchand und seine Frau Audile waren heute Mittag auf Chausey. Der kleine Archipel, draußen auf dem Meer, wenn man …«

»Ich weiß, wo Chausey liegt«, unterbrach ihn Roussel. Er selbst war noch nie dort gewesen, Sandrine hatte aber immer davon geschwärmt und sich ein Wochenende im hübschen »Hôtel de la Marée« gewünscht.

Noch ein Wunsch, dem er nie entsprochen hatte.

»Okay, jedenfalls kommen die beiden seit vielen Jahren jedes Jahr hierher. Gehen gut essen, dann spazieren, draußen an der Grande-Grève, das ist der größte Strand dort. Und genau dort findet unser Rémy Marchand eine Flaschenpost, das war heute Mittag, eine Stunde, bevor sie die Fähre zurück ans Festland genommen haben.«

»Eine Flaschenpost?«, wunderte sich Roussel. »Ich versteh

nicht, was ist Besonderes an einer Flaschenpost? Ich meine, die gibt es immer mal wieder, Kinder schmeißen sie ins Meer, Liebespaare …«

»Warte«, unterbrach ihn Huet. »In der Flaschenpost war eine Liste mit fünf Namen. Und der oberste war der von Rémy Marchand.«

Roussel legte den Bleistift auf den Küchentisch.

»Wie bitte? Wie soll das gehen? Da treibt eine Flaschenpost im Meer und auf einem Zettel steht ausgerechnet der Name des Mannes, der sie findet?«

Am anderen Ende der Leitung hörte Roussel, wie Huet mit einem Kollegen sprach.

»Ja, sagt den Kollegen in Caen, wir brauchen die Verstärkung dringend … Entschuldige, da bin ich wieder. Ja, du hast recht, das ist komplett verrückt. Aber es wird noch verrückter.«

Verstärkung aus Caen, dachte Roussel. Dann muss ja wirklich etwas Größeres im Gange sein.

»Das Ehepaar hat also gestern die Fähre zurück nach Granville bestiegen«, erklärte Huet mit ruhiger Stimme. »Und an Bord ist Rémy Marchand plötzlich zusammengebrochen, womöglich ein Herzinfarkt. Allerdings hat er sich auch mehrfach übergeben.«

Roussel hatte nun auch langsam den Eindruck, dass die Geschichte sehr interessant werden könnte.

»Wir warten noch die Ergebnisse des Labors in Caen ab. Aber es ist schon seltsam, dass jemand eine Flaschenpost mit seinem Namen findet und kurz darauf stirbt. Ich verwette jedenfalls mein Monatsgehalt darauf, dass das alles kein Zufall war.«

»Irgendwelche sonstigen Informationen? Gibt es Zeugen, hat jemand etwas Sonderbares bemerkt?«

Huet lachte kurz auf.

»Keine Sorge, Roussel. Wir wissen schon, wie man diesen

Job macht. Nein, niemandem ist etwas aufgefallen. Plötzlich ging es ihm schlecht, er wollte wohl frische Luft schnappen und ist dann draußen zusammengebrochen. Der Kapitän hat noch erste Hilfe geleistet, aber es war zu spät.«

Roussel blickte in den tiefroten Abgrund seines Glases, sog den Duft ein, das typische Pflaumenaroma, an dem er einen reifen Rotwein aus dem Burgund erkannte.

»Du rufst mich aber nicht wegen Rémy Marchand an«, sagte Roussel schließlich und griff nach der Flasche, um sich einen weiteren Schluck einzuschenken.

»Nein, sondern …«

»… wegen der Liste.«

Wieder hörte Roussel im Hintergrund Stimmen, Huet wurde etwas gefragt, murmelte etwas.

»Hör zu, Roussel, wir wissen nicht, was es mit dieser Liste auf sich hat. Aber wenn Rémy Marchand, der ganz oben stand, nicht an einem Herzinfarkt gestorben ist, dann …«

»… habt ihr ein Problem«, ergänzte Roussel.

»Exakt.«

Für einen kurzen Moment schwiegen sie. Roussel nahm einen Schluck und schloss die Augen.

»Fünf Namen, sagst du?«

»Fünf, ja. Alles Männer. Warte, ich habe sie … hier … jetzt, da sind sie, ich hab sie mir aufgeschrieben, die Liste selbst ist natürlich auch nach Caen unterwegs.«

»Natürlich. Also, schieß los«, sagte Roussel.

Papier raschelte.

»Nummer zwei ist ein gewisser Balthasar Morignac.«

Roussel prustete beinahe seinen Wein über den ganzen Tisch.

»Scheiße, ist das dein Ernst? Morignac? Der Morignac?«

Roussel stand abrupt auf und blickte aus dem Fenster über die angrenzenden Dächer von Deauville.

»Hör zu, ich kann von hier aus mindestens drei Gebäude sehen, die ihm gehören, Huet. Dazu noch der halbe Hafen, Morignac hat Anteile am Casino, ihm gehören mehrere Rennpferde, von denen mindestens eines pro Jahr den Großen Preis gewinnt. Ihm gehört mehr oder weniger die halbe Stadt!«

»Ich weiß, deswegen rufe ich dich ja an.«

Roussel fuhr sich durch sein Gesicht. Balthasar Morignac gehörte zu den reichsten Bürgern einer ohnehin reichen Stadt. Sein Einfluss war enorm, seine Kontakte zahlreich. Und dabei fand Roussel ihn seltsamerweise nicht mal unsympathisch, im Gegenteil. Er hatte ihn nur einmal kurz getroffen, bei einem Empfang, da waren sie ins Gespräch gekommen. Er war sehr umgänglich und wortgewandt gewesen.

Ich sollte beten, dass der Tote auf der Fähre nur einen Herzinfarkt hatte, dachte Roussel, auch wenn er jetzt schon stark daran zweifelte. Andernfalls würde er die Teilzeit-Trinkerei sofort beenden müssen, um seine Kollegen zusammenzutrommeln. Und die nächsten Tage würde er nichts anderes machen, als mit Stadtoberen und Würdenträgern zu telefonieren.

»Was hat Morignac mit eurem Ex-Chef der Fährgesellschaft zu tun?«, fragte er schließlich.

»Wissen wir noch nicht«, antwortete Huet.

Roussel fluchte innerlich. Aus seinem Sonntag am Strand würde nichts werden.

»Gut, dass du angerufen hast. Wir werden uns darum kümmern. Wisst ihr, wo er steckt?«

»Nein«, antwortete Huet zögerlich. »Noch gibt es ja keinen Anlass, wir ermitteln noch nicht offiziell, allerdings …«

Roussel war in seiner kleinen Dachgeschosswohnung auf und ab getigert, mit dem Glas in der Hand. Jetzt blieb er stehen.

»Was noch, Huet? Wer sind die anderen? Reden wir hier von der gesamten scheiß Hautevolee der Normandie?«

»Nein«, beruhigte ihn Huet. »Die anderen Namen passen seltsamerweise alle nicht zusammen, wir wissen auch noch nicht, wer die Personen sind. Nummer drei etwa ist ein gewisser Adrien Martin. Davon gibt es allein in der Normandie 58 Stück. Die würden wir natürlich alle überprüfen, wenn …«

»Und der Nächste?«, unterbrach Roussel ungeduldig.

»Philippe Duval, gleiches Problem.«

Roussel meinte sich zu erinnern, dass beide Namen auf der Liste der am häufigsten vorkommenden Nachnamen der Region ganz weit oben standen.

»Na wunderbar.«

»Nummer fünf, der Letzte, ist uns genauso ein Rätsel. Ich wollte ihn gleich mal in den Polizeiakten suchen.«

»Was für eine seltsame Liste«, murmelte Roussel. »Ruf mich morgen an, wenn ihr das Ergebnis aus Caen bekommt, ja? Ich werde jemanden dransetzen, der die Verbindungen zwischen Rémy Marchand und Balthasar Morignac hier in Deauville prüft. Und ich werde ihm gleich morgen einen Besuch abstatten.«

»Ja, mach das. Es ist eine seltsame Geschichte. Wir werden sehen, was die Kollegen in Caen herausbekommen. Wenn es doch eine andere Todesursache gab, dann werden sie sie finden.«

»Na hoffentlich«, grummelte Roussel, während er sich die Namen auf einen Notizzettel schrieb.

Den von Balthasar Morignac unterstrich er zweimal.

»Wie sagtest du, heißt der Fünfte? Vermutlich auch so ein 08/15-Name.«

»Ja, warte, ich hab ihn hier …«

So ein Mist, dachte Roussel, während er hörte, wie Huet wieder seine Papiere durchblätterte. Der ganze Sonntag würde für die Arbeit draufgehen, Montag würde er missmutig die Woche beginnen und Sandrine hatte sich Urlaub genommen und war zu einer Freundin nach Grenoble gereist.

»Ah, hier ist er. Ja, du hast recht, Nicolas heißt wirklich jeder, mein Neffe heißt auch so, er ist mittlerweile schon dreizehn, ist das zu glauben. Jedenfalls …«

Roussel bekam langsam Kopfschmerzen und überlegte, ob er das Glas, das vor ihm stand, wirklich noch austrinken sollte. Er würde morgen sehr früh ins Commissariat müssen.

»… meine Nichte heißt Georgine, was ist das für ein Name, aber meine Schwester hat ohnehin einen leichten Knall, ich kann dir sagen …«

»Mmhhhh«, murmelte Roussel, der schon gar nicht mehr richtig zuhörte und an den großen Berg von Aufgaben dachte, der ihn am nächsten Tag erwarten würde.

»… Guerlain heißt er. Jedenfalls rufe ich dich morgen an, sobald ich etwas erfahre, Roussel, versprochen. Es war schön, dich mal wieder zu hören, vielleicht … Hey, was war denn das für ein Klirren? Ich hoffe, du hast die Ming-Vase nicht fallen lassen …«

Roussel starrte auf die rote Lache zu seinen Füßen und auf das dünne Rinnsal, das zwischen den Stuhlbeinen hindurch unter den Tisch floss.

»Wie hast du gesagt, heißt Nummer fünf?«, fragte er leise.

»Oh, warte: Guerlain, Nicolas. Sagt dir das was? Ich lasse das gleich mal durch unser System laufen.«

»Mach das«, sagte Roussel. Er hörte das Klackern einer Tastatur. Das Leben war eben voller Überraschungen.

»Ach du Scheiße«, sagte Marc Huet leise am anderen Ende der Leitung. »Das ist doch der …«

Roussel hob eine große Glasscherbe auf und betrachtete sein Gesicht, das sich darin kopfüber spiegelte.

»Das ist der Bodyguard«, sagte er. »Ruf mich morgen an, Marc.«

»Warte, ich versteh das nicht, was hat der …«

Aber da hatte Roussel schon aufgelegt.

»Nicolas«, sagte er leise und dachte daran, dass sie sich anfangs so spinnefeind gewesen waren, und jetzt spürte er, wie sehr das gemeinsam Erlebte sie verband. Die Geschichte oben in den Hügeln von Honfleur, der D-Day in Arromanches, die Suche nach Beweisen für Julies Unschuld in den Drogenvierteln von Paris. Nicolas war ihm ans Herz gewachsen.

Er nahm die halb volle Flasche Wein, schüttete ihren Inhalt in den Abfluss und machte das Gleiche mit der zweiten Flasche. Dann schmiss er die Pizzareste in den Mülleimer, ebenso die Mango, die tatsächlich bereits überreif war. Er würde sich bei der Kassiererin im Supermarkt beschweren. Allerdings nicht morgen. Und auch nicht in den nächsten Tagen.

Er würde anderes zu tun haben, und er würde nicht der Einzige sein.

KAPITEL 5

Hôpital Saint-Louis, Paris

Ein Rütteln an der Schulter holte Nicolas aus einem unruhigen Schlaf. Das grelle Neonlicht im Gang blendete ihn, er blinzelte, schaute sich um und wartete, bis das Gesicht, das auf ihn herabblickte, sich scharf stellte. Mit einem Stöhnen fasste er sich an die Hüfte, er verzog kurz das Gesicht, während seine Finger den Verband berührten, den sie ihm angelegt hatten. Die Wirkung der Tabletten musste nachgelassen haben, es schmerzte am ganzen Körper.

Die Luft war abgestanden, es roch nach Putzmitteln. Im Hintergrund hörte er, wie jemand nach einer Krankenschwester rief. Sein Rücken war nur noch ein loser Verbund einzelner Knochen, jeder Muskel schien verzogen, seine Gelenke knackten, als er sich bewegte.

»Das zahle ich dir heim, Marie«, murmelte er und spürte unter sich das harte Holz des Stuhles, auf dem er im Wartebereich der Notaufnahme eingeschlafen sein musste, in einer Position, in der man schlicht nicht einschlafen sollte.

Aber er hatte einfach keine Kraft mehr gehabt.

Das Gesicht, das sich zu ihm herabbeugte, gehörte einem Arzt in grünem Kittel. Er lächelte nicht, das war das Erste, was Nicolas auffiel. Ein Arzt, der nicht lächelte, hatte keine guten Nachrichten, so viel war klar.

»Entschuldigen Sie«, murmelte er benommen. »Ich muss kurz eingeschlafen sein. Gibt es … gibt es etwas Neues?«

Der Mann war etwa so alt wie er, sah ihn an und zeigte dann auf die Uhr an der Wand.

»Monsieur Guerlain, sie sollten nach Hause gehen. Sie haben nicht kurz geschlafen, sondern mehr als zwei Stunden. Sie haben Schmerzen, wir werden uns Ihre Verletzungen noch mal anschauen, wenn Sie möchten.«

»Zwei Stunden«, murmelte Nicolas und richtete sich auf. »Es … danke … es wird schon gehen. Sagen Sie, gibt es etwas Neues von …«

Der Arzt schüttelte den Kopf.

»Nein, und ehrlich gesagt ist das keine gute Nachricht. Er ist sehr schwach, wir haben ihn operiert, erfolgreich operiert, aber er hat doch einige Zeit in seiner Wohnung gelegen, bevor Hilfe kam. Wäre der Hund nicht gewesen, der das ganze Haus zusammengebellt hat, wäre er dort gestorben. Aber ich möchte ganz offen zu Ihnen sein: Die Wahrscheinlichkeit, dass es zu weiteren Komplikationen kommt, ist nach einem solchen Herzinfarkt nicht selten.«

»Kann ich zu ihm?«, fragte Nicolas und setzte sich aufrecht hin. Sein Kopf brummte, am Hinterkopf spürte er ein Pflaster, das den dicken Kopfverband fixierte. Er erinnerte sich an den Schmerz, als er mit dem Kopf auf dem harten Beton der Métrostation aufgeschlagen war. Doch diesen Schmerz nahm er gern in Kauf, denn eigentlich war er nur ein Beleg dafür, dass er lebte, obwohl er eigentlich hätte tot sein müssen, zerquetscht von der abfahrenden Métro nach Montrouge.

»Ja, Sie können jetzt rein zu ihm. Aber er kann Sie nicht hören, er schläft jetzt. Und ich würde vorschlagen, dass Sie dann nach Hause gehen. Wir geben Ihnen Bescheid, wenn es eine Veränderung der Situation gibt.«

»Einverstanden«, sagte Nicolas und ergriff die Hand des Arztes, der ihm hochhalf.

»Sie sollten erst mal selbst wieder zu Kräften kommen«, sagte der Arzt und zeigte auf einen Bildschirm, auf dem der

Nachrichtensprecher gerade die neuesten Entwicklungen rund um den Anschlag in der Avenue Montaigne zusammenfasste. »An Ihrem Arbeitsplatz ist ja gerade viel los.«

Es gab nichts Neues. Der Präsident war in Sicherheit, die Hintergründe waren noch unklar.

»Es ist für eine gute Sache«, hatte Marie gesagt. Welche Sache konnte so gut sein, dass es sich dafür lohnte, einen ganzen Konzertsaal in Angst und Schrecken zu versetzen?

Nachdem ihm der Arzt aufgeholfen hatte und Nicolas sich halbwegs auf den Beinen halten konnte, gingen sie durch eine gesicherte Schleuse, hinter der ein langer Gang in den hinteren Teil des Krankenhauses führte. Es war mittlerweile kurz nach Mitternacht und doch schien es, als würde das hier drinnen keinerlei Rolle spielen. Hier wurde der Tag in Schichten eingeteilt, ebenso wie die Nacht, die Ankunft neuer Patienten, neue Verletzungen und Krankheiten waren die Punkte, die diesen Organismus am Laufen hielten, ohne Rücksicht auf Müdigkeit oder gar Gewohnheiten. Nicolas erkannte die Krankenschwester wieder, die ihm bei seiner Ankunft einen Verband angelegt hatte, sie stand vor der Kaffeemaschine im Schwesternzimmer, die Tür stand offen, alle Türen standen offen. Auch jene von Zimmer acht, vor der der Arzt jetzt stehen blieb.

»Er ist aufgewacht«, sagte der Arzt leise und Nicolas sah an ihm vorbei in das Krankenzimmer, in dem er im diffusen Licht ein Bett erkannte, eine Gestalt, ein Gesicht.

»Wie gesagt, er lag einige Zeit in seiner Wohnung, bis jemand den Hund gehört hat. Die Sanitäter haben ihn auf der Fahrt hierher zweimal wiederbelebt. Sein Herz ist schwach, sehr schwach.«

Nicolas musste schlucken, er legte einen Finger auf die kalte Wand und atmete tief durch. Im Hintergrund hörte er erneut einen Bericht über die Ereignisse im Théâtre des Champs-Élysées, das Radio lief in einem der Zimmer.

Auch der Arzt hörte es und sah ihn von der Seite an.

»Das muss ein schrecklicher Abend für Sie sein«, sagte er. »Dieser Anschlag ist eine schlimme Sache, wer macht so etwas nur?«

Nicolas drehte sich zu ihm um.

»Ja, da haben Sie recht«, sagte er leise. »Mit beidem. Aber für ihn dort drinnen ist dieser Abend noch viel schlimmer.«

Er reichte dem Arzt die Hand und nickte ihm zu.

»Haben Sie vielen Dank für das, was Sie getan haben. Ohne Sie …«

»Danken Sie mir nicht zu früh, Monsieur Guerlain.« An der Brusttasche des Arztes leuchtete ein kleines Gerät auf, er nahm es in die Hand und blickte auf das Display.

Ein neuer Patient. Ein weiteres Schicksal. Die Nacht war noch lange nicht zu Ende.

»Ihr alter Nachbar hat seinen schwersten Kampf womöglich noch vor sich. So ein Herzinfarkt kann die stärksten Menschen niederstrecken. Warten wir die nächsten Stunden ab, womöglich auch die nächsten Tage, dann werden wir weitersehen.«

Der Arzt sah ihn nachdenklich an.

»Bleiben Sie nicht zu lange, Monsieur Guerlain. Gehen Sie nach Hause. Nach allem, was heute geschehen ist, braucht Ihr Chef Sie wohl in bester Verfassung. Auch wenn das in Ihrem Fall ehrlich gesagt derzeit etwas schwierig werden dürfte. Sie sind doch ziemlich … ramponiert, wenn ich das mal so sagen darf.«

Nicolas lächelte und es kam ihm vor, als sei selbst das schmerzhaft.

»Das ist ein gutes Wort: ramponiert«, sagte er und jetzt war es der Arzt, der zum ersten Mal lächelte.

»Ja, das ist es, es klingt irgendwie gut und passend ist es auch.«

Er nickte Nicolas zu und schritt eilig den Gang entlang, zurück in Richtung der Schleuse.

Nicolas betrat das Krankenzimmer, schloss die Tür hinter sich und atmete tief durch.

»Salut, Tito«, sagte er leise und merkte selbst, wie beklommen er klang.

Sie sollten nicht hier sein, sie beide nicht.

Tito lag im Halbdunkel des Zimmers in einem Bett, das zu groß für ihn war, so wie alles in diesem Raum zu groß für ihn war. Der Tisch an der Seite, der Ständer mit der Flüssigkeitszufuhr, der graue, dreieckige Griff, an dem er sich hochziehen konnte. Er trug ein graues Nachthemd, seine linke Hand lag auf der Bettdecke, sein Kopf leicht schräg auf dem Kissen.

Er war geschrumpft. Das war das Erste, das Nicolas bemerkte. Der alte Tito, der schon immer klein gewesen war, aber unbeugsam und listig, der Tito, der unter den Platanen saß, auf seiner Bank auf der Place Sainte-Marthe, dieser Tito war schlicht und ergreifend in sich zusammengefallen. Der Glanz in seinen Augen, der sich immer mit dem Licht der Kerzen auf dem Fenstertisch im »Le Vannier« vermischt hatte, die Vorfreude auf den ersten Pastis, die Kraft seiner rechten Hand, wenn er mit einem stumpfen Bleistift seinen Zeichenblock gefüllt hatte, mit dem immer gleichen Motiv, während der Hund zu seinen Füßen gelegen hatte – all das war fort.

Und Nicolas ahnte, dass nichts davon so schnell zurückkehren würde.

Er zog einen Stuhl ans Bett, setzte sich und schaute Tito an.

»Was machst du bloß für Sachen, alter Mann?«, murmelte er. Aber Tito antwortete nicht. Er öffnete kurz die Augen, sein Blick war wässrig und Nicolas sah die Leere, die sich dahinter ausgebreitet hatte.

Dann machte Tito die Augen wieder zu.

»Aber du bist jetzt in guten Händen, weiß du?«, sprach er weiter, ohne zu wissen, ob Tito ihn hören konnte.

»Der Arzt ist nett, du würdest ihn mögen. Jedenfalls: Er wird dich reparieren.«

Nicolas wusste, dass der alte Mann dieses Wort selbst benutzen würde. Reparieren. Er hatte nie etwas weggeworfen, hatte stets Wert darauf gelegt, dass Dinge repariert werden konnten.

Genauso wie Menschen.

»Dich müsste man wirklich mal reparieren«, hatte er erst neulich zu Nicolas gesagt.

Und jetzt lag er hier und es wirkte, als sei sein Inneres so sehr zerbrochen, dass eine Reparatur kaum möglich schien. Titos Gesicht war leicht verzogen, auf seiner runzligen Stirn klebten die grauen Haare, Schweißperlen bildeten sich.

Nicolas' Handy brummte.

»Das ist mein Dienst«, sagte er zu Tito und ignorierte den Anruf. »Du kannst dir gar nicht vorstellen, was gerade in der Stadt los ist.«

Kein Zucken um die Mundwinkel, kein erneutes Öffnen der Augen, nur das regelmäßige Heben und Senken des Brustkorbs.

»Du weißt doch, dass Julie und ich heute ins Konzert wollten. Natürlich weißt du das. Rachmaninoff. Du hast noch gesagt: ›Wenn ihr zu Rachmaninoff wollt, der pisst gerade unten auf dem Platz gegen einen der Bäume‹.«

Nicolas lächelte beim Gedanken an das Gespräch vor wenigen Tagen und an Titos alten Hund.

»Jedenfalls, es gab einen Anschlag. Auf Faure, er war mit seiner Frau dort. Eine echte Katastrophe, kann ich dir sagen.«

Titos Kopf bewegte sich leicht und Nicolas nahm es als Hinweis darauf, dass Tito ihn vielleicht doch hörte und wissen wollte, wie der Abend verlaufen war.

»Es gibt eine Gruppe von Aktivisten«, fuhr er fort, weil er nicht wusste, was er sonst hätte erzählen sollen. »Sie haben vor Kurzem im Internet einen Anschlag angekündigt. Und jetzt haben sie Ernst gemacht, kaum zu glauben, oder? Gott sei Dank war es nur Farbe, niemand wurde verletzt, aber das Ganze ist ein Fiasko, weil …«

Titos Augen blieben geschlossen. Nicolas beobachtete den Bildschirm am Rande des Bettes, er piepste ruhig vor sich hin, alles schien in Ordnung.

Nicolas beugte sich nach vorne und betrachtete Titos Hand, die auf der Decke lag. Kaum mehr als ein Stück trockener Haut, unter dem sich die gebrechlichen Knochen eines langen Lebens abzeichneten.

Er zögerte kurz. Dann nahm er sie langsam in seine Hand, fühlte die Risse, die Falten, spürte die dünnen Finger, die Kuppen.

Nicolas dachte an nichts.

Da war nur das leise Geräusch der Maschine, Schritte im Gang, die sich öffnende Schleuse.

»Tito …«, sagte Nicolas leise, er hörte seine eigene Stimme kaum.

Er streichelte Titos Hand und führte sie schließlich an seine Wange.

»Ich weiß nicht, wie …«

Es war zu viel. Das alles. Sein Handy vibrierte erneut.

Der Abend. Der Anschlag.

»Ich habe Julie allein zurückgelassen.« Seine Stimme, kaum mehr als ein Krächzen.

Alles war zu viel. Die Normandie, das Dorf am hungrigen Fluss, der Kampf gegen den Teufel, Julie im Gefängnis, dann vor Gericht, schließlich in Freiheit, die alte Frau auf den Planches von Deauville, Claire, arme Claire, entführt, verletzt, befreit, es war …

Sein Kopf sank auf die Decke.

Und immer noch hielt er Titos Hand, hörte seinen leisen Atem, spürte die schwache Bewegung seines Brustkorbs.

»Ich kann nicht mehr«, murmelte Nicolas in den Stoffbezug hinein. Sein Herz schien zu brennen, Schwindel erfasste ihn, alles bestand nur noch aus pochendem Schmerz.

»Und ich glaube, Julie kann auch nicht mehr.«

Die Tür ging auf, jemand kam herein, machte einige schnelle Schritte um das Bett herum. Berührte ihn an der Schulter, legte ihm eine Hand auf die Stirn.

»Ich würde sagen, Sie können auch gleich hierbleiben«, sagte die Krankenschwester.

Ich habe Julie zurückgelassen, dachte Nicolas.

»Sie ruhen sich gleich hier aus, Monsieur Guerlain, Sie haben Fieber und sind ganz offensichtlich geschwächt. Ich werde Ihnen ein Bett oben auf der Station besorgen, keine Widerrede.«

Sie hielt ihm einen Becher an die Lippen, kaltes Wasser. Und eine Tablette, die sie ihm in den Mund geschoben hatte.

»Trinken. Und schlucken. Und dann kommen Sie mit, ich habe einen Anruf für Sie, draußen im Schwesternzimmer. Keine Ahnung, warum die da anrufen. Die sagten, es sei dringend.«

Nicolas schluckte schwer, hob den Kopf und nickte.

»Entschuldigung, ich muss … es ist nur …«

»Ja, ist gut, kein Selbstmitleid jetzt. Kommen Sie mit, die lassen nämlich nicht locker und ich habe eigentlich Pause, aber das ist ja wie immer jedem hier egal. Also los!«

Nicolas fuhr sich übers Gesicht und warf einen Blick auf Tito. In der Ecke entdeckte er ein Radio.

»Könnten Sie ihm das vielleicht anmachen? Einen Sender mit alten französischen Chansons, ich weiß nicht genau, wie er heißt. Er würde sich freuen.«

Die Schwester nickte.

»Sie meinen so Sachen von Jacques Brel und so? Den alten Kram? Machen wir.«

»Danke.«

Kurz darauf betraten sie das Schwesternzimmer, sie reichte ihm den Hörer und zeigte auf einen Stuhl.

»Setzen Sie sich. Sie sind blasser als ein Bettlaken. Ich werde schauen, ob ich noch eine Nudelsuppe finde.«

Nicolas wartete kurz, bis sie gegangen war. Dann holte er tief Luft, sammelte sich, schloss die eigenen Reihen und machte sich bereit für die nächste Angriffswelle.

»Salut, Gilles.«

Es konnte niemand anderes sein als sein Teamleiter, niemand sonst wusste, wo er war.

Und nicht viele Dienste konnten mal eben ein Handy orten lassen, um seinen Besitzer zu lokalisieren.

»Verdammt, Nicolas, was machst du im Saint-Louis? Weißt du, was hier los ist?«

»Natürlich weiß ich das«, antwortete Nicolas knapp. »Es ging nicht anders, glaub mir. Ich erkläre es dir, sobald wir uns sehen.«

»Wo warst du überhaupt? Ich habe dich nicht gesehen, als wir Faure in Sicherheit gebracht haben.«

»Ihr hattet alles im Griff«, erklärte Nicolas. »Es waren genug Einsatzkräfte im Foyer und vor dem Konzertsaal. Ich habe Julie in Sicherheit gebracht. Wann soll ich bei euch sein?«

Nicolas wusste, dass er Gilles mit diesen dürftigen Informationen nicht lange würde hinhalten können.

»Was verschweigst du mir, Nicolas?«, sagte dieser auch prompt.

Nicolas dachte an Marie, ihr rotes Kleid, die Métrostation.

»Vertrau mir, Gilles«, sagte er leise. »Du weißt, dass du auf mich zählen kannst. Ich komme gleich in den Élysée-Palast, dann können wir …«

»Das kannst du dir sparen«, unterbrach Gilles und Nicolas nahm plötzlich die Müdigkeit wahr, die in der Stimme seines Teamleiters und Freundes lag.

»Wie meinst du das? Bin ich etwa …«

»Nein, Nicolas. Nicht nur du. Wir alle. Faure ist außer sich vor Wut. Er hat den Dienst angewiesen, uns alle vorübergehend abzuziehen. Und damit meine ich wirklich: ALLE. Der gesamte innere Zirkel wird ausgetauscht.«

Nicolas setzte sich langsam auf einen Stuhl, er verzog dabei das Gesicht, als er die Hüfte zu sehr drehte.

»Sind die wahnsinnig?«, fragte er Gilles. »Ausgerechnet jetzt? Die Aktivisten werden weitermachen, sie wollen Faure schaden, seinen Ruf ruinieren, sie wollen …«

»Es gibt einen Insider«, unterbrach ihn Gilles. »Wir alle wissen das. Also engen sie den Kreis ein, der Dienst will verhindern, dass weitere Informationen aus dem inneren Zirkel an die Aktivisten gelangen. Also müssen alle kaltgestellt werden, zumindest fürs Erste. Der Konzertbesuch war nicht lange im Voraus geplant«, fuhr Gilles fort. »Faure und seine Frau haben erst am Tag vorher die Loge reserviert. Folglich …«

»… muss jemand aus dem Élysée-Palast die Gruppe informiert haben.«

»Richtig. Und das bedeutet: Der Dienst muss einen Schnitt machen und wird Faures Wunsch, alle auszutauschen, nachkommen. Wir sind raus, Nicolas. Ich soll morgen noch an der Sitzung mit dem Geheimdienst teilnehmen, dann werde auch ich freigestellt. Und ihr …«

»… ab sofort«, ergänzte Nicolas.

»So ist es.«

Für einen Moment sagten sie beide nichts.

»Geh nach Hause, Nicolas, du klingst nicht besonders gut. Am Mittag telefonieren wir.«

»Erzähl mir dann von dem Treffen, ja?«, bat ihn Nicolas.

»Du weißt, dass ich das nicht darf.«

»Das weiß ich, ich will es aber trotzdem wissen.«

Nicolas hörte Gilles kurz auflachen.

»Geh nach Hause, Nicolas.«

Es gab keine Nudelsuppe mehr. Und auch kein freies Bett auf der Krankenstation. Nicolas versprach der Schwester, morgen einen Arzt aufzusuchen, und verabschiedete sich mit einer spontanen Umarmung von ihr. Er warf einen letzten Blick in Titos Zimmer, schluckte seine Tränen hinunter und lehnte für einen Augenblick mit geschlossenen Augen an dem Glasfenster neben der Tür.

Wenig später stieg Nicolas aus einem Taxi, bezahlte den Fahrer und trat unter die Platanen an der Place Sainte-Marthe. Er setzte sich auf eine Bank und blickte hinauf in die Blätter, hinter denen sich ein bewölkter und kalter Nachthimmel wölbte.

Es war still. Die Mülleimer vor dem »Le Vannier« waren voll, zwei Tauben pickten nach Brotkrumen. Nicolas nahm sein Handy aus der Tasche und wählte die Nummer, die ihn vorhin im Krankenhaus mehrfach zu erreichen versucht hatte.

»Salut, Roussel«, sagte er müde.

»Salut, Bodyguard«, antwortete Luc Roussel, von dem Nicolas annahm, dass er in seiner Wohnung in Deauville am Küchentisch hockte und in ein halb leeres Whiskeyglas stierte.

»Was gibt es so Dringendes? In Paris ist gerade die Hölle los und dazu kommt ...«

Roussel unterbrach ihn.

»Hör mir einfach zu, Nicolas«, sagte er, und seine Stimme klang überhaupt nicht nach Whiskey und Liebeskummer, sondern nach einem im höchsten Maße beunruhigten Polizisten.

»Ich erzähle dir jetzt eine Geschichte. Es geht dabei um eine Flaschenpost. Wenn ich fertig bin, packst du deine Sachen und bewegst deinen Hintern hierher. Und das ist keine Bitte, haben wir uns verstanden?«

»Eine Flaschenpost? Ich verstehe kein Wort, Roussel.«

»Nicolas! Hör mir einfach nur zu.«

Rachmaninoff lag direkt vor der Tür, einen Hausschuh des alten Tito im Maul, als Nicolas eine halbe Stunde später die Wohnung seines Nachbarn aufschloss. Der Mischlingshund sah ihn erwartungsvoll an und senkte enttäuscht den Blick, als er merkte, dass es nicht sein Herrchen war, das zu ihm zurückkam. Leise wimmernd legte er seine Schnauze auf dem kalten Boden ab. Nicolas beugte sich zu ihm hinab und kraulte den Kopf des Hundes.

»Er wird wieder gesund«, sagte er leise. Dann stellte er seine Tasche im Hausflur ab und setzte sich neben Rachmaninoff, seine Finger fuhren durch sein Fell, behutsam, so, wie sie Titos Hände berührt hatten. Der Hund strahlte eine Wärme aus, die einen auffälligen Gegensatz zu der Kälte bildete, die ihn oben in seiner Wohnung empfangen hatte.

Julie hatte ihm einen Zettel auf dem Küchentisch hinterlassen, ihr Duft hatte noch in den Räumen gehangen.

Sie hoffe, es gehe ihm gut, sie sei bei einer Freundin. Sie müsse nachdenken.

»Natürlich«, murmelte Nicolas leise, er spürte den schwachen Herzschlag des Hundes unter seiner Hand. Einige Minuten saßen sie dort, das Licht im Treppenhaus war wieder ausgegangen.

Schließlich gab er Rachmaninoff einen Klaps auf den Rücken und sagte: »Komm, wir machen einen Ausflug in die Normandie.«

Nicht, weil er wirklich glaubte, dass er dort mehr verstehen oder gar etwas bewirken konnte, sondern weil ihm schlicht nichts Besseres einfiel.

KAPITEL 6

Chausey, Normandie
Am nächsten Morgen

Die Nacht war dem blassen Morgenlicht gewichen, es war noch kühl und etwas windig. Das Wasser lag ruhig in der Bucht des Mont-Saint-Michel, kleine Wellen schwappten gegen die Felsen, und drei Delfine, die elegant durch das Wasser glitten, boten ein überraschendes Schauspiel. Ihr Schnattern erklang in der kalten Luft, ihre Finnen blitzten in der winterlichen Morgensonne, und ab und an stob das Wasser nach oben, wenn sie in waghalsigen Verrenkungen aus dem Meer schossen.

Die Chausey-Inseln lagen wie gemalt vor die Küste der Normandie, nur allzu bereit, bewundert und bestaunt zu werden. Und nur wer genau hinschaute, wer sich nicht täuschen ließ vom glitzernden Licht auf dem Wasser und von den bunten Segelbooten, die vor den weiß getünchten Häusern lagen, der konnte ahnen, dass dieser Tag bereits schief in seinem Rahmen hing, gehalten von einem einzigen Nagel im porösen Mauerwerk. Es war nur eine Frage der Zeit, bis das Bild aus der Fassung gleiten würde.

Aber die Einzige, die das an diesem Morgen hätte bemerken können, saß mit geschlossenen Augen vor einem Klavier und spielte einen Akkord in g-Moll. Hätte sie aus dem Fenster gesehen, hätte sie in der klaren Luft das Festland erahnen können, dort, wo die Felsen von Granville stoisch das kalte Wasser ertrugen, wo die ersten Fischer zurück in den Hafen kamen, wo die Besitzer der Souvenirläden ihre Auslagen sortierten und wo, genau wie sie, noch niemand ahnen konnte, was geschehen würde.

Die fein gespielten Töne eines alten, leicht verstimmten Klaviers, das schon zu lange in diesem feuchten Gemäuer stand, mischten sich mit dem Tanz der Möwen am Morgenhimmel. Nicht für Louise, die auf Chausey alle nur »la petite mouette« nannten, weil sie schon als Kind den Ruf der Möwen hatte nachmachen können, besser als jeder andere. Louise legte ihre inzwischen runzligen Finger auf die alten Tasten des Klaviers, das schon immer in der Kapelle auf dem Hügel gestanden hatte, der nicht viel höher war als die Häuser und den sie dennoch liebevoll »den Hügel« nannten.

Louise und Chausey waren eins, sie hatte all die Geräusche, den Wind, die Gezeiten in ihr Wesen aufgenommen. Diese Inseln waren ihre Heimat: Les Blainvillais und Poulpiquet, die kleinen Siedlungen entlang der großen Einfahrt zwischen den Felsen, der Sound. Die Villa Léonie, die Crabière, das alte Haus der Krebsfischer.

Louise begann wieder zu spielen, es war früh und noch sehr kalt, sie trug eine dicke Steppjacke über ihrem Wollmantel, ihre Füße steckten in warmen Stiefeln, ihre Finger taten ihr weh, es war das Alter – es stimmte, dass man das Alter spüren konnte.

Man wurde nicht weise, man wurde nur alt. Und wenn die Traurigkeit einmal gekommen war, dann ging sie nicht mehr fort. Jedenfalls nicht mehr seit dem, was passiert war.

Louise hatte bereits als kleines Kind an diesem Klavier gesessen, auf dem Schoß ihres Vaters, der nicht spielen konnte, aber der den Klang so sehr liebte. Sonntags, wenn mal wieder einer der Küster vom Festland nach Chausey gekommen war, für eine Messe, eine Taufe oder die Segnung eines neuen Fischerbootes, dann hatte sie mit ihrem Vater in der ersten Reihe gesessen und immer wieder verstohlen zum Klavier geblickt, an dem ein Ministrant aus Granville oder aus Villedieu-les-Poêles saß und spielte, unsicher und nicht sauber, aber er spielte, und die damals noch kleine Louise hörte zu und war verzaubert und verloren zugleich. Später hatte sie ihren Vater gebeten, mit ihr in der Kapelle zu bleiben und sich an das Klavier zu setzen, er hatte ihr anfangs auf die Finger geschlagen, zärtlich, wenn sie die Tasten berühren wollte, die schwarzen und die weißen. Irgendwann hatte er sie gelassen und seitdem spielte sie, Jahr für Jahr, nur für sich, wenn die Kapelle leer war und die Tagesgäste fort. Niemals hätte sie vor Publikum gespielt, sie hatte nie einen Sinn darin gesehen. Sie spielte für sich und für den Augenblick, sie hatte sich alles selbst beigebracht, mit den wenigen Heften, die ihr Vater ihr manchmal mitgebracht hatte, aus den Häfen entlang der Küste.

Der Tag, an dem er nicht mehr zurückgekommen war, weil ein Sturm das Boot einfach zertrümmert hatte, mit eiserner Faust, war ein Montag oder ein Donnerstag gewesen. Sie wusste es noch, weil es damals Croissants im Laden der Mutter gegeben hatte, und die gab es immer nur montags und donnerstags, wenn der Bäcker aus Granville sie frühmorgens mit dem Fährschiff mitschickte. Sie war zur Kapelle gelaufen und hatte gespielt, sie war keine zwölf Jahre alt gewesen und ihre Tränen waren schwer auf die Tasten gefallen. Der Regen hatte gegen die feuchten Mauern getrommelt und Louise hatte weitergespielt, bis jemand sie geholt hatte.

Jetzt holte sie schon lange keiner mehr. Sie waren alle gestorben oder fort, aufs Festland gezogen. Nur wenige waren geblieben, der alte Bitrac etwa, der ebenfalls an dieser Insel hing und an seinem alten Leuchtturm, wie die Muscheln an den Felsen.

Sie beide waren noch hier, dazu die Pellerecs, die das »Hôtel de la Marée« betrieben, einige Küchenhilfen und Zimmermädchen, aber die waren nur im Sommer da. Eine Handvoll Fischer natürlich, die zu alt waren, um auf dem Festland noch mal neu anzufangen. Alle anderen kamen morgens mit der ersten Fähre und fuhren abends mit der letzten zurück. Jetzt, im Winter, kam fast niemand oder blieb gar über Nacht.

Louise war das recht, sie hatte alles, was sie brauchte.

Sie hatte die Tür der Kapelle offen gelassen, die Sonne schien herein, zeichnete scharfe Kanten und helle Flecke auf die Bänke, auf den rauen Stein des Altars, sie beschien die Schiffsmodelle, die oben an der Decke hingen. Louises Haar war grau und doch fest und stark, sie hatte es zu einem Dutt zusammengebunden, sie wollte stets den Wind im Nacken spüren, wenn sie über ihre Insel ging, jeden Morgen, bevor sie den kleinen Laden aufschloss, in dem die Tagesgäste einkaufen konnten: Souvenirs, Getränke, Postkarten. Am Himmel schoben sich dünne Wolken über die Insel, ihre Finger begannen sich zu bewegen und sie summte dazu, ein altes Kinderlied, ihre Urgroßmutter hatte es ihr beigebracht, das Lied des kleinen Matrosen, der nie zuvor zur See gefahren war. *»Il était un petit navire …«*

Die Melodie stolpert voran, einige Tasten waren hart, andere weich, es war ein Stampfen, ein Stöhnen, es war der Rhythmus dieser Insel. Chausey war genauso: wie ein verstimmtes Klavier. Und Louise konnte es besser spielen als jeder andere. Sie musste an den neuen Bäcker auf dem Festland denken, endlich gab es wieder einen, vor einem halben Jahr war er zum ersten Mal auf die Insel gekommen, er war ein Segen, nichts anderes. Es gab doch neues Leben, das war ein schöner Gedanke.

»Qui n'avait jamais navigué – ohé,ohé!«

Sie hörte ein Geräusch an der offenen Holztür der Kapelle. Auf der Schwelle stand eine Möwe, neugierig blickte sie zu Louise hinüber, ihr Schnabel pickte kurz gegen den Steinboden, sie schlug mit den Flügeln.

Louise lächelte.

»Na, bist du zum Zuhören gekommen?«

Sie schob ihre Brille etwas nach oben, seit Jahren schon waren ihre Augen schwächer geworden, ohne die Brille konnte sie nicht mehr spielen, was sie ärgerte, denn sie war eitel. Selbst mit über siebzig noch, oder vielleicht gerade deshalb.

»Ohé, Ohé, Matelot! Matelot navigue sur les flots.«

Sie räusperte sich, hustete kurz, dann sang sie weiter, erst leise, dann mutiger, lauter, und dabei konnte sie sehen, wie die Möwe einen Schritt zur Seite machte.

»Tanz, kleine Möwe, tanz für mich«, und tatsächlich trippelte der Vogel zur Seite, links und rechts, nach vorne, nach hinten, den Kopf gedreht, mit den Flügeln schlagend. Das weiße Gefieder glänzte in der Morgensonne. Die Möwe drehte sich um die eigene Achse, reckte den Schnabel nach oben und Louise spielte. Schneller, lauter, und mit einem Mal merkte sie, dass sie Tränen in den Augen hatte.

Weil das Leben sonderbar war.

Weil Chausey sonderbar war.

Und weil da ein Vogel war, auf der Schwelle der kleinen Kapelle, und er aussah, als würde er wirklich tanzen. Doch plötzlich flog die Möwe erschrocken davon, weil ein Schatten in die Kapelle fiel. Der Schatten gehörte zu einem Mann, den sie noch nie gesehen hatte. Und der nicht auf diese Insel gehörte.

Es war der unabänderliche Lauf der Dinge. Jene, die wichtig werden würden, fanden sich plötzlich an einer bestimmten

Stelle auf dem Spielfeld des Lebens wieder, an dem sie jeglicher Deckung beraubt waren.

Nicolas saß in einem frühen Zug in Richtung Normandie. Er sollte nicht hier sein, sondern an seinem Arbeitsplatz, an der Seite des Präsidenten. Das dachte er zumindest.

Roussel, der die Tür seiner Wohnung hinter sich zuzog, unrasiert und schlecht gelaunt, in der kalten Morgenluft von Deauville, sollte nicht hier sein, sondern im Bett mit einer Frau, die ausgezogen war, weil er ihr nicht hatte sagen können, dass er sie liebte. Das dachte er zumindest.

Der alte Tito lag in seinem Krankenbett, sein Geist verwirrt, sein Herz schwach. Er sollte nicht hier sein, dem Tod näher als dem Leben. Das zumindest dachte Julie, die an der Seite des alten Mannes auf einem Stuhl saß, während sie auf einen Zettel starrte, den Nicolas ihr hinterlassen hatte.

»Ruf mich an.«

Er sollte bei ihr sein, sie sollte bei ihm sein. Aber so war es nicht.

Weitere Menschen, weitere Spieler, waren ebenfalls an Orten, an denen sie nicht hätten sein sollen. Aber es würde nicht mehr lange dauern, bis alle ihre endgültigen Positionen würden eingenommen haben und das Spiel beginnen konnte.

Denn genau so hatte er es geplant.

Der Einzige, der genau dort war, wo er hingehörte.

Mit einem feinen Lächeln und dem Wissen, dass nur er allein es war, der die Spielfiguren bewegte.

Er machte die Regeln. Und sie alle würden verlieren.

Sie würden fallen, zerschellen, drüben an den Felsen von Chausey, der Insel, die sich vor ihm aus dem Wasser erhob und auf der eine alte Frau jetzt zögerlich ihre Hände von den Tasten nahm und den Mann ansah, der soeben die Kapelle betreten hatte.

»Spielen Sie ruhig weiter«, sagte der Besucher und setzte

sich in die letzte Reihe. Und erst jetzt sah Louise aus dem Fester, hinaus in den Himmel über Chausey und auf das Meer, das die Insel mit festem Griff umschloss.

Es war zu still.

Genau so still wie damals, dachte sie und spürte, wie ihre Brust eng wurde, wie jedes Mal, wenn sie sich an jenen Tag erinnerte. Es war so still gewesen.

Es war lange her. Und doch würde dieses Gefühl für immer bleiben.

Louise sammelte sich, legte ihre Finger wieder auf die Tasten und begann zu spielen.

So wie sie es immer getan hatte, wenn etwas sie bedrückte.

KAPITEL 7

Deauville, Normandie
Zur gleichen Zeit

Die teuersten Wohnungen waren zum Meer hin ausgerichtet, mit großen Panoramascheiben, durch die man beeindruckende Sonnenuntergänge bewundern konnte. Zu Beginn des Tages waren die Fensterläden allerdings noch geschlossen. Im Hafenbecken, um das die Marinas von Deauville vor einigen Jahren herum errichtet worden waren, lagen kleine Boote und Jollen. Die Gatter, die zu den Bootsstegen führten, waren verschlossen.

Alle bis auf eines, bemerkte Roussel, als er mit dem Wagen auf dem Parkplatz vor den Marinas hielt und sich umschaute. Hier wohnte die Oberschicht von Deauville, hier hatten sich die Besitzer der Villen oberhalb der Stadt ihre Strandwohnungen gekauft. Teure Uhren an braun gebrannten Handgelenken, Seidenschals unter reinweißen Hemdkragen. Statussymbole, denen auch er durchaus etwas abgewinnen konnte. Edle Manschettenknöpfe, feinste Lederschuhe, ein maßgeschneiderter Anzug – all diese Dinge schätzte er durchaus. Und obwohl er sich durch eine glückliche Erbschaft und ein wenig Glück im Spiel (leider offenbar etwas weniger in der Liebe) durchaus einiges leisten konnte: Um die Wohnung in den Marinas beneidete er die Reichen wahrlich nicht.

»Hässliche Legosteine«, hatte jemand sie mal genannt und damit den Nagel auf den Kopf getroffen. Was zählte, war der

Meerblick, nicht die Aussicht nach hinten, auf die Menschen, das Leben, den Hafen, der nach Fisch und frisch zubereiteten Muscheln roch.

»Ihr verpasst einiges«, murmelte Roussel und nippte an seinem Kaffee, den er schnell noch an einer Tankstelle geholt hatte. Er schaute noch mal zum Hafenbecken. Tatsächlich stand das vorderste Tor offen, es führte auf einen der Bootsstege, an dem mehrere teure, wenn auch nicht sehr große Motorboote festgemacht waren.

Eines davon fehlte und Roussel wusste sofort, wem es gehörte.

»Scheiße, zu spät«, fluchte er und nahm einen letzten Schluck, bevor er die Tür seines Wagens öffnete und hinaus in die Kälte des frühen Morgens trat.

»Monsieur Morignac hat das Anwesen heute bereits sehr früh verlassen.«

Die Stimme des Hausangestellten durch die Gegensprechanlage war frostig und abweisend gewesen, als Roussel zwanzig Minuten zuvor am Tor der Villa der Morignacs geläutet hatte.

»Können Sie mir sagen, wo ich ihn erreichen kann?«, hatte er gefragt und dabei skeptisch die breite Zufahrt betrachtet, die hinter einem schmiedeeisernen Tor zum Haupthaus führte. Er vermutete, dass er gerade auf der Überwachungskamera zu sehen war.

»Pardon, Monsieur. Ich bin nicht befugt, Ihnen dies …«

Roussel hatte seine Marke gezückt und sie hochgehalten.

»Hören Sie auf mit dem Blödsinn. Monsieur Morignac ist womöglich in Gefahr, ich muss ihn umgehend sprechen. Ich kann aber auch gern die ganze Kavallerie holen. Dann können Sie Monsieur Morignac gerne erklären, warum seine Petunien von uns zertrampelt und seine feinen Krawatten im ganzen Haus verteilt worden sind.«

Das eisige Schweigen wurde von einem pikierten Räuspern abgelöst.

»Monsieur Morignac ist auf seinem Boot. Es liegt bei den Marinas, er hat dort ebenfalls eine Wohnung, für seine Tochter, die ist jedoch derzeit verreist.«

»Rufen Sie mich an, wenn er doch noch hier auftaucht. Ich muss ihn dringend sprechen. Meine Karte steckt im Briefkasten.«

»Sehr wohl, Monsieur.«

»Arschloch«, hatte Roussel gemurmelt und war mit einem scharfen Wendemanöver die Straße zurückgefahren, in Richtung Hafen.

Und nun stand er hier und überlegte, was er tun sollte. Ganz offensichtlich war Balthasar Morignac, der Zweite auf der ominösen Flaschenpost-Liste, bereits draußen auf dem Meer, und es blieb ihm nichts anderes übrig, als hier auf ihn zu warten.

Roussel gähnte und sah sich, auf der Suche nach einem Café oder einer Bäckerei, um, aber offenbar hatten die Reichen kein Bedürfnis, jenseits ihrer Balkone und Lounge-Terrassen einen Kaffee zu sich zu nehmen.

Als er Morignacs Wagen am Rand des Parkplatzes stehen sah, einen cremefarbenen Porsche mit braunen Ledersitzen, beschloss er, ihm eine Nachricht zu hinterlassen. Auf der Suche nach einem Stift klopfte er seine Jackentaschen ab, als sein Handy kurz vibrierte.

Die Nachricht, die er auf dem Display las, veränderte alles. Aus einem Gefühl wurde Gewissheit und aus einer Vorahnung echte Sorge.

Die kurze Botschaft war von Marc Huet, seinem Kollegen aus Granville, der ihn gestern Abend aufgrund des Toten auf der Fähre angerufen hatte. Und wegen der Liste, die in diesem Augenblick genau zu dem geworden war, was er befürchtet hatte: eine Todesliste.

»Kein Herzinfarkt. Offenbar Gift. Melde mich. Marc.«

»Scheiße«, fluchte Roussel und sah hinaus aufs offene Meer. Er musste dringend Kontakt mit Morignac aufnehmen, bevor auch ihm etwas zustieß. Außerdem konnte dieser ihm vielleicht Antworten liefern bezüglich der Verbindung zwischen den Namen auf der Liste.

Vor allem, was den von Nicolas betrifft, dachte Roussel.

Morignac war für seine Liebe zum Meer bekannt. Wann immer er konnte, fuhr er hinaus auf den Ärmelkanal, manchmal hielt er erst an, wenn er in England war, wo er an der Küste ebenfalls ein Anwesen besaß.

Roussel steckte sein Handy in die Jacke, sah sich um und wollte gerade um das Hafenbecken herumlaufen, in dem die Motoryachten lagen, als er aus dem Augenwinkel eine Bewegung wahrnahm.

Im fünften Stock des eleganten Wohngebäudes wehte eine Gardine hin und her. Roussel wusste, dass es sich um Morignacs Wohnung handeln musste, da diese, nach seinen Informationen, den gesamten fünften Stock sowie das Dachgeschoss einnahm.

»Dann los, verdammt«, fluchte Roussel und eilte zum Eingang des Gebäudes. Er wurde von hektischem Kläffen begrüßt, als sich unmittelbar vor ihm die Tür öffnete und eine junge Frau hinaus in die Kälte trat, sichtlich genervt von dem höchstens zwanzig Zentimeter hohen Fellknäuel am Ende einer strassbesetzten Hundeleine.

»Coco, mach hin, ich habe keine Lust, deinetwegen immer so früh rauszumüssen!«, sagte sie und blickte dabei auf das Handy in ihrer linken Hand.

Sie bemerkte Roussel gar nicht, der an ihr vorbeiging und durch die noch offene Tür ins Gebäude schlüpfte. Mit schnellen Schritten hastete er die Treppe hoch, darauf bedacht, so wenig Lärm wie möglich zu machen.

Die Tür zum Apartment von Balthasar Morignac stand einen Spaltbreit offen.

Langsam, ohne ein Geräusch zu machen, zog Roussel seine Waffe. Dann atmete er langsam aus und öffnete die Tür gerade so weit, dass er durch einen kleinen Flur in den Wohnraum sehen konnte. Hinter einem der Panoramafenster war das blaue Wasser des Ärmelkanals, am Horizont einige Fischerboote zu sehen.

Was für eine Sicht, dachte er und klopfte an die Wohnungstür.

»Police Nationale! Ist jemand da?«

Niemand antwortete, auch hinter ihm im Treppenhaus war kein Geräusch zu hören. Roussel schob die Tür noch weiter auf, er sah einen Durchgang zur Küche, dazu die Hälfte eines gigantischen Sofas, das direkt vor der Panoramascheibe positioniert war.

»Einen Fernseher brauchen die jedenfalls nicht«, murmelte er und machte einen Schritt in den Flur, der mit teurem Eichenparkett ausgelegt war.

»Polizei! Ich komme jetzt herein. Ich trage eine Waffe und betrete die Wohnung!«

Drei Schritte weiter, Roussel hielt seine Waffe mit beiden Händen, den Lauf auf den Boden gerichtet.

In was schlittern wir hier gerade hinein, dachte er bei sich und betrat das Wohnzimmer. Ein schwerer Eichentisch mit acht Stühlen stand rechts von ihm, daneben führte eine Wendeltreppe aus Holz in die obere Etage. Links ging es in den hinteren Teil der Wohnung.

»Police Nationale! Ist hier jemand?«

Er war nicht allein.

Dieser Gedanke kam ihm, als er eine Packung Zigaretten auf einem Glastisch sah, daneben einen Aschenbecher mit drei Stummeln darin. Er hielt kurz die Hand über den Aschenbecher.

Kalt.

Er wollte gerade den Flur hinuntergehen, vorbei an der edlen Küche, als ein Geräusch aus der oberen Etage ihn herumwirbeln ließ.

Es klang wie das langsame Zuziehen einer Schiebetür.

»Kommen Sie raus!«, rief er nach oben, bekam aber wieder keine Antwort.

Langsam nahm er die engen Stufen der Wendeltreppe, seine Waffe weiter im Anschlag. Stufe für Stufe schob er sich weiter, sah die Füße einer Kommode, ein Bild, das an der Wand lehnte, einen Teppichläufer. Eine Tür am Ende eines kurzen Flures. Sie war geschlossen.

Roussel blickte sich um, sah eine Glastür, die zu einem Balkon nach draußen führte, von wo aus die Sicht noch grandioser sein musste.

»Ich komme jetzt rein!«, rief er und öffnete die Tür vorsichtig mit der linken Hand, während er in der Rechten weiterhin seine Waffe hielt.

Ein Schlafzimmer, das Bett zerwühlt. Ein Dachfenster war geöffnet, das Schreien der Möwen war zu hören. Ein Wandschrank, ein Spiegel, zwei Schubladen, eine Kommode stand offen, er konnte Unterwäsche erkennen.

Sonst nichts Auffälliges …

Roussel wirbelte herum, als hinter ihm eine Tür geöffnet wurde.

Aber es war zu spät.

Die Schiebetür, die eben noch geschlossen gewesen war, öffnete sich schwungvoll. Aus dem En-suite-Badezimmer drang Dampf, auf dem Waschbecken standen verschiedene Tiegel und Tuben.

All das sah er. Und auch einige Dinge, die er nicht hätte sehen sollen.

»Joe le taxi – y va pas partout!«

Alles passierte gleichzeitig.

Die weißen Schnüre der Kopfhörer endeten an einem Handy in der linken Hand einer jungen Frau. Roussel sah ihre Schultern, auf denen noch das Wasser perlte, ihren Hals, ihre halblangen und noch feuchten Haare, die jetzt nach links und rechts flogen, weil die Frau tanzte, weil sie ihre Hüften schwang, weil sie einen Schritt zur Seite machte und zwei zur anderen.

Mit geschlossenen Augen. Und splitterfasernackt.

Die Musik in ihren Ohren drang zu Roussel wie das Schrillen einer Alarmanlage.

»Son saxo jaune – connaît toutes les rues par cœur!!!!«

Roussels Mund öffnete sich, seine Gedanken begannen zu rasen. Er war immerhin so schlau, seine Waffe zu senken, mehr fiel ihm in diesen Sekundenbruchteilen nicht ein.

Die junge Frau war auf eine ganz eigene Weise atemberaubend schön. Sie war schlank, fast schon zierlich, nicht groß. Sie strahlte all die Freude aus, die ein junger Mensch ausstrahlen konnte, in einem Augenblick vollkommener Entspannung.

Roussel war überfordert, noch immer hatte sie die Augen geschlossen, sie sang, sie tanzte, er macht einen Schritt zur Seite, damit sie nicht gegen ihn krachte, er sah ihre Brüste, ihre Schenkel, blickte mehr oder weniger direkt auf ihren Hintern.

Und er wusste, dass gleich etwas Schreckliches passieren würde.

Dampf war in den Raum gedrungen und verschwand aus dem Fenster, alles war diffus, das Licht, der ganze Tag.

Seine Waffe hing schlaff in seiner Hand.

Dann entdeckte er die Narben an der Seite ihres Bauches. Eine weitere seitlich an ihrem Rücken.

Und das war der Moment, in dem der Refrain einsetzte, der Refrain eines Liedes, das die junge Frau aus vollem Halse mitsang. Dann sah er ihre Tätowierung. Ein kleiner, unscheinbarer Anker an ihrem Hals.

Oh nein, dachte Roussel.

»Joe le taxi! C'est sa vie!«

Mit einem Jubelschrei sprang die Frau hoch und alles an ihr sprang mit.

Ich bin ein toter Mann, dachte Roussel, als sie ihre Augen öffnete.

Sie schrie so laut, dass er endlich aus seiner Starre erwachte, sie schrie ihr Entsetzen heraus, ihre Angst, ihren ganzen Schrecken.

Und weil Roussel nicht im Mindesten wusste, was er tun sollte, machte er das einzig Nachvollziehbare: Er schrie mit.

Dann schlug Claire zu.

Hart und mit voller Kraft rammte sie ihm ihr Handy ins Gesicht, seine Nase knackte, die Waffe fiel zu Boden.

Sie schrie noch immer.

Roussel schrie nicht mehr. Er hob jetzt die Hände, überall war Blut. Und dann kam ein neuer Schmerz, als Claire ihm mit voller Wucht ihre Knie zwischen die Beine rammte.

»Vas-y, Joe! Vas-y, Joe! Vas-y, fonce!«

Dann schlug sein Kopf auf dem Teppich auf und er sah Claires Beine von unten, verschwommen nur, aber erstaunlich lang.

Nur kurz ausruhen, dachte er bei sich. Er hatte ohnehin

keine Ahnung, was ausgerechnet eine ehemalige Polizeipraktikantin und jetzt angehende Polizeianwärterin in der Wohnung eines Mannes machte, der in Lebensgefahr war, weil sein Name auf einer Liste stand, die wiederum mit einer Flaschenpost auf einer Insel …

Nur kurz ausruhen. Der Rest würde sich zeigen.

»Du Arschloch, Roussel! Du beschissenes Arschloch! Du blutest den ganzen Teppich voll!«

Das war das Letzte, was er hörte, bevor eine gewaltige Explosion die Wände des Gebäudes zum Zittern brachte und Claire neben ihm erschrocken zu Boden fiel.

Roussel brauchte einige Sekunden, um sich zu sammeln. Claire hielt sich verängstigt an einem Bettpfosten fest, den Kopf eingezogen. Roussels Schädel pochte schmerzhaft, er riss die Augen auf, griff nach seiner Waffe. Dann hörten sie beide eine weitere Explosion, schwächer diesmal. Durch das Fenster waren aufgeregte Schreie zu hören.

»Scheiße, was war das?«, murmelte er. Er hielt sich stöhnend die Nase, aus der immer noch Blut tropfte.

»Eine Explosion. Und zwar eine richtig große«, sagte Claire, während sie ihn erschrocken ansah.

»Scheiße, warum schlägst du mir dein verdammtes Handy ins Gesicht, du hast mir die Nase gebrochen!«

»Roussel, du Arsch, was würdest du denn machen, wenn plötzlich ein alter Sack in deinem Schlafzimmer steht und …«

»Hey, Vorsicht, Fräulein!«

In der Ferne hörten sie den Lärm von Sirenen.

»Scheiße, was ist denn da draußen los?«, murmelte er, während er sich langsam am Bettpfosten hochzog. »Und was machst du überhaupt in dieser Wohnung?«

»Umdrehen!«, schnauzte Claire ihn an und angelte sich einen Slip aus einer Schublade. »Du hast genug gesehen für heute!«

Roussel konnte sich ein Schmunzeln nicht verkneifen.

»Das Lied ist noch gar nicht zu Ende«, sagte er und fluchte, als Claire ihm ein Buch an den Kopf warf.

»Eines sag ich dir«, raunzte sie ihn an. »Was auch immer da draußen gerade passiert ist, ich bin dabei, hörst du? Ich sitze schon seit Tagen hier in der Wohnung meiner Freundin Flore und langweile mich. Krankgeschrieben! So ein Blödsinn!«

»Lass uns erst mal sehen, was passiert ist, Claire, dann …«

Mit funkelnden Augen blickte sie ihn an.

»Vergiss es, Roussel. Ich zeige dich wegen sexueller Belästigung an, ich erzähle allen, wie du mich angeschaut hast, wie du mich haben wolltest, wie du mich aufs Bett werfen wolltest, ich habe geschrien, mich gewehrt …«

»Hey! Das ist doch Blödsinn!«

»Mir egal, ich bin ab jetzt mit von der Partie.«

Roussel überlegte kurz und reichte ihr dann die Hand.

»In Ordnung«, sagte er zähneknirschend. Er konnte wirklich Hilfe gebrauchen in diesem Fall und auf eine Zusammenarbeit mit seinen Kollegen hatte er ohnehin keine Lust. Die würden ihn nur wegen Sandrine bemitleiden.

Wenige Sekunden später beugten sie sich beide über die Balustrade des Balkons, der ihnen tatsächlich eine atemberaubende Sicht auf den Ärmelkanal bot. Und auf eine dichte, dunkle Rauchwolke, die in einigen Hundert Metern Entfernung über dem Wasser schwebte. Aus dem Motorboot darunter schlugen Flammen.

»Ach du Scheiße«, sagte Claire.

Roussel sah aufs Meer, die weiße Spur aus Gischt und Wellen der kleinen Yacht war noch zu erkennen, offenbar war der Besitzer bereits auf dem Rückweg gewesen. Der hintere Teil des Boots war aufgerissen.

»Um was geht es eigentlich bei deinem Fall?«, fragte Claire Roussel, während sie beide ungläubig auf die Szene starrten.

Mehrere Schnellboote rasten aus der Hafeneinfahrt in Richtung der auf dem Wasser trudelnden Yacht, auf der in diesem Augenblick der Hauptmast abknickte und ins Wasser fiel.

Roussel fluchte und sah auf seine Armbanduhr.

»Es geht um vier Männer«, sagte er leise. »Genauer gesagt: nur noch um drei.«

Er war sich sicher: Es war die kleine Segelyacht von Balthasar Morignac, die dort draußen vor der Küste trieb, zerrissen von einer schweren Explosion.

»Ich versteh kein Wort«, sagte Claire.

»Ich erkläre es dir später«, antwortet Roussel. »Jetzt zieh dir was an, du musst jemanden für mich am Bahnhof abholen. Sein Zug kommt gleich an.«

Claire warf ihm einen erstaunten Blick zu.

»Und wen?«

Roussel lächelte.

»Einen alten Freund.«

KAPITEL 8

Chausey, Normandie
Zur gleichen Zeit

Hören Sie endlich auf mit dem ständigen ›Madame Louise‹! Louise reicht völlig aus, das sagen alle anderen auch!«

»Wenn Sie ›alle‹ sagen, Madame Louise … äh, ich meine, Louise, dann sind das nicht wirklich viele, nicht wahr? Ich meine, hier draußen, so fernab von allem … Es leben ja offenbar nicht mehr so viele auf Chausey und …«

Louise bedachte den Mann, der vor ihr an dem kleinen Tisch am Fenster ihres Ladens saß, mit einem ernsten Blick.

»Machen Sie sich mal keine Sorgen um uns hier, wir kommen schon zurecht. Mein Kaffee scheint Ihnen jedenfalls zu schmecken.«

»Oh ja, entschuldigen Sie, ich wollte nicht … Er schmeckt tatsächlich vorzüglich.«

Während der seltsame Gast für einige Augenblicke aus dem Fenster sah, hinaus auf den Sound, hinter dem die Flut gerade die Felsen überspülte, dachte Louise, dass ihr der unangekündigte Besuch eigentlich gerade recht kam. Der Winter war längst da, die Tage wurden kürzer und die Einsamkeit hatte bereits mehrfach an ihre Tür geklopft. Natürlich kannte sich Louise mit der Einsamkeit aus, sie wusste, wie man sie bekämpfen konnte, denn das musste man, sie bekämpfen, ihr deutlich machen, dass man keinen Millimeter weichen würde und dass man keine Angst vor ihr hatte. Sie hatte sich eingenistet, vor langer Zeit, zwischen den Felsen, entlang der

Pfade, die in die Buchten führten, in den Senken, in denen der Ginster wuchs und wo die Möwen ihre Eier ausbrüteten, im warmen Sand. Die Einsamkeit lag neben einem im Bett, sie saß am Küchentisch, lief neben einem durch die Hügel, saß sonntags neben ihr in der Kapelle. Sie war auf Chausey ein steter Begleiter, mit dem man umgehen musste, auch wenn es Louise jetzt, im Alter, ab und zu schwerfiel.

Es gab nur einen Weg, sie zu ertragen – und Louise hatte ihn gefunden, bereits als Kind.

»Die Einsamkeit muss man lieben«, sagte sie laut und schaute aus dem Fenster, während sie die aufgebackenen Croissants und das Baguette zurechtlegte, für die wenigen Gäste, die später eine Kleinigkeit essen würden, nach einer winterlichen Wanderung rund um die Grande-Île von Chausey. Die Fähre würde in einer Stunde am Landungssteg festmachen.

»Ich glaube, das wird mir gelingen«, sagte der Mann und nippte an seinem Kaffee.

Er war ein seltsamer Kauz, das hatte Louise auf den ersten Blick gesehen, nachdem sie sich vom ersten Schrecken in der Kapelle erholt und er sich mit »Nennen Sie mich einfach Olivier, das reicht« vorgestellt hatte, Ornithologe vom Festland. Er war groß und hager, seine Gliedmaßen schlackerten an seinem Körper wie an einem Segelschiff festgemachte Taue. Und er bewegte sie ständig, diese Taue, er wirbelte sie durch die Luft, streckte sie, bog sie, führte sie um seinen Körper, er war ein unruhiger Geist.

Im blassen Morgenlicht hatte sie ihn erst nicht richtig gesehen, nur seinen Schatten wahrgenommen. Aber als er schließlich direkt vor ihr gestanden hatte mit seinem seltsamen Tropenhut, war die Angst verflogen. Wer Böses will, trägt nicht einen solchen Hut, hatte sie gedacht.

»Sind Sie Madame Louise?«

Das war seine erste Frage gewesen, die erste von gefühlt

Hunderttausenden, die sie ihm allein auf dem kurzen Weg von der Kapelle bis zu ihrem kleinen Laden beantwortet hatte, dann an ihrem Verkaufstresen, während sie ihm eine Tasse Milchkaffee gemacht hatte, dazu Baguette mit selbst gemachter Brombeermarmelade, Honig aus der Vendée, drei Scheiben Camembert, etwas Saucisson und getrockneten Fisch. Ein Inselfrühstück, er verschlang es, noch am Tresen stehend.

»Und es sind tatsächlich exakt 365 Inseln?«, fragte er jetzt und sie war sich sicher, dass er diese Frage vorhin schon einmal gestellt hatte, als sie ihm im Schnelldurchlauf die wichtigsten Inseln gezeigt hatte, die ja tatsächlich kaum mehr waren als ein Haufen zufällig hingewürfelter Felsen.

»So sagt man zumindest, 365 Inseln. Bei Ebbe. Eine für jeden Tag des Jahres, ist das nicht schön?«

»Welche ist Ihre, Louise?«, fragte der junge Mann jetzt und sie sah ihn verwundert an.

»Wie meinen Sie das?«

Er lächelte, es war ein unbedarftes, nahezu unschuldiges Lächeln, das sogar irgendwie hübsch war. Ein sommersprossiges Lächeln.

»Ich meine, wann ist Ihr Geburtstag? Nehmen wir einfach mal den 18. Juli, dann könnten Sie doch …«

»Es ist der 25. Mai«, unterbrach sie ihn. »Und wenn Sie mich nach dem Jahr fragen, schmeiße ich Sie von dieser Insel, schneller als der Wind Ihre Hilfeschreie nach Granville tragen kann!«

»Meinetwegen, dann der 25. Mai«, fuhr er unbeirrt fort. »Dann schauen wir mal … dahinten, sehen Sie den Felsen dahinten, links von der Soundeinfahrt? Für mich sieht der aus wie ein 25. Mai, finden Sie nicht? War es ein Mittwoch? Der Felsen sieht aus wie ein Mittwoch!«

Aufgeregt stand er auf, stellte sich vor die Scheibe, die Krempe seines Tropenhutes, den er tatsächlich die ganze Zeit trug, berührte das Glas der Fensterscheibe.

»Das ist kein Felsen, das ist Le Petit Romont, außerdem weiß ich nicht, ob der Tag meiner Geburt ein Mittwoch war, es kann auch …«

»Nein, nein«, flüsterte Olivier jetzt, »es war ganz bestimmt ein Mittwoch. Kleiner Felsen im Meer, ich taufe dich auf den Namen – Louise!«

Sie lachte.

»Sie spinnen ja, Olivier. Sehen Sie lieber zu, dass Sie für Ihr Leben hier draußen ordentlich ausgerüstet sind, da kommen mir allmählich Zweifel. Nur ein Tropenhut und ein paar Notizblöcke, das könnte etwas knapp werden. Sie können von Glück sagen, dass ich auch warme Sachen verkaufe!«

Die Behörde für Artenvielfalt und den Schutz von Flora und Fauna entlang der Küste der Normandie hatte den Inselbewohnern vor einigen Wochen die Ankunft des neuen Ornithologen angekündigt.

Allerdings hatte sie angenommen, dass er erst in einigen Tagen kommen würde.

»Mir war schlicht und ergreifend langweilig zu Hause«, hatte Olivier ihr gestanden, als er sich auf eine der Bänke der Kapelle gesetzt hatte.

»Ich meine, der kalte Dezember, diese Nässe, Cherbourg kann sehr trostlos sein um diese Jahreszeit. Da dachte ich mir, ich reise einfach früher an, das Haus steht ja leer.«

Olivier würde ein halbes Jahr bleiben und er würde, so wie seine Vorgänger, die die Behörde alle fünf Jahre schickte, im Sémaphore wohnen, ganz im Westen der Hauptinsel, bewacht von Ginsterbüschen und flachen Bäumen, die vom Wind niedergedrückt schienen.

»Es ist ein wunderschönes Haus«, sagte er immer wieder. »Aber natürlich muss man es noch ein bisschen wohnlicher machen, vielleicht eine Blume, hier und da ein paar Bilder, einige Regale.«

»Das Möbelhaus auf Chausey hat sonntags geschlossen, aber morgen früh um neun macht es auf.«

»Wirklich?«

Louise rollte die Augen und räumte den Tisch ab. Sie konnte am Horizont bereits die Fähre erkennen, die aus Granville ausgelaufen war. Die ersten Tagesgäste würden kommen, nicht viele, es war Winter und noch dazu kalt und windig, aber einige Unverbesserliche fanden sich immer.

Und Chausey war traumhaft bei diesem Wetter, klar und aufgeräumt.

»Sie brauchen vor allem Lebensmittel und den ein oder anderen dicken Pullover. Ich habe alles hier im Laden, wenn Sie wollen. Schauen Sie sich um, ich weiß nur nicht, ob ich alles in Ihrer Größe dahabe!«

»Fein!«, sagte Olivier und klatschte in die Hände. »Ich werde nachher wieder runter an den Strand gehen, ich habe dort gestern 64 Strandläufer gezählt … oder waren es 63 … na ja, wie auch immer, ich freue mich auf meine Zeit hier bei Ihnen, Madame Louise.«

»Louise!«

»Das mit dem Strand wird nichts werden, Monsieur. Er wird gesperrt.«

Überrascht drehten sich Louise und der junge Ornithologe um, als die Tür sich öffnete und ein alter Mann mit eingezogenem Kopf den kleinen Laden betrat. Er trug einen gelben Regenponcho und eine blaue Fischermütze aus dichter Wolle. Sein Gesicht bestand vor allem aus Falten und Furchen, wie sie nur ein Gesicht haben konnte, das täglich Wind und Salzwasser ausgesetzt war.

Und das über Jahrzehnte hinweg.

»Guten Morgen, Louise«, sagte er und stopfte dabei eine alte Pfeife, die er in seinen großen Händen hielt. Hinter ihm lag ein zotteliger Hund im feuchten Gras und kaute an einem runden Knochen.

Louise stellte eine weitere Tasse unter die Kaffeemaschine.

»Olivier, das ist ein weiterer unverbesserlicher Bewohner von Chausey. Bitrac, unser Leuchtturmwärter. Und Schäfer. Und Animateur. Sie sollten mal seine Lieder hören, er spielt ganz wunderbar Gitarre, kaum zu glauben, nicht wahr?«

»Salut«, grummelte der alte Mann und reichte dem Vogelkundler seine Pranke.

»Freut mich. Ich bin Olivier.«

»Der neue Vogelmann.«

»Äh … gewissermaßen.«

»Sieh dich vor«, rief Louise, die jetzt dabei war, die anderen Tische einzudecken. »Gleich wird er dir eine Insel zuteilen, vielleicht auch nur einen Felsen. An welchem Wochentag wurdest du geboren?«

»Woher soll ich das wissen?«, grummelte der alte Bitrac. »Ich weiß nur, dass heute Sonntag ist und dass sie nachher den Strand im Westen absperren werden. Die Polizei, meine ich.«

»Die Polizei?«

Louise und Olivier hatten die Frage gleichzeitig gestellt, beide sahen Bitrac erstaunt an.

»Was ist denn passiert?«, fragte Louise und wischte sich die Hände an einem Küchenhandtuch ab.

Bitrac kratzte sich am Kopf und seufzte.

»Es geht um Rémy Marchand.«

Louise schlug sich erschrocken eine Hand vor den Mund.

»Mein Gott, was ist mit ihm? Sie waren gestern kurz hier, vor ihrem Spaziergang, dann sind sie losgegangen und … ich habe Audile noch zugewunken, als sie später auf die Fähre gegangen sind. Nun erzähl schon, Bitrac!«

»Du lässt mich ja nicht, Louise!«

Er schien sich zu sammeln.

»Er ist … Sie haben es heute Morgen im Polizeifunk durchgegeben … du weißt doch, ich höre manchmal … Eigentlich darf ich das ja nicht … aber auch mir ist manchmal langweilig, und da …«

»Bitrac! Was ist jetzt mit Rémy und Audile?«

»Er ist tot, Louise. Rémy Marchand ist gestern an Bord der Fähre gestorben. Ausgerechnet. Ich meine, er war ja jahrelang der Chef und …«

»Oh Gott, das ist ja schrecklich!«

Sie setzte sich auf einen der Stühle und spürte, wie Olivier ihr eine Hand auf die Schulter legte. Als würden sie sich schon ewig kennen.

Sie schüttelte seine Hand ab und wischte sich die Tränen aus dem Gesicht.

»Die arme Audile. Das ist doch … Sie wollten verreisen, er war ja endlich in Rente und … Was ist denn passiert?«

Bitrac schüttelte den Kopf.

»Ich weiß es nicht genau«, sagte er. »Angeblich ein Herzinfarkt.«

Olivier sah ihn an und fragte: »Und was hat das mit dem Strand zu tun?«

»Abwarten, junger Mann«, sagte Bitrac und zündete seine Pfeife an. »Das werden Sie schnell lernen: Hier draußen lohnt es sich, einfach abzuwarten. Keine falschen Schlüsse zu ziehen, nicht voreilig zu sein. Man hört, dass Rémy Marchand und seine Frau dort etwas gefunden haben. Keine Ahnung, was. Jedenfalls ist er jetzt tot, so viel ist sicher. Schlimme Sache, er war ein feiner Kerl. Nur das mit den Fähren, das nehme ich ihm übel.«

»Schäm dich!«, entfuhr es Louise und sie blickte ihren Inselmitbewohner mit blitzenden Augen an. »So über einen Toten zu reden! Er war ein herzensguter Mensch!«

Bitrac senkte den Blick.

»Du hast recht, entschuldige. Ich werde in der Kapelle eine Kerze für ihn anzünden. Kommen Sie mit, Monsieur? Wenn Sie möchten, zeige ich Ihnen die Insel, viel ist es nicht, aber dafür sehr schön.«

»Sehr gern«, sagte Olivier und griff nach seinen Sachen. »Ich komme später wieder, wegen der Einkäufe, wenn das in Ordnung ist.«

Aber Louise nickte nur abwesend, knetet ihre Hände und dachte an Audile Marchand, mit der sie jedes Mal gelacht hatte, die immer fröhlich gewesen war. Und die den Rest ihres Lebens jetzt allein würde verbringen müssen, heimgesucht von der Frage nach dem Warum.

»Wir sind alle unsere eigene Insel«, murmelte Louise und schaute aus dem Panoramafenster nach draußen, wo das Meer in den Buchten glitzerte und die Gezeiten den Blick freigaben auf Le Petit Romont.

Ihre Mittwochs-Insel.

Sie versuchte zu lächeln, aber es gelang ihr nicht.

KAPITEL 9

Deauville, Normandie
Zur gleichen Zeit

Rachmaninoff lag zwischen den Sitzreihen des Regionalzuges und schnarchte und Nicolas überlegte, ob er es dem Hund gleichtun sollte. Ihnen blieb noch etwa eine halbe Stunde, dann würde der Zug Deauville erreichen. Bereits jetzt bemerkte er beim Blick nach draußen, wie die Landschaft sich veränderte, wie aus den flachen Feldern, die im Westen von Paris begonnen hatten, Erhebungen wurden, erste knorrige Bäume waren zu sehen, sanft wand sich eine Straße einen leichten Hügel hinauf.

Sie fuhren der Sonne voraus, immer nach Westen, vor ihnen lag ein neuer Tag. Er würde besser werden, als der gestrige, das hoffte Nicolas zumindest. Behutsam tätschelte er dem Hund den Kopf, Rachmaninoff zuckte im Schlaf, träumte womöglich von einem Knochen, einer Hündin, seinem angestammten Platz unter den Platanen. Oder von Tito, dem alten Mann, der ihn vor einiger Zeit aufgenommen hatte, weil Rachmaninoffs Besitzer erschossen worden war. Erschossen und dann aufgehängt am großen Pont de Normandie, der Brücke über die Seine-Mündung bei Le Havre.

Und jetzt waren sie beide hier, erneut in der Normandie.

»Schon verrückt«, murmelte Nicolas und zum wiederholten Male blickte er auf das Display seines Handys.

Keine Nachricht von Julie.

Sie hatten den Nachtbus genommen, quer durch die Stadt, zum Bahnhof Saint-Lazare, von dem aus Züge in den Westen fuhren, auch nach Deauville, wo Roussel ihn erwartete, weil eine Todesliste aufgetaucht war, auf der auch sein Name stand.

Und Nicolas hatte nicht den Hauch einer Ahnung, warum.

Die Straßen waren dunkel gewesen und Nicolas hatte sich mehrfach gefragt, ob er das Richtige tat, am Tag nach dem Anschlag auf Faure, in dem Moment, in dem er freigestellt worden war, ebenso wie der Rest des Teams. Er sollte bei seinen Kollegen sein, bei Julie.

»Was mache ich hier?«, murmelte Nicolas und lehnte die Stirn an die kalte Scheibe des Zuges, während die Dörfer der Normandie an ihm vorbeizogen, Beaumont-le-Roger, Serquigny und Bernay. Die Wintersonne legte sich über die Landschaft, wenigstens das.

Vor der Abfahrt hatten sie sich in die Bahnhofshalle gesetzt, Rachmaninoff und er, und dann hatte Nicolas zum wiederholten Male versucht, Julie anzurufen.

Vergeblich. Sie hatte ihr Handy ausgeschaltet.

»Ich hätte dich nicht allein lassen sollen gestern Abend«, hatte er sagen wollen, und nun musste er diesen Gedanken hinunterschlucken, er lag ihm schwer auf der Seele und hinderte ihn daran, in dem ruckelnden Zugabteil einzuschlafen.

»Nächster Halt: Deauville. Der Zug endet hier.«

Nicolas griff in seine Jackentasche und holte einen Zettel heraus, auf den er die fünf Namen geschrieben hatte, die Roussel ihm genannt hatte. Fünf Namen in einer Flaschenpost, angespült an einem abgelegenen Strandabschnitt auf Chausey.

Und Nicolas hatte nicht die leiseste Ahnung, was sein

Name auf dieser Liste zu suchen hatte. Auf der Insel jedenfalls war er noch nie gewesen.

Rémy Marchand
Balthasar Morignac
Adrien Martin
Philippe Duval
Nicolas Guerlain

Nicolas kannte nur eine Person auf dieser Liste: Balthasar Morignac, den er über seine Mutter, die als Besitzerin einer kleinen Boutique im Foyer des mondänen »Hôtel de la Plage« gute Kontakte zur Upperclass in Deauville pflegte, kennengelernt hatte. Außerdem war Morignac als schwerreicher Geschäftsmann regelmäßig bei Empfängen und Geschäftsessen gewesen, an denen auch François Faure als damaliger Innenminister teilgenommen hatte. Nicolas hatte Morignac als nicht unsympathischen, wenn auch etwas zu sehr von sich selbst überzeugten Mann kennengelernt. Er musste mittlerweile Ende fünfzig sein, sein Geld verdiente er mit Immobilien, vor allem in Frankreich und Südengland.

Die anderen drei waren ihm unbekannt, wobei der Erste, Rémy Marchand, es auch bleiben würde. Er war tot, gestorben auf einer Fähre, die auf dem Rückweg von Chausey gewesen war.

»Was ist das bloß für eine Geschichte«, murmelte er, während draußen die Landschaft langsamer vorbeizog und die Möwen zahlreicher wurden.

Er hatte es Roussel bereits am Telefon gesagt: Er hatte keine Ahnung, warum sein eigener Name auf dieser Liste stand, er konnte keine Verbindung zu den anderen herstellen.

Aber es musste sie geben, und nicht zuletzt deshalb war er nun unterwegs an die Küste.

Und weil er so vielleicht noch etwas länger den Fragen

bezüglich Marie und seiner Jagd durch die Métrostation entgehen konnte.

Nicolas steckte den Zettel zurück in die Tasche, weckte Rachmaninoff und betrachtete die ersten Häuser von Deauville, an denen der Zug jetzt vorbeifuhr. Jedes Mal, wenn er hier war, überkam ihn ein Gefühl der Enge, ein Unwohlsein, für das er keine Erklärung fand, abgesehen von der typischen Entfremdung eines Mannes von dem Ort, an dem er aufgewachsen und wohlbehütet großgeworden war.

Zumindest wohlbehütet von seiner Mutter.

Deauville und die benachbarte Schwesterstadt Trouville, auf der anderen Seite der Touques, hatten beide ihren Charme: Deauville, mondän und doch leicht verblichen, die Stadt des Casinos, der Filmfestspiele, der Trabrennbahn und der reichen Gäste, die mit weißen Leinenhosen und über die Schulter geworfenen Segelpullovern über die Planches flanierten. Und auf der anderen Seite, nur einen Steinwurf entfernt, Trouville, die Fischerstadt, vernebelt im Herbst, glitzernd im Sommer, den Geruch von Makrelen und Seebrassen in der Luft, Lieblingsort der Möwen und der Liebhaber klassischer französischer Klischees.

Die Kombination aus beiden Städten war der Grund für die Anziehungskraft, die die Côte Fleurie, die Blumenküste, auf die Pariser ausübte, die am Wochenende in Scharen hierhereilten und dabei die Straßen und die Fischhallen fluteten.

»Mal sehen, ob Roussel pünktlich ist«, sagte Nicolas zu Rachmaninoff, als er den Hund die Stufen hinunter aufs Gleis lotste und ihn Richtung Ausgang zog. Er hatte eine Reisetasche mit einigen wenigen Sachen über der Schulter. Seine Dienstwaffe hatte er vorerst ebenfalls tief in die Tasche geschoben.

»Willkommen zu Hause« sagte er zu sich selbst, als er in

den kalten Wind hinaustrat, der sie außerhalb des Bahnhofsgebäudes begrüßte. An den Masten auf dem Vorplatz flatterten die Fahnen der Normandie und der Stadt, es standen nur wenige Taxen dort. Deauville war im Winter eine Stadt wie jede andere, mehr oder weniger grau, mehr oder weniger ausgestorben, mehr oder weniger trist.

Im Falle von Deauville eher mehr als weniger.

Nicolas sah auf die Uhr. Der Zug war pünktlich gewesen und doch war von Roussel nichts zu sehen. Dabei hatten sie doch vereinbart …

Lautes Hupen riss ihn aus seinen Gedanken. Als er sich umdrehte, sah er, wie ein Wagen auf den Vorplatz des Bahnhofs raste, mit quietschenden Reifen und der klaren Absicht, erst in allerletzter Sekunde abzubremsen.

Es war ein roter Mini mit weißem Dach, er holperte förmlich über eine hohe Bordsteinkante, fuhr schwungvoll auf die Taxispur, bremste tatsächlich in letzter Sekunde und kam nur wenige Millimeter vor einem großen Blumenkübel zum Stehen.

Rachmaninoff knurrte und Nicolas nahm es ihm nicht übel.

»Alter Freund, das könnte eng werden«, sagte Nicolas zu ihm und beugte sich nach vorne, um zu sehen, wer am Steuer des kleinen Wagens saß.

Es war Claire und sie war schlecht gelaunt.

»Steig ein!«, rief sie ihm zu. Sie machte keine Anstalten, ihn zu begrüßen, ihn zu umarmen oder ihm gar in die Arme zu springen, wie er es sonst von ihr gewohnt war.

»Was bitte machst du denn hier?«, fragte Nicolas überrascht. Als er das letzte Mal etwas von ihr gehört hatte, hatte sie in einem Krankenhausbett gelegen und sich von den Strapazen der vergangenen Wochen erholt.

Und das waren einige gewesen. Und die wenigsten Narben,

die zurückgeblieben waren, waren äußerlich. Claire hatte viel durchgemacht.

Und das war zum Teil seine Schuld, denn er war es gewesen, der die ehemalige Polizeipraktikantin in schwierige Situationen gebracht hatte. Und deshalb würde er sich zeit seines Lebens Vorhaltungen machen.

»Ich bin hier, den Rest erzähle ich dir auf der Fahrt. Roussel, dieses Arschloch, hat mich geschickt.«

»Dieses Arschloch? Was sind denn das für Ausdrücke, die ich da höre, liebe Claire?«

Rachmaninoff zog an seiner Leine, er wollte ganz offensichtlich lieber den Bus nehmen oder, noch besser, den Weg auf vier Pfoten zurücklegen.

»Das geht dich nichts an, Nicolas. Du musst nicht alles wissen. Kommst du jetzt? Wir haben es eilig. Und warum hast du einen Hund dabei?«

»Tito liegt im Krankenhaus. Herzinfarkt.«

Er sah, wie sie kurz die Augen schloss und die Stirn auf dem Lenkrad ablegte. Claire hatte seinen alten Nachbarn nur einmal getroffen, aber sie wusste, welche Rolle er in Nicolas' Leben spielte.

»Das tut mir leid«, sagte sie. »Es ist nur … ach, verdammt, steig einfach ein, ja? Roussel wartet auf uns.«

Nicolas warf seine Tasche in den Kofferraum und bugsierte Rachmaninoff auf die Rückbank, wo der Hund sich sofort einrollte und aus Protest die Augen schloss.

»Ist das dein Wagen?«, fragte Nicolas, während er sich anschnallte. Er betrachtete Claire von der Seite. Sie sah gut aus. Ihre Haare hat sie dunkler gefärbt und sie wirkte dadurch etwas kantiger. Sie trug eine enge schwarze Hose und eine beige Bluse.

Claire schüttelte den Kopf, während sie sich in den Kreisverkehr einfädelte und in Richtung der Küstenstraße fuhr.

»Er gehört einer Freundin. Sie ist verreist, ich darf den Wagen benutzen.«

»Ich dachte, du wärst noch in der Reha. Du siehst gut aus, es scheint dir wieder besser zu gehen. Hast du noch Schmerzen?«

Claire lächelte.

»Natürlich habe ich die noch. Aber es ist auszuhalten. Und du? Du siehst irgendwie … ramponiert aus.«

Jetzt war es Nicolas, der lächelte.

»Das hat vor Kurzem schon einmal jemand zu mir gesagt. Aber alles halb so schlimm, ich habe es überlebt.«

Dank Marie, dachte er kurz. Er sah die Métrostation vor seinem inneren Auge, die Lichter des abfahrenden Zuges …

… und Maries Hand, die nach ihm gegriffen hatte.

Alles halb so schlimm. Er hatte es überlebt.

»Wo fahren wir hin?«, fragte er, als Claire in die Avenue Klergorlay abbog und in hohem Tempo an der Paroisse St. Thomas de la Touques vorbeirauschte. Hinter ihnen wimmerte Rachmaninoff kurz.

»Zum Vater meiner Freundin«, sagte Claire knapp und beschleunigte, immer bergauf, in Richtung der Hügel, in denen sich die großen Villen hinter dichten Oleanderbüschen verbargen.

»Ich habe sie in Caen kennengelernt, in einem Club. Dann habe ich sie am nächsten Morgen beim Frühstücken in einem Café wiedergetroffen. Sie heißt Rose. Rose Morignac. Ich wohne derzeit in der Hafenwohnung der Familie.«

Nicolas brauchte nicht lange, um zu verstehen.

Balthasar Morignac, der zweite Name auf der Liste. Einer der reichsten Bürger von Deauville. »Und Roussel ist schon bei ihm? Dann wollen wir hoffen, dass wir ein bisschen Licht in diese Angelegenheit bringen können. Weißt du schon ein paar Details? Und überhaupt … bist du nicht krankgeschrieben? Ich meine, du dürftest gar nicht hier sein, oder? Das letzte Mal, als du mal eben an einer Ermittlung teilgenommen hast, ohne offiziellen Auftrag, da wurdest du in einen feuchten Keller gesperrt und nur durch Glück …«

»Nicolas, halt die Klappe. Ich weiß selbst ganz genau, was in Vieux-Port geschehen ist.«

Und auf dem Soldatenfriedhof in Colleville, fügte er in Gedanken hinzu und sah, dass Claire das Gleiche dachte.

Sie wäre dort fast gestorben, und er hatte seinen Anteil daran gehabt.

Für einen Moment schwiegen sie beide, während Claire durch die nun ruhigen Straßen des Viertels oberhalb der Stadt raste.

»Das waren viele Fragen auf einmal«, sagte sie schließlich. »Erstens: Ich bin offiziell Teil der Ermittlungen.«

»Seit wann denn das?«, fragte Nicolas überrascht.

»Seit einer Stunde. Roussel hat mich hinzugezogen.«

»Wie hast du das denn geschafft? Er würde niemals …«

Claire lächelte wissend.

»Sagen wir so: Er schuldet mir was. Frag nicht, es ist einfach so.«

Nicolas sah sie an und fragte sich, wo die kleine Polizeipraktikantin geblieben war, die er vor langer Zeit in einem Café kennengelernt hatte. Es war ein Flirt gewesen, eine Unterhaltung über die Unvernunft des Rauchens. Kurz darauf hatten mehrere Polizisten das Café gestürmt und ihn festgenommen.

Es schien ihm ewig her. Und Claire war erwachsen geworden.

»Ich bin künftig auch nicht mehr in Caen stationiert für meine Polizeiausbildung. Sondern hier, in Deauville.«

Es wurde immer verworrener.

»Ich vermute, ebenfalls seit heute Morgen«, stellte Nicolas süffisant fest.

»Exakt.«

»Und du verrätst mir nicht, was dazu geführt hat, dass ...«

»Nein.«

»Aha. Kann ich Roussel fragen?«

»Nein.«

»Mein Gott, du bist wirklich schlecht gelaunt, Claire.«

»Das legt sich. Und im Übrigen bin ich nicht schlecht gelaunt. Ich bin traurig. Und wütend. Und dann wieder traurig.«

Diesmal brauchte Nicolas länger, um zu verstehen. So lange, bis Claire ihn schließlich aufklärte, während sie ein großes, weit geöffnetes Eisentor passierte und über eine Auffahrt auf den gekiesten Vorplatz einer Villa einbog.

»Balthasar Morignac ist tot. Er ist heute Morgen auf seinem Boot gefunden worden, kurz bevor es gesunken ist. Eine Explosion. Den Rest erzählt dir Roussel. Der Hund kann im Wagen bleiben. Ich muss jetzt Rose anrufen, sie ist in Los Angeles. Bestimmt sitzt sie mit Freunden in einer Bar, am Strand, sie lernt vielleicht einen Typen kennen, flirtet mit ihm. Das echte Leben, weißt du, Nicolas? Das Leben, auf das ich seit einiger Zeit warte. Aber es kommt nicht, es kommt einfach nicht, dieses verdammte Leben! Stattdessen habe ich Narben am ganzen Körper und bin den halben Tag traurig und den Rest der Zeit müde, und wenn ich endlich jemanden kennenlerne, einen wirklich netten Menschen, dann wird er erschossen und ins Meer geworfen und ich träume jede Nacht davon, ich sehe sein Gesicht. Und du könntest mich zum Trost einfach mal in den Arm nehmen, du Idiot!«

Nicolas sah, wie Tränen über ihr Gesicht liefen, er wusste nicht, was er machen sollte, sie brauchte ein Taschentuch und Roussel stand dort vorne, Morignac war tot, sein eigener Name war nur noch drei Positionen auf der Liste entfernt und ...

Es war Rachmaninoff, der ihm half. Er hatte sich aufgesetzt und leckte Claire einfach über ihr Gesicht, ehe sie sich dagegen wehren konnte. Dann bellte er einmal kurz.

Als wolle er sagen: »Ich verstehe dich. Mein Herrchen ist fast gestorben, weit weg, in Paris.«

»Ach, du blöder Hund«, sagte Claire, schniefte kurz und wischte sich die Tränen und die Hundespucke aus dem Gesicht und weinte dann doch wieder, als Nicolas sie endlich in den Arm nahm und ihr einen Kuss auf die dunklen Haare gab.

»Es tut mir leid«, sagte er. »Das alles tut mir leid. Wir kriegen das hin. Wir holen es uns, dieses verdammte Leben. Ganz bestimmt.«

Für einen kurzen Augenblick saßen sie einfach da, in einem roten Wagen mit weißem Dach, vor dem Haus eines vor wenigen Stunden verstorbenen Geschäftsmannes. Um sie herum betraten Zivilpolizisten die Villa, andere kamen heraus, Nicolas konnte im Rückspiegel den Übertragungswagen eines lokalen Fernsehsenders sehen.

Roussel machte ihm ein Zeichen.

Es ging los, sie hatten keine Zeit zu verlieren.

»Wie geht es Julie?«, schniefte Claire in seinem Arm.

»Schlecht.«

»Das tut mir leid. Ihr kriegt das hin, hörst du?«

»Ja.«

»Du musst daran glauben, weißt du?«

»Ja.«

»Und jetzt raus mit dir. Und wehe, du sprichst mit Roussel über heute Morgen.«

»Werde ich nicht.«

»Lügner.«

Nicolas stieg aus dem Wagen und sammelte sich. Er war müde. Er hatte Schmerzen. Aber es würde gehen.

Er war nur ein bisschen ramponiert.

KAPITEL 10

Deauville, Normandie

Die »Villa Rose« war in Wahrheit weiß und sie strahlte in ihrer Erhabenheit hoch oben über der Stadt eine Eleganz aus, wie sie für Menschen wie Balthasar Morignac offenbar unerlässlich war. Während Nicolas die breiten Stufen zum Eingang nahm, stellte er sich vor, wie Geschäftsleute und Politiker, lokale Größen und Pariser Bankiers hier ein und aus gingen, wie sie vom Hausherren oder seiner Gattin begrüßt wurden, ein Glas Champagner in der Hand. Im vorderen Teil des Gartens liefen die Rasensprenger, das Klacken des Mechanismus' war das einzige Geräusch in diesem Augenblick, abgesehen von den Möwen hoch oben in der Luft.

Nicolas sah sich um und sog kalte Luft durch die Zähne.

Der Ausblick war atemberaubend. Wenn Morignac aus der Tür getreten war, dann hatte das Meer vor seinen Füßen gelegen, die weiten Strände von Deauville, das Casino, der Hafen weiter rechts, dann Trouville mit seinen Hügeln, den engen Straßen, die die Küste entlang in einem weiten Bogen bis nach Honfleur führten. Im Westen die flachen Strände von Blonville, von Villers, die Felsen, hinter denen Houlgate lag.

Nicolas befühlte seinen Hinterkopf, der schmerzhaft pochte. Den Verband hatte er im Zug vorsichtig entfernt, er spürte eine dicke Beule unter seinen Haaren.

»Das alles gehört eines Tages dir, mein Sohn.«

Roussel stand zwei Stufen über ihm, er hatte offenbar gerade ein Telefonat beendet und blickte jetzt nachdenklich über das Meer, auf dem in der Ferne zwei Frachtschiffe zu sehen waren und ein Fischerboot, das die Hafeneinfahrt ansteuerte.

»Seit wann verschenkst du Ländereien, Roussel?«

»Seit heute Morgen. Mir ist danach.«

Nicolas musterte ihn.

»Es scheint mir, als sei der heutige Morgen ein ganz besonderer gewesen. Claire hat schon so etwas angedeutet. Habe ich etwas verpasst? Nein, ich korrigiere: Hat dir jemand eine verpasst?«

»Halt die Klappe, Bodyguard.«

Über ihnen raschelte der Efeu an der Außenwand der Villa, zwei Techniker liefen an ihnen vorbei ins Haus. Roussel schwieg für einen Moment, während sie beide die Szenerie in sich aufnahmen.

Dann tippte Roussel auf seine Nase, die blau angelaufen war und auf deren Rücken ein mehr schlecht als recht fixiertes Pflaster saß.

»Hat sie dir was erzählt?«, fragte Roussel.

»Nein. Und wenn du es tust, bringt sie dich um.«

»Ich weiß.«

Nicolas lächelte und warf einen Blick auf das kleine, rote Auto, in dem Claire gerade nach ihrem Handy griff, um einen traurigen Anruf zu machen.

»Sie ist ganz schön groß geworden, unsere Claire«, sagte Nicolas.

»Allerdings«, pflichtete Roussel ihm bei. »Auf geht's, Bodyguard, lass uns reingehen. In der Küche gibt es etwas zu essen, ich verhungere. Und dann erzähle ich dir alles, was ich weiß.«

»Auch etwas über das Pflaster?«

Roussel schüttelte den Kopf.

»Diesen Fall. Und glaub mir, diesmal ist es kompliziert.«

Als sie beide die Stufen hinaufgingen und die hohe Eingangshalle der Villa Rose betraten, legte Roussel seine Hand auf Nicolas' Schulter.

»Trotzdem schön, dich zu sehen.«

Kurz darauf lehnten sie an einem großen Küchenblock und aßen Sandwiches, die eine Angestellte Morignacs den ermittelnden Polizisten in die Küche gestellt hatte. Roussel kaute mechanisch und Nicolas sah, dass er müde war. Sein Gesicht wirkte teigig, seine Bewegungen waren abgehackt.

»Ganz schöner Mist, die Sache in Paris, oder?«, fragte Roussel schließlich zwischen zwei Bissen.

»Allerdings.«

»Wie geht es da jetzt weiter?«

Nicolas zuckte mit den Schultern.

»Ich weiß es nicht. Wir wurden alle freigestellt, das gesamte Team.«

Roussel sah ihn verwundert an.

»Sind die wahnsinnig? Ausgerechnet jetzt? Ich meine, ein neues Team braucht doch sicher seine Zeit, bis alles reibungslos funktioniert. Ihr seid doch seit Jahren an seiner Seite, ihr kennt seine Gewohnheiten.«

Nicolas schenkte sich etwas Tee aus einer silbernen Kanne ein, der Dampf stieg ihm wohltuend ins Gesicht. Die Kopfschmerzen waren immer noch stark.

»Es gibt einen Insider«, erklärte er Roussel. »Jemand aus dem innersten Kreis, der die Aktivisten mit Informationen versorgt. Mit Terminplänen, Reiserouten, Hotelbuchungen. Mit allem einfach. Es gibt ein Leck, Roussel, ein riesengroßes Leck, und es gefährdet die Sicherheit des Präsidenten. Wie würdest du reagieren?«

Roussel kaute weiter.

»Verrückt. Und diese Gruppe, diese Aktivisten, was wollen die? Aufmerksamkeit?«

Nicolas schwieg kurz und dachte an Marie, wie sie ihn

auf dem Bahnsteig angesehen hatte, mit diesem wissenden Lächeln.

»Wenn ich das nur wüsste. Sie prangern seine moralischen Verfehlungen an, die …«

»… zahlreich sind«, unterbrach ihn Roussel.

»… die er bislang immer unter der Decke halten konnte. Aber jetzt ist er nervös, seine Umfragewerte sinken rapide, er wird langsam zu einer Lachnummer. Wenn ihm so etwas wie gestern Abend auf europäischer oder gar internationaler Bühne passiert, dann wird er vor aller Welt zum Clown gemacht.«

»Er ist ein Clown, Nicolas. Und ein Populist noch dazu. Und du weißt es.«

Ja, das wusste Nicolas tatsächlich. Aber es war nicht seine Aufgabe, das zu beurteilen. Nicht, solange er diesen Staatspräsidenten beschützen musste. Und daran würde sich nichts ändern, nur weil das gesamte Team kurzzeitig beurlaubt war.

Er warf einen Blick auf die Uhr.

In einer halben Stunde würde die Krisensitzung im Élysée-Palast beginnen. Gilles würde viele unangenehme Fragen beantworten müssen, ohne Rückendeckung zu haben.

Nicolas nahm einen letzten Bissen seines Sandwichs und sah Roussel direkt an.

»Also, du sagtest, die Sache ist kompliziert, Roussel. Ich bin ganz Ohr. Warum stehe ich auf dieser Liste?«

Roussel sah ihn überrascht an.

»Das sollst du mir eigentlich sagen! Ich meine, die anderen Namen, Morignac, Marchand – gibt es da wirklich keine Verbindung zu dir?«

Nicolas schüttelte den Kopf. Er hatte die ganze Zugfahrt überlegt, hatte seine Erinnerungen durchforstet, seine Dienstreisen, aber auch seine Zeit als Jugendlicher in der Normandie. Er hatte nichts gefunden, keinen Widerhaken, der sich in sein Gedächtnis bohrte, keinen dunklen Fleck, unter dem sich einer der Namen verborgen hätte.

Da war nichts.

Roussel hatte recht: Es war kompliziert.

»Mit wem hast du vorhin telefoniert?«, fragte Nicolas. Roussel holte einen Notizblock aus seiner Jackentasche und blätterte darin herum.

»Mit der Hafenbehörde. Die Leiche Morignacs konnte geborgen werden, bevor das Boot gesunken ist. Jetzt sind Taucher dort draußen, sie suchen im Wrack nach Hinweisen darauf, warum das Boot explodiert ist. Aber ich denke, wir können ruhig von einem Verbrechen ausgehen. Davon, dass von unserer Liste bereits zwei gestrichen sind.«

»Beginnen wir von vorn. Erzähl mir von Chausey. Und davon, was gestern auf der Fähre passiert ist.«

»Also gut«, sagte Roussel und wollte gerade etwas aus seinen Notizen vorlesen, als Claire die große Küche der Villa betrat. Sie nahm sich ein Glas von einer Anrichte, füllte es mit kaltem Wasser und trank es in einem Zug aus. Dann drehte sie sich um, nahm sich ein Sandwich und sah Roussel erwartungsvoll an.

»Wir sind ganz Ohr«, sagte sie und taxierte Roussels Pflaster auf der Nase mit einem kaum sichtbaren Lächeln.

Roussel räusperte sich und wich Claires Blick aus.

»Marc Huet hat mir berichtet, dass die Kollegen in Caen mittlerweile die genaue Todesursache haben. Rémy Marchand ist auf der Rückfahrt von Chausey nicht an einem Herzinfarkt gestorben, aber ich glaube, damit hat wohl ohnehin keiner mehr gerechnet, oder?«

»Nicht wirklich«, sagte Nicolas. Claire biss in ihr Sandwich und schwieg.

»Gestorben ist er an einer Dosis Rizin. Ein hochgiftiges … Moment, hier steht es, es ist ein …«

»… ein Protein«, erklärte Claire. »Es sorgt dafür, dass die

kontaminierten Zellen innerhalb kürzester Zeit absterben. Selbst für einen Erwachsenen reichen wenige Milligramm davon.«

Roussel sah sie erstaunt an.

»Ein Hoch auf die gute französische Polizeiausbildung«, sagte Claire, ohne dabei eine Miene zu verziehen.

Roussel blätterte weiter in seinen Notizen herum.

»Jedenfalls ist er auf der Fähre plötzlich zusammengebrochen, sie haben noch versucht, ihn zu reanimieren, aber seine Organe waren offenbar schon extrem angegriffen. Er ist einige Stunden später im Krankenhaus gestorben.«

»Das ist ja grausam«, sagte Claire leise, und Nicolas musste ihr recht geben.

Das erste Opfer auf der Liste war keines schönen Todes gestorben.

»Haben sie einen Verdacht, wie er das Gift zu sich genommen haben könnte?«, fragte Nicolas. »Ich meine, so etwas merkt man doch, oder?«

Claire schüttelte den Kopf.

»Nicht, wenn du es mit etwas zu dir nimmst, das den Geschmack überdeckt. So unverwechselbar schmeckt Rizin gar nicht, es ist durchaus möglich, dass Rémy Marchand es nicht gemerkt hat. Das Besondere ist außerdem, dass die Symptome erst nach einigen Stunden auftreten, manchmal sogar erst nach Tagen, zumindest, wenn die Dosis gering ist. Ein paar Tropfen im Kaffee können schon reichen.«

Roussel, der gerade dabei war, seine Tasse zum Mund zu führen, hielt angewidert inne und stellte sie zurück.

»Heißt das, wir haben keine Ahnung, wann das Gift in seinen Körper gekommen ist?«

»Doch«, sagte Roussel und sah auf seinen Block. »Die Kollegen in Caen sagen, es muss am selben Tag passiert sein.«

»Was haben sie auf der Insel gemacht?«, fragte Claire.

Roussel tippte mit seinem Stift zweimal auf den Block.

»Gegessen«, sagte er. »In seinem Magen waren Reste von Krabbenfleisch, Weißwein und Brot. Und Schnaps. Sie haben offenbar Schnaps getrunken, für die Verdauung.«

Claire tippte etwas in ihr Handy ein, wartete kurz und hielt dann das Display in Nicolas' Richtung.

»Das ›Hôtel de la Marée‹. Es ist das einzige Restaurant auf der Insel. Hier müssen sie gegessen haben. Die Besitzerin ist …«

»Chef, kommen Sie mal bitte. Ich glaube, wir haben etwas gefunden!«

Einer von Roussels Männern stand in der Tür zur Küche und machte ihm ein Zeichen. Nicolas und Claire folgten den beiden durch die Eingangshalle und über eine breite Treppe nach oben.

Claire pfiff durch die Zähne, als sie die Aussicht sah, die der Geschäftsmann von seinem Schreibtisch aus gehabt hatte.

»Nicht schlecht«, sagte sie und stellte sich vor eine Flügeltür, die auf eine Dachterrasse führte.

»Ich war einmal mit Rose hier im Haus«, sagte sie leise. »Aber natürlich nicht hier oben.«

Roussels Kollege hatte ihnen Latexhandschuhe gereicht und deutete auf mehrere Ordner, die auf dem großen Mahagonitisch lagen.

»Wir sind alle durchgegangen und sind dabei auf zwei Sachen gestoßen. Hier, das hier ist interessant.«

Nicolas sah sofort, was er meinte.

Er beugte sich über den Ordner und studierte die Dokumente, die Morignac sorgfältig abgeheftet hatte.

Es waren Rechnungen, Quittungen, Verträge über abgeschlossene Beraterleistungen. Dazu Notizen, handschriftliche Bemerkungen, sogar eine beschriebene Papierserviette war darunter, vollgekritzelt mit Zahlen.

Roussel pfiff durch die Zähne, als Nicolas behutsam weiterblätterte.

»Ist das Chausey?«, fragte Claire und zeigte auf eine abgeheftete Karte.

»Allerdings«, murmelte Roussel. »Ich glaube, wir haben eine erste Verbindung.«

Nicolas blätterte weiter, es folgten Skizzen einiger Schiffe, Kostenvoranschläge, dazu Gezeitentabellen sowie mehrere Luftaufnahmen des Hafens von Granville.

Und er fand einen Namen auf einem Briefkopf. Das Schreiben war an Morignac adressiert.

»... freue ich mich, Ihnen mitteilen zu können, dass die wichtigsten Auflagen erfüllt wurden«, las Claire vor. »Unterschrieben: Rémy Marchand, Fährgesellschaft Granville.«

Laut Datum war der Brief vor einem Dreivierteljahr geschrieben worden.

Nicolas streckte sich und spürte den Schmerz in seiner Hüfte, dort, wo er gegen die Wand in der Métrostation geprallt war.

»Unsere beiden Opfer kannten sich«, erklärte er. »Sie waren Geschäftspartner, Marchand und Morignac. Wenn ich das hier richtig interpretiere, dann geht es um neue Fährschiffe nach Chausey. Und wir sprechen hier über sehr große Fährschiffe.«

Für einen Moment schwiegen sie, während Nicolas weiter in den Unterlagen blätterte. Plötzlich deutete Claire auf ein Telefon, das in einer Schale auf einem Sideboard steckte.

»Seht ihr das?«, fragte sie.

»Ein Telefon«, sagte Roussel verständnislos.

Nicolas hingegen nickte.

»Ein Anruf in Abwesenheit.«

Bevor Roussel sie daran hindern konnte, nahm Claire das Telefon von der Schale und drückte zwei Tasten.

»Ich hab's!«, sagte sie triumphierend. »Es ist eine Nummer in der Normandie, der Vorwahl nach, aber ich weiß nicht genau …«

»Warte!«, schnauzte Roussel sie an, aber da war es bereits zu spät.

Claire hatte die Nummer gewählt und den Lautsprecher angeschaltet.

In der Leitung knackte es.

»Dies ist der Anschuss von Louise Bertrand auf Chausey. Der Laden ist derzeit geschlossen, bitte sprechen Sie nach dem Signalton. Die Abfahrtszeiten der Fähre aus Granville können Sie am Hafen erfragen. Vielen Dank.«

KAPITEL 11

Élysée-Palast, Paris

Die Sitzung war ein Desaster, so wie auch der Grund für ihre Einberufung ein Desaster war. Und womöglich noch mehr als das, dachte Gilles Jacombe, als er die Streitigkeiten und Revierkämpfe der Anwesenden verfolgte.

Er griff nach einer Flasche, die auf dem großen Konferenztisch stand und schenkte sich ein Glas Wasser ein. Nicht weil er Durst hatte, sondern, um Zeit zu gewinnen. Denn eine Antwort auf die Frage, die Charles Pleyère ihm soeben gestellt hatte, war ihm noch nicht eingefallen, zumindest keine gute. Daher war ihm der plötzlich aufkommende Streit grade recht gekommen, er verschaffte ihm wertvolle Sekunden.

Allerdings gab es nicht viel zu überlegen, denn es gab einfach keine gute Antwort darauf.

»Wir hätten die ganze Behörde schon vor Jahren reformieren müssen!«

»So ein Quatsch! Nur weil Ihr Dienst nicht in der Lage ist …!«

»Wer hat denn die Mittel gestrichen in der letzten Haushaltssitzung? Das waren doch Sie, Monsieur!«

»Wir stehen da wie die blutigen Anfänger, die ganze Welt lacht über uns!«

»Zu Recht! Weil wir es hätten verhindern können! Wenn wir über eine schlagkräftige Organisation verfügen würden! Und wenn die Sicherheit in unseren Händen …«

»Es reicht! Schluss damit!«

François Faure schlug mit der Faust so heftig auf den großen Sitzungstisch, dass selbst in einigen Metern Entfernung noch die Gläser klirrten. Für einen Moment herrschte eine nahezu gespenstische Stille, die im krassen Gegensatz zur aufgeheizten Diskussion der vergangenen halben Stunde stand.

Der Staatspräsident hatte bislang kaum ein Wort gesagt.

Er hatte dem Bericht des Pariser Polizeichefs gelauscht und anschließend die zeitlichen Abläufe des gestrigen Abends präsentiert bekommen. Dann den Lagebericht des Inlandsgeheimdienstes, der Presseabteilung und schließlich den von Gilles Jacombe, als Leiter seines persönlichen Sicherheitsteams.

Dabei geht es nur um eine einzige Frage, dachte Gilles in diesem Augenblick, während er sah, wie der Staatspräsident langsam sein Tischmikrofon anschaltete. Eine einzige Frage, die eben gestellt worden war und auf die er keine Antwort hatte.

»Meine Herren, ich muss sie korrigieren«, sagte Faure mit leiser Stimme, hinter der jedoch alle Anwesenden einen nur mühsam zurückgehaltenen Wutausbruch erahnten.

»Es sind nicht wir, über die die ganze Welt sich seit gestern Abend lustig macht. Es ist nicht der Geheimdienst, es ist nicht die Polizei und auch nicht mein Sicherheitsteam. Nein, es ist viel einfacher.«

Die fünfzehn Männer, die um den Tisch herum versammelt waren, blickten sich verlegen um. Sie alle wussten, was jetzt kommen würde.

»Ich bin es«, fuhr Faure fort. »Die Welt lacht über mich, über niemanden sonst. Über den Präsidenten, der voller Farbe in seiner Loge hockt und sich vor Angst in die Hose macht. Im Internet gibt es reichlich Videos davon, wie ich in aller Öffentlichkeit lächerlich gemacht werde.«

Niemand sagte ein Wort.

Wieder krachte Faures Faust auf den Tisch.

»Dieser Abschaum macht seit Wochen nichts anderes, als mich lächerlich zu machen! Überall ist es zu lesen! Assez! Genug! Das schreien sie und schreiben sie und lassen sie schreiben! Ihr beschissener Kampf gegen die angeblichen moralischen Verfehlungen des Präsidenten, was ist das für eine Scheiße! Wie soll ich da das Land regieren und wann hört dieser Schwachsinn endlich auf? Erst, wenn es keine Farbe mehr ist, sondern Blut? Ist es das, was sie wollen? Dann sollen sie kommen, das sind Saboteure, Staatsfeinde, und ich erwarte, verdammte Scheiße, dass irgendjemand in diesem Raum endlich etwas unternimmt, anstatt hier nur rumzusitzen und sich gegenseitig zu beschuldigen!«

Sosehr Gilles Jacombe den Wutausbruch und vor allem die Wortwahl des Präsidenten missbilligte – er konnte ihn verstehen. Tatsächlich ahnten alle hier, dass die Aktionen der Gruppe, von der keiner genau wusste, was sie wollte, nicht aufhören würden. Seit Wochen wurden in Tageszeitungen, im Internet und auf Flugblättern Faures Untreue, seine moralischen Überzeugungen und seine Amtsführung angeprangert.

»Assez!« drohte zum Schlachtruf der Moral zu werden, zu einem gesellschaftlichen Aufstand derjenigen, die in der Präsidentschaft François Faures den Verfall der guten Sitten sahen.

Sie hatten nicht ganz unrecht, dachte Gilles. Aber das rechtfertigte nicht solche Aktionen wie die gestrige im Théâtre des Champs-Élysées.

Der »Assez«-Schlachtruf drang bereits in die Universitäten und die studentischen Verbindungen, erste Demonstrationen waren für die kommenden Tage in Bordeaux und Nantes angemeldet.

»Ich möchte wissen, wie wir das stoppen«, war seine erste

Frage zu Beginn der Sitzung gewesen. Niemand hatte ihm bisher eine Antwort darauf geben können.

Die Aktionen der Gruppe mussten enden, und dafür musste der Informationsfluss gestoppt werden, der ganz offensichtlich direkt aus dem Élysée-Palast kam. Und damit waren sie wiederum bei der Frage, auf die der Leiter des Sicherheitsteams keine Antwort wusste.

»Gilles, Sie schulden uns noch eine Antwort«, sagte Faure auch prompt mit eisiger Stimme. »Ich glaube, sie lautete: Wie können Sie sich erklären, dass die Gruppe von dem Konzertbesuch wusste, der doch erst einen Tag vorher geplant worden ist?«

Gilles Jacombe räusperte sich.

»Ich warte«, sagte der Präsident.

»Ich habe dafür keine Erklärung, Monsieur le Président. Mein Team übernimmt die volle Verantwortung für die Geschehnisse des gestrigen Abends. Wir werden …«

»Sie werden gar nichts mehr«, unterbrach François Faure ihn brüsk. »Mein Sicherheitsteam wird sofort neu besetzt. Ich erwarte Ihre Vorschläge …«

Es klopfte an der Tür und eine Assistentin streckte behutsam ihren Kopf herein.

François Faure warf ihr einen genervten Blick zu.

»Entschuldigen Sie vielmals, Monsieur le Président. Aber …«

»Was ist? Ich habe jetzt keine Zeit für irgendwelchen Schwachsinn!«

Die Assistentin betrat den Raum und fuhr fort: »Monsieur le Président, es ist wirklich wichtig … für Sie wurde etwas abgegeben. Vor einer Stunde, per Kurier. Wir haben es natürlich untersucht, also der Sicherheitsdienst … es ist aber nichts …«

Faure rollte mit den Augen und schließlich war es Charles

Pleyère, der Leiter des Inlandsgeheimdienstes, der die junge Frau erlöste.

»Zeigen Sie her.«

Sie reichte ihm einen USB-Stick.

»Es ist ein Video drauf, die Kollegen haben es überprüft. Es besteht keine Gefahr, Monsieur Pleyère.«

»Ich danke Ihnen.« Ohne sie noch mal anzusehen, ging Pleyère um den Tisch herum und reichte den Stick einem Referenten, der an einem Laptop saß.

»Vermutlich noch ein Video von einem lächerlich gemachten Staatspräsidenten«, ätzte Faure und verschränkte die Arme. Die Anwesenden blickten erwartungsvoll auf einen großen Bildschirm, der an der Seitenwand installiert war und auf dem nach einigen Sekunden ein Standbild erschien.

Es war eine Métrostation. Am oberen rechten Bildrand war die Uhrzeit der Aufnahme eingeblendet.

Gestern Abend, direkt nach dem Anschlag, dachte Gilles Jacombe und hatte plötzlich ein ungutes Gefühl.

»Das ist Alma-Marceau«, sagte einer der Behördenleiter. Einige Menschen standen auf der Plattform, eine Métro fuhr gerade aus der Station.

»Was ist das, da links hinten?«, fragte Charles Pleyère plötzlich und wies den Referenten an, das Bild zu vergrößern.

Stirnrunzelnd erkannte Gilles Jacombe eine junge Frau, die über die Plattform davonlief.

»Da liegt jemand«, sagte einer der Anwesenden und deutete auf eine Gestalt, die an der Stelle lag, an der die junge Frau gerade losgelaufen war.

»Sein Gesicht ist nicht zu erkennen … Was soll das Ganze?«

»Es ist offenbar kurz nach dem Anschlag aufgenommen«, sagte Pleyère und deutete auf eine Uhr, die an der Wand der Métrostation angebracht war. Sie sahen zu, wie die Frau in Richtung der Treppen davonlief.

»Stopp!«, schrie der Geheimdienstchef plötzlich, der Referent hielt das Bild an.

»Können Sie das ranzoomen?«

»Ein bisschen«, sagte der junge Mann und tippte auf seiner Tastatur herum.

»Ach du Scheiße«, sagte der Polizeichef von Paris plötzlich und beugte sich nach vorn, um in seinen Unterlagen zu blättern. »Ist das nicht … ich meine … wo habe ich sie nur?«

»Das ist sie«, sagte Charles Pleyère jetzt und hielt eine Aufnahme hoch, die sie alle in der Mappe hatten, die vor ihnen auf dem Tisch lag. »Ganz eindeutig. Diese Frau gehört zu der Gruppe.«

Auch Gilles Jacombe blickte auf die Fotos vom Flughafen in Marseille, die vor ihm lagen. Es waren die Bilder einer Sicherheitskamera im Ankunftsbereich und es war zugleich die einzige Aufnahme, die sie von den Mitgliedern der Aktivistengruppe hatten, vor wenigen Wochen aufgezeichnet.

»Wir wissen nicht, wer sie ist«, erklärte Pleyère den Anwesenden. »Wir wissen nur, dass sie zu der Gruppe gehört.«

»Und dass sie gestern Abend vermutlich im Théâtre des Champs-Élysées war«, ergänzte ein hochrangiger Polizeivertreter.

»Wir werden sämtliche Videos noch mal durchsehen«, erklärte der Geheimdienstchef. »Aus der Métro und den umliegenden Straßen.«

»Wer ist der Mann?«, fragte Faure plötzlich. »Sie hat ihn offensichtlich umgerannt oder niedergestreckt?«

»Die Aufnahme endet hier«, sagte der Referent.

»Dann geben Sie das irgendwelchen Experten, finden Sie heraus, wer das ist, verdammt noch mal!«, rief François Faure. Wieder schlug er auf den Tisch.

»Und ich erwarte, dass Sie in den nächsten Tagen diesen beschissenen Maulwurf ausfindig machen, haben Sie mich verstanden? Finden Sie den Insider, sonst besetze ich jede einzelne Ihrer Stellen neu, darauf können Sie sich verlassen!«

Drei Minuten später war der Sitzungsraum leer. Nur Gilles Jacombe saß noch auf seinem Platz und sah aus einem der Fenster auf den gekiesten Vorplatz des Élysée-Palastes, dorthin, wo in diesem Augenblick eine dunkle Limousine vorfuhr, aus der in wenigen Augenblicken ein europäischer Staatsgast aussteigen würde.

Nachdenklich betrachtete er den schwarzen Bildschirm und als es an der Tür klopfte, zuckte er zusammen. Es war Hélène Faure, die Gattin des Staatspräsidenten. In der Hand hielt sie ein Tablett mit zwei dampfenden Teetassen.

»Bleiben Sie sitzen, Gilles«, sagte sie, als er automatisch aufsprang. »Ich dachte mir, Sie könnten einen Tee gebrauchen, nach all dem, was passiert ist.«

Er lächelte, als sie ihm eine Tasse reichte und sich neben ihn setzte.

»Wie geht es Ihnen, Hélène?«, fragte er. Sie kannten sich, seitdem François Faure in die große Politik eingestiegen war. Zunächst als Minister, der bereits nach wenigen Wochen Personenschutz beantragt hatte. Wegen des Eindrucks, nicht wegen der Gefahr. Die hatte erst viel später wirklich bestanden.

»Es geht mir gut, danke«, sagte sie, aber Gilles konnte sehen, dass sie müde war und kaum geschlafen hatte. Kein Wunder, nachdem sie kurz gedacht haben musste, ihr Mann sei tot.

»Es war schrecklich, ihn da so liegen zu sehen«, sagte sie, als habe sie seine Gedanken gelesen. »Es ist schlimm, dass so etwas geschieht. Es muss aufhören.«

Gilles senkte den Blick.

»Hélène, was geschehen ist, tut mir unendlich leid. Ich hätte es …«

»Sie konnten nichts dagegen tun. Diese … Geschosse kamen direkt aus dem Nichts. Gott sei Dank war es nur Farbe.«

Er wusste nicht, was er sagen sollte, und so saßen sie schweigend am großen Tisch des Sitzungsraumes und beobachteten, wie der Staatspräsident draußen gerade seinen Gast in Empfang nahm.

»Ich bin dankbar für jeden Staatsgast, der Single ist«, sagte sie plötzlich. »Leider sind es nicht so viele. Aber heute habe ich frei, kein aufgesetztes Lächeln, keine heuchlerischen Komplimente, mein Gott, wie ich das hasse. Ich werde einfach nur in meine Räume gehen und mir einen Drink genehmigen.«

Gilles wusste, so wie alle im Élysée-Palast, dass die Gattin des Staatspräsidenten mehr trank, als gut für sie war. Als einer der wenigen wusste er aber auch, dass sie zu Depressionen neigte.

Weil sie einsam war, sie war es immer gewesen.

»Ihr Team ist freigestellt, nicht wahr? Das ist schade, wirklich. Aber ich bin mir sicher, es dauert nicht lange.«

Als sie aufstand, lächelte sie ihn an.

»Au revoir, Gilles.«

Er stand auf und reichte ihr die Hand.

»Passen Sie auf sich auf, Hélène.«

»Oh, das werde ich, keine Sorge.«

Nachdem sie den Raum verlassen hatte, sortierte er seine Unterlagen, schloss das Fenster und zog seinen Dienstausweis aus der Plastikummantelung. Er würde ihn vorne an der Sicherheitsschleuse abgeben müssen. Er warf einen letzten nachdenklichen Blick auf den Bildschirm.

Er hätte schwören können, dass er die Frau vorher schon einmal gesehen hatte, und zwar noch vor dem gestrigen Abend und auch nicht nur von den Fotos in der Mappe. Auch der Mann im Anzug, der auf der Plattform gelegen hatte, kam ihm bekannt vor.

Er hoffte allerdings inständig, dass er sich irrte.

KAPITEL 12

Chausey, Normandie
Zur gleichen Zeit

Louise stand hinter der kleinen Steinmauer, die den Weg hinab zum Anleger vor den Wellen schützte, und schaute über den Sound hinweg zu den kleineren Inseln, südöstlich der Grande-Île.

Es war Ebbe und so sah sie unzählige Sandbänke zwischen den Felsen, in der Ferne die aufgestellten Kästen der Fischer auf dem Schlick, die das Meer bei seinem Rückzug freigelegt hatte. Es war frisch, der Wind zerrte an ihren Haaren und ließ sie frösteln, trotz der dicken Jacke, die sie sich übergezogen hatte. Louise spürte den Winter in ihren alten Gliedern und sie umschloss mit ihren klammen Händen noch fester die warme Kaffeetasse, die sie aus ihrem Laden mit nach draußen genommen hatte. Es waren nur wenige Schritte von dort bis hinunter an die Anlegestelle. Granville mit seinen Klippen und dem großen Fort oben auf dem Felsen war an diesem Morgen gut zu sehen, die Luft war klar, der Himmel aufgeräumt.

Es war Sturm angekündigt, und sie hatte bereits jetzt das Gefühl, dass eine besondere Spannung in der Luft lag, die Möwen flogen schräger als sonst, die Ebbe hatte scharfe Rillen am Strand hinterlassen.

»Wenn der Sturm kommt, mein Kind«, hatte ihr Vater ihr beigebracht, »dann kündigt er sich an. In der Luft, zwischen den Felsen, auf dem Strand. Achte auf die Vögel, auf das Wasser, besonders auf die Gezeiten. Sie wissen so viel mehr als wir, die Gezeiten.«

Oh ja, das stimmte wohl, aber auch die Gezeiten konnten nichts ungeschehen machen, sosehr sie es sich auch wünschte.

»Na, Louise, wovon träumst du gerade?«

Sie zuckte zusammen und hätte fast ihre Tasse fallen lassen, als Bitrac, der alte Leuchtturmwärter, hinter ihr auftauchte. Er hob entschuldigend die Hände.

»Verzeih, ich wollte mich nicht anschleichen. Die Wellen sind laut heute Morgen, es wird Sturm geben.«

Sie beide kannten sich seit so vielen Jahren, sie waren gemeinsam hier aufgewachsen, sie hatten die großen Stürme überstanden und die Trockenheit auf der Insel vor einigen Jahren.

»Du warst schon immer ein Anschleicher«, schimpfte sie und hielt ihm ihre Tasse hin, aus der heißer Dampf aufstieg, der sich mit der kalten Luft vermischte. Bitrac nahm einen Schluck und gab die Tasse zurück.

»Und du schon immer eine Träumerin«, antwortete Bitrac.

Er trug eine dunkelblaue Jacke aus Segeltuch, darunter eine gelbe wasserfeste Fischerhose, seine Füße steckten in Gummistiefeln. Sie wusste, dass er gleich mit seinem kleinen Außenborder eine Runde um die Insel drehen würde. Im Auftrag einiger Fischer vom Festland würde er hinaus zu den Muschelbänken fahren, würde die Hummerkörbe überprüfen und später an der Bar im Hotel sitzen, um schweigend auf den Fernseher zu starren, aus dem die Nachrichten einer fernen Welt zu ihnen drangen.

»Feste Menschen brauchen kein festes Land«, würde er irgendwann murmeln und mit den wenigen Touristen Karten spielen oder sein Boot flicken.

Chausey bot kein besonders großes Freizeitprogramm.

»Also, wovon träumst du gerade?«, fragte er sie erneut.

»Wer sagt denn, dass ich träume?«

»Keiner sagt das. Du hast so nachdenklich ausgesehen, aber nicht unbedingt glücklich.«

Louise zuckte mit den Achseln.

»Ich dachte nur ... vielleicht war es ... na ja, eine Erinnerung eben. Etwas, das ich lieber vergessen möchte. Aber es gelingt mir eben nicht.«

»Eine Erinnerung woran?«

Louise lächelte müde.

»Lass es gut sein, Bitrac. Es ist nett von dir, aber manche Dinge muss man mit sich selbst ausmachen. Es ist lange her. Und vielleicht beschäftigt mich auch einfach nur die Insel und das, was mit ihr passiert. Alles verändert sich, Bitrac, und ich befürchte, nicht zum Guten.«

Der Leuchtturmwärter holte eine Packung Zigaretten aus den Tiefen seiner Jacke und zündete sich eine an, die Flamme seines Feuerzeuges mit der hohlen Hand gegen den Wind schützend.

Sie wusste, was er dachte.

Sie hatten oft darüber gesprochen, in letzter Zeit. Aber auch die anderen auf der Insel beschäftigte dieser eine Gedanke immer mehr: Marie-Claude und ihr Mann Germain, die den Hof hinter der Kapelle bewirtschafteten, Lucas und Françoise, die immer öfter das »Hôtel de la Marée« schlossen, um die Enkelkinder in Paris zu besuchen, aber auch André, Tony und Gravelec, die als Fischer auf der Insel lebten, so wie ihre Eltern zuvor. Die Zukunft von Chausey lag nicht in ihren Händen und sie war ungewisser denn je. Und so war es kein Wunder, dass jeder von ihnen immer wieder auf das Meer hinausblickte, auf das Festland, auf die weite Welt jenseits des kleinen Archipels am Rande der Normandie, und sich fragte, was die Zukunft wohl bringen würde.

Chausey blutete aus, das war die Wahrheit. Vor allem, seit die Regionalregierung die Fördermittel radikal gekürzt hatte, um das Geld in größere Fährschiffe zu stecken. Es waren die Touristen, die Chauseys Zukunft sichern sollten, ob es den Anwohnern der Insel nun passte oder nicht.

»Wir werden sehen, was geschehen wird«, murmelte Louise und nahm einen kräftigen Schluck aus ihrer Tasse.

Ein dumpfer, lang gezogener Ton unterbrach ihre Gedanken und ließ zwischen den Felsen einige Basstölpel erschrocken hochflattern.

»Irgendwann sind wir eben nur noch ein Museum«, murmelte Bitrac und sah hinüber zu dem kleinen Fährschiff, das in diesem Augenblick in den Sound einbog.

»Aber ein gut besuchtes«, fuhr er fort. »Wir beiden Alten sind dann Geschichte, und im Sommer trampeln sie über unsere Gräber und lassen uns nicht mal im Tod genug salzige Luft zum Atmen.«

Sie hieb ihm in die Seite.

»Genug gejammert, alter Poet! Fahr raus zu den Muscheln, ich kümmere mich um meinen Laden. Seien wir erst mal froh, dass die Fährgesellschaft die neuen Schiffe noch nicht in Betrieb hat.«

Bitrac nickte grimmig.

»Dieses verdammte Pack«, zischte er und schaute zornig hinüber zu dem dicken Rumpf des Fährbootes. »Doppelt so große Schiffe, Ausweitung des Fahrplans, wir sind doch nicht der Louvre! Wir werden hier an den Touristenmassen ersticken.«

Für einen Augenblick schwiegen sie beide.

Louise sah nur wenige Passagiere an Deck, es würde ein einigermaßen ruhiger Tag auf der Insel werden.

»Warten wir es ab«, murmelte sie und lächelte ihn an. »Wir werden sehen, ob es so kommt, wie wir fürchten. Oder doch ganz anders. Vielleicht passiert ja noch etwas, das den Wind wieder zu unseren Gunsten dreht.«

»Und was soll das sein?«, fragte der alte Leuchtturmwärter argwöhnisch.

»Warten wir es einfach ab.«

Tatsächlich war es nur ein knappes Dutzend Touristen, das sich an diesem Vormittag auf den Weg nach Chausey gemacht hatte, einige Unverbesserliche, die trotz Kälte und Wind die zugige Fähre bestiegen hatten. Sie würden sich auf der Insel verteilen, sie umrunden, im Uhrzeigersinn, so jedenfalls machten es die meisten. Louise stand mit ihrer Kaffeetasse zwischen den zum Trocknen abgestellten Hummerkörben am Rande des Weges, der sich hinter ihr gabelte: links hinauf zum Hotel und zu ihrem kleinen Laden gegenüber und rechts zur Kapelle und zur Bucht der Blanvillais. Die meisten würden sich vermutlich erst mal oben im Gastraum des Hotels einen heißen Tee holen oder eine Schokolade, bevor sie sich auf den Weg machen würden, den kleinen Pfad oberhalb des Sounds entlang, an den schönsten Häusern der Insel vorbei, die nur wenige Meter oberhalb des glitzernden Wassers lagen und die jetzt leer standen, weil ihre Besitzer sie längst nur noch als Ferienhäuser nutzten.

Louise lächelte ein junges Paar mit Rucksack und Wanderstöcken an, half einem weiteren Ehepaar, das direkt zum Strand von Port-Marie wollte, und winkte schließlich Augustin zu, der oben an Bord der Fähre stand und sich mit einem Besatzungsmitglied über eine Gezeitenkarte beugte. Der Kapitän der »Saint-Michel« trug eine Wollmütze auf seinem kahlen Schädel und eine dicke Jacke gegen die Kälte, die trotz der Sonne, die heute Morgen auf die Insel schien, überall hineinzukriechen schien.

»Salut, kleine Möwe!«, rief er ihr zu und machte ihr ein Zeichen, doch auf einen Kaffee an Bord zu kommen. Bitrac hatte mittlerweile seinen kleinen Außenborder gestartet und lenkte sein Boot langsam in Richtung La Fourche und Grand Romont. Am Horizont waren blass die Umrisse von Jersey zu erahnen.

»Guten Morgen, Louise«, erklang leise eine freundliche Stimme, als sie über eine Holzplanke die »Saint-Michel« betrat und das Hinterdeck erreichte, von dem aus an beiden Seiten des Schiffes eine steile Eisenleiter auf das Oberdeck führte. Sie drehte sich um und blinzelte, geblendet vom gleißenden Licht, das vom Wasser reflektiert wurde. Im Innenraum konnte sie einen schmächtigen Schatten ausmachen, der sich zwischen den Sitzbänken hindurch in ihre Richtung schob.

»Bonjour, Adrienne«, sagte Louise und gab kurz darauf der zierlichen Frau, die ihr gegenüberstand und sie schüchtern anlächelte, einen Kuss auf die Wange.

»Na, nicht zu sehr gefroren auf der Fahrt?«, fragte sie und betrachtete die schmalen Schultern und die dünnen Arme, die aus einer Steppweste hervorschauten. Adriennes Hände steckten in Fingerhandschuhen, ihr Atem hing als weiße Wolke in der Luft.

»Wenn man sich schnell bewegt, dann geht es«, sagte sie und rieb sich die Hände. »Bei so wenigen Passagieren komme ich zwar nicht ins Schwitzen, aber es geht schon.«

»Na, dann soll Augustin gefälligst die Heizung hier unten hochdrehen, das ist ja eine Zumutung!«, ereiferte sich Louise.

»Das macht er schon, keine Sorge, Louise. Auch wenn er es eigentlich nicht darf.«

»Diese verfluchte Fährgesellschaft«, zischte Louise verächtlich, »die versuchen wirklich, überall zu sparen. Es ist schon schlimm genug, dass du hier alleine arbeiten musst, sie sollten wirklich …«

»Nein, es geht schon, wirklich. Mit dem Kapitän habe ich es ja gut getroffen, und die Gäste waren heute auch alle nett. Ich mag die Wintergäste, sie … sie freuen sich anders auf die

Insel, sie behandeln Chausey besser. Wenn du verstehst, was ich meine.«

»Oh ja, das stimmt.«

Louise kannte Adrienne seit einigen Jahren, seitdem diese als Kellnerin, Küchenhilfe und Putzfrau für die Fährgesellschaft arbeitete. Unterbezahlt und oft übermüdet, hatte sie doch immer ein Lächeln auf den Lippen und ein nettes Wort für die Touristen und die Besatzung.

Ein guter Geist, hatte Augustin einmal gesagt. Die kleine, zierliche Frau war Ende dreißig, sie wohnte in einem kleinen Studio in Granville, und Louise freute sich jedes Mal, sie zu sehen.

Jetzt jedoch war ihr Bick müde, sie fuhr sich fahrig durch ihr kurzes, strähniges Haar.

»Es war schrecklich, Louise«, sagte sie leise, ihren Blick auf den Boden geheftet, der noch feucht war, weil sie gerade gewischt hatte.

»Monsieur Marchand … er und seine Frau … sie sind so …«, stotterte sie, suchte nach Worten. »Sie waren immer so nett zu mir. Und jetzt ist er tot. Es ist schrecklich.«

Adrienne zitterte und Louise nahm sie in den Am und drückte sie an sich.

»Es ist schrecklich, ich weiß. Ich mochte ihn auch gern, er war immer höflich und gut gelaunt.«

Für einen Moment schwiegen sie. Nur die Möwen über der Fähre waren zu hören und die leise Stimme des Kapitäns auf dem Oberdeck.

»Ich habe es gar nicht richtig mitbekommen«, sagte Adrienne. »Er hat sich wohl plötzlich übergeben, ganz fürchterlich, dann ist er auf dem Oberdeck zusammengebrochen. Es war … so schlimm … als ich nach oben kam, da standen schon alle um ihn herum. Seine Frau war … Sie hat nicht geweint. Sie stand einfach nur stumm da. Hilflos.«

»Es ist gut, Adrienne«, flüsterte Louise. »Es ist ganz

schrecklich, was passiert ist. Ich werde seiner Frau eine Karte schreiben, wenn du möchtest, schreiben wir zusammen, ja? Ich bringe sie heute Nachmittag vorbei. Ist das in Ordnung?«

Adrienne wischte sich einige Tränen aus den Augen.

»Ja, vielen Dank. Das wäre sehr nett.«

»Und ich werde mit Augustin reden. Du arbeitest zu viel.«

»Louise, es ist kein Problem für mich, ich kann …«

»Keine Widerrede. Mach dir einen Kaffee, Kindchen, und ruh dich ein bisschen aus. Die Rückfahrt ist erst in einer Stunde.«

Louise stieg vorsichtig die Eisenleiter hoch und blinzelte in die Sonne, als sie das Oberdeck erreichte. Behutsam setzte sie ihre Füße auf den rutschigen Untergrund.

»Eine alte Frau hier heraufzulocken ist keine feine Geste«, rief sie dem Kapitän zu, der soeben sein Gespräch mit einem der Besatzungsmitglieder beendet hatte.

Augustin lachte: »Ich sehe hier keine alte Frau! Ich sehe eine ganz wunderbare, behände Inselbraut, die sich auf den Weg gemacht hat, den Kerl vom Festland zu verzaubern.«

Sie umarmten sich, der Kapitän musterte sie von Kopf bis Fuß.

»Ich muss schon sagen, Louise, du wirst mit jedem Jahr jünger. Für eine 68-Jährige …«

»73«, korrigierte Louise, »und das weißt du ganz genau. Und tu nicht so, als hättest du mich seit Jahren nicht gesehen, du warst gerade mal zwei Wochen in Urlaub. Wie war es im Süden?«

»Zu warm«, lachte Augustin und seine weißen Zähne blitzten. Er nahm seine Wollmütze vom Kopf und fuhr sich über den Schädel.

»Du weißt doch, ich brauche den Wind, das Meer, die Möwen. Im Süden gibt es auch Möwen, aber das sind verwöhnte

Bälger, die schlendern mehr über die Promenaden, als dass sie durch die Luft segeln.«

Für einen Moment tauschten sie sich aus, über das Leben auf der Insel, über Louises Pläne zur Renovierung ihres Ladens, über Granville und seine steigenden Immobilienpreise. Schließlich sah Louise über den Sound hinweg zu den kleinen Inseln, an die die Flut sich langsam wieder heranwagte.

»Schlimme Sache mit Rémy«, sagte sie schließlich. »Ich meine, auf dem Schiff … einfach so. Was ist nur passiert?«

Augustin schien kurz zu überlegen, dann sah er sich um, um sicherzugehen, dass niemand sie hörte.

»Hör zu … ich war ja gestern nicht dabei … aber es muss tatsächlich dramatisch gewesen sein. Er ist wohl hier oben zusammengebrochen, sein Körper muss gezuckt haben, ganz fürchterlich. Es tut mir wahnsinnig leid für seine Frau.«

Louise sah ihn an.

»Weiß man, woran er … Ich meine, war es ein Herzinfarkt? Ein Schlaganfall?«

Wieder warf der Kapitän einen Blick über die Schulter, schüttelte den Kopf und flüsterte: »Es war Gift.«

»Was?« Louise starrte ihn entgeistert an. »Gift? Willst du damit sagen, dass …?«

»Nicht so laut!«, zischte Augustin. »Das ist nicht für jedermanns Ohren bestimmt.«

»Aber das würde ja bedeuten, dass er ermordet wurde«, zischte Louise und Augustin nickte knapp.

»Ich habe es von einem Freund, der bei der Polizei in Granville arbeitet. Offenbar wurde er einige Stunden zuvor vergiftet und ist dann auf der Rückfahrt zusammengebrochen. Seine Frau sagt, er habe sich schon den ganzen Tag unwohl gefühlt. Es ist schrecklich.«

Louise ließ sich auf eine der Bänke fallen.

»Aber wer würde denn Rémy Marchand umbringen wollen? Ich meine, er war doch immer …«

»Nett, ich weiß. Und er war der Chef der Fährgesellschaft. Mein Chef. Zumindest bis zum Sommer, seitdem ist er ja in Rente gewesen.«

»Glaubst du, sein Tod hat etwas mit der Fährgesellschaft zu tun? Oder sogar mit …«

»Den Plänen, die Fähren deutlich zu vergrößern und noch mehr Menschen nach Chausey zu bringen?«, unterbrach Augustin sie mit ernster Miene. »Genug Feinde hat ihm das eingebracht.«

Louise funkelte ihn an.

»Und ich war eine davon.«

»So habe ich es nicht gemeint.«

»Ich bleibe trotzdem dabei. Diese Pläne sind der Tod für Chausey.«

Nun war er es, der sie streng anblickte.

»Pass auf, was du sagst, Louise. Der Tod hat bereits vorbeigeschaut, vergiss das nicht.«

Für einen Augenblick schwiegen sie, das Wasser gluckste gegen die Bordwand, in der Ferne war das Tuckern eines Außenborders zu hören. Louise sah, dass sich einige Tagesgäste bereits mit einer heißen Tasse Tee am großen Panoramafenster des Hotels niedergelassen hatten, andere liefen den Pfad in Richtung des Leuchtturms hinauf. Bitrac würde ihnen später den Turm zeigen. An guten Tagen konnte man von dort bis nach Saint-Lunaire sehen.

Es war ein ganz normaler Wintertag auf Chausey. Zumindest wünschte Louise sich das.

Dann sah sie der Kapitän von der Seite an: »Übrigens habe ich erfahren, dass die Schiffe bereits bestellt sind. Die großen, meine ich. Da führt kein Weg mehr dran vorbei.«

Louise lächelte jetzt, während sie nach Granville hinübersah.

»Es gibt viele Wege, Herr Kapitän. Und jeder einzelne führt irgendwohin.«

Als sie kurz darauf über den Anleger zurück auf die Insel ging, sah sie in der Ferne eine schlaksige Gestalt, die auf einem Pfad Richtung Westen unterwegs war. Mit seinem Tropenhut auf dem Kopf war Olivier Bechandre auf dem Weg zu einem Gebäude, das ihm in den nächsten sechs Monaten als Zuhause dienen würde.

Louise sah dem Ornithologen eine Weile hinterher, bis er hinter dem kleinen Hügel verschwand, auf dem die Kapelle stand. Direkt dahinter türmten sich die dunklen Wolken so hoch auf, dass es schien, als würde eine Wand auf sie zukommen.

Das Wetter hatte sich gedreht, so wie es oft geschah, hier draußen auf dem Meer.

Und genau das machte ihr Mut.

Zweiter Monolog

Da bist du ja wieder.

Keine Sorge, du bist nur kurz fort gewesen, bist weggedriftet, deine Augen haben sich kurz geschlossen, aber ich war da, habe dich gehalten, bevor du auf die Steine fallen konntest. Ich verstehe das, es ist nicht einfach, stark zu bleiben, wenn die Starken schwach sind.

Und er war immer stark, nicht wahr?

Er war es, der dich aufgefangen hat, in deiner schwächsten Stunde, der Freund an deiner Seite, dein Retter. Und nun liegt er dort und ich verstehe dich genau, es muss grausam sein, ihn so leiden zu sehen.

Keine Sorge, ab jetzt wird es schnell gehen.

Es hat lang genug gedauert. Ein ganzes Leben.

Mein ganzes Leben.

Ich war mitten unter ihnen.

Ist das nicht seltsam, ich meine, sie haben mich gejagt, ohne zu wissen, dass ich mitten unter ihnen bin, sie haben mich gesucht und mir dabei direkt in die Augen geschaut.

Ich habe sie beobachtet, ihnen zugehört, ich habe gewusst, wo sie sind und wo sie mich suchen. Und ich habe ihn dabei nie aus den Augen gelassen.

Und als du dann kamst … Ich meine, was für ein Geschenk! So lange habe ich darauf gewartet, dich kennenzu-

lernen. Ich wollte wissen, ob er es dir erzählt hat, wenigstens dir. Oder ob er auch dich angelogen hat. Ob er auch dir diese alles entscheidende Lüge aufgetischt hat.

Die Sonne wird erst in einigen Stunden hinter dem Horizont hervorkriechen. Sie ist ein feiges Stück, manchmal, wenn sie sich nicht herauswagt aus ihrer Deckung. Aber glaub mir, auch in der Dunkelheit ist alles gut zu sehen, das Leben, der Tod und die Angst dazwischen. Auf die Dunkelheit ist Verlass, sie war mir ein treuer Begleiter, ich bin in ihr abgetaucht, weil sie mir guttat, meinen Schmerz linderte, meine Verletzungen heilte.

Warum wehrst du dich denn plötzlich? Ich halte den Strick, vergiss das nicht, ich zerre dich zurück zu Boden!

Glaub nicht, dass es vorbei ist, dass ich dich nur zum Spaß hergeführt habe, komm nicht auf die Idee zu denken, dass all dies ein gutes Ende nehmen könnte! Nichts nimmt ein gutes Ende, glaub mir. Dies zu akzeptieren hilft ungemein. Mich hat es stärker gemacht.

Aber ihr habt nichts verstanden, ihr seid alle so dumm, so schrecklich dumm.

Er auch.

Das Wasser wird sich gleich auf seinen Brustkorb legen, es wird dann schnell kommen, das Ende. Es lässt sich keine Zeit, kommt nicht fröhlich pfeifend herangeschlendert. Nein, meine Liebe, das Ende kracht auf uns herab wie einstürzendes Gebälk, das Ende ist nie still, es ist laut, es dröhnt in unserem Innern.

Der Tod klopft nicht an die Tür. Er tritt sie ein, glaub mir, ich war dabei.

Jedes Mal.

Weine nicht, es muss dich nicht kümmern. Und ihn auch nicht, nicht mehr jedenfalls. Er hat den Sturm fast überstan-

den, den Lärm in seinem Innern. Er hat dagegen angebrüllt, hat geschrien, seine Handgelenke wund gescheuert an den Seilen, sich aufgebäumt. Doch es hilft nichts: Die Flut hält keiner auf.

Schau mich nicht so an, der Hass steht dir nicht. Du hast genug gehasst, andere und dich selbst, du trägst die Brandmale deines eigenen Feuers auf der Seele! Und er wird nicht mehr da sein, um es zu löschen, dieses Feuer, du wirst daran ersticken, fürchte ich.

Es sei denn, ich erlöse dich.

Wie du ihn ansiehst … das gefällt mir. Ich erinnere mich daran, als ich selbst noch so angeschaut worden bin. Es ist lange her, aber ich erinnere mich. Jedes Mal, wenn jemand stirbt, denke ich daran und es scheint, als sei das erst gestern gewesen.

Nicolas. Guter Nicolas.

Gefesselter, hilfloser, sterbender Nicolas Guerlain. Personenschützer, Bodyguard, Retter in der Not, der Mann, der sich vor dich wirft, wenn die Kugel kommt. Der Mann, der dir Deckung gibt, der dein Schild ist, deine Festung.

Die Wacht in deinem Leben.

Armes Kind, du hast nichts verstanden. Und hör endlich auf zu schluchzen!

Es ist kaum zu ertragen, dieses Gejammer …

Aber du, Nicolas, du weißt jetzt Bescheid, denn wir kennen uns schon lange! So lange … und du hast mich einfach vergessen, mich verdrängt, mich getilgt aus deinem Leben, aber so ganz hat es nicht geklappt? Ich bin wie ein dunkler Fleck, der nicht fortgeht, er stört, er verblasst nicht, sosehr du auch versuchst, ihn zu ignorieren.

Und er wird dir zum Verhängnis werden, dieser Fleck,

dieses Mal der Schande, denn das ist es doch, nicht wahr, Nicolas? Hier wird es also zu Ende gehen, die Rechnung wird beglichen – endlich.

Dies hier ist ein magischer Ort. Diese Steine, angeordnet im Kreis, sind nur bei Ebbe zu sehen, dunkles Gestein, fast schon quaderförmig, umschlossen von Wasser, wenn die Flut kommt. Der Cromlech de l'Oeillet, ein mystischer Kreis aus Steinen, Jahrhunderte alt, keiner weiß, wo er seinen Ursprung hat. Bei den Kelten vielleicht? Magier aus dem Mittelalter, Riesen aus vergangenen Zeiten, wer weiß das schon.

Ich mag diesen Ort. Er verteidigt seinen Platz gegen die Gezeiten, sie zerren an ihm, Ebbe und Flut wollen ihn niederreißen, ihn langsam, aber stetig zerstören.

Es ist ein guter Ort zum Sterben, nicht wahr? Denn wenn das Wasser wieder fort ist, wenn die Arbeit getan ist, wird er dich freigeben, Nicolas.

Und auch ich werde mich befreien, vom Schmerz, von der Wut, von der Scham, weil ich nicht da war, als ich es hätte sein müssen. Weil ich jene, die ich hätte beschützen müssen, im Stich gelassen habe …

Du willst die Wahrheit wissen, endlich alles erfahren? Warum wir hier sind, warum er stirbt, warum du stirbst, warum ich sterbe? Du wirst alles erfahren.

Was für ein feines Spiel ich doch betrieben habe. Als würde der Tod seine Nachricht mit einer Flaschenpost verschicken. Aber es hat funktioniert, natürlich hat es das. Irgendwann sind sie gekommen. Als der Erste tot war, eine Warnung, ein Zeichen. Der Fährmann war es, der als Erster dran glauben musste, weil die Wahrheit dort beginnt.

Der Fährmann und sein Buchhalter.

Und dann ist der Rest gekommen. Und auch er. Er ist hineingetappt, weil er jeden Einzelnen beschützen wollte, er wollte sie retten, sich vor sie werfen. Aber dabei hat er eines übersehen: sich selbst … Hörst du mir zu? Jetzt nicht schwach werden, es ist wichtig, ich muss es dir sagen! Es ist fast so, als hätte er seine Schutzperson eigenhändig in den Kugelhagel geschoben, ist das nicht wunderbar? Aber man kann ihm das nicht vorwerfen, wie soll man jemanden beschützen, wenn man nicht weiß, wen? Ach Nicolas, kluger, hübscher, Nicolas.

Du kannst jeden beschützen, ich weiß.

Aber nicht dich selbst. Daran scheiterst du.

Hörst du mich, Nicolas? Ich bin ganz nah bei dir jetzt. Weil du eines wissen musst … Aber ich muss mich beeilen, das Wasser reicht dir schon bis zum Hals, es ist gleich vorbei. Du denkst, du bist der Held, der Wächter, der menschliche Schutzschild, doch all das bist du nicht. Du verkörperst nicht das Gute, du hast dein Recht darauf vor langer Zeit verwirkt.

Du bist kein guter Mensch, Nicolas, oh nein. Du bist ein Betrüger, ein Scharlatan. Du hast mich bestohlen, mir mein Leben genommen! Deine Vergangenheit ist dunkler als die Nacht. Und niemand weiß es.

Nur du.

Und ich.

Und dein Vater.

Adieu, Nicolas.

Das Wasser ist da.

KAPITEL 13

Granville, Normandie

Nicolas stand vor den Stufen, die hinauf zum mächtigen Portal der Kirche von Granville führten, und blickte, den Kopf weit in den Nacken gelegt, in den grauen Himmel über ihm. Einige wenige Regentropfen fielen auf sein Gesicht, sie benetzten seine Stirn. Es war kaum mehr als ein Hauch aus feuchtem Nebel. Die Kälte dieses Wintertages kroch unter seine Jacke, der Wind zerrte an den Fensterläden der umliegenden Häuser, hoch über ihm jagten sich die Wolken wie räudige Hunde. Er schloss die Augen, hörte die Brandung, die nur wenige Straßen entfernt gegen die Kaimauer des Hafens schlug. Das Schreien der Möwen über der Stadt, das Rauschen seines eigenen Blutes im Kopf. Er spürte die Müdigkeit, die hinter seinen Lidern brannte, die sich eingenistet hatte in seinem Leben, eine Erschöpfung, die so tief saß wie nichts anderes. In seiner Hand lag lose die Hundeleine, Rachmaninoff hatte es sich auf der ersten Stufe der Kirchentreppe bequem gemacht, unbeeindruckt von Wind und Wetter.

»Der Herrgott ist wohl umgezogen, alter Freund«, sagte Nicolas und öffnete die Augen. Der Regen hörte schon wieder auf, dennoch blieb die Luft feucht und klamm.

Tatsächlich war die Kirche, die er hatte aufsuchen wollen, geschlossen. Und das bereits seit mehr als fünfzehn Jahren. Ungläubig wanderte Nicolas' Blick von der runden Kuppel der imposanten Kirche hinunter zum Portal, die Fresken und Säulen ließen erahnen, welche Rolle das mächtige Kirchenschiff in dieser Stadt am Meer einst gespielt hatte. Ein Hafen für all jene, die dem Meer und den Gezeiten getrotzt hatten, eine Festung inmitten der Stürme, die diese Küste so oft hatte überstehen müssen.

Doch kein Religionsstreit, kein Vandalismus oder Ähnliches hatte Saint-Paul in die Knie gezwungen. Die große Kirche von Granville war schlicht zu teuer. Ihr Unterhalt, so konnte Nicolas es einer Infotafel neben dem Portal entnehmen, verschlang Millionen, die offenbar niemand mehr zu bezahlen bereit war. Nicht die Kirche, nicht der Staat, nicht die Menschen in Granville, die mit ihren Spenden nur das Leben der Totgesagten künstlich ein wenig verlängert hatten. Für die Genesung hatte es nicht gereicht und so hatte Saint-Paul bereits vor vielen Jahren seine Tore für die Öffentlichkeit geschlossen und stand nun zum Verkauf. Nicolas fragte sich, wer ein solches Objekt wohl je kaufen sollte.

Zu seinen Füßen wurde Rachmaninoff unruhig und sah ihn an.

»Ist gut, wir suchen uns etwas zu essen«, sagte Nicolas und warf einen letzten Blick auf dieses leicht verfallene Wahrzeichen.

Er wusste nicht genau, warum er Roussel und Claire gebeten hatte, ihn auf der kleinen Hauptstraße von Granville abzusetzen. Es war ein spontaner Einfall gewesen, ein Gefühl, eine plötzliche Sehnsucht.

»Ihr braucht mich im Commissariat nicht«, hatte er den beiden erklärt und Rachmaninoff aus dem engen roten Mini nach draußen bugsiert. Roussel hatte noch protestiert, Claire hatte ihn mit einem seltsamen Blick bedacht, aber da hatte er die Tür bereits zugeschlagen und den Hund über die Straße gezogen, auf der an diesem kalten Sonntag im Dezember nur wenige Menschen unterwegs waren.

Sie waren nach dem Treffen in der Villa des ermordeten

Balthasar Morignac direkt nach Granville aufgebrochen. Die Fahrt hatte keine zwei Stunden gedauert und doch hatte Roussel durchgehend geflucht und Rachmaninoff schlecht geträumt. Tatsächlich war der kleine Mini, den Claire sich von ihrer Freundin, der Tochter Morignacs, geborgt hatte, keinesfalls geeignet, zusätzlich zur Fahrerin einen schlecht gelaunten Polizisten mit Beziehungsproblemen, einen körperlich und seelisch angeschlagenen Personenschützer, der zudem noch suspendiert war, und einen alten und nach feuchtem Gras riechenden Mischlingsrüden zu transportieren.

»Das ist der lächerlichste Start in eine Ermittlung, den ich jemals erlebt habe«, schimpfte Roussel gefühlt alle zwei Kilometer, und obwohl Nicolas ihm nur beipflichten konnte, war er froh, als Claire das Radio eingeschaltet hatte und für einen erlösenden Augenblick Léo Ferré davon sang, dass mit der Zeit alles vergehen würde. Na hoffentlich!

Nicolas hatte Rachmaninoff gestreichelt, seine dunklen Augen gesehen und gemeint, darin eine entscheidende Frage zu sehen.

»Er wird wieder gesund, unser Freund Tito«, hatte er gemurmelt und dabei gemerkt, wie schlecht er log. Er hatte das Bild seines alten Nachbarn noch im Kopf, wie er im schwachen Licht der Krankenhaus-Nachtischlampe zwischen den weißen Laken gelegen hatte. Ja, er hatte geatmet. Gleichmäßig zwar, aber doch war da eine Endgültigkeit gewesen. Vielleicht war es auch eine endgültige Ruhe, die sich neben Tito auf die Laken gelegt hatte, ihn in den Arm nahm, ihn zu sich holte.

Und wenn es so war, dann war es gut. Das wollte er sich zumindest einreden.

Denn er hatte in diesem Wagen gesessen, auf dem Weg nach Granville, und nichts war gut gewesen. Vielleicht war dort schon der Gedanke in ihm herangereift, bei ihrer Ankunft in Granville in die Kirche zu gehen. Nicht weil er Trost bei Gott suchte, Nicolas war nicht gläubig, war es nie gewesen, aus einem Grund, den er nicht benennen konnte. Es war vielmehr die Stille, die ihn anzog. Immer, wenn er eine Kirche sah, wenn er ein Kirchenschiff betrat, dann genoss er diese Stille und eine Ruhe breitete sich in ihm aus, wenn er sich auf eine der Kirchenbänke setzte, inmitten mächtiger Säulen.

»Das ist schon eine verrückte Geschichte«, hatte Claire schließlich gesagt und die Musik wieder ausgemacht. »Ich meine, wer inszeniert so ein Spiel? Warum nicht einfach einen nach dem andren umbringen und fertig? Warum gibt er uns eine Liste als Vorwarnung, ohne diese Flaschenpost wäre doch bis jetzt nicht mal aufgefallen, dass ein Zusammenhang bestehen könnte?«

Claire hatte völlig recht, das war auch Nicolas und Roussel klar. Wenn auf der Fähre von Chausey ein Mann zusammenbrach und kurz darauf ein reicher Geschäftsmann in Deauville an Bord seines Schiffes starb, dann wäre nur durch viele Zufälle und noch mehr Glück ein Zusammenhang hergestellt worden. Unterschiedliche Polizeidienststellen hätten die Ermittlungen aufgenommen, sich nicht ausgetauscht und somit auch viele Informationen gar nicht erst erhalten.

»Diese verfluchte Flaschenpost ist so was wie eine Spielanleitung«, sagte Roussel. »Wir können froh sein, dass es sie gibt, und doch kann keiner von uns sie wirklich interpretieren.«

Claire hatte den Blinker gesetzt und war auf die Autobahn in Richtung Cotentin gefahren, vorbei an Caen und Bayeux, vorbei an den Landungsstränden von Arromanches, über denen für sie alle immer ein Schatten liegen würde, nach den Geschehnissen des Sommers.

»Wir brauchen die Verbindungen zwischen den Namen«, hatte Nicolas gesagt. »Das ist das Erste, was ihr herausfinden müsst.«

»Toller Hinweis, darauf wären wir nie gekommen«, hatte Roussel ihn angeraunzt. »Und was macht der feine Herr Personenschützer? Oder soll ich sagen: Nummer fünf. Immerhin stehst du selbst auf der Liste – du könntest mal mit Infos rüberkommen, einer Geschichte aus der Vergangenheit, einer Idee, was dich mit den anderen verbindet.«

»Nichts«, hatte Nicolas geantwortet und dabei war es geblieben.

Es verband ihn tatsächlich nichts mit den vier anderen. Er hatte sie nie gesehen oder getroffen, mit Ausnahme von Morignac.

Warum stand er auf dieser Liste? Wer spielte dieses Spiel? Was war der Grund für all dies? Sie hatten die ganze Fahrt darüber diskutiert, Ansätze verfolgt, Ideen ausgetauscht, sich gestritten, sie hatten geschwiegen und dem Trommeln des Regens auf dem Autodach gelauscht.

Und dann hatte Nicolas gesagt: »Lasst mich hier raus, wir sehen uns später.« Er hatte Ruhe und Zuflucht gesucht, um in sich hineinzuhören und vielleicht doch eine Antwort auf diese alles entscheidende Frage zu finden: Warum stand er auf dieser Liste?

Und nun war Saint-Paul geschlossen, seit Jahren schon, und es schien Nicolas, als könnte es kein besseres Bild für seine eigene Lage geben: äußerlich stark und kraftvoll, innerlich zum Verfall verdammt.

Julie ging noch immer nicht an ihr Telefon, er hatte bereits mehrere Nachrichten auf ihrer Mailbox hinterlassen.

Nicolas stöhnte kurz, als er bei einer Drehung seine Rippen spürte, die nach dem Zwischenfall in der Métro immer noch brannten und schmerzten. Immerhin erinnerten sie ihn daran, dass die rätselhafte Flaschenpost nicht sein einziges Problem war.

Aber um Marie und ihre Aktivistengruppe, die den Staatspräsidenten zu Fall bringen wollte, kümmerten sich jetzt andere.

Er war raus aus dem Spiel, zumindest aus diesem.

»Komm, Rachmaninoff, wir gehen ein bisschen spazieren«, sagte er schließlich und zog den Hund von den Stufen fort, die Straße entlang, die erst ins Zentrum von Granville und von dort in die Oberstadt führte. Nicolas war als Schüler das letzte Mal dort gewesen, er erinnerte sich an die grauen Mauern, die hohen Felswände, die steil hinab ins Meer fielen, an den Wind, der durch die Gassen des alten Viertels gepfiffen hatte.

»Wir lassen uns da oben ordentlich durchpusten, da kommen wir auf andere Gedanken.«

Wieder einmal würde er falschliegen.

Roussel und Claire betraten unterdessen das unscheinbar an der hohen Mauer der Oberstadt klebende Commissariat in der Rue du Port und verlangten nach Marc Huet, dem Kollegen, der Roussel gestern angerufen und erstmals von der Liste und dem Toten auf der Fähre erzählt hatte.

»Salut, alter Freund«, begrüßte er Marc Roussel mit festem Händedruck. »Das sind nicht die besten Umstände für ein Wiedersehen nach so langer Zeit, aber es freut mich dennoch sehr.«

»Mich auch«, sagte Roussel. »Marc, das ist Claire Cantalle, sie arbeitet für das Commissariat in Deauville. Sie wird mich in diesem Fall unterstützen.«

»Mademoiselle Cantalle, willkommen in Granville.« Claire begrüßte den kantigen, bärtigen Mann, der sie freundlich ansah.

»Sagtest du nicht, ihr seid zu dritt?«, fragte Huet und blickte hinter sie. »Nicolas Guerlain, der Fünfte auf der Liste, er ist …«

»Oh, er ist in Granville, keine Sorge«, unterbrach ihn

Claire. »Wir haben uns aufgeteilt, wir wollten so schnell wie möglich zu Ihnen ins Commissariat. Nicolas macht sich … ein Bild von der Stadt … so würde ich es formulieren. Er stößt später zu uns.«

Der Polizist lächelte.

»Kein Problem, dann eben erst mal nur wir drei. Kommt mit, ich habe Kaffee für euch. Und wenn es in Ordnung ist: Darf ich Claire sagen?«

»Natürlich«, erwiderte Claire und sah durch eines der Fenster des Commissariat auf das Hafenbecken hinaus. Die Flut hatte bereits zahlreiche Fischerboote nach oben gedrückt, eine der Fähren, die zu den englischen Kanalinseln fuhr, war an einer breiten Steinmole festgetakelt. Überall waren Möwen zu hören, selbst hier im Gebäude roch die Luft salzig und nach Fisch.

Claire mochte Granville vom ersten Augenblick an.

Nicolas kaufte für sich und Rachmaninoff ein Baguette an der Place Général de Gaulle, und während sie beide für einen Moment schweigend kauten, sah er sich um. Es waren kaum Touristen in der Stadt, im Winter besuchten nur Hartgesottene das raue Granville. Links führte die Rue Lecampion in Richtung Hafen, ein Schild wies auf die Parkplätze hin, die sich direkt neben der Anlegestelle der Fähren befanden.

Guernsey. Jersey.

Chausey.

Insel der Gezeiten. Archipel unter Wasser. Stürmisches Land. Nicolas erinnerte sich an die Begriffe in den Reiseführern, an die Erzählungen von Freunden, wenn sie mit ihren Eltern für einen Tagesausflug nach Chausey aufgebrochen waren. Gelangweilt zu Beginn, begeistert bei der Rückkehr. Er selbst war nie dort gewesen, seine Eltern hatten so gut wie nie etwas mit ihm unternommen, jedenfalls nicht gemeinsam.

Für einen kurzen Augenblick dachte Nicolas an seinen Vater, während er einen großen Schluck Kaffee nahm, den er ebenfalls in der Bäckerei bekommen hatte.

Alexandre Guerlain. Abwesender und abweisender Vater seiner Kindheit. Ein Geist seiner Jugend. Ein Phantom in seinen Anfangszeiten als Personenschützer. Ehemals mächtiger Chef des Inlandsgeheimdienstes und Nicolas' Verbündeter bei den Ermittlungen rund um die Anschläge von Arromanches. Vor allem aber: der Grund für Julies Verschwinden.

Nicolas knüllte den Pappbecher zusammen und warf ihn in einen Mülleimer.

Sie waren noch längst nicht miteinander fertig, sein Vater und er. Und es war nicht sosehr die Tatsache, dass sein Vater etwas gegen ihn in der Hand hatte, das Nicolas bereits seit Wochen schlecht schlafen ließ. Nein, was ihn wirklich umtrieb, war die Tatsache, dass es ihm mittlerweile egal war. Sollte sein Vater ihm doch schaden, ihn bloßstellen vor den Augen der Öffentlichkeit.

Es war ihm gleich.

Er war bereit, alles aufzugeben. Weil ihm ohnehin bereits alles genommen worden war, das spürte Nicolas mehr denn je, während er mit Rachmaninoff an seiner Seite einer der steilen Straßen Richtung Oberstadt folgte. Dorthin, wo die Möwen am dichtesten über den Dächern der Stadt kreisten und der Blick endlos schien, weil Himmel und Meer in der Ferne miteinander verschmolzen.

Nicolas wollte dorthin, von wo aus er den bestmöglichen Überblick hatte.

Auf das Land. Auf das Meer. Auf Chausey.

Marc Huet führte Claire und Roussel in sein Büro, das direkt an einen größeren Bereich angrenzte, in dem drei Beamte vor ihren Rechnern saßen und verbissen die unerschöpfliche, aber eben auch rätselhafte Welt des Internets durchkämmten. Huet deutete auf einen von ihnen, der ganz rechts am Fenster saß und sie neugierig ansah.

»Das ist Léon, er ist heute Morgen als Verstärkung aus Caen hergekommen. Er arbeitet ohne Unterlass an diesem Fall, ich musste ihn zwingen, zwischendurch mal etwas zu trinken. Guter Mann, er sucht nach einer Verbindung zwischen unseren fünf Namen, nach einer gemeinsamen Vergangenheit, einem Punkt, an dem wir ansetzen können.«

Claire sah den jungen Polizisten kurz an, stutzte und ging dann zu ihm hinüber.

»Salut, Claire!«, sagte der junge Mann, stand auf und umarmte sie zur Begrüßung.

»Hey, Léon, das ist ja eine Überraschung. Da sieht man sich quasi am Ende der Welt wieder.«

»Na ja, so weit ist Granville auch nicht von Caen entfernt. Wie geht es dir? Ich habe gehört, du hast viel mitgemacht in letzter Zeit.«

Claire hatte Léon während ihrer Ausbildung kennengelernt, er war ein ruhiger, aber kluger Kopf, der wenige Jahre vor ihr seine Ausbildung beendet hatte.

»Geht so«, antwortet sie knapp und sah kurz zu Roussel, der mit Marc Huet vor einem Whiteboard stand.

»Ich unterstütze die Kollegen in Deauville in diesem Fall, wir werden also ein bisschen zusammen sein … also ich meine arbeiten … also, wie auch immer, jedenfalls … das ist ja wirklich ein Zufall!«

Léon lächelte sie an und dann sprachen sie über die Zeit in Caen, über die Feiern im Wohnheim und die nächtlichen Ausflüge nach Paris. Während durch die großen Fenster die Wolken Schatten an die Wand malten, bemerkte Claire, dass sie sich tatsächlich für einige Minuten unbeschwert und leicht gefühlt hatte.

Es war ein gutes Gefühl.

»Salut, na hier ist heute aber mal was los!«, ertönte eine Stimme, und als Claire sich umdrehte, sah sie einen Mann in einer abgewetzten Jeans und einem mit Mehl bestäubten blauen Pullover, der gerade einen mit Baguette und Croissants gefüllten Pappkarton auf den Tresen stellte.

»Aber dann bleibt wenigstens nichts übrig«, sagte der Mann fröhlich in die Runde und zwinkerte Claire zu. »Na los, liebe Ordnungshüter, Frühstück ist da!«

»Ah, hervorragend«, sagte Huet und klatschte in die Hände. »Claire, Roussel, das ist der Mann, der uns am Leben erhält, jeden Tag. Jérôme, er arbeitet in der Bäckerei gegenüber. Ihr müsst Hunger haben, greift zu.«

Der Mann war groß, seine dunklen, lockigen Haare lugten unter einer Baseballkappe hervor.

»Hier ist Schinken-Käse, das hier ist Camembert. Ich mache meine Tour zu Ende, dann findet ihr mich gegenüber, wenn ihr noch was braucht.«

»Super Service«, sagte Claire und griff nach einem Sandwich. Sie lächelte den Mann an, der mit seinem Karton von einem Polizisten zum anderen ging.

»Mit leerem Magen machen Recht und Ordnung keinen Sinn«, sagte er und schaute sich um. »Was auch immer ihr macht, viel Erfolg dabei.«

»Salut, Jérôme«, sagte einer der beiden Polizisten des Commissariat und kurz darauf hörten sie, wie draußen ein Motor ansprang und der Bäcker seine Tour fortsetzte.

»Ich habe gerade mit meinen Kollegen in Deauville telefoniert«, sagte Roussel kauend zu Marc Huet. »Die Taucher sind zurück im Hafen, sie haben einiges nach oben befördert. Aber noch haben wir keine endgültige Gewissheit, ob es wirklich ein Sprengsatz war, der Morignac getötet hat.«

»Aber du nimmst es an, oder?«

Roussel nickte.

Huet studierte die fünf Namen, die in großen Lettern an der Tafel standen. Die ersten beiden waren unterstrichen, Bilder der Fähre und das Logo der Investmentfirma von Morignac klebten daneben.

»Dann müssen wir davon ausgehen, dass unser Täter es eilig hat«, sagte er. »Er bringt die ersten beiden innerhalb von gerade mal zwei Tagen um, da können wir nicht hoffen, dass er jetzt erst mal eine längere Pause einlegt.«

Roussel zuckte mit den Schultern.

»Wohl eher nicht. Aber diese beiden hier sind die Einzigen, zwischen denen wir eine Verbindung ausmachen konnten. Wir sollten uns auf die Insel und die Pläne der Fährgesellschaft konzentrieren.«

»Die sind allerdings längst durch«, bemerkte Huet. »Wenn jemand die Vergrößerung der Flotte verhindern will, dann kommt er zu spät. Die Verträge sind unterschrieben, Marchands Nachfolger hat nicht lange gefackelt.«

»Ist das schon offiziell?«, fragte Roussel überrascht.

Huet lächelte.

»Das nicht, es soll erst in einer Woche verkündet werden, aber Granville ist klein und eine echte Überraschung ist es auch nicht mehr. Rémy Marchand hat das über Jahre hinweg vorangetrieben. Jetzt kriegt er es nicht mehr mit …«

»Und Chausey? Was halten die Leute dort davon?«

Huet betrachtete die Schiffe im Hafen, die durch die großen Fenster zu sehen waren.

»Die wurden nicht gefragt. Mehr Besucher auf der Insel bedeutet mehr Geld. Das ist eine einfache Rechnung, zumindest für uns Menschen vom Festland. Ich weiß aber, dass die Chauseianer anders ticken, die hätten lieber die Fördergelder behalten, die ihnen dafür gestrichen wurden. Sie wollen kein Freilichtmuseum werden, im Sommer ist die Insel jetzt schon überlaufen.«

»Kennst du eine Louise Bertrand?«

Marc Huet sah Roussel überrascht an.

»Die kleine Möwe? So wird sie dort von allen genannt. Louise ist die gute Seele von Chausey, sie betreibt seit Jahrzehnten den kleinen Inselladen.«

»Sie hat Morignac vor zwei Tagen zu erreichen versucht.«

Marc Huet lachte.

»Das sieht ihr ähnlich, störrisches altes Biest! Vermutlich wollte sie ihm einfach nur sagen, was sie von ihm hält und von seinen Fähren.«

Roussel sah hinüber zu Claire, die auf Léons Tischkante saß.

»Komm, lass uns anfangen, Marc, bevor dort drüben gleich Handynummern ausgetauscht werden.«

Roussel deutete auf die anderen beiden Beamten.

»Arbeitet ihr alle hier an dem Fall? Was ist mit eurer restlichen Arbeit?«

Huet stellte ihnen einen Teller mit Sandwiches und Kaffeebecher auf den Besprechungstisch.

»Na ja, ganz offenbar hat der Tod von Balthasar Morignac wenigstens bewirkt, dass unsere Personalsituation für die Dauer der Ermittlungen glänzend ist. Ich wurde vorhin telefonisch darüber informiert, dass wir uns alle auf diesen Fall konzentrieren sollen, Ersatz für alle anderen Belange sei unterwegs. Das habe ich auch noch nicht erlebt, aber bitte, mir soll es sehr recht sein. Komm, ich stelle euch vor.«

Claire und Roussel begrüßten die beiden anderen Männer, die gemeinsam mit Huet das kleine Commissariat bildeten. Sie ließen sich erklären, wer gerade woran arbeitete, und Roussel bat darum, ständig auf dem Laufenden gehalten zu werden. Ganz offensichtlich hatte Marc Huet überhaupt keine Probleme damit, dass Roussel die Ermittlungen übernahm.

»Ich befasse mich gerade mit Adrien Martin, dem Dritten auf der Liste«, erläuterte Léon. »Ich versuche, den Richtigen zu finden, leider ist das nicht ganz so einfach. Es gibt insgesamt 23 Männer mit diesem Namen, allein in der Normandie. Nur zwei allerdings hier in der Nähe von Granville, beide haben wir bereits gecheckt und informiert. Sie haben keinerlei Verbindung zu den anderen auf der Liste.«

»Es könnte aber sein, dass es dennoch eine gibt«, hakte Claire nach.

Huet nickte.

»Natürlich kann das sein, aber zumindest mit der Fährgesellschaft haben sie nichts zu tun. Wir haben bereits acht andere Adrien Martins kontaktiert, allerdings bislang ohne großen Erfolg.«

Claire sah auf den Bildschirm, auf dem einer der Beamten auf einer Karte die Orte markiert hatte, an denen in der Normandie Adrien Martins wohnten.

»Honfleur, Dieppe, zweimal Caen, Barfleur, dreimal Le Havre …«, murmelte sie. »Und die Bretagne ist nicht weit weg, wie viele wohnen …«

»113«, antwortete Léon und lächelte sie an. »Bevor man die Stecknadel findet, muss man erst mal den Heuhaufen ausfindig machen. Aber wir sind dran, wir werden die beiden finden: Adrien Martin und Philippe Duval, die Nummer vier auf der Liste. Davon gibt es in der Normandie übrigens 37 und in der Bretagne 92.«

Claire seufzte und streckte sich kurz. Sie spürte, wie es hinter ihrer Stirn zu pochen begann, sie hatte Kopfschmerzen von der langen Fahrt.

»Und euer Nicolas hat wirklich überhaupt keine Ahnung, warum er ebenfalls auf der Liste steht?«, fragte Huet in die Runde.

Roussel schüttelte den Kopf.

»Er wurde in Deauville geboren, lebt aber in Paris. Es gibt überhaupt keine Verbindung zu den vier anderen.«

»Zumindest keine, die ihm bekannt ist«, ergänzte einer der beiden älteren Beamten.

Roussel nickte und sah dann Huet an.

»Seiner Meinung nach kann es nur eine Erklärung dafür geben, warum er auf dieser Liste steht.«

Auf der langen Fahrt nach Granville hatten Roussel, Claire und Nicolas das Thema ja ausführlich erörtert und schließlich war es Nicolas gewesen, der eine Theorie aufgestellt hatte: »Jemand möchte, dass ich in die Normandie komme.«

»Und warum glaubt er das?«, fragte Huet Roussel überrascht.

»Das würde bedeuten, dass der Fall etwas mit eurem Nicolas zu tun hat«, ergänzte Léon. »Und zwar hauptsächlich mit ihm.«

Roussel antwortetet schulterzuckend: »Leider enden da die Mutmaßungen. Wir müssen hoffen, dass Nicolas noch etwas einfällt.«

Als Roussel kurz darauf das Treffen beendete und alle zurück an ihre Rechner und Telefone gingen, beschloss Claire, erst mal ihre Kopfschmerzen zu bekämpfen. Sie hatte sich gerade mehrere Aufnahmen der Flaschenpost auf einer Pinnwand angesehen.

»Gibt es in der Nähe eine Apotheke?«, fragte sie Léon. Er zeigte aus dem Fenster.

»Schräg gegenüber Richtung Innenstadt. Zuerst kommt die Bäckerei, ein Souvenirgeschäft, dann die Apotheke.«

»Du kennst dich aber gut aus!«, sagte sie überrascht, aber Léon hatte schon den Telefonhörer in die Hand genommen, um den nächsten Adrien Martin anzurufen.

»Ich bin gleich wieder da!«, rief sie Roussel zu, der kaum Notiz davon nahm, und ging nach draußen, wo der kalte Wind ihr sofort ins Gesicht blies. Sie zog ihre Kapuze über den Kopf, als die ersten schweren Tropfen auf den Asphalt aufschlugen.

»Dann halt keine Zigarette«, murmelte sie und rannte Richtung Innenstadt. Nach nicht mal fünfzig Metern öffnete sie hastig die Glastür einer Apotheke und schob ihre Kapuze nach hinten.

»Was für ein Mistwetter!«, fluchte sie.

»Das dauert nicht lange, in drei Minuten ist es vorbei«, begrüßte sie ein Mann im weißen Kittel. Sie schätzte ihn auf Ende dreißig, durch eine runde Brille sah er sie freundlich an.

»In Granville sagen wir, dass es sich meistens nicht lohnt, eine Kapuze aufzusetzen. Bis sie auf dem Kopf ist, hat sich das Wetter schon wieder geändert.«

»Das ist bei uns ähnlich«, sagte Claire. »Ich komme aus Le Havre. Bonjour, ich bräuchte etwas gegen Kopfschmerzen.«

»Sehr gern«, sagte der Apotheker. »Wollen Sie gleich hier eine Tablette nehmen?«

Er reichte Claire ein Glas Wasser.

Schwere Tropfen schlugen von außen gegen die Scheibe, sodass sie nun doch ein wenig warten musste, bevor sie wieder hinüber ins Commissariat gehen konnte. Claire schaute auf die menschenleere Straße hinaus. Sie schloss die Augen für einen Augenblick und massierte ihre Schläfen.

Als sie sie wieder öffnete, blieb ihr Blick an der Schaufensterdekoration der Apotheke hängen und für einen kurzen Moment dachte sie, ihre müden Augen würden ihr einen Streich spielen.

Aber so war es nicht.

Mitten in der Auslage, direkt vor einem Plakat für ein Mittel gegen Seekrankheit, stand eine Flaschenpost.

»Das kann doch nicht …«, murmelte sie und ging etwas näher heran.

Nein, sie hatte sich nicht getäuscht: Es war exakt die gleiche Flasche wie jene, die sie auf mehreren Fotos an der Pinnwand des Commissariat gesehen hatte. Die Flasche war nicht sonderlich groß, der Bauch oval geformt und in durchsichtigen Lettern war auf dem Körper »Courrier de la mer« eingraviert.

Post aus dem Meer.

»Darf ich fragen, woher Sie die haben?«, fragte Claire den Apotheker, der sich neben sie gestellt hatte, um nachzusehen, ob sich das Wetter besserte.

Überrascht sah er sie an.

»Die Flasche? Oh, so genau weiß ich das gar nicht mehr, ich glaube … es gibt sie in jedem Souvenirladen von Granville. Es könnte auch ein Werbegeschenk gewesen sein. Da müsste ich mal meine Frau fragen.«

Nachdenklich starrte Claire die Flasche an.

»Gibt es die auch außerhalb von Granville zu kaufen?«, fragte sie. Der Apotheker runzelte die Stirn, holte kurzerhand die Flasche aus der Auslage und hielt sie Claire hin.

»Ich vermute, dass sie vor allem hier verkauft wird. Schauen sie, hier steht der Name der Stadt drauf, auf dem Korken.«

Tatsächlich konnte Claire den aufgedruckten Schriftzug »Granville« und das Stadtwappen erkennen.

»Wie lange wohl so ein Korken dicht hält?«, murmelte sie und drehte die Flasche in der Hand.

»Sehen Sie, es hat schon wieder aufgehört zu regnen! Habe ich ja gesagt. Ich hoffe, Ihre Kopfschmerzen werden gleich besser.«

»Ganz bestimmt«, murmelte Claire zerstreut.

»Schade, dass Albert nicht da ist, der könnte Ihnen bestimmt mehr zu der Flasche sagen. Er hat, glaube ich, so ähnliche im Keller, zumindest stehen da Kartons, ich bin nicht oft unten.«

»Albert?«

»Ja, ihm gehört der Souvenirladen nebenan. Aber der ist im Winter geschlossen, Albert ist in Paris und kommt erst im Mai wieder. Aber Yvette hat geöffnet, das ist drüben am

Hafen, die führen auch solche Flaschen. Fragen Sie doch mal dort nach.«

»Danke, das werde ich. Dürfte ich mir die hier vielleicht trotzdem mal ausleihen?«

Kurz darauf stand Claire auf dem nassen Trottoir und zog instinktiv den Kopf ein, als mehrere Möwen im Sturzflug auf sie zukamen, angeschoben von einem rauen Wind. Sie suchte im Schaufenster des angrenzenden Souvenirladens nach weiteren Flaschen, fand aber keine. Dafür hübsche Tassen, Schiffsmodelle und jede Menge Sandspielzeug.

Auf der Innenseite der Scheibe war ein Zettel angebracht.

Geschlossen bis Mai.

Als sie die Straße überquerte, stand Léon schon vor dem Commissariat und winkte ihr zu. Claire hielt die leere Flasche fest in der Hand, ihr Blick war entschlossen, ihr Gang zielstrebig. Sie war bereit, die Jagd zu eröffnen.

KAPITEL 14

Granville, Normandie

Nicolas' Handy klingelte in dem Augenblick, in dem er den kleinen Durchgang erreichte, der von der Rue Saint-Jean aus zwischen zwei Häuserzeilen in Richtung der großen Festungsmauer führte. Er zog es aus der Innentasche seiner Jacke und sah sofort, dass er auf diesen Anruf gern verzichtet hätte. Er hatte kurz gehofft, es sei Julie, die endlich ein Lebenszeichen von sich geben würde, das ein Versöhnen, ein Versprechen, sich schnellstmöglich zu sehen, zu Hause, hier, wo auch immer, möglich machen würde.

Aber es war nicht Julie.

Es war Gilles, sein Teamleiter. Er war schlecht gelaunt und hatte allen Grund dazu.

Nicolas war an der Place Maréchal Foch, direkt hinter dem Casino, die steilen Stufen der Escalier du Moulin-à-Vent hinaufgestiegen. Rachmaninoff hatte er im stärker werdenden Regen hinter sich herziehen müssen, weil der Hund nun wahrlich nicht den dringenden Wunsch verspürt hatte, zahlreiche Treppenstufen zu bewältigen. Sie waren schließlich beide mit einer atemberaubenden Aussicht auf die Küste des Cotentin belohnt worden, die sich nördlich von Granville bis hinauf nach Flamanville erstreckte. Die Stadt ragte an dieser Stelle wie die Spitze eines Dolches in das kalte Wasser der Bucht des Mont-Saint-Michel hinein, und die Oberstadt gewährte denjenigen, die den Anstieg geschafft hatten, einen

Panoramablick in alle Himmelsrichtungen. Nicolas war der Rue Lecarpentier gefolgt, hatte das Kopfsteinpflaster der Rue Notre-Dame erreicht und die bunten Wimpel zwischen den grauen Hausfassaden bewundert, die im Wind schaukelten. Er war den Möwen bis zur Rue Cambernon gefolgt, mit ihren kleinen Cafés und dem Buchladen, und hatte sich gefragt, ob es eine Zeit geben würde, in der er gemeinsam mit Julie durch diese Gassen würde streifen können.

Er hatte auf diese Frage keine Antwort gefunden.

Schließlich war die Wolkendecke wieder etwas aufgerissen, ein zarter hellblauer Himmel schob sich über die Stadt und immer wieder konnte man zwischen den Häusern einen Blick auf das Meer erhaschen, auf ein wildes, stürmisches Meer, das von den Gezeiten an die hohen Klippen von Granville geschleudert wurde.

Von einem der Aussichtspunkte hatte Nicolas eine Frau mit einem weißen, im Wind flatternden Kopftuch gesehen, eine mutige Spaziergängerin, die eine steile Treppe hinabstieg, hinunter zum Strand, der bei Flut nicht sehr breit war. Er konnte sie gut verstehen, es war ein wunderschönes Fleckchen Erde dort unten, grade bei diesem Wetter. Schließlich hatte er den kleinen Durchgang erreicht, eine Lücke in der Häuserzeile, dahinter der eigentümlich blaue Himmel, der inmitten dieses kalten Tages wie ein Versprechen wirkte.

Und es war Gilles Jacombe, der diesen Moment mit seinem Anruf ruinierte, während Nicolas oberhalb der Klippen stand und hinabblickte auf die weißen Schaumkronen des Meeres und die Frau mit dem weißen Kopftuch, die sich auf einen Felsen gesetzt hatte, etwas zu nah am Wasser, wie er fand.

Immer wieder fuhr er sich übers Gesicht, die vergangene Nacht hatte er schlaflos verbracht, der Lauf der Dinge hatte ihm auch keine andere Wahl gelassen. Er spürte, wie angreifbar er war, keineswegs stark und unbeugsam im Wind stehend, sondern vielmehr eine leichte Beute für die Unwägbarkeiten dieses Lebens, das er nur zu einem Teil selbst gewählt hatte.

»Hier ist Nicolas. Salut, Gilles.«

Nicolas machte Rachmaninoff ein Zeichen, still zu sein.

»Wo bist du?«

Ganz offenbar hatte Gilles nicht die Absicht, ihr Gespräch mit unnötigem Vorgeplänkel einzuleiten. Nicolas hörte die Anspannung in seiner Stimme, die Ungeduld.

»In der Normandie. Granville, genauer gesagt. Ich muss da etwas regeln.«

»Einen Scheiß musst du!«, brach es aus Gilles heraus, viel heftiger, als er es vermutlich vorgehabt hatte. Gilles Jacombe war stets ein zurückhaltender, ruhiger Teamleiter der Einheit gewesen, selbst, nein, gerade in schwierigen Situationen.

»Nicolas, es ist jetzt nicht der richtige Zeitpunkt, um irgendwelche Dinge zu regeln. In Paris ist wirklich die Hölle los, der Präsident tobt, unser gesamtes Team ist beurlaubt, das neue ist noch nicht eingearbeitet, keine Ahnung, wie die das machen wollen, und die verdammten Aktivisten werden vermutlich nicht aufhören und …«

»Gilles, wir können es abkürzen: Ihr Name ist Marie.«

Nicolas streichelte Rachmaninoffs Hinterkopf, sein Blick wanderte über die steilen Klippen, hinaus aufs Meer. Am Horizont war schemenhaft die Grande-Île von Chausey zu sehen. Kaum mehr als eine Ahnung unterhalb der Wolken, ein dunkler Fleck im Wasser. Nicolas' Gedanken schweiften ab, fort von Gilles und den Sorgen der Hauptstadt, fort von Marie, vom Anschlag im Konzertsaal, fort von seinem Leben im Dienste der Sicherheit.

Chausey.

Fünf Namen. Zwei Tote.

Immer wieder Chausey.

Sie mussten dorthin, wo alles seinen Anfang genommen hatte.

»Ihr Name ist Marie«, wiederholte er schließlich, weil Gilles immer noch schwieg. »Ihren Nachnamen kenne ich nicht.«

Schließlich hatte Gilles sich gefangen, er lachte kurz auf.

»Woher hast du gewusst, dass ich ihretwegen anrufe?«

Nicolas lächelte.

»Bei aller Liebe, aber wo ich derzeit bin, das interessiert bei einem Team, das gerade beurlaubt wurde, niemanden. Es sei denn, man interessiert sich für die Aufnahmen einer Überwachungskamera auf einem stark frequentierten Bahnsteig der Pariser Métro. Dann nämlich ist es ziemlich interessant und sogar entscheidend, wo ich bin, denn auf den Aufnahmen ist eine Frau zu sehen, die kurz zuvor in einem roten Kleid im Théâtre des Champs-Élysées gewesen ist und die an diesem Abend am Anschlag auf den Staatspräsidenten beteiligt war.«

»Du hast die Kamera in der Métrostation gesehen«, schlussfolgerte Gilles.

»Sie ist ja gut zu erkennen. Und ich vermutlich auch.«

Nicolas rief sich die Szene in Erinnerung. Die Métro, die losgefahren war, Marie, die ihn gerettet hatte, sein Aufprall. Die Kamera hatte er sofort bei seiner Ankunft gesehen und gewusst, dass der Zwischenfall nicht unbemerkt bleiben würde. Und doch war da etwas, das ihn stutzig machte.

»Dass du mich anrufst und nicht gleich der Geheimdienst, sagt mir, dass ihr mich nicht erkannt habt. Oder haben sie eine andere Spur?«

Gilles schnaubte.

»Nichts haben sie, Nicolas. Und genau das ist das Problem: Die Aufnahme, auf der du zu sehen bist, gemeinsam mit dieser Marie, ist der einzig verwertbare Hinweis derzeit. Und ich kann es drehen und wenden, wie ich will, ich werde es melden müssen, Nicolas. Ich kann dich nicht decken, du musst mir sagen, was los ist. Du hättest dich nach diesem Zwischenfall melden müssen, verdammt noch mal! Jeder ist hinter diesen Aktivisten her und du machst es einem schwer zu glauben, dass du damit nichts zu tun hast, wenn du dich so verhältst.«

»Das ist Blödsinn, Gilles, und das weißt du.«

»Dann melde dich beim Dienst. Bevor ich es tue. Und sag mir, was du weißt.«

In knappen Worten erzählte Nicolas seinem Teamleiter von Marie, von seiner Jagd über die Dächer von Paris und davon, wie sie ihm in der Métrostation schließlich das Leben gerettet hatte.

»Du kennst sie übrigens« sagte er schließlich. »Sie ist die Frau, die mit mir ins Hafenbecken von Le Havre gefallen ist, du erinnerst dich.«

Gilles stöhnte.

»Das ist es! Ich wusste doch, dass ich sie schon mal gesehen habe. Und jetzt ist sie dir wirklich noch mal entwischt?«

Nicolas biss sich auf die Lippe.

»Also, warum ist der Inlandsgeheimdienst noch nicht hinter mir her?«, fragte er schließlich, während er die langen Strände des Cotentin betrachtete, die wie ein beiger Saum Land und Meer voneinander trennten.

»Das weiß ich nicht. Das Video wurde anonym an den Staatspräsidenten geschickt. Und es ist wie verhext: Sämtliche anderen Aufnahmen sind unbrauchbar oder verschwunden. Angeblich wurden alle Kameras ausgewertet, auf denen ihr zu sehen sein müsstet. Von dir aber gibt es nichts. Es ist genauso seltsam wie der Absender der Aufnahme, die im Élysée-Palast abgegeben wurde: Wir haben keine Ahnung, von wem die stammt, wer uns auf die Spur gesetzt hat. Wer auch immer es war, er macht uns das Leben nicht wirklich einfacher. Aber offenbar will dich jemand schützen, Nicolas, zumindest vorerst. Ich jedenfalls kann nicht mehr lange geheim halten, dass du es bist, der dort in der Métrostation zu sehen ist.«

Nicolas wusste sehr wohl, dass Gilles' Freundschaft nicht so weit gehen durfte. Fieberhaft suchte er nach einer Lösung, während unter ihm das Meer in Aufruhr war, begleitet von einem Wind, der die Möwen schräg in der Luft hielt.

»Ich weiß nicht, was ich machen soll, Nicolas«, sagte Gilles, aber seine Stimme war plötzlich seltsam gedämpft. Als würde sich etwas zwischen sie schieben, eine Empfindung, ein ungutes Gefühl, eine … Bedrohung. In seinem Kopf drehten sich die Gedanken und verursachten einen Schwindel, der Nicolas zwang, sich an der Brüstung festzuhalten.

»Nicolas, bist du noch dran?«

Ihm war kalt, die Hand, mit der er die Leine hielt, zitterte leicht.

Nicolas fixierte die Wolken, die sich über ihm zu schaumigen Türmen zusammengeschoben hatten.

Sein Herz pochte, er schwitzte. Für einen Moment schien das Meer zu kippen, in seinen Ohren rauschte eine überlaute Brandung.

Als er die Augen wieder öffnete und aufs Meer sah, hinab zu den Wellen und den Felsen, zu der Frau mit dem weißen Kopftuch, die noch immer dort saß und die sich nun umdrehte und zu ihm hinaufsah, verstummte das Rauschen und der Schwindel verging.

»Nicolas? Warum sagst du nichts mehr?«

Es war Julie, die dort unten saß, die ihn anblickte, die jetzt nickte, es war ihr weißes Kopftuch, das im Wind flatterte, es war ihr Schatten, der auf den Strand fiel, als sie aufstand, ihm zunickte und aus seinem Blickfeld verschwand.

»Julie!«

Er rieb sich die Augen, sein Blick war noch leicht verschwommen, er musste sich konzentrieren, aber sie war es ganz gewiss gewesen, so unwahrscheinlich es auch sein mochte, er hatte ihre Nähe gespürt, bevor er sie erkannt hatte.

»Nicolas, sprich mit mir.«

Gilles' Stimme schien weit entfernt. Nicolas schluckte schwer und sah in den Himmel.

»Gilles, vertrau mir. Gib mir einen Tag, irgendwie kriegen wir das hin, ich melde mich.«

Dann rannte er los.

Im Commissariat von Granville verteilten Huet und Roussel derweil die Aufgaben für die kommenden Stunden.

»Also, gehen wir es an«, sagte Huet, während Roussel angespannt auf einem Zahnstocher herumkaute und Claire auf einer Fensterbank saß, von wo aus sie abwechselnd nach draußen auf die Straße und hinüber zu Léon schaute, der aufmerksam den Anweisungen lauschte. Ab und zu sah sie auf die Uhr.

»Ihr habt euch alle miteinander bekannt gemacht, ich würde das Ganze also gerne abkürzen«, fuhr Huet fort. »Wir werden gemeinsam an diesem Fall arbeiten, er hat absolute Priorität, ich habe eben noch mal mit der Präfektur in Caen gesprochen. Was immer ihr in den nächsten Tagen vorhattet, Familienausflüge, Besuche bei der Schwiegermutter oder einfach nur nebenan in einer Bar sitzen und Kaffee trinken: Das streicht ihr, dafür ist keine Zeit. Wir werden rund um die Uhr an diesem Fall arbeiten, die Einteilung der Schichten werde ich später übernehmen. Die Leitung dieser Ermittlung liegt bei Luc Roussel, aus seinem Commissariat in Deauville werden eventuell noch zwei Kollegen zu uns stoßen. Roussel, jetzt bist du dran.«

Dieser nickte Huet zu, setzte sich auf eine Tischkante und warf den Kollegen und Claire einen kurzen Blick zu. Man sah ihm an, dass er müde war, dass seine Nächte derzeit zu kurz und seine Gedanken rund um seine Beziehung zu Sandrine schwermütig waren, dachte Claire.

Ex-Beziehung, korrigierte sie sich. Sie hatte erst vor wenigen Tagen mit Sandrine telefoniert. Die Lage war offenbar tatsächlich schwierig.

Roussel bedankte sich für die bislang geleistete Arbeit und zeigte dann auf eine Karte von Chausey, die an einer Wand hing.

»Okay, hier beginnt alles. Zumindest ist das unser bisheriger Kenntnisstand. Vor zwei Tagen geht das Ehepaar Rémy und Audile Marchand am Strand der Grande-Grève auf Chausey spazieren. Sie finden eine Flaschenpost, die direkt am Ufer im Wasser treibt. So hat es jedenfalls die Ehefrau ausgesagt. In der Flaschenpost befindet sich eine Liste mit fünf Namen. Das Papier ist ein handelsübliches, aber durchaus hochwertiges Briefpapier. Die Liste wurde kopiert, nach Ansicht der Kollegen in Caen bietet das keine Anhaltspunkte.«

Roussel nickte Léon zu, der den Faden aufnahm.

»Fünf Namen, wir sind dabei, Hintergrund und Lebensgeschichte von denjenigen zu rekonstruieren, die wir bislang klar identifiziert haben. Also die ersten beiden, die ja bereits tot sind. Und Nicolas Guerlain.«

»Apropos«, unterbrach Huet kurz, »wäre es nicht sinnvoll, wenn er an der Besprechung teilnehmen würde.«

»Wäre es«, sagte Roussel, »aber er ist nicht hier, wie ihr alle sehen könnt.«

»Aha.«

Léon deutete auf die vergrößerte Kopie der Liste, die neben der Karte von Chausey angebracht war.

»Rémy Marchand, 63 Jahre alt, geboren in Rennes. Bis vor einem halben Jahr war er der Chef der hiesigen Fährgesellschaft, die von Granville aus die englischen Kanalinseln anfährt. Und eben auch Chausey, dreimal am Tag.«

»Wer ist sein Nachfolger?«, fragte Roussel.

»Sein jahrelanger Stellvertreter. Wir haben ihn auf einem Kongress in Dänemark erreicht, wo er seit vier Tagen ist. Odense, genauer gesagt. Es geht dort um europäische Subventionen für den Mittelstand. Mir liegen sowohl seine Hotelbuchung als auch seine Flugreservierungen vor.«

Claire pfiff anerkennend. Ganz offensichtlich hatte Huet sich den richtigen Mann aus Caen geholt, Léon schien nicht nur ein hübscher Kerl zu sein, sondern auch ein extrem schneller und kluger Ermittler. So hatte sie ihn aus ihrer kurzen Zeit in Caen gar nicht in Erinnerung gehabt.

»Rémy Marchand hat in den letzten Jahren die Vergrößerung der Flotte von Granville vorangetrieben. Er wollte größere Schiffe einsetzen, auch nach Chausey, um damit mehr Touristen auf die Insel zu bringen. Die Bewohner wehren sich seit Jahren dagegen, sie befürchten, dass ihre Insel dann komplett überrannt wird, vor allem im Sommer.«

»Zu Recht fürchten sie das«, murmelte Huet. »Das ist Wahnsinn, Chausey ist eine Perle, die man gut behandeln muss.«

»Wie viele Einwohner hat Chausey eigentlich?«, fragte Claire in die Runde.

»Etwa ein Dutzend wohnt ganzjährig auf der Insel«, antwortete Huet. »Die meisten sind Fischer, aber es gibt auch einen Leuchtturmwärter, die Hotelbesitzer und Louise Bertrand, die den kleinen Laden betreibt.«

»Und die Morignac in seiner Villa angerufen hat«, sagte Roussel. »Ich habe noch mal mit den Angestellten dort telefoniert. Ganz offensichtlich hat sie in den vergangenen Monaten immer wieder dort angerufen, sie soll Morignac mehrfach beschimpft haben.«

»Kein Wunder«, sagte Huet. »Er war der Investor, hat mit Marchand alles geregelt und die Finanzierung gestemmt. Er war die Schlüsselfigur und hat die Expansionspläne erst möglich gemacht. Sie war eine erbitterte Gegnerin. Aber sein Tod bringt ihr nichts mehr, die Verträge sind längst unterschrieben.«

»Ist diese Louise Bertrand auf der Insel?«, fragte Roussel und einer der beiden anderen Beamten nickte.

»Ja, wir haben das überprüft, sie ist dort.«
»Gut.«

Léon zeigte auf Morignacs Namen an der Wand.

»Wo wir gerade bei ihm sind: 53 Jahre alt, reicher Geschäftsmann, der in der ganzen Normandie in Immobilien investiert, aber auch an mehreren Gesellschaften beteiligt ist. Für die Investition in die Vergrößerung der Flotte hat er im Gegenzug Anteile der Fährgesellschaft erworben.«

Roussel notierte sich etwas.

»Wer wusste von Morignacs Rolle hier in Granville?«

»Alle«, antwortete Huet. »Es wurde ganz offen kommuniziert, das muss man der Fährgesellschaft lassen. Sie haben alles transparent gemacht.«

Für einen Moment schwiegen alle und Claire schaute erneut auf die Uhr.

»Würde jemand gleich zwei Morde begehen, um eine Vergrößerung der Flotte zu verhindern?«, fragte sie schließlich.

Huet sah sie an.

»Die Frage musst du anders stellen: Würde jemand gleich zwei Morde begehen, um die seiner Meinung nach gefährdete Zukunft von Chausey zu retten?«

Claire lächelte.

»Seiner Meinung – oder ihrer Meinung nach?«

Roussel tippte mit dem Finger auf die Karte der Insel.

»Jedenfalls müssen wir schnellstmöglich dorthin. Haben wir einen Hubschrauber?«

Huet schüttelte den Kopf.

»Man kann dort drüben kaum landen, schon gar nicht bei diesem Wetter. Aber die Fähre geht ohnehin in einer Stunde.«

»Dann sollten wir an Bord sein.«

»Komm schon, Rachmaninoff!«

Nicolas war durch den Durchgang zurück auf die Rue

Saint-Jean geeilt und hatte dabei die Hundeleine losgelassen. Sein Kopf pulsierte, sein Herz pumpte, immer wieder sah er Julie vor sich. Sie war es, sie musste es gewesen sein …

Was machte sie in Granville?

Als sie um eine Ecke bogen, hörte er im letzten Moment das schrille Bremsgeräusch eines Wagens, Reifen schlitterten über den Asphalt. Nicolas reagierte einen Hauch zu spät, sein Körper prallte gegen die Motorhaube, er schlitterte über das Blech und kam auf der anderen Seite hart auf dem Kopfsteinpflaster auf. Rachmaninoff sprang um ihn herum, bellte laut und knurrte schließlich den Fahrer des zitronengelben Citroëns an, der besorgt aus seinem Wagen steigen wollte, es sich nun jedoch angesichts des Hundes anders überlegte.

Nicolas stöhnte, rappelte sich auf und hielt sich die schmerzende Hüfte. An der rechten Seites seines Gesichts lief etwas Blut herunter. Er hielt einen Moment inne und fixierte die Straße, die sich vor ihnen nach unten wand.

»Der Durchgang vom Meer – wo kommt der raus?«

Der Fahrer hatte das Fenster heruntergekurbelt und sah Nicolas und den Hund entgeistert an.

»Mein Gott, ich wollte … äh … Sie meinen die Treppe?«

»Keine Ahnung!«, fauchte Nicolas ihn an. »Da ist ein Durchgang in der Mauer, wohin führt der?«

Der Mann stand immer noch unter Schock.

»Na ja, wie gesagt, zu einer Treppe und die endet dort hinten an der Rue Étoile … Sie bluten, Monsieur, soll ich nicht einen Krankenwagen rufen?«

Nicolas humpelte mit schmerzverzerrtem Gesicht los. Die Straßen waren menschenleer, die grauen Fassaden verschwammen vor seinem Blick, einzelne Haustüren waren bunt angemalt. Nicolas hatte Mühe, seinen Rhythmus beim Laufen zu finden, noch dazu auf der rutschigen und nassen Straße.

»Da ist sie!«, rief er und beschleunigte seinen Schritt, als er sah, wie Julie aus einer engen Gasse kam. Ihr weißes Kopftuch flatterte im Wind. Sie waren zu weit weg, der Wind verschluckte seine Rufe. Julie stieg aufs Rad und bog nach wenigen Metern in eine kleine Straße ein, die in Richtung des Hafens führte.

»Hier lang, Rachmaninoff!«

Nicolas bog scharf rechts in die schmale Rue du Marché aux Cuirs ab, der Schwung drückte ihn an die linke Hauswand, wo er einen Blumenkübel überspringen musste, bevor er sich den Knöchel an einer Bordsteinkante stieß.

»Verdammte Scheiße«, fluchte er und rannte mit zusammengebissenen Zähnen weiter.

Rachmaninoff war jetzt einige Meter vor ihm, er bellte, als in einiger Entfernung Julie auf ihrem Rad in der Rue Notre-Dame zu sehen war.

Ich muss sie erreichen, dachte Nicolas, ich muss einfach …

Das weiße Kopftuch flatterte kurz, als das Rad nach rechts abbog und aus dem Blickfeld verschwand. Nicolas hetzte weiter, er sah seinen Schatten an den Wänden, hörte Rachmaninoffs Hecheln, das Geräusch seiner Pfoten auf dem Asphalt, sie waren zu langsam, alles in ihm brannte, Schweiß rann von seiner Stirn, seine Nase lief, er wischte sich den Rotz mit dem Ärmel ab.

Es war seine zweite Verfolgung innerhalb eines Tages, und diesmal wollte er als Gewinner aus dem Rennen hervorgehen.

»Rémy Marchand wurde definitiv mit Rizin ermordet«, erklärte Huet Claire und den Kollegen im Commissariat. »Ich habe vorhin den ersten längeren Bericht der Kollegen aus Caen bekommen: Das Gift wurde in einer tödlichen Dosis einige Stunden zuvor eingenommen.«

»Wie ist das Ganze abgelaufen?«, fragte Claire.

»Rizin entfaltet seine volle Wirkung je nach Dosierung erst

nach einer gewissen Zeit. Es schmeckt bitter, aber das lässt sich durchaus übertünchen. Ein paar Tropfen in ein Getränk oder ins Essen können schon reichen. Demjenigen, der es zu sich nimmt, kann auch sofort übel werden, aber das muss nicht so sein. Der Tod tritt meist erst einige Stunden später ein.«

»So wie bei Rémy Marchand auf der Fähre?«

»Ja«, sagte Huet. »Angeblich war ihm schon den ganzen Tag übel. Kurz darauf ist er zusammengebrochen.«

»Wo haben sie gegessen?«, wollte Claire gerade fragen, merkte dann aber, dass die Antwort auf der Hand lag, weil es auf der Insel nur ein Restaurant gab.

»In seinem Magen wurden Reste von Krabbenfleisch und Muscheln gefunden. Genau das hat er nach Angaben seiner Frau im »Hôtel de la Marée« gegessen. Dazu Brot, Weißwein und einen Espresso. Und sie haben Reste von hochprozentigem Alkohol im Magen gefunden, vermutlich Schnaps.«

Einer der Polizisten sah auf einen Notizzettel.

»Laut dem Hotel hatte Rémy Marchand allerdings keinen Digestif.«

»Wo hatte er dann den Schnaps her?«, fragte Roussel.

»Aus dem Laden von Louise Bertrand vielleicht. Sie verkauft dort Schnaps von der Küste in kleinen Flaschen.«

Claire überlegte kurz.

»Das würde aber bedeuten, dass der Täter – oder die Täterin – das alles minutiös geplant haben muss. Das Essen – den Spaziergang – die Flaschenpost – den Tod auf der Fähre.«

Der Beamte sah erneut auf seinen Block.

»Das Ehepaar war jedes Jahr um diese Zeit auf der Insel. Und nach Angaben der Ehefrau sind sie nach dem Essen immer die gleiche Strecke gegangen, einmal zum Elefanten und zurück. Einen Fazit-Spaziergang haben sie das genannt: ein Rückblick auf das vergangene und ein Ausblick auf das kommende Jahr. Schöne Idee, eigentlich …«

»Zum Elefanten?«, unterbrach ihn Claire.

»Du wirst ihn kennenlernen«, sagte Marc Huet. »Eine Felsformation, die tatsächlich aussieht wie ein kleiner Elefant im Meer.«

Roussel warf einen Blick auf die Uhr.

»Wir dürfen die Fähre nicht verpassen. So wie es aussieht, müssen wir dringend mit Louise Bertrand sprechen.«

Er wollte gerade fortfahren, als sein Handy piepte.

»Na wunderbar«, murmelte er und hielt kurz darauf sein Telefon nach oben.

Die anderen sahen ihn verwundert an.

»Das hat mir gerade ein Kollege aus Deauville geschickt, der die Untersuchung in der Villa von Morignac leitet. Sie haben es offenbar im Müll gefunden.«

»Was denn?«, fragte Huet und ging zu Roussel hinüber.

»Eine Flaschenpost«, murmelte Claire und betrachtete die Bilder, die Roussel geschickt bekommen hatte.

»Richtig. Balthasar Morignac, unsere Nummer zwei, hat ebenfalls eine Flaschenpost erhalten«, erklärte Roussel. »Er hat sie aber offenbar einfach in den Müll geworfen.«

»Warte, hier sind noch mehr Bilder«, sagte Claire und nahm Roussel das Handy aus der Hand. »Die Kollegen haben die Flasche geöffnet. Hier … und hier. Es ist genau die gleiche Liste.«

Léon beugte sich über ihre Schulter.

Rémy Marchand
Balthasar Morignac
Adrien Martin
Philippe Duval
Nicolas Guerlain

Im gleichen Augenblick erreichte Nicolas die kleine Rue du Marché à la Chaux, er duckte sich, als eine Möwe auf ihn zuflatterte. Am Ende der Straße konnte er den überwiegend blauen Himmel sehen, der sich noch unbehelligt von dem, was sich von Norden näherte, über der Stadt erstreckte.

»Julie!«

Nicolas schoss zwischen zwei Häusern hindurch auf die Rue Lecarpentier, die oberhalb der Stadt an einer steinernen Mauer entlangführte und nach wenigen Metern in einen kleinen Pfad überging, der sich hinabwand bis auf einen Platz direkt neben dem Hafen.

Sein eigener Schwung schob ihn über das Straßenpflaster, zu spät bemerkte er, dass er vor der kleinen Mauer nicht mehr rechtzeitig würde abbremsen können.

»Scheiße!« Nicolas prallte gegen das plötzlich aufgetauchte Hindernis, er war viel zu schnell unterwegs gewesen, und nun wurde er über die flache Steinmauer geschleudert. Verzweifelt versuchte er, sich an einem Stein, einem Vorsprung festzuhalten. Aber es war zu spät, und das Letzte, was er hörte, war das aufgeregte Bellen eines alten und erschöpften Hundes. Und das Geräusch eines sich entfernenden Fahrrads.

Roussel blickte auf die Karte von Chausey, dann wieder auf die Fotos der Opfer an der Wand. Claire wusste, dass es in ihm arbeitete, dass er eine Linie suchte, an der er seine Ermittlungen entlangführen konnte.

»Gut«, sagte er schließlich und sah Claire an. »Es wird Zeit, dass wir nach Chausey kommen. Wie es aussieht, laufen dort alle Fäden zusammen. Wir werden diese Louise aufsuchen und sehen, was wir aus ihr herauskriegen. Marc, du hältst hier die Stellung, ich brauche dich als Verbindungsmann zu den Behörden, außerdem führst du die Recherchen der Kollegen zusammen. Ich möchte, dass ihr die ganze verdammte Normandie nach Nummer drei und vier auf unserer Liste absucht. Ruft jeden Einzelnen an, der infrage kommt, meinetwegen auch in der Bretagne.«

»Gibt es von den Überfahrten der Fähre eigentlich Passagierlisten?«, fragte Claire von ihrem Platz am Fenster, wo der schwache Wintersonnenschein ihren Rücken wärmte.

Marc Huet schüttelte den Kopf.

»Nur diejenigen, die online ein Ticket buchen. Und da haben wir bislang keinen Treffer gelandet. Die meisten kaufen sich ihre Fahrkarte direkt hier im Hafen von Granville.«

»Also gut«, sagte Roussel und sah die anderen an. »Lasst uns die Jagd eröffnen. Wir suchen eine Person, die ganz offenbar damit begonnen hat, einen persönlichen Feldzug gegen fünf Menschen zu führen, von denen zwei bereits tot sind. Die anderen drei wird er nicht kriegen, dafür müssen wir sorgen. Wir werden ihn vorher schnappen, diesen Mistkerl.«

Nicolas' Sturz dauerte nur eine knappe Sekunde, dann rauschte er mit voller Wucht in einen Strauch, der direkt unterhalb der Mauer wuchs. Dahinter begann ein steiler Abhang, den er jetzt kopfüber hinunterschlitterte. Er hing für einen Moment in der Luft, bevor er auf einen frisch behängten Wäscheständer krachte, der auf einer Hinterhofterrasse stand und ihn mit weit geöffneten Armen empfing.

Ein Draht schnitt ihm in die Hand, nasse Wäsche klatschte ihm ins Gesicht, bevor Nicolas erneut hart aufschlug, begleitet von den verwunderten Blicken eines älteren Mannes, der zwei Wäscheklammern im Mund hatte sowie eine lange Unterhose über der Armbeuge. Er sah ihn an, ohne etwas zu sagen, als erwarte er eine Erklärung für den überraschenden Besuch. Nicolas fuhr sich über das Gesicht, sah das Blut, den Dreck, spürte den Schmerz überall.

»Wie komme ich in die Unterstadt?«, fragte er schließlich.

Der Mann zeigte wortlos auf ein rostiges Gartentor.

»Sehr nett«, sagte Nicolas. »Entschuldigen Sie bitte das hier … es … es tut mir leid.«

Weiter oben bellte Rachmaninoff.

Die Beamten im Commissariat griffen nach ihren Kaffeetassen und wandten sich wieder ihren Bildschirmen zu. Claire sah erneut auf die Uhr.

»Das müsste reichen«, sagte sie laut.

»Was müsste reichen?«, fragte Léon erstaunt.

»Komm mit.«

Sie zog ihn in einen kleinen Gang, in dem sie vor einer halben Stunde eine Tür entdeckt hatte, hinter der ein altes und unbenutztes Badezimmer lag. In einer Emaillebadewanne, die mit Wasser gefüllt war, schwamm eine leere Flasche.

»Ist das …«, fragte Léon.

»Das ist exakt die gleiche Flasche, die unser Täter ins Meer geworfen hat. Hier, schau.«

Sie hielt ihm eines der Fotos von der Pinnwand hin und holte dann die nasse Flasche aus der Wanne.

»Das ist tatsächlich die gleiche, wo hast du die gefunden?«

»Gibt es in jedem Souvenirladen hier zu kaufen. Schau, es ist die gleiche Gravur und auch der gleiche Korken.«

Léon starrte auf die Flasche, dann wieder auf die Wanne.

Dann verstand er.

Triumphierend zog Claire den Korken mit den Zähnen aus der Flasche und angelte das Papier heraus, das sie vorhin in die Flasche gesteckt hatte.

»Hier«, sagte sie und hielt Léon den Zettel hin.

»Er ist nass«, sagte er schließlich, nachdem er den Zettel ausführlich studiert hatte. »Nicht sehr, eher klamm, aber die Ränder wellen sich schon leicht.«

»Der Korken ist innen auch nass«, sagte Claire und ließ das Wasser wieder aus der Wanne.

»So wie es aussieht, sind diese Flaschen nicht nur überall günstig zu haben, sondern vor allem als Flaschenpost kaum zu gebrauchen. Der Korken schließt nicht gut genug.«

»Wie bist du darauf gekommen?«, fragte Léon verblüfft.

»Sommerurlaub mit den Großeltern«, sagte Claire mit

einem Anflug von Stolz in der Stimme. »Mein Großvater hat mir mal eine solche Flasche gekauft, sie schwamm leider nicht, sie war zu schwer. Und diese hier wäre früher oder später auch untergegangen und der Zettel somit komplett nass gewesen.«

»Es sei denn«, sagte Léon, »unser Täter hat sie direkt vor Rémy Marchand ins Wasser geworfen. Er muss ihn schon gesehen haben.«

»Exakt. Ich habe mich schon die ganze Zeit gefragt, wie das sonst gehen soll, dass ausgerechnet das erste Opfer die Flasche findet. Das wäre doch wirklich ein unglaublicher Zufall gewesen.«

Léon sah nachdenklich die Flasche in seiner Hand an.

»Er wusste, dass sie kommen würden, und er wusste auch wann. Bestimmt kannte er auch ihre Gewohnheiten, wo sie immer gegessen haben und so weiter. Somit hatte er auch die perfekte Gelegenheit, Rémy Marchand zu vergiften.«

Claire nickte.

»Komm, ich spendiere dir noch einen Kaffee, bevor ihr nach Chausey rüberfahrt. Nebenan ist ein kleiner Platz mit einer Bar, die hat auch im Winter offen.«

»Julie!«

Nicolas' Stimme war nur ein Flüstern, ein heiseres Krächzen in der kalten Luft.

Er hatte sie bereits von Weitem gesehen, unten auf dem kleinen Platz, dem er sich nun von oben näherte. Ihr Rad lehnte an einer Platane, zwischen den Bäumen standen Tische aus Paletten, Lampions schaukelten an der Außenfassade einer kleinen Bar. Durch das bodentiefe Fenster sah er sie, ihr Haar, ihr Lächeln, sie zog ihre Jacke aus, legte den Kopf in den Nacken.

Mit unsicherem Schritt trat er aus den Schatten der Bäume, er betrachtete die anderen Besucher der Bar, junge, fröhliche Menschen. Wintermäntel hingen über den Lehnen einiger Sessel, ein altes Lied erklang, jemand warf sich ein Spültuch über die Schulter, ein Bier wurde gezapft, es war ein Lied über den Süden, über einen Ort, der Louisiana ähnelte und ebenso Italien.

»Julie.«

Wieder nur ein Flüstern.

Sein Blick war fest auf den Mann gerichtet, der an Julies Seite stand, den sie mit einem Lächeln begrüßte, das den ganzen Platz zu erleuchten schien.

Nicolas stand jetzt direkt vor der Bar, seine Waffe lag schwer in seiner Hand. Warum er sie überhaupt gezogen hatte, wusste er nicht.

Julie fuhr ihrem Begleiter mit der Hand durch die Haare, er zog sie an sich, seine Hände lagen auf ihrer Taille, strichen über ihren Rücken.

Dann küsste sie ihn.

»Bleiben Sie stehen! Genau da! Keinen Schritt weiter.«

Julie.

Sein Finger am Abzug.

»Ich sagte, keinen Schritt weiter! Und die Waffe unten lassen!«

Er war blond, ein nordischer Typ.

Ein Mats, ein Simon. Ein Jasper.

»Nicolas!«

Die Stimme drang zu ihm durch, aber sie kam von weit her, jenseits der Brandung, jenseits der Flut und der Schmerzen in seinem Kopf.

»Nicolas, ich bin es. Hörst du mich? Bleib stehen, ich bitte dich.«

»Runter mit der Waffe!«

Die zweite Stimme kannte er nicht.

Dann ein Bellen, eine feuchte Schnauze an seiner Hand. Die Tür der Bar öffnete sich.

Als das junge Paar sich draußen in die Kälte stellte und er ihr eine Zigarette anbot, trafen sich ihre Blicke, aber da war kein Erkennen.

Nur Nicolas' klopfendes Herz, das hart gegen seinen Brustkorb schlug.

Er drehte den Kopf zur Seite und sah Claire nur wenige Meter neben sich stehen, neben ihr ein junger Polizist, der unauffällig seine Waffe wegsteckte.

Rachmaninoff drängte sich an ihn, in seinem Maul hatte er die Hundeleine.

Die junge Frau schaute erst ihn an, dann Claire und den Polizisten.

»Entschuldigung, ist alles in Ordnung, gibt es ein Problem?«, fragte ihr Begleiter und legte einen Arm um sie.

Sie hatte blaue Augen, ihr blondes Haar fiel in weichen Wellen auf ihren Wollpullover.

»Nein, es ist alles in Ordnung«, sagte Claire leise und sah Nicolas an. Er griff nach der Hundeleine und nickte der jungen Frau zu.

»Es gibt kein Problem«, sagte er leise.

Dann drehte er sich um, zog Rachmaninoff zwischen die Platanen und verschwand.

»Das war Nicolas«, sagte Claire kurz darauf zu Léon, als sie auf einem Barhocker Platz genommen und sich einen Kaffee bestellt hatten.

Léon sah sie erstaunt an.

»Du meinst … das ist Nicolas Guerlain? Ich meine, der Kerl ist doch angeblich der beste Personenschützer in Paris! Was ist denn in den gefahren, dass er mal eben mit gezogener Waffe hier auftaucht?«

Claire zuckte mit den Schultern.

»Bei ihm geht es nie darum, was in ihn gefahren ist, sondern wer. Aber keine Sorge, normalerweise hat er sich gut im Griff.«

»Na dann«, sagte Léon und hob seine Kaffeetasse, als der Barkeeper sie vor sie gestellt hatte. »Auf Nicolas.«

»Und auf uns«, sagte Claire nach einem kurzen Zögern. Sie lächelte dabei.

Der Klang ihrer zusammenstoßenden Tassen drang durch die Musik und das Gelächter der anderen Gäste bis nach draußen, es war unter den Bäumen zu hören und in den Gassen, die zum Hafenbecken führten, dorthin, wo Nicolas auf einer Bank saß, direkt vor den Fischerbooten und den zum Trocknen ausgelegten Fischernetzen. Im Becken spiegelte sich ein blasser Himmel.

Doch Nicolas sah es nicht, seine Augen waren geschlossen.

KAPITEL 15

Paris
Zur gleichen Zeit

Während all dies geschah, standen zwei Frauen am Fenster und sahen hinaus in den Regen. Ihr Blick war müde, sie waren ungeschminkt, und hätte ihnen jemand gesagt, dass sie kraftlos wirkten, dann hätten sie beide leise gelacht.

Aus Gründen, die so unterschiedlich waren wie die jeweiligen Räumlichkeiten, in denen sie sich befanden. Die eine in einem Krankenzimmer des Hôpital Saint-Louis im 11. Arrondissement von Paris, die andere in ihrem Büro in einem abgelegenen Flügel des Élysée-Palasts in der Rue Saint-Honoré. Das Leben, und das wussten sie beide, war weder einfach noch gerecht. Es rief zum Kämpfen auf, es war ein ständiges Duell gegen die Widrigkeiten, die es einem vor die Füße warf, ein andauerndes Ringen, ein nicht zu gewinnender Kampf.

Julie sah ihr Spiegelbild in der Scheibe, hinter der ein grauer, schlecht beleuchteter Innenhof lag. Sie hatte dunkle Augenringe, die Müdigkeit war in jeder Faser zu spüren, sie war mehr Hülle als Inhalt. Sie legte ihre Hand auf das kalte Glas und schloss die Augen. Sofort brannten die Bilder wieder auf ihrer Netzhaut.

Eine alte Frau, die vor ihr im Schnee stand. Eine Waffe in der Hand.

»Es ist Ihre Schuld. Alles.«

Seitdem war alles nur noch schlimmer geworden, nichts

hatte sich gefügt, dabei wäre es so einfach gewesen. Sie war wieder bei Nicolas, endlich, in seinen Armen, sie spürte seine Nähe, seine Liebe – und doch reichte es nicht. Das war die Wahrheit.

Alles war schwer, dunkel, und sie war ohne Zuversicht.

Sie malte ein Herz auf die Scheibe, im gleichen Augenblick vibrierte ihr Handy in der Tasche. Wieder einmal, sie wusste, dass er es war, er würde sich entschuldigen, er musste es nicht, er hatte richtig gehandelt an diesem Abend im Théâtre des Champs-Élysées. Sie war es, die nicht mehr wusste, was richtig und was falsch war, sie war es, die seine und ihre eigenen Erwartungen an ein gemeinsames Leben begrub, unter ihren Gedanken, unter ihrer Vergangenheit.

»Wer bist du?«, fragte sie ihr Spiegelbild mit leiser Stimme. Eine Antwort bekam sie nicht.

Stattdessen gab sie einem Impuls nach und zog ihr Handy hervor.

Es war Nicolas' und seine Stimme klang ebenso erleichtert wie erschöpft.

»Julie! Mein Gott, endlich! Ich bin so froh … ich … ich meine, wie geht es dir, wo bist du? Ich habe tausendmal versucht …«

»Es geht mir gut, Nicolas«, sagte sie und wusste sofort, dass er sie durchschaute. Dafür kannte er sie zu gut.

»Hör zu«, begann er langsam. »Es … es tut mir leid. Ich hätte dich nicht zurücklassen sollen, im Konzertsaal. Ich meine … mein Team … ich hatte frei und …«

»Es ist gut, Nicolas«, sagte sie leise. »Das ist dein Job, wie hättest du mich nicht zurücklassen können? Mir konnte nichts passieren, es ist alles gut. Glaub mir.«

Er glaubte ihr nicht. Nichts war gut.

»Wo bist du?«, fragte sie. »Was machst du in Granville?«

Sie hatte Nicolas' Nachrichten auf dem Anrufbeantworter kaum verstanden, eine dringende Sache, eine überstürzte Reise nach Granville, in diese felsige Stadt in der Bucht des Mont-Saint-Michel. Sie war vor langer Zeit einmal dort gewesen, sie hatte die Stadt geliebt, die grauen Steinhäuser der Oberstadt, das kleine Casino am Stadtstrand, den Blick von der spitzen Felsnase hinüber bis zur Küste der Bretagne.

»Es ist nicht so einfach zu erklären«, sagte Nicolas. »Roussel hat mich um Hilfe gebeten. Es geht um eine seltsame Liste, die aufgetaucht ist. Entschuldige, die Verbindung ist schlecht, ich bin hier am Hafen, es …«

»Du klingst nicht gut, Nicolas.«

»Nein, da hast du recht. Es geht mir auch nicht gut. Eben hätte ich beinahe einen furchtbaren Fehler gemacht.«

»Ich verstehe kein Wort, Nicolas«, sagte Julie. »Was für einen Fehler denn? Und von was für einer Liste redest du? Was hat das alles mit dir zu tun?«

»Es ist eine Todesliste. Ich stehe auch drauf, ohne zu wissen, warum. Ich bin einer von fünf Namen. Genau genommen der fünfte.«

Julies Mund wurde plötzlich ganz trocken, sie setzte sich auf einen Besucherstuhl des Krankenzimmers und legte ihren Kopf auf den Tisch vor sich.

Sie war so schrecklich müde.

»Was soll das heißen: Todesliste? Und du bist der Fünfte? Wer sind die anderen, kennst du sie?«

»Nein. Und Julie …«

Sie schluckte schwer.

»Die ersten beiden sind bereits tot. Aber mach dir keine Sorgen, wir …«

Julie legte einfach auf und starrte für einen kurzen Moment durch das matt beleuchtete Zimmer hinüber zu dem alten Mann, der aschfahl und eingesunken zwischen den Laken lag. Sie mochte ihn sehr, diesen alten Mann, er war ihr Nachbar, ihr Freund, er hatte ihr immer Kraft gegeben, mit seiner Zuversicht, seinen Scherzen, seiner Vorliebe für alte Lieder.

Die erste Träne kam, sie wischte sie weg.

Die zweite auch.

Die dritte ließ sie laufen.

Ihre Hand krallte sich in das struppige Geflecht eines halb vertrockneten Blumenstraußes, ihr Atem wurde stoßhaft, die Dunkelheit überrollte sie. Sie schmeckte Salz auf ihren Lippen, das Licht flackerte, etwas rutschte, die Blumen kippten auf den Tisch, Wasser floss auf ihre Schenkel. Eine Tür öffnete sich, eine Frau stürzte in das Zimmer, hielt sie fest, gerade rechtzeitig, und schlug ihr leicht ins Gesicht.

»Mademoiselle, kommen Sie zu sich. Ich kann Sie nicht verstehen ... Hey, nicht schlappmachen! Hören Sie mich? Ich brauch hier einen Arzt! Was ... ich kann Sie nicht ... Sie müssen lauter sprechen, Mademoiselle!«

Julie hörte, wie schwach ihre Stimme war, kaum mehr als ein Lufthauch.

»Ich sagte ...«

»Wie bitte? Kommen Sie, wir geben Ihnen etwas, dann komme Sie zu Kräften!«

»Ich weiß es ... er ...«

»Von wem sprechen Sie?«

»Ich sagte: ... er stirbt.«

Zeitgleich stand Hélène Faure in ihrem Büro und sah in der Spiegelung der Scheibe, wie ihr Mann hinter ihr den Raum betrat.

Er war wütend, aufgebracht, außer sich.

Hélène Faure drehte sich um und sah auf die rote Farbe auf seinem Anzug, in sein Gesicht, das vor Wut verzerrt war. Mit zwei schnellen Schritten war sie bei ihm.

»François ...«

»Sie haben es wieder getan«, sagte er mit einer Stimme, die vor Wut bebte. »Diese verdammten Aktivisten haben es wieder getan. Ich … ich werde sie hinrichten lassen! Mit der Guillotine, wenn es sein muss! Wenn die glauben, dass sie mich …«

Hélène Faure half ihrem Mann aus dem Anzug, sie spürte, wie angespannt er war.

Er hat Angst, dachte sie. Er verliert die Nerven. Und damit sind wir schon zu zweit.

»Du warst bei dem Termin nicht dabei, obwohl ich dich darum gebeten hatte«, fuhr er sie an und sie senkte den Blick.

»Ich … ich hatte Angst, nach dem, was gestern passiert ist.«

»Das ist mir scheißegal«, fauchte er sie an. »In der Öffentlichkeit musst du dich gefälligst zusammenreißen, ich muss das auch. Schließlich werde ich laufend gedemütigt, da brauche ich nicht auch noch eine wehleidige Ehefrau. Du musst an meiner Seite sein! Und dieser beschissene Sicherheitsdienst hat mal wieder komplett versagt – solche Stümper!«

Wütend schleuderte er eine Vase von einem Beistelltisch und riss sich sein Hemd vom Leib.

Wie er da stand, halb nackt, musste sie zugeben, dass er immer noch ein sehr attraktiver Mann war, ohne Frage. Sie konnte all die jungen Frauen verstehen, die sich ihm hingaben, seiner Macht erlagen. Auch sie selbst war ihr einst erlegen.

»Was glotzt du so?«

»Nichts, es ist nur … Ich habe einfach solche Angst … Was wollen diese Menschen nur?«

»Mich fertigmachen! Und ehrlich gesagt, langsam habe ich keine Lust mehr. Wir haben extra den Hintereingang des Restaurants genommen und es war kurzfristig geplant, erst vor zwei Tagen. Irgendjemand versorgt sie mit Informationen! Aber ich werde diese Bastarde kriegen, ich werde jeden Stein hier umdrehen lassen!«

»Vielleicht wäre es besser gewesen, Gilles und sein Team nicht zu entlassen? Ich meine … er hat immer für deine Sicherheit gesorgt … und jetzt hast du ein Team, das du nicht kennst.«

»Ich konnte ihm nicht mehr vertrauen. Ich vertraue niemandem mehr, hörst du? Du und ich, wir beide haben es immer alleine geschafft, wir schaffen es auch diesmal.«

Er zitterte, sah gehetzt aus, hatte Angst, doch dann musterte er sie, lächelte plötzlich und zog sie an sich.

»Wo hast du die Flasche?«, fragte er leise.

Sie wusste, was jetzt kommen würde, sie hatte es schon gewusst, als er ihr Büro betreten hatte.

»In der Anrichte.«

»Hol sie. Schenk uns zwei Gläser ein. Randvoll. Und dann zieh dich aus.«

Und sie tat, was er sagte, schenkte ihm ein Glas ein.

Füllte Eistee in ihres.

Und zog sich aus. Eine andere Wahl hatte sie nicht.

Julie hatte eine Spritze bekommen, sich aber geweigert, nach Hause zu gehen. Sie würde noch ein paar Stunden bei Tito bleiben.

Hélène Faure hatte sich einen weiteren Eistee gegönnt, nachdem ihr Mann gegangen war. Sie würde noch ein bisschen hierbleiben und alles planen. Sie lächelte.

Es ging ihr gut.

Julie griff nach ihrem Handy und rief Nicolas an, der sofort abnahm.

»Ich komme zu dir«, sagte sie. »In die Normandie. Wir müssen reden.«

Hélène Faure griff nach ihrem Handy und rief eine alte Freundin an.

»Es ist so weit.«

Julie legte auf.

Hélène Faure legte auf.

Julie lächelte.

Hélène Faure lächelte.

Alles würde sich fügen.

KAPITEL 16

Granville, Normandie

Claire und Roussel hatten im Hafengebäude Tickets gekauft und sich wie alle anderen Besucher am Rande des Hafenbeckens eingefunden, dort, wo in wenigen Minuten die Fähre nach Chausey absetzen würde. Es war ein kleines Schiff, das Innendeck bestand nur aus wenigen Sitzreihen, und auf dem oberen Teil waren gerade mal eine Handvoll Plätze.

»Es ist die Mittagsfähre, noch dazu im Winter, da wird nicht viel los sein«, hatte Marc Huet gesagt, und er sollte recht behalten. Einige wenige Besucher hatten sich eingefunden, die meisten mit einem Rucksack beladen, eingepackt in dicke Segeltuchjacken und bewaffnet mit Mützen und Handschuhen.

»Für viele ist Chausey im Winter noch schöner, weil sie die Insel dann fast für sich haben«, hatte Huet gesagt und Claire ahnte schon jetzt, dass dieser Ort etwas Besonderes war. Am Horizont konnte sie die Inselgruppe als flache braune Linie ausmachen, Chausey schien in den kalten Fluten fast zu versinken. Rechts von ihnen erhob sich die Oberstadt von Granville, weiter vorne kippten die Felsen steil ins Meer hinab. An guten Tagen hatte man von dort eine fantastische Sicht bis zur Bretagne und zu den britischen Kanalinseln. Der Mont-Saint-Michel lag etwas verborgen hinter einer Landzunge.

»Es bleibt dabei«, wiederholte Roussel noch mal ihr besprochenes Vorgehen. »Wir fahren als normale Besucher hinüber, erst wenn wir diese Louise ausgemacht haben, werden wir sie vernehmen. Ich will keinen unnötigen Aufruhr auf der kleinen Insel.«

»Vermutlich ist das vergebliche Liebesmüh«, sagte Claire. Sie hatte einige Gesprächsfetzen der anderen Besucher aufgeschnappt, die mit ihnen darauf warteten, das kleine Schiff betreten zu dürfen. Dabei war es immer wieder um den Toten auf der Fähre gegangen und um eine rätselhafte Flaschenpost. Es würde nicht mehr lange dauern und die Presse würde von der Geschichte Wind bekommen.

Roussel sah auf die Uhr.

»Die letzte Fähre geht um halb sechs. Wir haben also gut vier Stunden auf Chausey.«

Während Roussel seine schlechte Laune in die kalte Luft des Hafens hinausbrummte, bemerkte Claire, wie sich die Menschen um sie herum plötzlich verwundert umsahen. Einige reckten die Hälse in Richtung der Parkplätze, über denen das blaue Licht eines rasch heranrasenden Polizeiautos zuckte.

»Was ist denn jetzt los?«, murmelte sie und machte Roussel ein Zeichen. »Das sind die Kollegen aus dem Commissariat.«

»Scheiße«, sagte Roussel. »Ich hoffe, dass wir keinen weiteren Toten haben. Komm, lass uns rübergehen. Unser Plan, als normale Besucher nach Chausey zu kommen, ist auf jeden Fall grandios gescheitert.«

Claire und Roussel befreiten sich aus dem Pulk der ungefähr drei Dutzend Fährgäste und liefen schnellen Schrittes in Richtung der Parkplätze. Sie sahen, wie Marc Huet und Léon ausstiegen und ihnen ein Zeichen gaben. Ganz offensichtlich hatten sie es eilig.

»Verdammt, was ist denn hier los?«, fluchte Roussel.

»Wir haben unsere Nummer drei!«, rief Huet. Kurz darauf standen sie zu viert am Polizeiauto und der Leiter des Commissariat erklärte Roussel und Claire in knappen Sätzen, was sie herausgefunden hatten.

»Léon hat bereits heute Morgen ein Foto unserer Flaschenpost in die sozialen Netzwerke eingespeist. Facebook, Twitter …«

Roussel winkte genervt ab.

»Ich habe einfach gefragt, ob jemand in den vergangenen Tagen so eine ähnliche Flaschenpost gefunden oder zugeschickt bekommen hat. Ich habe mich in die regionalen Netzwerke eingeklinkt, auf dem gesamten Cotentin: Studentenseiten, regionale Portale, Surf-Vereine, Verbände, alles Mögliche, das geht eigentlich ganz schnell, die Streuung ist enorm, wenn man erst mal …«

»Jedenfalls haben wir soeben einen Hinweis bekommen«, unterbrach Huet. »Von einem Lehrer aus Saint-Lô, das liegt im Hinterland, etwa eine Stunde entfernt.«

»Und sein Name ist Adrien Martin?«, fragte Claire aufgeregt.

Auch Roussel sah Léon jetzt erwartungsvoll an. Aber der schüttelte den Kopf.

»Der Lehrer ist nicht Adrien Martin. Aber er hat mir geschrieben, dass exakt so eine Flaschenpost vor einigen Tagen plötzlich im Lehrerzimmer aufgetaucht ist, auf einem Sideboard. Hier, er hat ein Foto gemacht.«

Claire und Roussel beugten sich über das Display, das ihnen der junge Polizist hinhielt.

»Das ist exakt die gleiche Flaschenpost«, sagte Claire aufgeregt, »man sieht es an der Gravur: Courrier de la mer.«

»Wer hat sie dort hingestellt?«

Léon schüttelte den Kopf.

»Das wusste er auch nicht. Aber dafür hat er mir die Namen des gesamten Kollegiums genannt.«

»Und?«, fragte Roussel gespannt.

»Nun, der Mathelehrer der Schule ist tatsächlich ein gewisser Adrien Martin, 44 Jahre alt, wohnhaft in einem kleinen Dorf außerhalb von Saint-Lô.«

»Yes!«, schrie Roussel und ballte die Faust. »Wir haben ihn, wir sind wieder im Spiel! Habt ihr ihn erreicht, ist er …«

Léon schüttelte den Kopf.

»Er geht nicht ans Telefon. Ich habe bereits die örtliche Gendarmerie informiert, sie sind unterwegs.«

»Wir sollten auch hinfahren und zwar schnell«, sagte Marc Huet und schaute Roussel an, der nur kurz überlegte.

»In Ordnung, wir machen es so: Marc, du und ich, wir fahren sofort nach Saint-Lô, mit Vollgas, und von unterwegs informieren wir die gesamte Kavallerie. Claire, du fährst rüber nach Chausey und nimmst diese Louise Bertrand in die Mangel. Und nimm Léon mit, offensichtlich ist er ein sehr kluger Kopf. Gute Arbeit, Kollege!«

Als Claire sah, wie Léon leicht errötete, musste sie lächeln.

»Auf geht's«, rief sie ihm zu, weil in diesem Augenblick hinter ihnen die ersten Besucher an Bord der Fähre gingen. »Chausey wartet.« Léon holte einen Rucksack aus dem Wagen und folgte ihr.

»Bist du immer so gut vorbereitet?«, fragte sie ihn mit Blick auf sein Gepäck, während sie die Dienstwaffe, die Marc Huet ihr aus dem Waffenschrank des Commissariat gegeben hatte, in ihrer Tasche verstaute. Da sie immer noch Polizeischülerin war, durfte sie jenseits des Dienstes keine Waffe bei sich tragen.

»Zahnpasta, Unterwäsche, ein gutes Buch«, sagte er lächelnd und deutete auf den braunen Streifen am Horizont. »Auf Chausey kann die Zeit lang werden und es kann ja sein, dass wir länger bleiben als geplant.« In dieser Gegend muss man immer auf alles vorbereitet sein.

»Viel Zeit haben wir allerdings nicht«, sagte sie. »Offenbar hat unser Flaschenpost-Mörder es eilig.«

»Flaschenpost-Mörder, das klingt gut«, sagte Léon und ließ sie als Erste an Bord der Fähre gehen.

Marc Huet setzte sich ans Steuer des Polizeiwagens und Roussel schnallte sich gerade an, als die hintere linke Tür geöffnet wurde und Nicolas in den Wagen stieg.

»Salut, Roussel«, sagte er und nickte den beiden kurz zu. »Tut mir leid, wenn ich mich verspätet habe. Es gab … Komplikationen.«

Roussel drehte sich um und musterte Nicolas.

»Wie siehst du denn aus, hattest du einen Unfall? Wo warst du zum Teufel und wo ist der Hund?«

»Ich gebe zu, ich bin etwas … ramponiert«, antwortete Nicolas. »Aber das ist eine längere Geschichte. Rachmaninoff ist im Commissariat. Wohin fahren wir?«

Aber bevor Roussel antworten konnte, schoss der Polizeiwagen bereits nach vorne und sie wurden in die Sitze gedrückt. Kurz darauf bogen sie mit hoher Geschwindigkeit in den Kreisverkehr ein und weiter in die Straße, die tief in das Hinterland des Cotentin führte, während unten am Hafen ein kleines Fährschiff seinen Bug in Richtung Westen drehte, dorthin, wo am Horizont Chausey lag.

KAPITEL 17

Saint-Lô, Normandie

Das kleine Dorf Saint-Gilles lag sechs Kilometer von Saint-Lô entfernt und Marc Huet nutzte jede gerade Passage auf der Strecke von Granville, um das Gaspedal weiter durchzudrücken. Nicolas wurde das ein oder andere Mal auf der Rückbank gegen die Seitentür gedrückt, Roussel klammerte sich vorne an den Haltegriff und fluchte ohne Unterlass. Auf dem ersten Teil der Strecke, der Landstraße in Richtung Villedieu-les-Poêles hatten die beiden Polizisten Nicolas auf den Stand der Ermittlungen gebracht, sie hatten ihm von dem Gift erzählt, von den inzwischen durchgesetzten Plänen der Fährgesellschaft, die Flotte zu vergrößern, und dem allgemein bekannten Widerstand der Ladenbesitzerin auf Chausey.

»Das heißt, sie ist derzeit unsere wichtigste Spur?«, fragte Nicolas und Roussel zuckte zwischen zwei wilden Überholmanövern mit den Schultern.

»Unsere einzige vermutlich.«

»Aber wer konstruiert so eine Geschichte, verschickt eine Todesliste per Flaschenpost? Warum warnt er die Betroffenen vor? Und was haben die anderen mit der Fährgesellschaft zu tun?«

»Du meinst, du selbst zum Beispiel? Nach wie vor ist das noch das größte Rätsel: Was ausgerechnet der Name eines Personenschützers der französischen Regierung auf dieser Liste zu suchen hat.«

Nicolas und Marc Huet waren schnell übereingekommen,

sich zu duzen, sie hatten sich kurz zugenickt und sofort begonnen, den Fall zu besprechen.

Nicolas sah aus dem Seitenfenster die ersten Häuser von Villedieu-les-Poêles vorbeiziehen. Huet überfuhr mit gerade noch akzeptabler Umsicht rote Ampeln, bog sehr zügig in einen Kreisverkehr ein, den sie in Richtung Nordosten verließen.

Nicolas versuchte, Ordnung in seine Gedanken zu bringen. Julie wollte in die Normandie reisen, sie wollte zu ihm kommen, reden. Und er wusste nicht, ob das ein gutes oder ein schlechtes Zeichen war. Sie hatten vereinbart, dass sie zunächst nach Granville kommen würde und sie dann sehen wollten, wie die Dinge sich entwickelten.

»Kanntest du Rémy Marchand eigentlich näher?«, fragte Roussel seinen Kollegen und riss auch Nicolas damit aus seinen trüben Gedanken.

Huet zuckte mit den Schultern.

»Wie man es nimmt, die Gegend hier ist übersichtlich, er war der Chef der Fährgesellschaft, ich leite seit vielen Jahren das Commissariat in Granville. Da lernt man sich zwangsläufig kennen. Wir hatten rund um das Sicherheitskonzept der Gesellschaft ab und an Kontakt.«

»Warum hast du uns das nicht gesagt?«

Huet sah ihn erst überrascht und dann mit finsterer Miene an.

»Was soll der Scheiß, Roussel! Wir waren keine dicken Kumpels, wir haben uns halt gekannt, das war's.«

»Und seine Frau?«

»Audile? Ich … sie war nett. Ich habe sie zwei- oder dreimal getroffen, alle mochten sie. Sie waren ein besonderes Paar, sie gehörten einfach zusammen.«

Das Knistern des Polizeifunks war zu hören, es waren die Kollegen der Gendarmerie, die aus Saint-Lô zum Haus des

Lehrers Adrien Martin beordert worden waren. Nicolas warf von hinten einen Blick auf den Tacho: Sie fuhren mit fast 180 km / h über die Landstraße. In wenigen Minuten würden sie Le Mesnil-Herman erreichen, danach ging es in leichten Kurven über die Außenbezirke von Saint-Lô Richtung Westen, wo Saint-Gilles lag.

»Commissaire Huet, hier spricht Capitain Benoît Fourvan von der Gendarmerie in Saint-Lô. Wir sind an der angegebenen Adresse angekommen, haben allerdings niemanden angetroffen. Es macht keiner auf, und …«

»Gehen Sie rein!«, brüllte Huet, während er hinter einer lang gezogenen Kurve einen Traktor überholte. »Hören Sie: Wir haben keine Zeit, es besteht absolute …«

»Commissaire, bei allem Verständnis: Dies ist ein Privathaus, wir haben keinerlei Befugnis …«

»Capitain, das ist mir klar und dennoch bitte ich Sie: Gehen Sie rein! Der Mann ist in Lebensgefahr, womöglich braucht er unsere Hilfe. Die Police Nationale in Granville hat …«

Wieder erklang die trockene Stimme aus dem Funkmikro.

»Die Police Nationale hat hier nur eine untergeordnete Rolle, Sie wissen sehr wohl, dass außerhalb der Städte die Gendarmerie das Sagen hat. Ich würde Sie daher bitten, dies zu berücksichtigen.«

Auf dem Rücksitz des Wagens verdrehte Nicolas die Augen. Die Streitigkeiten und das Kompetenzgerangel zwischen der Police Nationale und der Gendarmerie waren in ganz Frankreich bekannt. Nicht selten verloren sich Fälle, die anfangs klar und lösbar erschienen waren, in den Untiefen dieses Streits, fielen durch ein Raster, das von gegenseitigem Misstrauen und Neid geprägt war. Die Gendarmerie hatte ihren Ursprung im Militär, es herrschte ein anderer Ton als bei der Police Nationale.

Und deshalb beugte Nicolas sich jetzt weit nach vorne und sprach laut in das Funkgerät: »Capitain Fourvan, hier spricht

Nicolas Guerlain vom DGSI in Paris. Meine Direktion ist für die Sicherheit der französischen Regierung und insbesondere die des Staatspräsidenten verantwortlich. Ich bin direkt dem Élysée-Palast unterstellt und befugt, bei Anlässen, die auch nur im Entferntesten die Sicherheit der Regierung betreffen, die zuständigen Stellen darüber zu informieren und gegebenenfalls vor Ort nötige Maßnahmen zu ergreifen. Dies trifft auf den vorliegenden Fall zu. Ich bitte Sie daher, der Anordnung des Kollegen Folge zu leisten und das Haus zu betreten. Wir werden in schätzungsweise zehn Minuten bei Ihnen sein. Ich würde Sie bitten, nicht noch mehr meiner Zeit in Anspruch zu nehmen. Ich bin auf direkte Anordnung des Präsidenten an der Ermittlung beteiligt. Ich danke Ihnen.«

Für einen Augenblick war es still.

Dann hörten sie ein Knacken und schließlich Fourvans Stimme.

»Wir gehen rein.«

Roussel sah Nicolas erstaunt von der Seite an.

»Nicht schlecht, Bodyguard! Ist zwar alles völliger Quatsch, was du da erzählt hast, aber Hauptsache, es hat geholfen.«

Nicolas lächelte.

»Manchmal hilft eben der sofortige Einsatz der größtmöglichen Waffe. Selbst, wenn sie nur aus Pappmaché besteht.«

Huet warf einen Blick auf den Tacho.

»Hast du gesagt zehn Minuten? Ich brauche noch mindestens fünfzehn!«

»Dann wird es Zeit, dass du endlich mal Gas gibst«, sagte Nicolas und schnallte sich vorsichtshalber an.

Sie erreichten das kleine Einfamilienhaus am Ende einer Sackgasse nach exakt neuneinhalb Minuten und Roussel war der Erste, der erleichtert den Sicherheitsgurt löste und die Tür öffnete. Eisiger Wind empfing sie, der Winter hatte auch das Hinterland der Normandie fest im Griff. Nicolas nickte Huet anerkennend zu, als sie gemeinsam auf das weiß gestrichene Haus zugingen.

»Beim Fahren macht dir keiner was vor«, sagte er.

»Hoffen wir, dass es etwas genutzt hat.«

Vor der Einfahrt parkten drei Dienstfahrzeuge der Gendarmerie, vor den angrenzenden Häusern standen Nachbarn und beobachteten argwöhnisch das Geschehen. Einige Gendarmen gingen um das Haus herum, andere waren durch die Fenster im ersten Stock zu sehen.

Capitain Benoît Fourvan war ein hochgewachsener Mann Anfang fünfzig, er stand mit durchgedrücktem Rücken vor der Haustür und empfing sie mit einem schmalen Lächeln.

»Ich gehe davon aus, dass die Kollegen diverse Verkehrsdelikte zu bearbeiten haben werden in den nächsten Tagen, Commissaire Huet, so wie Sie gerade in die Straße eingebogen sind.«

»Da mögen sie recht haben, Capitain. Rote Ampeln, deutliche Geschwindigkeitsüberschreitung, alles, was das Herz begehrt. Also, was haben Sie für uns?«

Die beiden Beamten sahen sich kurz an, dann reichte Fourvan Huet die Hand.

»Willkommen bei uns in Saint-Lô. Entschuldigen Sie das Geplänkel vorhin am Funk. Also, was wir haben, wollen Sie wissen? Nichts. Es ist niemand zu Hause.«

Roussel lief an den beiden vorbei und ging direkt ins Haus. Er sprach kurz mit einigen Kollegen und kam kurz darauf wieder heraus.

»Auf dem Küchentisch steht eine halb volle Kaffeetasse, weit kann er nicht sein. Offenbar wohnte er allein, er …«

»… ist geschieden«, hörten sie plötzlich eine kratzige Stimme sagen.

Ein älterer Mann hatte sich dem Haus und dem mittlerweile durchaus beeindruckenden Aufgebot der Gendarmerie genähert und betrachtete die vier Männer mit einem verschmitzten Lächeln. Er war relativ klein und sein krummer Rücken und der gebeugte Gang verstärkten diesen Eindruck noch.

»Kennen Sie Monsieur Martin?«, fragte Huet.

»Natürlich kenne ich Adrien, wir sind schließlich Nachbarn«, erklärte der alte Mann und zeigte auf ein Haus, einige Dutzend Meter weiter die Straße hinunter.

»Sie sagten, er ist geschieden?«, fragte Nicolas.

Der alte Mann nickte, sein Blick wurde traurig.

»Ja, Sophie und die beiden Jungs sind vor einem Jahr ausgezogen, traurige Sache. Das hier ist das Haus seiner Eltern, er wollte hierbleiben. Sophie lebt mittlerweile in Brest, soweit ich weiß.«

»Können Sie uns sagen, wo wir Monsieur Martin finden können? Es ist wirklich sehr wichtig.«

»Worum geht es denn?«, fragte der Mann und sah sich um. »Ich meine, da ist ganz schön viel Polizei hier … Hat er was verbrochen? Das kann ich mir eigentlich gar nicht vorstellen, er wirkt immer ziemlich korrekt. Gut, vielleicht hat er mal den Wagen falsch geparkt, aber das machen hier viele, deswegen gibt es doch nicht gleich so einen Auflauf, oder?«

»Monsieur, es ist wirklich wichtig!«, drängte Roussel. »Wo könnte er denn sein, hat er Hobbys, einen Stammtisch, hat er eine Freundin, ist er verreist?«

»Seine Sachen sind alle im Kleiderschrank, so wie es aussieht«, informierte sie einer der Gendarmen von hinten.

»Er muss hier in der Nähe sein«, fluchte Marc Huet und sah sich um.

Der alte Mann drehte sich in Richtung der Straße und rief einer älteren Frau etwas zu.

»Yvette! Weißt du, wo Adrien sein könnte? Die Herrschaften suchen ihn! Aber er hat wohl nichts ausgefressen …!«

Nicolas ging mit schnellen Schritten auf die Frau zu, die nicht lange überlegen musste.

»Er ist da, wo er jeden Sonntagmittag ist«, sagte sie. »In der Schule. Er sagt immer, dass er dort einfach besser die Arbeiten korrigieren kann. Und das Haus ist ja jetzt so schrecklich leer, es ist so traurig, Sophie war wirklich eine nette …«

»Madame, wo finden wir die Schule?«, unterbrach Nicolas.

»In Saint-Lô, in der Rue Jean Boucard, Sie können sie nicht verfehlen, sie ist ab dem Ortsausgang ausgeschildert. Es sind keine zehn Minuten von hier und …«

»Roussel! Marc!« Nicolas rannte zurück zum Wagen, in den auch Huet und Roussel kurz darauf einstiegen. Huet wendete den Wagen mit quietschenden Reifen und Nicolas sah, dass auch einige Gendarmen zu ihren Wagen rannten, angetrieben von Capitain Fourvan.

»Scheiße, hoffentlich kommen wir nicht zu spät«, fluchte Roussel.

Als sie sieben Minuten später vor der Schule hielten und aus dem Auto sprangen, hatte ein leichter Regen eingesetzt. Am Horizont türmten sich noch immer bedrohlich dunkle Wolken auf, doch noch waren sie weit genug entfernt.

»Da oben«, rief Nicolas und zeigte auf die Fensterfront im ersten Stock, hinter der auf der linken Seite des Gebäudes die erleuchteten Neonröhren eines größeren Raumes zu sehen waren. Er zögerte kurz, dann griff er noch einmal in den Wagen und zog seine Waffe und sein Handy aus der Jackentasche. Auch Huet und Roussel zückten nach kurzem Blickkontakt ihre Waffen und eilten gemeinsam auf eine Glastür zu. Nach einem raschen Blick durch die Scheibe öffnete Huet die Tür, machte den beiden anderen ein Zeichen und betrat dann einen breiten Gang, an dessen Wänden einige Metallspinde standen.

»Monsieur Martin?«, rief Roussel laut. »Hier ist die Polizei!«

In der angespannten Stille, die sie umgab, verhallten seine

Worte wirkungslos. Nicolas spähte in eines der Klassenzimmer, Roussel und Huet sicherten die nähere Umgebung.

Doch niemand war zu sehen.

»Wir müssen nach oben, wo ist die verdammte Treppe?«

Roussel hastete als Erster den Gang entlang. Sie bogen um die Ecke und erreichten eine große Eingangshalle, von der aus eine breite Treppe in den ersten Stock führte. Ganz offensichtlich war dies der Haupteingang der Schule. Die drei Männer wollten gerade nach oben laufen, als sie weiter hinten im Gang ein Geräusch hörten. Für einen Moment standen sie regungslos in der Halle und lauschten.

Schritte waren zu hören.

Jemand rannte.

»Den hol ich mir!«, sagte Huet und sprang die vier Stufen hinab, die er bereits in Richtung des Obergeschosses genommen hatte.

»Schaut ihr oben nach! Adrien Martin ist vermutlich dort!«

»Huet, warte, das ist zu riskant, wir können ...«, rief Roussel, aber dieser war bereits verschwunden. Nicolas überlegte kurz, ob er ihm folgen sollte, als sie aber von oben das Röcheln eines Mannes hörten, stürmten beide mit gezogenen Waffen hinauf, bis sie vor einer offenen Tür standen.

Nicolas wollte Roussel noch zurufen, dass er ihm Deckung geben solle, aber da war dieser schon durch den Türrahmen gestürmt.

Sie fanden Adrien Martin am Boden liegend, unweit der Tafel.

»Scheiße«, fluchte Roussel und kniete sich vor den Mann, der mit weit aufgerissenen Augen und weißem Schaum vor dem Mund inmitten seines eigenen Erbrochenen und mehrerer umgekippter Stühle lag. Sein Oberkörper zuckte, seine Beine ebenfalls, er stammelte etwas, aus seinem Mund floss Blut.

»Monsieur Martin? Hören Sie mich! Scheiße, der verreckt hier gerade! Nicolas, hilf mir, wir müssen ihn auf die Seite drehen, damit er nicht erstickt! Monsieur Martin, hier ist die Polizei, es wird alles gut, hören Sie mich?«

»Hier spricht Nicolas Guerlain, wir brauchen sofort einen Notarzt in die Schule in der Rue Jean Boucard in Saint-Lô. Erster Stock, direkt die Treppe rauf. Verdacht auf schwerste Rizin-Vergiftung!«

Während Nicolas Roussel half, den zuckenden Körper des Lehrers zur Seite zu drehen, sah er aus dem Augenwinkel ein Glas auf einem der Tische stehen.

Es war leer.

»Ich befürchte, diesmal hatte der Mörder es eilig«, sagte er zu Roussel. Als er an dem Glas roch, verzog er angewidert das Gesicht.

»Monsieur Martin! Hören Sie mich! Scheiße, Nicolas, der hat vermutlich jede Menge von dem Zeug intus.«

»Jemand muss ihn gezwungen haben, das zu trinken«, murmelte Nicolas. »Jemand, der eben noch hier war.«

In diesem Augenblick hörten sie den Schuss.

»Bleib du hier!« Nicolas sprang über einige Stühle und rannte hinaus auf den Treppenabsatz. Weiter unten hörte er, wie einige Gendarmen das Gebäude betraten.

»Ich nehme jetzt Ihren Kopf hoch, Monsieur Martin«, sagte Roussel hinter ihm im Lehrerzimmer und die Verzweiflung in seiner Stimme ließ ahnen, dass auch Nummer drei verloren war. Aber dafür hatte er jetzt keine Zeit.

Der Schuss war von unten gekommen, aus der Richtung, in die Huet gerannt war. Nicolas stürzte die Treppe hinab, die Waffe in der Hand. In der Eingangshalle rannte er an mehreren Getränkeautomaten vorbei in einen dunklen Gang, an dessen Ende er ein schwaches, flackerndes Licht sah.

»Huet! Wo steckst du?«

Er hielt kurz inne, lauschte, arbeitete sich Tür für Tür an den Klassenzimmern vorbei, es kostete Zeit, weil er die Zimmer sichern musste, um nicht hinterrücks angegriffen zu werden – und er war allein.

Das flackernde Licht kam aus einer Toilette, die Tür war angelehnt. Links davon stand ein Fenster offen, aber als Nicolas hinaussah, waren da nur eine weite Rasenfläche und einige Büsche, hinter denen die Straßen von Saint-Lô zu erkennen waren. Sollte jemand auf diesem Weg geflohen sein, dann war er vermutlich bereits verschwunden.

»Ich komme jetzt rein!«

Nicolas öffnete vorsichtig die Tür zur Toilette, seine Waffe im Anschlag. Er bückte sich rasch, um unter den Kabinentüren durchzuschauen, sah aber keine Füße, keinen Hinweis auf jemanden, der sich hier versteckte.

Um die Ecke waren die Waschbecken.

Und dort fand er ihn.

»Monsieur Martin! Bleiben Sie bei mir! Scheiße, dieses ganze Blut, die Kotze, der krepiert hier!«

»Roussel!«

»Fourvan! Wir brauchen einen Notarzt, sofort. Der hat jede Menge Gift intus, er atmet fast nicht mehr.«

»Der Rettungswagen ist unterwegs, er müsste gleich hier sein. Hey, Monsieur Martin, ganz ruhig!«

Wieder zuckten die Beine unkontrolliert und sein ganzer Körper zitterte. Roussel fühlte sich hilfloser denn je.

Sie hatten keine Chance.

Sie waren zu spät gekommen.

Hinter sich hörte Nicolas die Rufe der Gendarmen, er vernahm das Rauschen des Wassers von einem der Waschbecken. Einer der Spiegel war zertrümmert, vermutlich durch den Schuss zersplittert.

Eine Kugel, die ihr Ziel verfehlt hatte.

Huets Waffe lag direkt neben ihm auf dem Boden, seine Finger noch am Abzug. Der Leiter des Commissariat von Granville lag zwischen den Waschbecken, sein Blick war starr vor Entsetzten und es war kein Funken Leben mehr darin. Sein Blut floss über die Fliesen und vermischte sich mit dem Wasser aus dem überlaufenden Becken über ihm.

Nicolas sackte in sich zusammen, er senkte die Waffe, ließ jede Vorsicht fahren. Seine Kehle war trocken, seine linke Hand zitterte.

Der Täter war schneller gewesen.

Schneller als sie alle, vor allem aber schneller als Marc Huet, der zwar noch hatte schießen können, letztlich aber keine Chance gehabt hatte.

»Gehen Sie zur Seite!«, hörte Nicolas eine Stimme hinter sich. Kurz darauf drängte ihn ein Sanitäter zur Seite.

Nicolas steckte seine Waffe weg und schloss die Augen.

Er hatte genug gesehen, und jetzt waren es Entsetzen, Trauer und Wut, die folgen würden. Wie eine heranrauschende Welle auf hoher See, aus dem Nichts auftauchend, alles unter sich begrabend.

»Da wusste jemand, wo man zustechen muss«, sagte der Sanitäter und Nicolas musste ihm recht geben.

Sie wussten jetzt, womit sie es zu tun hatten. Mit einem Killer. Mit jemandem, der keine Skrupel hatte, der ohne zu zögern tötete. Jemandem, der es schaffte, einem erfahrenen Polizisten ein Messer bis zum Schaft in den Hals zu rammen.

Dort steckte es immer noch.

Nicolas schaffte es gerade noch rechtzeitig in eine der Kabinen, wo er sich mehrfach übergab.

Eine halbe Stunde später saßen er und Roussel auf dem Boden des Lehrerzimmers und starrten auf die grüne Tafel, die dort stand. Keiner von ihnen sprach ein Wort. Vor dem Gebäude hielten immer mehr Fahrzeuge, der Regen wurde stärker und hämmerte auf das Flachdach der Schule.

Als Nicolas' Handy klingelte und er sah, dass es Gilles war, drückte er den Anruf weg.

Das Leben musste warten. Noch war es der Tod, der sie fest im Griff hatte.

»Scheiße«, sagte Roussel schließlich.

Und als Nicolas sah, dass der hartgesottene Polizist neben ihm angefangen hatte zu weinen, legte er ihm eine Hand auf die Schulter.

In einem Regal neben ihnen stand die Flaschenpost. Den darin befindlichen Zettel mussten sie nicht lesen, um zu wissen, was darauf stand.

Fünf Namen.

Drei Tote.

Und ein Wort, das auf der grünen Tafel im Lehrerzimmer stand, in krakeliger Schrift, als letzter Hinweis eines sterbenden Mannes.

CHAUSEY

KAPITEL 18

Chausey, Normandie
Zur gleichen Zeit

Claire genoss die Fahrt nach Chausey. Der Himmel hatte sich geklärt, die dunklen Regenwolken, die sie bei ihrer Abfahrt in Granville noch begleitet hatten, waren über sie hinweg in Richtung Hinterland gezogen, dorthin, wo in diesem Augenblick die Dinge ihren unheilvollen Lauf genommen hatten.

Auf dem Oberdeck der Fähre wehte ein leichte Brise, Claire hörte mit geschlossenen Augen dem Schlag der Wellen gegen den Bug des Schiffes zu, sie lauschte dem Ruf der Kormorane hoch in der Luft, und als sie kurz die Augen öffnete, da sah sie, dass der Sound, die breite Einfahrt in die felsige Landschaft von Chausey, bereits direkt vor ihnen lag. Weiter westlich konnte sie einige Boote erkennen, der Wind fing sich in den roten Segeln, dahinter lag am Horizont bereits die Küste der nördlichen Bretagne.

Léon, der sich in diesem Augenblick neben sie gesetzt hatte, reichte ihr einen Kaffee und ein belegtes Sandwich.

»Ihr habt mit Sicherheit seit heute Morgen kaum etwas gegessen«, sagte er und für die nächsten zwei Minuten saßen sie schweigend nebeneinander und schauten hinaus auf das Meer und die ersten Klippen von Chausey.

»Ich war noch nie hier«, sagte Claire und blinzelte gegen die Sonne. »Es ist wunderschön, so friedlich.«

»Das ist es. Ein wirklich wunderschöner Ort. Jetzt ist Flut, da siehst du nicht mal ein Zehntel der Inseln.«

»Aber bewohnt ist nur diese dort, oder?«

»Ja, die Grande-Île. Hier wohnen ganzjährig nur etwa ein Dutzend Menschen, die meisten von ihnen sind Fischer. Aber immer mehr verlegen ihren Wohnsitz aufs Festland – zumindest im Winter. Und ich kann sie gut verstehen, gerade jetzt ist es doch sehr einsam. Da kann es einem schnell zu eng werden.«

»Ich finde, es sieht aus wie ein kleines Paradies am Rande der Welt«, sagte Claire, die dabei zusah, wie sich die weißen Häuser mit ihren grauen Schieferdächern näherten, die sich an die felsige Küste der Hauptinsel schmiegten. Während das Schiff langsam in Richtung der Anlegestelle glitt, bemerkte sie weiter oben auf einem der Hügel einen Leuchtturm mit gläserner Spitze, die mit einer grünen Haube bedeckt zu sein schien. Am Fuß des Leuchtturms wand sich ein Pfad an der Uferböschung entlang. Immer wieder verschwand er zwischen den Ästen der Bäume, Möwen flogen dicht über dem Wasser, das zwischen den Felsen und kleinen Buchten beinahe smaragdgrün schimmerte. Claire hatte das Gefühl, gleich einen nahezu magischen Ort zu betreten.

Auch die wenigen Tagesgäste hatten sich jetzt auf dem Oberdeck versammelt, einige machten Fotos, andere ließen den wunderschönen Blick auf die Inseln auf sich wirken.

»Was ist denn das?«, fragte Claire erstaunt, als sie an einer Anlegestelle vorbeifuhren, die komplett von der Flut überspült war und deren hölzerne Streben sich unter der Wasseroberfläche abzeichneten wie ein gesunkenes Skelett.

Léon lächelte.

»Hier wären wir bei Ebbe an Land gegangen. Der Tidenhub ist auf Chausey angeblich so hoch wie sonst nirgendwo in ganz Europa: Vierzehn Meter beträgt der Unterschied zwischen Ebbe und Flut.«

»Unfassbar«, erwiderte Claire sichtlich beeindruckt, während das Fährschiff beidrehte und längs einer steinernen Mauer anlegte.

»Herzlich willkommen auf Chausey«, sagte Léon und kurz darauf sprang Claire über eine Holzplanke hinweg an Land. Fast hätte sie erwartet, dass der Boden unter ihr nachgeben würde, so zart und zerbrechlich wirkte die Insel auf sie. Neugierig sah sie sich um, während die anderen Passagiere ihre Sonnenbrillen aufsetzten und begannen, die umliegenden Wege und Pfade zu erobern.

Sie gingen an einigen abgestellten Hummerkörben vorbei einen Steinpfad hinauf, der sie bald darauf an eine kleine Kreuzung führte. Léon deutete nach rechts, wo Claire hinter einigen Steinhäusern das Dach einer Kapelle auf einem Hügel am Wasser sah.

»Dort hinten geht es nach Les Blainvillais, den alten Häusern der Fischer. Und von dort aus führt der Pfad immer Richtung Nordwesten, vorbei am Château Renault und bis zur Grande-Grève. Das ist der Strand, an dem Rémy Marchand und seine Frau die Flaschenpost gefunden haben.«

Claire nickte und deutete geradeaus.

»Und dort entlang?«

»Nach Port-Marie, dem schönsten Strand von Chausey. Im Sommer wird er von Touristen und kleinen Segelbooten belagert, jetzt ist er aber vermutlich komplett leer. Von der Bucht gelangt man über einen Pfad oberhalb der Klippen zur höchsten Stelle der Insel, dorthin, wo der Leuchtturm steht.«

»Ist er noch in Betrieb?«

Léon schüttelte den Kopf, während er sie nach links einen kleinen Hang hinauflotste.

»Nein, schon seit einigen Jahre nicht mehr. Der alte Leuchtturmwärter wohnt aber noch dort, sie wissen wohl nicht, wohin mit ihm. Er kümmert sich mittlerweile um viele andere Dinge hier auf Insel, repariert ständig etwas.«

»Woher weißt du das alles?«, fragte Claire.

»Ich war früher oft mit meinen Eltern hier. Manchmal jedes Wochenende. Aber die Insel hat sich verändert. Viele sind weggezogen. Es ist schade, aber Chausey ist ein bisschen zu einem Miniaturmuseum geworden. In dem alten Fort gibt es eine Ausstellung über das Leben auf der Insel, daran kann man sehr gut sehen, wie anders alles geworden ist. Aber gut, so ist eben der Lauf der Dinge.«

Claire schaute nach links, wo der Pfad leicht anstieg, vorbei an einigen Häusern, bis er vor einem kleinen Tor in einer Hecke endete, das zu einem malerischen Hotel führte. Trotz der Kälte und des Windes waren dort einige rote Sonnenschirme aufgestellt.

Die meisten der Tagesbesucher gingen in diese Richtung, sich die Hände reibend, voller Vorfreude auf ein heißes Getränk und den atemberaubenden Blick über den Sound und die Inselwelt.

Auf der anderen Seite des Weges entdeckte Claire einen kleinen Inselladen.

»Das ist der Laden von Louise Bertrand«, sagte Léon und so stiegen sie den Pfad hinauf und Claire spürte, wie ihre Schritte leichter wurden und sie zum ersten Mal an diesem Tag wirklich lächelte.

Sie war erst seit wenigen Minuten auf dieser Insel und doch hatte sie sich bereits verliebt.

»Meinst du, sie rechnet schon mit uns?«, fragte Léon.

Claire runzelte die Stirn.

»Es kann schon sein, dass sie über die Aufregung am Hafen von Granville Bescheid weiß. Und darüber, dass die Polizei nach Chausey unterwegs ist.«

»Vielleicht haben wir Glück«, erwiderte Léon, während er durch das Fenster in den Innenraum spähte. »Und falls das so ist, sollten wir es ausnutzen.«

»Na, dann werden wir dem Glück etwas nachhelfen, oder?«, sagte Claire und lächelte ihn an. Sie stellte ihre Taschen in eine Nische neben der Tür, griff nach seiner Hand und gab ihm, bevor er sich versah, einen Kuss auf die Wange.

»Sie hat uns nämlich schon gesehen.«

Léon war offensichtlich nicht schwer von Begriff, denn anstatt sich zu wundern, öffnete er einfach die Tür.

»Komm, Schatz, wir wärmen uns hier kurz auf, dann gehen wir rüber Richtung Leuchtturm. Bonjour, Madame!«

»Bonjour, willkommen auf Chausey«, begrüßte sie eine Frau mit freundlichen Augen und einem sympathischen Lächeln. Claire hatte sofort das Gefühl, dass Louise Bertrand hierhergehörte. Die ältere Dame stand hinter der Theke, die vollgestellt war mit kleinen Stickereien, Postkarten und Süßigkeiten, und füllte gerade ein Bestellformular aus.

»Der neue Bäcker in Granville ist manchmal etwas vergesslich, da ist es einfacher, wenn ich ihm am Nachmittag noch mal alles durchgebe«, erklärte sie und nahm dann einen Schluck Tee aus einer großen Tasse.

»Ich hoffe, seine Croissants schmecken wenigstens«, sagte Claire.

»Das tun sie, das tun sie tatsächlich. Sein Brot auch, Gott sei Dank. Und ab und zu nimmt er sich sogar die Zeit, es nicht nur am Hafen von Granville abzugeben, sondern es mir persönlich zu bringen. Ein netter Mensch, ich bin wirklich froh, dass der alte Etienne einen solchen Nachfolger gefunden hat. Und ein hübscher Kerl ist er noch dazu, aber das ist natürlich für das Brot nicht relevant. Was kann ich für Sie beide tun? Oder wollen Sie sich erst mal umschauen?«

»Wir sind das erste Mal auf Chausey«, sagte Léon und Claire merkte erst jetzt, dass er ihre Hand nicht losgelassen hatte. »Was brauchen wir denn unbedingt?«

Die Frau lachte.

»Auf Chausey brauchen Sie nichts, Monsieur. Es sei denn, Sie sind zu dünn angezogen.«

Claire lief ein bisschen durch den Laden, begutachtete kleine Tassen, auf denen Chausey in allen Varianten festgehalten war, dicke Jacken aus Segeltuch, Gummistiefel, Windräder.

Als sie um eine Ecke bog, entdeckte sie eine kleine Vitrine, in der Rosinenschnecken und Sandwiches lagen. Sofort hatte sie wieder Hunger. Direkt vor dem Laden stand eine kleine Bank, die gerade von den letzten Wintersonnenstrahlen beschienen wurde.

»Wir würden gern zwei Kaffee haben und zwei Rosinenschnecken. Können wir uns damit draußen auf die Bank setzen?«

»Natürlich«, sagte Louise. Und stellte eine Tasse unter die Kaffeemaschine.

»Milch?«

»Ja, danke. Ich bin übrigens Claire. Und das ist Léon.«

»Ich bin Louise. Schön, dass Sie nach Chausey gekommen sind, Claire.«

Claire beschloss, dass sie sich jetzt langsam ihrem eigentlichen Auftrag widmen musste, sosehr sie die Atmosphäre des kleinen Inselladens auch genoss.

»Sagen Sie, Louise, stimmt das, was man auf dem Festland so hört, dass ein Mann auf der Fähre gestorben ist.«

Louise Bertrand nickte langsam, während sie etwas Milch in den Kaffee goss.

»Ja, es ist furchtbar. Wirklich schlimm.«

»Kannten Sie den Mann?«

»Ja, ich kannte ihn. Rémy Marchand, er war bis vor Kurzem der Chef der hiesigen Fährgesellschaft. Jetzt ist er in Rente … war in Rente, meinte ich. Seine arme Frau, Audile, sie hat sich so gefreut, dass sie jetzt mehr Zeit haben würden. Die beiden waren öfter hier, vor allem um diese Jahreszeit. Es ist wirklich schlimm. Hier ist der erste Kaffee. Léon, auch Milch?«

»Schwarz, danke. Sagen Sie, die Fähren, ich habe gehört, Sie kriegen jetzt neue. Und viel größere. Stimmt das? Sind die bisherigen nicht groß genug?«

Claire nickte Léon unmerklich zu, sie hatten sich vorher nicht abgesprochen, aber es schien, als würden sie denselben Ansatz verfolgen.

Sie konnte sehen, wie Louises Blick sich sofort verfinsterte.

»Natürlich sind sie groß genug«, brach es aus ihr heraus. Offensichtlich war dies ein Thema, bei dem sie sofort an die Decke ging, und Claire musste daran denken, dass es Louise Bertrand gewesen war, die immer wieder bei Morignac, dem Investor der Fährgesellschaft, angerufen und ihn teilweise rüde beschimpft hatte.

»Die Insel verträgt einfach nicht noch mehr Touristen! Schon jetzt drängen sich an heißen Sommertagen Hunderte Menschen den Weg hier hoch, oft sind meine Sachen schon vormittags alle weg.«

»Das müsste Sie doch freuen?«, stellte Léon fest, der einige Flaschen in die Hand nahm, sie betrachtete und wieder hinstellte.

»Oh nein, das freut mich nicht. Und die anderen auch nicht. Wir verdienen mehr als genug mit den Menschen, die jetzt schon herkommen, das reicht, um im Winter über die Runden zu kommen. Größere Schiffe verpesten die Insel mit Öl, mit Touristen, und Chausey war schon immer ein stiller Ort. Wenn es ein lauter Ort wird, wird Chausey bald so sein wie Guernsey, Jersey oder die Belle-Île in der Bretagne. Zu voll! Hier, Ihr Kaffee, entschuldigen Sie, dass ich mich so aufrege.«

»Ich finde, Sie haben völlig recht, Louise«, sagte Claire und holte ihr Portemonnaie aus der Jacke. »Gibt es denn noch eine Chance, das Ganze zu verhindern?«

»Die Verträge sind gemacht und unterschrieben«, antwortete Louise, während sie ihnen zwei Rosinenschnecken auf einen Teller legte.

»Aber Sie wehren sich weiterhin, oder?«, fragte Claire mit einem Augenzwinkern.

Louise stemmte die Hände in die Hüften.

»Oh ja, das tue ich. Die letzte Krabbe ist noch nicht gepult, wie man am Meer sagt!«

»Haben Sie denn einen Plan?«, fragte Léon. »Ich meine, ich fände es toll, wenn Sie das Ganze noch verhindern könnten. Dann wären Sie so etwas wie die Jeanne d'Arc von Chausey!«

Louise lachte laut.

»Jeanne d'Arc, der ist gut! Na ja, wir werden sehen. Ich glaube zwar nicht an Wunder, aber daran arbeiten, das will ich schon und ...«

»Haben Sie deshalb Balthasar Morignac mehrfach angerufen, ihm sogar gedroht?«

»Entschuldigen Sie, Madame, ich sehe auf dem Schild, dass Sie kleine Schnapsflaschen führen. Aber da sind keine mehr. Hat Rémy Marchand die letzte bekommen?«

Es war ein nicht verabredeter Doppelschlag, ein Strategiewechsel, der ihnen beiden unabhängig voneinander in den Sinn gekommen war. Léon lächelte Claire kurz an.

»Wie bitte?«, entfuhr es Louise Bertrand, die kurz die Fassung verlor und die Milch verschüttete, die sie gerade hatte wegräumen wollen.

»Ich verstehe nicht ... wieso Morignac ... woher ... äh, nein, der Schnaps ist tatsächlich ausverkauft und ... bitte, ich verstehe kein Wort!«

Claire legte ihr beruhigend eine Hand auf den Arm.

»Machen Sie sich doch auch einen Kaffee und dann setzen wir uns draußen auf die Bank, ja?«

»Aber warum? Ich meine, wer sind Sie überhaupt und ...«

Léon legte seinen Ausweis auf die Theke und Claire zückte ihren ebenfalls.

»Entschuldigen Sie, das war nicht sehr höflich von uns«, erklärte er Louise. »Wir sind von der Polizei und ermitteln auf Chausey wegen des Todes von Rémy Marchand.«

Louise sah erstaunt die Ausweise an.

»Aber, Sie haben sich doch draußen geküsst, und …«

Claire lachte.

»Da haben wir es ein bisschen übertrieben«, sagte sie.

»Aber nur ein kleines bisschen«, murmelte Léon, und sie trat ihm auf den Fuß.

»Kommen Sie, Louise, ich glaube, es gibt einiges zu besprechen. Und wir sollten ausnutzen, dass die Sonne noch scheint.«

Eine halbe Stunde später saß Claire allein mit Louise Bertrand auf der Bank und blinzelte in die schwächer werdende Sonne.

»Die letzte Fähre geht in einer Stunde«, sagte sie leise, immer noch erschrocken von der plötzlichen Befragung und dem Verdacht, der auf ihr lag.

»Gibt es dort noch zwei freie Zimmer?«, fragte Claire und deutet auf das »Hôtel de la Marée«, in dem die Besucher vermutlich gerade Austern aßen und Weißwein tranken.

»Bestimmt, im Winter ist kaum etwas los. Fragen Sie einfach im Restaurant.«

Sie schwiegen die meiste Zeit, ab und zu ging Louise in ihren Laden, um Kunden zu bedienen, und Claire ließ ihren Blick über die Buchten wandern, aus denen sich das Wasser mehr und mehr zurückzog, wie ein Vorhang, der sich hob und der bereit war, ein Geheimnis preiszugeben.

Kurz darauf setzte sich Léon zu ihnen auf die Bank und gab Claire einen Zettel.

»Krabben, Muscheln, eine Flasche Weißwein, eine Crème brulée, einen Espresso.«

»Kein Schnaps«, sagte Claire.

»Nein, kein Schnaps. Rémy Marchand hat das Gift also wahrscheinlich nicht im Restaurant des Hotels zu sich genommen. Ich habe auch noch mal den Kellner befragt, er schwört, dass Marchand keinen Digestif hatte.«

»Es ging ihm aber schon schlecht, als er mit seiner Frau in meinen Laden kam«, murmelte Louise Bertrand. »Ich habe es ja schon gesagt, er war blass und hustete komisch.«

»Richtig, das haben Sie gesagt«, erwiderte Léon. »Aber die Gerichtsmediziner halten es immer noch für am wahrscheinlichsten, dass er das Gift im Schnaps zu sich genommen hat, weil das den Geschmack am zuverlässigsten überdeckt. Und im Hotel hatte er keinen Schnaps.«

»Sie haben doch gesehen, dass keiner mehr da ist, schon seit ein paar Tagen nicht!«, entfuhr es Louise und Claire legte ihr beruhigend eine Hand auf ihre Schulter.

»Wir verstehen das, Louise. Die Aufregung, die ganze Geschichte mit der Fährgesellschaft.«

Louise schnäuzte sich kurz.

»Das mit den größeren Schiffen … das wird alles kaputt machen. Aber ich würde doch niemals einen Menschen töten, ihn vergiften, woher sollte ich denn überhaupt so ein Gift bekommen?«

»Sagen Sie es uns«, sagte Léon leise. »Sagen Sie uns, warum Sie Balthasar Morignac bedroht haben, erst vor wenigen Tagen noch. Sie wünschen ihm den Tod, haben Sie das nicht gesagt?«

»Ja, mein Gott, was man halt so sagt! Aber ich bin doch keine Mörderin!«

»Bitte, wer sagt denn so was!«

Alle drei sahen hoch, als zuerst ein langer Schatten auf den Boden fiel und schließlich ein dazugehöriger Mann erschien, der sie verwundert anschaute.

»Guten Tag, wieso soll Madame Louise eine Mörderin sein? Geht es um den Toten auf der Fähre? Also wirklich, Sie glauben doch nicht im Ernst, dass wir Chauseianer so etwas machen würden!«

Claire konnte sehen, dass Louise den Mann bei dem Wort

»Chauseianer« verärgert ansah, der zu Claires Verwunderung einen Tropenhut trug.

»Entschuldigen Sie, Madame Louise, ich bin natürlich kein echter Inselbewohner, erst seit gestern …«

»Louise, um Himmels willen, Olivier, wann lernen Sie es endlich!«

»Natürlich, also, was ich sagen wollte …« Der Mann fuchtelte mit seinen Armen in der Luft herum und konnte im letzten Augenblick verhindern, dass ihm sein Tropenhut vom Kopf rutschte.

Die Ladenbesitzerin bemerkte Claires und Léons erstaunte Blicke und erklärte: »Das ist Olivier, er ist der neue Ornithologe hier auf Chausey. Seine Behörde schickt alle fünf Jahre jemanden für ein halbes Jahr hierher, um die Möwen und …«

»Die Brandseeschwalben«, fügte der Mann hinzu. »Und vergessen Sie nicht die Albatrosse, dies ist ein herrlicher Ort für Albatrosse!«

»Natürlich ist er das, Olivier. Das hier sind Claire und Léon, sie sehen aus wie ein Paar, sind aber von der Polizei. Sie werden Ihnen bestimmt auch ein paar Fragen stellen wollen.«

Für einen Augenblick meinte Claire, eine kurz aufflackernde Sorge in seinem Blick zu sehen, die aber sofort wieder verschwand, als der Hut ihm ein weiteres Mal vom Kopf zu rutschen drohte.

»Von der Polizei? Das ist ja aufregend, jetzt verstehe ich … es geht um den Mann, der die Flaschenpost am Strand gefunden hat, oder? Nun, dazu kann ich Ihnen tatsächlich etwas erzählen! Es war bestimmt seine Frau! Sie muss es gewesen sein, sie war ein bisschen durcheinander, hat ständig etwas von einem Elefanten erzählt! Total durchgeknallt, wenn Sie mich fragen.«

»Von dem Elefanten habe ich bereits gehört«, sagte Claire. Louise hatte derweil zwei Klappstühle geholt, sodass sie nun quasi im Kreis vor ihrem Laden saßen, während sich die Tagesbesucher langsam wieder auf den Weg zur Fähre machten.

»Der Elefant ist eine Felsformation«, erklärte sie Claire, »ganz im Westen der Insel, bei der Grande-Grève. Und Audile Marchand ist eine reizende Frau und keineswegs durchgeknallt. Darüber hinaus hat sie gerade ihren Mann verloren und Sie könnten ein wenig freundlicher über sie sprechen, Olivier! Haben Sie denn gar kein Mitgefühl?«

Der schlaksige Mann stutzte kurz und nickte dann.

»Natürlich, ich dachte nur … Es war ein seltsamer Moment und dann kam ja diese Flaschenpost, und …«

Claire runzelte die Stirn.

»Woher wissen Sie das mit der Flaschenpost? Davon haben wir gar nichts gesagt.«

»Ach das … das weiß doch jeder hier, nicht wahr, Louise? Wir haben erst heute Vormittag darüber gesprochen. Schrecklich ist das alles!«

Léon nickte.

»Ich würde Ihnen gerne noch ein paar Fragen stellen, Monsieur. Wollen wir nicht einfach ein paar Schritte gehen? Es ist noch ganz angenehm in der Sonne. Wollen wir?«

»Natürlich, gern. Madame Louise …«

»Louise!«

»Natürlich, Louise … also, ich habe einige Dinge aufgeschrieben, die ich bräuchte, vielleicht könnten Sie schauen, was davon Sie dahaben?«

»Natürlich, gehen Sie nur. Sie können es dann hier abholen, ich stelle alles auf die Bank, falls ich schon fort sein sollte.«

Claire deutete auf den kleinen Pfad, der zum Hotel führte, und sagte: »Dann besorge ich uns zwei Zimmer, Léon. Und danach befrage ich den Leuchtturmwärter.«

»Oh, da werden Sie kein Glück haben«, sagte Louise kurz angebunden. »Er ist aufs Festland gefahren, heute Mittag, er wollte neue Netze kaufen. Sein Boot ist noch nicht wieder zurück, es liegt sonst immer dort hinten direkt unterhalb der Felsen.«

Léon stutzte.

»Haben alle Anwohner ein eigenes Boot?«, fragte er.

»Natürlich«, erwiderte sie. »Mit Autos kommen wir hier ja nicht weit, nicht wahr?«

»Das heißt, Sie sind gar nicht unbedingt auf die Fährzeiten angewiesen?«, fragte Claire, die verstanden hatte, worauf Léon hinauswollte.

»Nein, das wäre viel zu umständlich. Und es geht auch viel schneller, wenn wir mit dem Motorboot rüberfahren. Keine zwanzig Minuten, wenn Sie schnell fahren und die Wellen es zulassen.«

Claire sah auf das Wasser, das sich vor ihnen ausbreitete, und auf die Felsen, zwischen denen einige Motorboote und kleine Segelschiffe lagen.

»Und keiner würde es merken«, murmelte sie.

Sie sah Léon und dem Ornithologen hinterher, die in Richtung Sainte-Marie davonschlenderten.

»Kommen Sie, ich zeige Ihnen etwas«, sagte Louise plötzlich und stand auf. »Ich finde, wenn Sie Chausey verstehen wollen, müssen Sie das sehen.«

»Sehr gern«, sagte Claire und folgte ihr über den Pfad hinab zur Kreuzung und von dort weiter geradeaus, in Richtung Les Blainvillais, wo in einer kleinen Bucht ebenfalls einige Boote dümpelten.

Auf einem kleineren Hügel stand eine steinerne Kapelle, auf die Louise nun zusteuerte und deren Holztür ein quietschendes Geräusch von sich gab, als sie sie öffnete. Im Dämmerlicht konnte Claire einige Holzbänke erkennen, einen kleinen Altar und durch die wenigen bunten Fenster fiel das letzte Licht des Tages.

»Das ist schön«, flüsterte sie und setzte sich in die letzte

Reihe. Sie spürte, wie eine ungewohnte Ruhe sie überkam, als von draußen das Geschrei der Möwen zu hören war und das ferne Rauschen der Brandung. Sie fühlte sich frei von allem, schloss die Augen, fuhr mit ihren Fingern über die Unebenheiten der Kirchenbank.

Louise hatte sich an ein altes Klavier gesetzt, das an einer Mauer stand. Sie zog vorsichtig ein weißes Tuch von den Tasten und spielte einige langsame Akkorde. Als Claire die Augen öffnete, fielen ihr die Schiffsmodelle ins Auge, die von der Decke hingen, detailgetreu und liebevoll angefertigt. Sie wagte kaum zu atmen, als Louise spielte und die Masten der Boote sich leicht im Wind bewegten, der durch die Tür zu ihnen hereinwehte.

»Chausey ist keine Insel«, sagte Louise leise, mehr zu sich selbst als zu Claire. »Es ist ein Schiff, auf dem wir treiben, fernab von allem.«

Eine einzelne Möwe erschien auf dem kalten Steinboden auf der Schwelle zur Eingangstür, sie legte den Kopf auf die Seite und schien Claire direkt anzusehen.

»Und es wird nie untergehen. Niemals.«

KAPITEL 19

Granville, Normandie
Am Abend

In der Dunkelheit, die sich über den Tag gelegt hatte, sprang ein kleiner, flacher Stein über das Wasser. Er setzte auf den Wellen auf, der Schwung trieb ihn hinaus, fünf-, sechsmal berührte er das Wasser, bis er schließlich an Tempo verlor und in den kalten Fluten versank.

»Nicht schlecht«, brummte Roussel und setzte seine Bierflasche an, um einen weiteren kräftigen Schluck zu nehmen.

»Als Junge habe ich es bis zu zehnmal geschafft«, sagte Nicolas und steckte beide Hände wieder in die Taschen seiner dicken Jacke. Es war kalt, der Wind trieb ihnen die Tränen in die Augen, und doch standen sie bereits seit einer halben Stunde hier, ohne dass einer von ihnen Anstalten gemacht hätte, zum Aufbruch zu drängen.

Dort, wo sie hinmussten, wollten sie nicht sein.

»Hier, für dich«, sagte Nicolas und warf Rachmaninoff ein Stück Wurst zu. »Du bist eine treue Seele, alter Freund.«

»Ich habe als Junge nur Ohrfeigen bekommen«, sagte Roussel. »Für Spielereien am Wasser hatte ich nie Zeit, ich musste mitanpacken, aushelfen oder meinen Alten aus der Kneipe holen.«

Er saß auf einem großen Stein und blickte hinaus auf das Wasser. In der Ferne waren die Signallichter einiger Boote zu sehen, während oben am Himmel einige Sterne durch die Wolken blitzten.

»Ich wäre froh gewesen, wenn mein Vater mal in der Kneipe gewesen wäre. Dann hätte ich wenigstens gewusst, wo er ist.« Nicolas ließ einen weiteren Stein springen.

»Später wolltest du nicht mehr wissen, wo er ist«, frotzelte Roussel.

»Nein, wollte ich nicht. Er hatte seine Geheimnisse und irgendwann habe ich das akzeptiert.«

»Auf die Väter«, sagte Roussel und hob seine Flasche. »Die in der Kneipe und die beim Geheimdienst.«

»Auf Marc Huet.«

Für einen Moment schwiegen beide, Rachmaninoff schmatzte zwischen ihnen. Nicolas griff nach einem runden Stein, betrachtete ihn aufmerksam, wog ihn in der Hand.

»Er schien ein guter Polizist zu sein«, sagte er leise und warf Roussel, der sich müde über sein unrasiertes Gesicht fuhr, einen Blick zu.

»Ja, das war er. Hilfsbereit und sehr engagiert. Schade, dass wir uns so lange aus den Augen verloren haben. Er war ein feiner Kerl und jetzt muss ich gleich zu ihm nach Hause fahren und mit seiner Frau und den beiden Kindern sprechen.«

Es war spürbar, wie sehr dieser Tag auf ihnen lastete, wie der gewaltsame Tod ihres Kollegen Marc Huet in der Schule von Saint-Lô sich wie ein Mühlstein um ihre Hälse gelegt hatte.

»Wer auch immer das getan hat, er ist ein Profi, Nicolas. Er kann einen bewaffneten Polizisten überwältigen und töten, einfach so.«

»Und er kennt sich mit Sprengstoff aus«, ergänzte Nicolas.

Auf dem Rückweg nach Granville hatten sie aus Deauville weitere Informationen über den Sprengsatz auf der Yacht von Balthasar Morignac erhalten. Die Taucher hatten die Überreste eines Fernzünders geborgen und damit Hinweise auf einen sorgfältig und professionell zusammengesetzten Sprengsatz erhalten, der offenbar vom Ufer aus gezündet worden war. Glücklicherweise waren keine anderen Boote in unmittelbarer Nähe gewesen.

»Unser Täter wollte wohl vermeiden, dass noch andere verletzt werden«, hatte Nicolas gemutmaßt. »Er hat den Sprengsatz erst in einigem Abstand zur Küste gezündet. Es ging ihm nur um Morignac.«

Nicolas warf den runden Stein in hohem Bogen ins Wasser.

»Jemand, der so etwas kann, das mit dem Messer, mit dem Sprengsatz, der Gift einsetzt und alles minutiös plant, der hat es irgendwo gelernt«, sagte er zu Roussel, der grimmig nickte.

»Ich habe die beiden Kollegen im Commissariat von Huet schon darauf angesetzt. Sie durchforsten die Datenbanken nach ehemaligen Soldaten, Söldnern, meinetwegen auch Polizisten, völlig egal. Denn du hast recht: Wir haben es mit einem Killer zu tun, das kann man sich nicht alles per Internet und aus Büchern selbst beibringen.«

Roussel nahm einen letzten Schluck aus der Flasche und stellte sie neben sich in den Sand.

»Bleiben noch zwei übrig«, sagte er leise. »Die Liste ist verdammt schnell zusammengeschrumpft.«

»Allerdings, und wir sind kein bisschen schlauer.« Während der gesamten Rückfahrt von Saint-Lô hatte Nicolas sich das Hirn zermartert, er hatte nach einer Verbindung zwischen ihm, der Insel und dem zweiten verbliebenen Namen auf der Liste gesucht, Philippe Duval.

Es gab keine.

»Also gut«, sagte Roussel und klopfte sich den Sand von der Hose, als er aufstand. »Morgen Früh treffen wir uns im Commissariat und sehen weiter. Wir müssen vor allem diesen Philippe Duval finden, wir dürfen nicht noch einen verlieren.«

Nicolas nickte und sah in Richtung der Stadt, wo Roussel

Zimmer in einem Hotel in der Nähe des Hafens reserviert hatte. Dort würde er später versuchen müssen, wenigstens ein bisschen Schlaf nachzuholen.

Er zweifelte daran, dass es ihm gelingen würde.

»Komm, Rachmaninoff«, sagte er schließlich. »Wir machen einen Spaziergang. Und dann geht es ins Bett, es wird Zeit, dass ein neuer Tag beginnt. Dieser hier war schlimm genug.«

Als Roussels Wagen hinter der nächsten Biegung verschwunden war, wurde es still. Nicolas hörte das leise Murmeln der Brandung, den Wind in den Bäumen und Rachmaninoffs müdes Hecheln, als der Hund sich erhob und mit ihm in Richtung Straße trottete. An dieser Stelle war keine Uferbeleuchtung angebracht, der Strand kaum mehr als ein schmaler Streifen, dessen Ende sich hinter einigen Felsen in der Dunkelheit versteckte.

Und genau aus dieser Richtung kam ein Geräusch, gerade als er sich in Richtung Stadt aufmachen wollte.

Rachmaninoff hob den Kopf und knurrte.

Es war das Brechen eines kleinen Astes gewesen, das kaum hörbare Knacken von Holz. Nicolas legte die Hand auf seine Waffe, die im Holster an seiner Seite steckte, und versuchte, in der Dunkelheit etwas zu erkennen. Die Felsen waren etwa dreißig Meter entfernt, dahinter knickte der Strand ab und verlor sich gänzlich in der Nacht.

»Was war das? Siehst du was?«, flüsterte Nicolas.

Rachmaninoff war kein Jagdhund und doch wusste Nicolas, dass auch er etwas wahrnahm.

Wieder knackte es.

Langsam zog Nicolas seine Waffe aus dem Holster und machte einige Schritte über den Sand in Richtung der Felsen. Durch die Wolken drang das schwache Licht des Mondes. Nicolas ging langsam, Rachmaninoff an seiner Seite.

Für einen winzigen Augenblick schien sich ein dunkler Fleck zwischen den Steinen zu bewegen.

»Bleiben Sie stehen!«, rief Nicolas und hob seine Waffe, während er sich hinter einen Felsen duckte und den Hund an sich zog.

»Wer ist da?«, rief er. Eine Antwort bekam er nicht.

Schließlich ließ er jede Vorsicht außer Acht und hechtete aus seinem Versteck. Mit wenigen Schritten war er an der Stelle, an der er den Schatten zu sehen geglaubt hatte.

Doch Nicolas war allein.

Das Wasser gluckste zwischen den Steinen, kleine Wellen schwappten über seine Schuhe. Für einen Augenblick sah Nicolas sich um und suchte den Boden nach Spuren ab.

Aber da war nichts.

Ein letztes Mal spähte er zwischen die Felsen und auf den Boden, aber das Wasser hatte ganze Arbeit geleistet und mögliche Fußabdrücke bereits fortgespült.

Als Nicolas wieder trockenen Boden unter den Füßen hatte und Rachmaninoff folgte, der mit treuherzigem Blick auf ihn wartete, holte er sein Handy heraus und wählte auf gut Glück Julies Nummer.

Er wollte noch einmal mit ihr sprechen, sie fragen, mit welchem Zug sie kommen würde.

»Hallo, hier ist Julie, bitte hinterlassen Sie eine Nachricht, vielen Dank.«

Nicolas setzte sich auf einen Stein, das Handy am Ohr, er blickte aufs Wasser, in die Dunkelheit, und fühlte sich schwer.

»Ich bin es«, sagte er leise. »Ich … wollte wissen …«

Er spürte Rachmaninoffs feuchte Schnauze an seiner Hand und streichelte dem Hund über den Kopf.

»Ich sitze am Strand. Na ja, es ist ein kleiner Strand, und noch dazu sehe ich kaum etwas. Es ist kalt und ich friere. Ich wünschte, ich wäre bei dir. Ich wünschte, du wärst schon hier.«

Außer dem Geräusch der Wellen und eines weit entfernten Motorbootes war alles still.

»Schon seltsam, das alles«, fuhr er fort. »Ich meine, ich sollte bei dir sein. Ich weiß, alles fühlt sich so falsch an und so schwierig. Aber das muss es nicht sein. Wir müssen einfach … vielleicht tief Luft holen. Wir müssen endlich wieder atmen. Ich weiß nicht, ob das geht, ob wir das schaffen, aber sonst war alles … das alles … Wie geht es Tito? Sag mir, wann du ankommst, ich hol dich ab, es ist schön hier. Ich … Mach's gut, melde dich bitte.«

Nicolas legte auf und atmete tief durch. Dann verließ er den Strand und überlegte, warum er Julie nicht gesagt hatte, dass er sie liebte.

Er hatte es wohl schlicht vergessen.

Das Klingeln seines Handys riss ihn aus den Gedanken und noch lange Zeit würde er sich wünschen, dass er diesen Anruf, mitten in der Nacht und an einem abgelegenen Strand vor den Toren der Stadt, nicht angenommen hätte.

So aber stand Nicolas vor dem dunklen Wasser, vor ihm schwappten die Wellen gegen das Ufer, die Kieselsteine knirschten unter seinen Schuhen, der Wind fuhr durch die kahlen Äste der Sträucher. Es war ein Winterabend in der Normandie, der Himmel hatte keine Konturen, die Wolken ließen kaum Licht hindurch.

Nicolas hatte an Julie gedacht, sie rief ihn sicher zurück. Endlich. Ihm kam keine Sekunde in den Sinn, dass es jemand anderes sein könnte, jemand, mit dem er keinesfalls sprechen wollte und dessen Stimme meist nur eines bedeutete: Unheil.

Am Telefon war nicht Julie.

Es war jemand, der keine Zeit verlieren wollte, der seiner Botschaft keine Begrüßung voranstellte und auch kein Vorgeplänkel eingeplant hatte. Drei Wörter nur, ruhig und abgeklärt: »Wir müssen reden.«

Es war die kalte Stimme eines Mannes, der den Wert einer Beziehung immer nur an ihrem Nutzen für sich selbst maß. Und das galt selbstverständlich auch für die Beziehung zu seinem Sohn.

KAPITEL 20

Chausey, Normandie
Zur gleichen Zeit

Marc Huet ist tot.«

Seit Léon von seinem Telefonat mit dem Commissariat in Granville zurückgekehrt war, das er an der Bar geführt hatte, um Claire nicht beim Genießen der Aussicht auf den Sound zu stören, saßen sie sich an ihrem kleinen Tisch am Fenster stumm gegenüber und stocherten im Essen herum.

Sie waren die einzigen Gäste, alle anderen waren mit der letzten Fähre zurück ans Festland gefahren. Die Küche des »Hôtel de la Marée« hatte eigentlich geschlossen, aber die Besitzer hatten Claire und Léon etwas Brot, Käse und Oliven gebracht, dazu eine Flasche Wein.

Eben hatte Claire noch gedacht, dass dies der schönste Ort auf der Welt war. Hinter der großen Panoramascheibe erstreckten sich die Felsen, die kleinen Buchten und das inzwischen fast schwarze Meer. Sie konnte nur Schemen erkennen, der Tag hatte sich längst zurückgezogen. Aber sie roch das Wasser, spürte die Ruhe und hörte in der Ferne, wie die Brandung gegen die Felsen schlug.

Chausey war magisch, wahrlich.

»Wer macht so etwas? Ich meine … das ist doch Wahnsinn, einen Polizisten abzu… zu ermorden, kaltblütig.«

Léon drehte das Weinglas in seinen Händen.

»Die Kollegen sagen, es muss ein Profi gewesen sein. Er

wusste genau, was er tat, er hat Huet ohne zu zögern das Messer in den Hals gerammt.«

»Furchtbar«, flüsterte Claire und plötzlich überkam sie eine bleierne Müdigkeit.

Léon betrachtete den kleinen Block neben seinem Teller, auf dem er eine To-do-Liste für den nächsten Tag zusammengestellt hatte.

»Für uns ändert sich erst mal nichts«, sagte er. »Außer, dass wir uns sehr beeilen sollten, ganz offenbar steht der Täter unter Zeitdruck.«

»Warum nur?«, fragte Claire plötzlich und sah Léon an. »Ich meine, haben wir uns darüber schon mal Gedanken gemacht? Warum hat er es so verdammt eilig?«

»Keine Ahnung«, sagte Léon und zuckte mit den Schultern. »Er arbeitet systematisch seine Liste ab, aus einem Grund, den wir noch nicht kennen. Ich nehme an, er beeilt sich, weil hier alles voller Polizei ist.«

Claire kaute auf ihrer Unterlippe herum, wie sie es immer tat, wenn sie nachdachte.

»Ich weiß nicht«, sagte sie. »Vielleicht gibt es noch einen anderen Grund dafür?«

»Du meinst, weil es sonst vielleicht zu spät ist?«

»Wäre doch möglich? Dass er sich beeilen muss, weil … ich weiß nicht, sonst jemand fort ist, an den er dann nicht mehr rankommt.«

Léon sah sie skeptisch an.

»Der Letzte auf der Liste ist euer Nicolas. Zugegeben, jemanden wie ihn habe ich noch nicht getroffen. Ich meine, der ist ganz schön durchgeknallt, wenn du mich fragst.«

Claire funkelte ihn an.

»Dich fragt aber keiner! Nicolas ist nicht durchgeknallt, er ist nur … keine Ahnung … ramponiert trifft es vielleicht ganz gut. Es ist eine lange Geschichte, vielleicht erzähle ich sie dir irgendwann.«

Léon hob entschuldigend die Hände.

»Hey, ganz ruhig! Wenn du ihm vertraust …«

»Tue ich, auch wenn es mir nicht immer leichtfällt«, musste Claire zugeben und gähnte. »Also, womit fangen wir morgen an?«

»Mit Bitrac, dem Leuchtturmwärter. Wir müssen wissen, wo er heute war, ob es eine Verbindung zu den Toten gibt. Und wir müssen mit den anderen Bewohnern der Insel sprechen.«

Claire nickte.

»Und ich bleibe dabei, dass unsere Louise, die kleine Möwe dieser Insel, uns etwas verheimlicht. Wir sollten noch mal mit ihr reden.«

»Eigentlich war sie bislang unsere Hauptverdächtige«, überlegte Claire laut. »Aber irgendwie kann ich sie mir nicht als eiskalte Mörderin vorstellen. Aber du hast recht: Irgendetwas stimmt nicht mit ihr.«

Claire wollte sich gerade noch einen Schluck Wein einschenken, um nicht den ganzen Abend mit der Trauer um Marc Huet und dem »Rätsel um die Todesinsel« zu verbringen, wie die ersten Zeitungen es bereits nannten, als sie beide ein leises Tuckern hörten. Claire warf einen Blick nach draußen, sah aber nur ihr eigenes Spiegelbild in der Scheibe.

»Wer kommt denn so spät auf die Insel?«, murmelte sie.

»Das wüsste ich auch gern«, sagte Léon, stand auf und ging mit zwei schnellen Schritten zum Lichtschalter. Kurz darauf war es im Gastraum des Hotels dunkel, aber nachdem ihre Augen sich daran gewöhnt hatten, sahen sie, wie sich vor ihnen die Konturen der Insel aus der Dunkelheit schälten. Hinter den Wolken leuchteten schwach Sterne und Mond, und ihr Schein reichte aus, um auf dem Wasser unterhalb des Hotels ein kleines Motorboot auszumachen.

»Das ist kein später Gast«, murmelte Claire, während sie

ihre Stirn gegen das kalte Glas drückte. »Da verlässt jemand die Insel.«

Léon sah sich im Gastraum des Hotels um.

»Ich wette, dass die hier für ihre Gäste …«, murmelte er, nur um kurz darauf triumphierend ein Fernglas zu schwenken, das auf einer Ablage unterhalb des Fensters gelegen hatte. »Bei dieser Aussicht würde ich eins auf jeden Tisch legen«, sagte er und schaute angestrengt durch das Fernglas in die Dunkelheit.

Das Tuckern des kleinen Motorbootes drang zu ihnen herauf, ein rhythmisches Stottern, das langsam leiser wurde, als das Boot sich der Ausfahrt aus dem Sound näherte und in Richtung Festland abbog, nach Osten, wo in der Ferne die Lichter des Leuchtturms von Granville zu sehen waren.

»Und, wer ist es?«, fragte sie Léon leise, als fürchtete sie, dass ihre Stimme durch das Glas hindurch zwischen den Felsen der Insel zu hören wäre.

»Jemand, der unbemerkt die Insel verlässt«, antwortete Léon und reichte ihr das Fernglas. Claire sah hindurch, und sie hatte etwas Mühe, ihr Ziel zu finden. Der Ausschnitt glitt über das Wasser, über die vorgelagerten kleinen Inseln, bis sie die weiße Spur des Motorbootes auf dem Wasser sah und schließlich den Mann, der im Heck saß und das Boot auf das Meer hinaussteuerte. Er war groß und trug eine schwere, grün schimmernde Fischerjacke. Claire hätte ihn trotz des Fernglases nicht erkannt, wäre da nicht seine Kopfbedeckung gewesen, die ebenso wenig auf diese Insel passte wie eine Möwe ins Gebirge.

»Das ist der Ornithologe!«, sagte sie. »Was bitte macht der mitten in der Nacht draußen auf dem Wasser, wo will er nur hin?«

»Vermutlich keine Vögel zählen«, sagte Léon, während sie Olivier Bechandre hinterhersahen, der jetzt nur noch als dunkler Fleck auf dem Wasser zu erkennen war. Das Tuckern des Motors verlor sich und nach wenigen Augenblicken war es vollkommen still. Während sie nach draußen sahen, auf das schmerzhaft schöne Panorama, schien es Claire, als hätte es den Mann auf dem Boot nie gegeben. Eine nächtliche Erscheinung, eine trügerische Fata Morgana.

Chausey lag still auf dem Wasser.

Claire legte die Hand auf Léons Unterarm, spürte seine Wärme durch den Stoff des Pullovers und lauschte ihrem eigenen Atem, der sich dem Rhythmus der Wellen anpasste, die draußen schwach gegen die Felsen schwappten.

»Chausey ist wunderschön«, sagte sie und hoffte, dass Léon nicht der Typ Mann war, der ihr mit Banalitäten wie »Die Insel passt zu dir« kommen würde.

Aber Léon hatte gänzlich anderes im Sinn.

Sein Blick ging hinaus in die Dunkelheit, nach Westen, wo in einiger Entfernung die Umrisse der kleinen Kapelle zu sehen waren und wo direkt dahinter die Inselpfade durch dichtes Gestrüpp in Richtung der Grande-Grève führten.

»Was hältst du von einem kleinen Spaziergang?«, sagte er lächelnd. »Vielleicht sollten wir dem Sémaphore einen kleinen Besuch abstatten.«

»Dem Haus des Vogelschützers?«, fragte Claire überrascht, spürte aber sofort, wie die Neugierde und das Jagdfieber in ihr erwachten.

Léon nickte und sagte: »Ich weiß nicht, wie es dir geht – aber ich für meinen Teil habe genug von den Geheimnissen dieser Insel, ich könnte ein paar handfeste Hinweise gebrauchen, Beweise, Spuren, was auch immer. Bist du dabei?«

»Worauf du dich verlassen kannst«, sagte Claire und bedauerte, dass sie beim Aufstehen ihre Hand von seinem Arm nehmen musste.

Kurz darauf bogen sie vom Pfad, der hinunter zur Anlegestelle führte, in Richtung Westen ab, hinter ihnen war der Umriss des Leuchtturmes zu erkennen. Sie hatten am Empfang des Hotels zwei Taschenlampen gefunden, der Lichtschein wanderte über die kleine Grasfläche neben der steinernen Kapelle.

Claire folgte Léon, sie gingen an mehreren Steinhäusern und an einem hofähnlichen Gebäude vorbei, von dem sie wusste, dass es als eines der wenigen Häuser auch um diese Jahreszeit bewohnt war. Im ersten Stock waren die Fensterläden geschlossen, eine Katze schlich ums Haus, ihre Augen funkelten in der Dunkelheit.

Bald darauf wurden die Bäume zahlreicher und der Pfad sandiger. Claire fluchte, als sie sich die Hand an einem Brombeerzweig aufritzte.

»Die ein oder andere Straßenlaterne würde hier nicht schaden«, sagte sie.

»Das ist nicht dein Ernst«, sagte Léon, der zügig voranging. »Du bist wohl nicht oft in der Natur unterwegs.«

»Geht so. Und du?«

»Ich komme aus der Nähe von Cherbourg, da gibt es nur zwei Dinge, mit denen man sich beschäftigen kann: mit dem Meer und mit der Natur.«

Claire wich einer Baumwurzel aus.

»Jedenfalls muss unser Vogelmensch einen anderen Weg genommen haben. Das Boot lag nicht vorne am Anleger, sondern weiter hinten am Ende des Sounds.«

»Dahinten ist der Pfad in Richtung Sémaphore.«

Claire und Léon erreichten eine weite Fläche aus Sand und Felsen, zwischen denen sie einige Minuten lang hindurchliefen, bis sie wieder einen Pfad erkennen konnten, der oberhalb eines Strandes durch dichten Farn führte.

»Das ist die Grande-Grève«, sagte Léon und leuchtete mit seiner Taschenlampe hinaus aufs Wasser. »Hier wurde die erste Flaschenpost angespült.«

»So muss es gewesen sein«, murmelte Claire und blickte nachdenklich auf den Strand vor ihnen. »Der Täter muss sie kurz vorher ins Wasser gelegt haben, alles andere wäre wirklich ein zu großer Zufall. Rémy Marchand stand als Erster auf der Liste – und findet ausgerechnet die Flaschenpost …«

»Ja, es kann nur so gewesen sein, das hatten wir uns ja ohnehin schon gedacht. Bleibt nur die Frage, wer so gut über den Fazit-Spaziergang Bescheid wusste«, ergänzte Leon.

Claire fror, der Wind hatte aufgefrischt, die Kälte kroch allmählich in ihre Jacke.

»Dahinten!«, sagte sie plötzlich und lief eilig den Pfad entlang, bevor sie zwischen zwei dichten Sträuchern verschwand.

»Hey, warte!«, rief Léon ihr hinterher, aber Claire winkte nur.

»Hier geht ein kleiner Pfad ab«, rief sie.

»Aber das Sémaphore ist dahinten!«, sagte Léon, der Strahl seiner Taschenlampe verlor sich im dichten Gebüsch. Er folgte Claire, bis der kleine Trampelpfad schließlich vor einigen Felsen endete, sie umrundete und sich schließlich im ruhigen Wasser verlor. Er suchte nach Claire, rief nach ihr, aber er bekam keine Antwort.

Plötzlich hörte er, wie etwas auf dem Wasser aufschlug und drehte sich erschrocken um.

»Nicht so ängstlich, kleiner Polizist«, hörte er Claires Stimme, »es war nur ein Stein.«

Léon fand sie schließlich hinter einem Felsvorsprung, wo sie auf einem flachen Stein saß und hinüber zur Grande-Grève zeigte.

»Bisschen spät für Versteckspiele, oder«, sagte Léon und setzte sich neben sie. Claire zeigte hinüber zum Strand.

»Dahinten hat Rémy Marchand die Flaschenpost gefunden. Ich wette, dass unser Täter genau hier gesessen hat. Er hat sie beobachtet und die Flasche erst in dem Moment ins Wasser gelegt, als er die beiden hat kommen sehen. Niemals kann sie einfach so hier angeschwemmt worden sein. Zudem sie ja nicht mal dicht hält, wie wir schon wissen.«

Léon nickte.

Mit seiner Taschenlampe suchte er den Boden ab, bemerkte aber schnell, dass die Flut und der starke Regen der vergangenen Tage mögliche Spuren längst verwischt haben musste.

Mit einem Blick auf die Uhr murmelte Claire: »Geisterstunde. Komm, lass uns rüber zum Sémaphore gehen, bevor der komische Vogel wiederkommt.«

Zehn Minuten später standen sie vor einer kleinen Steinmauer, ein weißes Gartentor hing leicht windschief in den Angeln. Dahinter führten Steinplatten bis zu einem verwitterten, reetgedeckten Häuschen mit grünen Fensterläden. Und obwohl es ganz offensichtlich bessere Zeiten erlebt hatte, fand Claire, dass dies wie der perfekte Platz schien, um auf Chausey zu überwintern. Ein paar Bücher, dicke Wolldecken, eine Kanne heißen Tee.

»Da brennt Licht«, flüsterte Léon neben ihr und wie auf Kommando knipsten beide ihre Taschenlampen aus. Tatsächlich drang durch einen Spalt in der Tür ein schwacher Lichtschein nach draußen. Claire schlüpfte durch das Gartentor und machte Léon ein Zeichen. Sie hatten beide ihre Waffen gezogen. Mit der linken Hand packte Claire den Griff ihrer Taschenlampe fester und ging vorsichtig um das Haus.

Sie kam nicht weit, ein weit ausladender Busch versperrte ihr den Weg. Durch ein Fenster konnte sie eine Stehlampe neben dem Sofa erkennen, auf dem Tisch stand eine halb leere Flasche Wein.

»Claire!«, hörte sie Léon in der Dunkelheit flüstern. Schnell ging sie zurück zum Eingang.

»Hinten ist eine Terrasse, die Fenster sind alle zu. Ich konnte niemanden sehen, aber es läuft Musik.«

Claire sah erst Léon an, dann schaute sie auf den Lichtschein, der durch den Spalt in der Tür fiel.

»Es ist offen«, sagte sie leise. Und bevor Léon sie daran hindern konnte, klopfte sie an die Tür.

»Hallo? Ist da jemand?«

Sie hörten leise Musik.

»Das würde Nicolas freuen«, murmelte sie und rollte mit den Augen. »Jacques Brel, mitten in der Nacht, das hält doch keiner aus.«

»Was hast du gegen Brel?«, fragte Léon, als er sich neben sie stellte und ebenfalls an die Tür klopfte.

»Hier ist die Polizei. Wir betreten jetzt das Haus, Olivier!«

»Ich glaube nicht, dass er uns hören kann«, sagte Claire. »Er sitzt auf seinem Boot draußen auf dem Meer und angelt. Oder ist in Granville und …«

»… bringt jemanden um«, ergänzte Léon und beiden gefror in diesem Moment das Lächeln auf den Lippen.

»Brel ist mir zu traurig«, sagte Claire und legte eine Hand auf die Klinke. Sie stieß die Tür langsam auf und wollte gerade den kleinen Flur betreten, als Léon sie zur Seite schob und mit gezogener Waffe das kleine Haus betrat.

»Er ist doch eh nicht da«, zischte sie und doch spürte sie, wie angespannt sie war.

Zu ihrer Linken lag eine kleine Küche, auf dem Herd stand ein Topf mit Nudeln. Léon legte die Hand darüber.

»Noch warm«, sagte er leise.

»Und er hat nicht viel gegessen«, sagte Claire und zeigte auf die Spüle, in der ein fast voller Teller stand.

»Warum macht er sich etwas zu essen und geht dann plötzlich weg, um mit dem Boot rauszufahren?«

»Keine Ahnung«, sagte Claire und ging durch den kleinen

Flur ins Wohnzimmer, während Léon das Bad und das Schlafzimmer überprüfte.

Mehr Räume gab es nicht.

»Es ist gemütlich hier«, stellte Claire fest, als sie sich umgesehen hatte. In der Ecke gab es einen kleinen Kamin, einige Scheite Holz waren davor gestapelt. Ein Tisch mit zwei Stühlen, ein altes Sofa, einige Regale mit Büchern, hauptsächlich über die Region.

»Flora und Fauna auf dem Cotentin«, las Claire von einem der Buchrücken vor. Léon hatte hinter ihr den Raum betreten.

»*La valse à mille temps*«, sagte er.

»Wie bitte?«

»Na, Brel«, sagte Léon und deutete auf ein kleines Transistorradio, aus dem trotz eines störenden Hintergrundrauschens die Stimme des belgischen Chansonniers zu hören war. Direkt daneben stand eine ungeöffnete Flasche Schnaps.

Claire durchsuchte weiter die Bücherregale.

»Claire, schau dir das an!«

Léon deutete auf den kleinen Couchtisch, wo neben der halb vollen Flasche Wein eine weitere Flasche stand. Sie war leer.

»Ach du Scheiße«, flüsterte Claire. Ihre Hände begannen zu kribbeln und erst jetzt bemerkte sie, dass Léon seine Waffe wieder gezogen hatte.

Auf der dickbauchigen Flasche war deutlich der Schriftzug »Courrier de la mer« zu erkennen.

Post aus dem Meer.

Sie wusste sofort, dass es sich um die gleiche Flasche handeln musste wie jene, die sie im Schaufenster der Apotheke in Granville gesehen hatte. Eine Flasche, die es in jedem Souvenirladen an der Küste zu kaufen gab. Was Léon jedoch dazu veranlasst hatte, in diesem Moment seine Waffe zu ziehen, war der Inhalt.

»Ist das …«

Léon nickte, holte ein paar Handschuhe heraus und reichte sie ihr.

»Hol sie raus.«

Claire streifte sich die Handschuhe über, griff nach der Flasche und betrachtete für einen Augenblick das Stück Papier, das im Innern lag.

»Sieht aus wie die anderen«, sagte sie und zog langsam den Korken heraus, er steckte nur lose im Hals der Flasche.

Als sie draußen ein Knacken hörten, zuckten sie zusammen.

Für einen Augenblick standen beide ganz still in der Mitte des Raumes und sahen sich an, Claires Herz schlug fest gegen ihren Brustkorb. Sie wollte Léon etwas zuflüstern, aber er machte ihr ein Zeichen, still zu sein. Weitere zwei Minuten standen sie dort, bis Léon nickte.

»Ein Vogel vermutlich«, sagte er. Seine Waffe hielt er noch immer in der Hand.

»Das hier ist kein romantischer Rückzugsort für den Winter«, sagte er. »Das ist ein Versteck.«

Claire zog behutsam den Zettel aus der Flasche und legte ihn auf die Tischplatte. Als sie das Papier langsam aufrollte, verschwammen die Namen förmlich vor ihren Augen.

Rémy Marchand
Balthasar Morignac
Adrien Marin
Philippe Duval
Nicolas Guerlain

Fünf Namen, drei der Männer waren bereits tot. Und in Claires Kopf begann sich eine Erkenntnis zu formen, die so simpel wie furchterregend war.

»Dieser Vogeltyp«, flüsterte sie und sah dabei Léon an. »Er steht da nicht drauf.«

»Nein, tut er nicht«, sagte der junge Polizist. »Er heißt Olivier Bechandre. Ich habe seinen Ausweis gesehen. Die Kollegen im Commissariat haben ihn überprüft, er ist wirklich Ornithologe, alles ganz normal.«

»Aber wenn er nicht draufsteht, warum hat er dann eine Flaschenpost mit der Todesliste?«

Léon sah sie an und für einen Moment meinte Claire einen kalten Windhauch zu spüren.

»Dafür kann es nur eine Erklärung geben«, sagte er. »Er hat die Liste geschrieben. Er wollte die Flaschenpost dem Nächsten übergeben. Er ist unser Mann.«

»Aber wo ist er?«

»Hier.«

Claire und Léon wirbelten gleichzeitig herum, als sie die Stimme des Mannes hörten, von dem sie gerade gesprochen hatten.

»Bleiben Sie genau da stehen!«, rief Léon dem Mann zu, der seinen Tropenhut in der Hand hielt und sie wütend anstarrte.

»Was bitte machen Sie in meinem Haus!«, schrie er und machte einen Schritt nach vorne.

»Ich sagte: stehen bleiben!«, schrie jetzt auch Léon und richtetet seine Waffe auf ihn. Claire legte ihre Finger um den Hals der leeren Flasche und fixierte den Vogelmann.

»Monsieur Bechandre, wir haben uns vorhin kennengelernt, wir sind von der …«

»Verlassen Sie sofort mein Haus! Sie haben kein Recht dazu!« Oliviers Augen waren weit aufgerissen, seine Arme schlackerten an seinem dürren Körper und Claire musste für einen Augenblick an eine Vogelscheuche denken, die sich selbst aus dem hart gefrorenen Boden eines Ackers befreit hatte und nun aufgeregt durch ein Maisfeld lief.

»Monsieur Bechandre, bleiben Sie genau da stehen! Sie stehen unter dringendem Verdacht …«

»Unter gar nichts stehe ich!«, schrie er und fuchtelte mit den Händen in der Luft herum, Schweißtropfen glänzten auf seiner Stirn. »Sie dürfen hier gar nicht sein, ich kenne meine Rechte ganz genau! Verschwinden Sie aus meinem Haus!«

»Beruhigen Sie sich, Monsieur«, versuchte nun Claire die Lage zu entschärfen. »Mein Kollege wird jetzt seine Waffe einstecken und dann reden wir wie vernünftige Leute. Einverstanden?«

»Ich … Sie dürfen nicht …«

»Ist gut, Olivier. Darf ich Olivier sagen? Das ist Léon, er steckt seine Waffe weg.«

Claire nickte ihrem Kollegen zu und wollte gerade die Flasche abstellen, als Olivier plötzlich einen Schritt zur Seite machte. Hinter ihm schälte sich ein Schatten aus der Dunkelheit, der zwischen seinen schweren Pranken den abgesägten Doppellauf einer Schrotflinte hielt.

»Und jetzt beruhigen wir uns alle mal«, sagte die Gestalt, die aus der Dunkelheit kam. »Gehen Sie von dem Tisch da weg, Monsieur«, sagte der Neuankömmling zu Léon.

»Ganz ruhig«, versuchte Claire die Situation, die ihnen gerade völlig entglitt, zu klären. Ihr Herz raste.

»Ich bin ganz ruhig. Guten Abend, Mademoiselle. Guten Abend, Monsieur. Tun Sie uns allen einen Gefallen und stecken Sie Ihre Dienstwaffe weg, ja?«

Als der Mann ins Licht trat und dabei den schlotternden Vogelschützer zur Seite schob, kam ein älterer bärtiger Mann zum Vorschein, der eine Fischerjacke trug und eine blaue Wollmütze auf seinem kahlen Schädel hatte.

»Und Sie sind?«, fragte Léon, während er widerwillig und unter genauer Beobachtung des Schrotflintenbesitzers seine Dienstwaffe wegsteckte.

Der alte Mann lächelte.

»Die Menschen auf der Insel nennen mich alle nur den alten Bitrac. Ich bin der ehemalige Leuchtturmwärter von Chausey. Jetzt Mädchen für alles. Und ich finde, wir beruhigen uns jetzt mal alle.«

Claire und die drei Männer standen für einen Augenblick in der Mitte des Raumes, niemand rührte sich. Schließlich war es der alte Mann, der mit einem leisen Seufzen die Schrotflinte wegstellte.

»Wo wollten Sie hin, als Sie vorhin mit dem Boot hinausgefahren sind?«, fragte Claire den Ornithologen, der sie aus dunklen Augen anfunkelte.

»Das geht Sie nichts an«, fauchte er.

»Oh doch, Monsieur«, sagte Léon. »Ich fürchte, das geht uns etwas an. Genauso wie diese Flaschenpost dort auf dem Tisch.«

»Die stand vorhin vor der Tür!«, sagte Olivier, der jetzt seinen Tropenhut in den Händen knetete. »Ich wäre fast darübergestolpert, ich dachte, sie wären ein Geschenk.«

Claire und Léon warfen sich einen Blick zu.

»Gibt es dafür Zeugen?«

»Natürlich nicht! Aber ich schwöre Ihnen, sie standen dort draußen. Ich wollte die Flaschenpost gerade aufmachen, vorhin, ich hatte mir Nudeln gemacht. Und dann hat Bitrac angerufen, und ...«

Olivier biss sich auf die Lippe, offenbar hatte er das gar nicht erzählen wollen.

»Warum hat er Sie angerufen?«, fragte sie.

»Das geht Sie nichts an.«

»Olivier, ich glaube, es ist jetzt genug mit diesem Versteckspiel! Sie stehen unter dringendem Verdacht, vier Menschen getötet zu haben, darunter einen Polizisten. Ich glaube, es ist an der Zeit, uns zu sagen, was hier wirklich läuft.«

Es war der Leuchtturmwärter, der schließlich seine Mütze abnahm, sich geräuschvoll räusperte und Claire sichtlich zerknirscht anschaute.

»Er hat mich abgeholt. Ich … na ja, wir haben uns ein bisschen angefreundet, seitdem er hier auf Chausey ist. Und als mein Bootsmotor defekt war, vorhin, da habe ich ihn angerufen und er ist …«

»Wo waren Sie denn nun?«, fragte Claire den Leuchtturmwärter.

»Drüben in Granville«.

»Kann das jemand bezeugen?«

Der alte Mann blickte mit zunehmender Unsicherheit zu Léon hinüber.

»Monsieur, kann das jemand bezeugen?«, hakte Claire nach.

Es dauert eine Weile.

Der Leuchtturmwärter starrte zu Boden. Dann nickte er langsam.

Eine halbe Stunde später schwappten die ersten stärkeren Wellen gegen die Felsen von Chausey. Über der Grande-Grève schien hell die Sichel des Mondes, der Strand schimmerte silbern. Draußen auf dem Meer waren weiße Schaumkronen zu erkennen, der Wind fuhr durch die kahlen Äste der Sträucher.

Claire steckte ihr Handy in ihre Jackentasche und atmete die kalte Nachtluft ein. Sie hatte die Fotos, die sie im Sémaphore gemacht hatte, nach Caen geschickt, gemeinsam mit der Bitte, gleich morgen ein Team der Spurensicherung nach Chausey zu schicken. Sie war sich sicher, dass der Ornithologe eine Rolle in der ganzen Geschichte spielte, sie wusste nur noch nicht, welche.

Sie lächelte, als sie an die hervorgestammelte Erklärung dachte, die der alte Bitrac ihnen schließlich für seine nächtliche Überfahrt nach Granville gegeben hatte.

»Männer«, murmelte sie und bückte sich, um einen flachen Stein aufzuheben. Sie schleuderte ihn hinaus auf das Wasser, wo er mehrmals aufsprang, bevor sie ihn aus den Augen verlor. Sie hatte den Reißverschluss ihrer Windjacke bis zum Hals hochgezogen und die Handschuhe anbehalten, die Léon ihr in dem kleinen Haus des Vogelkundlers gegeben hatte, um die Flaschenpost zu öffnen.

Sie drehte sich zu dem jungen Polizisten um, der windgeschützt hinter einem Felsen stand und soeben ein Telefonat beendete.

»Ich habe Roussel direkt erreicht, er ist noch im Commissariat.«

Claire musterte ihn, während er über den Sand auf sie zukam.

»Wir werden Olivier morgen mit der ersten Fähre ans Festland bringen. Dort wird Roussel ihn im Commissariat verhören. Ich bin mir sicher, dass er uns etwas verschweigt. Die Flaschenpost nehmen wir mit.«

Léon klopfte auf die Außentasche seiner Jacke, in die er die Flasche gesteckt hatte, vorsorglich durch einen Plastikbeutel geschützt, den er von Olivier bekommen hatte.

»Und Bitrac?«, fragte Claire.

»Was er getan hat, ist nicht verboten«, sagte Léon. »Er ist am Nachmittag rüber nach Granville gefahren und ist dann …«

»… ins Bordell gegangen«, ergänzte Claire. »Ehrlich gesagt, geschieht es ihm recht, dass sein altes Motorboot den Geist aufgegeben hat!«

»Er hat mir wirklich ein bisschen leidgetan, es war ihm sichtlich unangenehm.«

»Das sollte es auch«, antwortete Claire, aber gleichzeitig hatte auch sie Mitleid mit dem alten Mann gehabt, der sehr zerknirscht vor ihnen gestanden hatte.

»Hat er eigentlich einen Waffenschein?«, fragte sie Léon.

»Roussel sagt, nein. Aber darum kümmern wir uns später. Jetzt sollten wir ins Hotel zurückgehen, wir müssen morgen früh raus. Warum lächelst du?«

Léon sah Claire verwundert an, die am Wasser stand und den Wellen beim Heranrollen zuschaute.

»Einfach so, ist es verboten zu lächeln?«

»Gar nicht. Außerdem steht es dir, also: Lächle ruhig weiter. Aber es ist wirklich kalt hier draußen, also …«

»Weißt du, was wir in der Schule immer gemacht haben?« Claire drehte sich zu Léon um.

»Äh … nein«, sagte er leicht irritiert. Dann sah er plötzlich an ihr vorbei aufs Wasser. »Sag mal, schwimmt da nicht …«

»Wir haben Listen gemacht.«

»Listen? Was für Listen? Hey, da schwimmt doch …«

»Listen mit den Namen von Jungs drauf.«

»Aha. Na ja, was man halt so macht als Mädchen, ich fand euch damals alle anstrengend, dieses ständige Tuscheln und … Schau mal, das … Ach du Scheiße, ist das etwa …«

»Da standen dann diejenigen Jungs drauf, die wir gerne mal küssen würden. Also nicht richtig küssen, nur so ganz flüchtig, weißt du? Jedenfalls, wir haben die Namen auf eine Liste geschrieben und die haben wir dann natürlich gut versteckt.«

»Claire, da schwimmt eine Flasche im Wasser. Die sieht genauso aus wie …«

»Echt? Das gibt's doch nicht!«

»Warte, ich gehe … Scheiße, ist das kalt … Hier, ich hab sie!«

Léon stand bereits knietief im Wasser und zog dann tatsächlich eine Flasche aus dem Wasser.

»Da ist ein Zettel drin!«

»So was aber auch. Das ist ja spannend.«

»Claire, weißt du, was das bedeutet … Die muss jemand … eben gerade …«

Léon sprang aus dem Wasser und zog sie hinter einen Felsen. In der linken Hand hielt er die nasse Flasche.

»Nicht – bewegen«, flüsterte er. »Er könnte noch in der Nähe sein.«

»Ich bewege mich nicht. Keine Sorge.«

Léon beobachtete vorsichtig den Strand.

»Mach mal die Flasche auf«, sagte er schließlich. »Du hast die Handschuhe an.«

Claire nickte und zog den Korken vorsichtig heraus.

»Auf meiner Liste standen damals natürlich viel zu viele und geküsst habe ich von denen auch niemanden«, plapperte sie leise, während sie den Zettel herauszog.

»Wie bitte? Claire, können wir jetzt bitte diesen Zettel … Scheiße, nimmt denn diese Geschichte überhaupt kein Ende?«

»Ich habe mir damals jedenfalls gedacht, es wäre doch viel besser, wenn da nur ein Name stehen würde! Was meinst du dazu? Ich meine, den Namen von dem einzigen Jungen, den man als Mädchen …«

»Claire, was redest du denn da, gib mir jetzt den Zettel! Das ist ja …«

»… unbedingt, also wirklich unbedingt …«

»… nicht zum Aushalten! Scheiße, da steht wirklich was, da steht … hä? Das versteh ich nicht …«

»… und zwar jetzt sofort und in dieser Minute …«

Léon starrte ungläubig auf den Zettel, auf dem nur ein einziger Name stand.

Sein Name.

»… küssen möchte.«

Léon war zu angespannt gewesen, um zu bemerken, wie nah Claire ihm gekommen war. Im Mondlicht lächelte sie ihn nun an, nur noch wenige Zentimeter von ihm entfernt. Die

Flasche glitt ihm aus den Händen, wo sie nahezu geräuschlos in den Sand fiel.

»Du hast sie da reingeworfen«, sagte er leise.

»Blitzmerker.«

»Du hast die Flasche aus der Apotheke mitgenommen.«

»Ja.«

»Du wolltest rausfinden, wie der Täter vorgegangen ist.«

»Stimmt.«

»Ich stand noch nie auf einer Kuss-Liste.«

»Na dann.«

KAPITEL 21

Granville, Normandie
Zur gleichen Zeit

Als Nicolas die Rue des Juifs überquerte und kurz darauf die Place Maréchal Foch erreichte, meinte er plötzlich, Schritte hinter sich zu hören. Kurz blieb er stehen, sah sich um, lauschte in die Dunkelheit. Neben ihm knurrte Rachmaninoff kurz, dann legte er sich müde auf den kalten Bürgersteig.

Vollkommene Stille umgab sie. Kein Auto war auf der Straße unterwegs, kein nächtlicher Spaziergänger war zu sehen, nicht mal eine Möwe, die auf dem weißen Geländer der Promenade saß und in die Nacht hinausstarrte.

Sie waren allein. Granville schien zu schlafen, die Stadt schmiegte sich an die felsige Landspitze, die hinaus in die Baie du Mont-Saint-Michel ragte.

»Na komm, alter Freund, da ist nichts. Wir sind wohl beide ganz schon müde. Du kannst dich gleich hinlegen.«

Ich hingegen habe noch einiges vor mir heute Nacht, dachte Nicolas. Er versuchte, sich innerlich zu wappnen für das, was kommen würde. Auch wenn er wusste, dass man sich darauf nicht vorbereiten konnte.

Sie umrundeten das kleine Casino von Granville, das unterhalb der Felsen lag, direkt neben dem Theater, dessen Saal in den Stein hineingemeißelt worden war. Nicolas ließ auch den Haupteingang des Restaurants links liegen, die letzten

Gäste waren längst gegangen, die Stühle hochgestellt und alle Lichter erloschen.

Als sie die Promenade erreichten, bogen sie nach links ab, in Richtung eines Parkplatzes. Über sich sah Nicolas die roten Zinnen eines Gebäudes, einen hohen Turm, der von den imposanten Felswänden dennoch weit überragt wurde. Was in dieser kurzen Zeit in Granville alles passiert war. Es schien ihm, als sei er schon eine Ewigkeit hier.

»Vier Tote«, murmelte Nicolas und dachte dabei für einen Augenblick an die Familie von Marc Huet, den er nur kurz gekannt und doch sehr geschätzt hatte. Diese Mordserie musste ein Ende haben, sie mussten um jeden Preis verhindern, dass auch noch der Vierte auf der Liste ums Leben kam.

»Wir müssen ihn nur ausfindig machen, dann kann ich ihn beschützen, Rachmaninoff. Verstehst du? Das kann ich nämlich. Es ist nicht viel, aber immerhin.«

Kurz darauf erreichten sie eine schmale Seitentür am hinteren Ende des Casinos. Nicolas blickte sich um, und als er niemanden auf der Promenade sah, tippte er das Geburtsdatum seiner Mutter auf einem Zahlenfeld ein, das neben der Tür angebracht war. Mit einem leisen Summen öffnete sie sich und Nicolas konnte sich ein verächtliches Schnauben nicht verkneifen.

»Du lebst in der Vergangenheit, Vater«, murmelte er und führte Rachmaninoff durch einen schlecht beleuchteten Gang, an dessen Ende gedämpftes Licht zu sehen war. Der Hund hob neugierig den Kopf, als sie an einem bodentiefen Aquarium vorbeikamen, das die halbe Länge des Ganges einnahm. Durch das bläuliche Wasser hindurch konnte Nicolas schließlich den Umriss eines Mannes erkennen, der allein an einem Tisch am Fenster saß und ein Glas zum Mund führte.

Nicolas zog den Hund weiter den Gang entlang, vorbei an den Langusten und Hummern, die mit zusammengebundenen Scheren im Wasser schwammen. Die Tür, durch die sie in das Gebäude gekommen waren, fiel leise ins Schloss fiel.

»Bonsoir, Monsieur Guerlain.«

Die Stimme gehörte zu einem Mann, dessen Haut fast so schwarz war wie sein Anzug und der aus dem Schatten des Raumes aufgetaucht war, nahezu unsichtbar bis zum letzten Augenblick. Einzig seine Augen waren hell, er lächelte Nicolas an und streckte ihm die Hand entgegen.

»Sie können mir gern den Hund dalassen. Er muss hungrig sein, es war ein langer Tag.«

Nicolas sah auf Rachmaninoff herab, der mit hechelnder Zunge vor dem Mann stand.

»Er isst kein Fleisch«, sagte Nicolas und reichte dem Unbekannten die Leine.

»Ich weiß, Monsieur Guerlain. Machen Sie sich keine Sorgen.«

Nicolas musterte den Mann, er hatte einen durchtrainierten Körper und unter dem Jackett blitzte kurz seine Waffe hervor. Er nahm die fließenden Bewegungen wahr, als dieser sich umdrehte und mit dem Hund davonging.

»Natürlich wisst ihr das«, murmelte er. »Ihr wisst alles.«

Er streckte sich und schloss die Augen, als ließe sich das Unvermeidliche dadurch hinauszögern.

»Setz dich.«

Die Stimme kam von dem kleinen Tisch am Fenster, hinter dem die Dunkelheit lauerte. Nicolas beschloss, dass das Unvermeidliche seinen Schrecken nur dann verlieren konnte, wenn es Gestalt annahm, wenn man es herauslockte aus der Dunkelheit, wenn man sich ihm stellte.

Er setzte sich ebenfalls an den Fenstertisch.

Aus einer Karaffe schenkte er sich ein Glas Wasser ein, trank es in einem Zug aus, sah dem ehemaligen Chef des Inlandsgeheimdienstes und einst mächtigsten Mann des Landes in die Augen und lächelte.

»Guten Abend, Vater.«

Alexandre Guerlain lehnte sich etwas nach vorne, sodass das Licht auf sein Gesicht fiel. Seine Augen funkelten, als er seinen Sohn musterte, seine Gesichtszüge waren kantig, einzig die grauen Haare an den Schläfen erinnerten den Betrachter daran, dass hier ein Mann von über sechzig Jahren saß.

»Du siehst gut aus, Vater. Der Ruhestand scheint dir zu bekommen, wer hätte das gedacht?« Während er sprach, wurde Nicolas bewusst, dass es etwas anderes als den Job geben musste, das seinen Vater antrieb. Im Vergleich zu ihrem letzten Treffen auf den Felsen von Étretat sah er kraftvoller, zuversichtlicher und …

Er ist wieder im Spiel, dachte Nicolas plötzlich. Sein Vater, der nach den Vorkommnissen rund um die Feierlichkeiten zur Alliiertenlandung in der Normandie seines Amtes enthoben worden war, hatte offenbar seine Karten neu gemischt und war nun dabei, sie nach und nach auszuspielen.

Wenn er es nicht schon längst getan hatte.

»Wir haben Einiges zu besprechen«, sagte sein Vater schließlich und schenkte sich ebenfalls etwas Wasser ein. »Du auch?«

»Ja, danke.«

»Es war ein langer Tag für dich, wenn ich mich nicht irre.«

Nicolas lächelte. Sein Vater irrte sich nie, das wussten sie beide.

»Lang ja, aber nicht der längste.«

Alexandre Guerlain zog seine rechte Augenbraue hoch.

»Immer für ein Wortspiel zu haben, Nicolas. Du hast recht, unseren längsten Tag haben wir beide schon hinter uns.«

Le jour le plus long – der längste Tag. So nannten die Franzosen den 6. Juni, den Tag der Landung der Alliierten am Ende des Zweiten Weltkriegs. Sie beide hatten die Feierlichkeiten im Sommer noch in bester Erinnerung, als der Staatspräsident vor den Augen der Öffentlichkeit beinahe getötet worden wäre.

»Wie geht es Julie?«, fragte sein Vater plötzlich und Nicolas wusste sofort, dass jeder Anschein eines normalen Vater-Sohn-Gesprächs in diesem Augenblick dahin war. Er hatte nichts anderes erwartet.

»Du weißt genau, wie es ihr geht, Vater«, sagte er und bemerkte, wie sich seine Finger in den Stoff der Armlehne gruben.

Sein Vater sah ihn ruhig an, dann nickte er kurz.

»Sie wird es überstehen, Nicolas. Sie ist stark und ...«

Nicolas' Finger knackten, als er die Hand unter dem Tisch zur Faust ballte.

Bleib ruhig, befahl er sich, aber in seinem Kopf braute sich bereits eine dunkle Wolkenwand zusammen, sie legte sich über seinen Horizont und verfinsterte sein Gemüt.

Sein Vater wusste genau, welche Knöpfe er bei den Menschen drücken musste, die er für seine Zwecke benutzen wollte, und das galt nicht zuletzt auch für seinen eigenen Sohn.

»... sie hat schon wesentlich Schlimmeres erlebt.«

»Und das hat sie dir zu verdanken.«

»Ach bitte, Nicolas, fangen wir doch nicht wieder damit an.«

Nicolas atmete ein, konzentrierte sich auf das Wasser, das vor ihm stand, auf die weiße Tischdecke, die Geräusche der Wellen in der Dunkelheit.

Er atmete wieder aus, langsam.

Er überlegte kurz, ob er seine Waffe ziehen konnte, bevor die Männer seines Vaters, die sicher nur wenige Meter hinter ihnen standen, ihn daran hindern konnten. Er würde schnell sein müssen, schneller als der Mann in Schwarz oder wer sonst noch dort stand.

»Wir sollten das hinter uns lassen, meinst du nicht?«

»Du weißt genau, dass das niemals passieren wird«, sagte Nicolas leise und drohend. »Du bist es, der sie zu einem Undercover-Auftrag gezwungen hast, du hast sie benutzt, sie erpresst, du hast uns auseinandergerissen, weil es Wichtigeres gab …«

»Es gibt immer Wichtigeres! Werd endlich erwachsen, Nicolas! Ihr Auftrag war erfolgreich, wir haben am 6. Juni Schlimmeres verhindert und nichts anderes zählt. Und jetzt kriegt euch endlich ein, ihr seid keine Kinder mehr! Glaubst du, das Leben um euch herum steht still, meint ihr, es wartet darauf, dass ihr endlich eure Tränen trocknet? Deine hübsche kleine Freundin sollte vielleicht einfach mal …«

Ohne Vorwarnung packte Nicolas seinen Vater am Jackett, zog ihn zu sich heran und starrte ihn wutentbrannt an, während seine Lungen pumpten und sein Blut ihm in den Ohren rauschte.

»Was sollte sie, Vater? Sag schon!«

Er griff noch fester zu.

Seltsamerweise lächelte sein Vater. Es war ein wissendes, kalkuliertes Lächeln, als hätte er genau das erwartet. Nicolas merkte zu spät, dass er Schwäche gezeigt, seine Verfassung preisgegeben hatte und sich jetzt in den Fängen dieses Mannes befand, den er zwar gepackt hatte, jedoch ohne ihn jemals wirklich zu fassen zu kriegen.

Alexandre Guerlain hatte alles geplant, alles vorhergesehen. Und nun traf er Nicolas an seinem verletzlichsten Punkt.

»Ich bin hier, weil ich dir Oissel schenken will.«

Oissel, das Echo eines längst überstandenen Albtraums.

Oissel, ein Vorort von Rouen und zugleich der Name eines der größten Ausbildungszentren der französischen Polizei, das immer wieder auch von seinem jetzigen Dienst genutzt wurde, um aus den besten Personenschützern die allerbesten herauszufiltern. Ein Stahlbad für Körper und Seele, ein Ort, den er zu vergessen versucht hatte, weil er selbst dort einen schweren Fehler begangen hatte. Einen Fehler, von dem außer ihm nur ein Mensch wusste. Und nun war sein Vater gekommen, um Nicolas dafür bezahlen zu lassen.

Als ihn der schwere Knauf einer Waffe am Hinterkopf traf und die Welt zu verschwimmen begann, hörte er seinen Vater noch sagen: »Geben wir ihm drei Minuten.«

Er klang so, als würde er lediglich einen Espresso und die Rechnung bestellen.

KAPITEL 22

Commissariat von Granville, Normandie
Zur gleichen Zeit

Roussel hatte noch drei Versuche. Er wollte sich konzentrieren, aber das Ziel verschwamm vor seinen Augen, obwohl es nur wenige Meter von ihm entfernt war.

»Das schaffen Sie«, hörte er die Stimme von Stéphane, einem der Polzisten, der in dieser Nacht Bereitschaft hatte und mit ihm im Commissariat saß.

»Natürlich schaffe ich das«, brummte Roussel. »Und danach hole ich mir ein Bier und vergesse diesen ganzen Scheißtag.«

»Aber zuerst die drei letzten. Bislang führe ich relativ deutlich, aber noch können Sie ausgleichen.«

Roussel schnaubte verächtlich und schaute zu dem Beamten hinüber, der es tatsächlich geschafft hatte, drei von fünf Papierkugeln im Papierkorb zu versenken, und das aus mindestens sechs Metern Entfernung.

»Ich habe fast das Gefühl, Sie verbringen die Nächte im Commissariat mit Papierkügelchentraining«, brummte Roussel. Der Polizist lachte und schüttelte den Kopf.

Roussel warf seine Kugel, sie landete mit einem satten Geräusch im Papierkorb.

»Bravo!«, kommentierte Stéphane.

»Es geschehen noch Zeichen und Wunder«, sagte Roussel und warf seine vorletzte Kugel. Sie prallte gegen die Wand und fiel von dort aus in den Papierkorb.

»Ein Comeback!«, rief der Bereitschaftspolizist.

»Ich wollte Sie nur in Sicherheit wiegen. Jetzt rolle ich das Feld von hinten auf.«

Der Spieleinsatz lag bei 50 Cent, die beiden Geldmünzen lagen in der Mitte des Tisches. Daneben stand ein Laptop, auf dem Roussel die Seite der Vogelschutzbehörde in Cherbourg aufgerufen hatte.

»So, passen Sie auf, hier kommt der Ausgleich!«

Roussel konzentrierte sich, er vergaß für einen kurzen Moment diesen Tag, die Ermittlungen, die Jagd auf einen Täter, den sie nicht zu fassen bekamen, weil sie seine Opfer nicht rechtzeitig ausfindig machen konnten.

Roussel blendete auch das Gespräch mit Marc Huets Ehefrau aus, das er vor einer Stunde hatte führen müssen.

Er würde es zeit seines Lebens nicht vergessen. Nicht ihren Blick, nicht den Eindruck, dass alle Energie aus ihr herauszufließen schien, als sie vom grausamen Tod ihres Mannes erfuhr. Er hatte eine Psychologin hinzugezogen, die Kinder waren aus ihren Betten gekommen, Nachbarn waren erschienen. Und er war schließlich gegangen, leer und ohne Zuversicht.

Aber jetzt lagen zwei 50-Cent-Stücke auf dem Tisch, und das war für den Augenblick alles, was zählte. Roussel visierte den Papierkorb an, holte tief Luft und …

… verzog den Wurf völlig, als das Klingeln seines Telefons auf dem Tisch durch den Raum schrillte.

»Scheiße!«, fluchte er. »Den muss ich wiederholen! Das ist ganz klar höhere Gewalt, das ist …«

»Nix da«, sagte Stéphane, »bei mir hat es vorhin auch geklingelt. Das Geld gehört mir.«

»Meinetwegen«, fluchte Roussel.

Er warf dem Polizisten die beiden Geldstücke hin und griff nach dem Telefonhörer.

»Na endlich«, sagte er, als er die Nummer auf dem Display sah.

»Bonsoir, Monsieur, vielen Dank für den Rückruf. Ja, ich habe etwas zu schreiben.«

Roussel hatte den Leiter der Vogelschutzbehörde vor einer halben Stunde aus dem Bett geklingelt und ihn gebeten, in sein Büro zu fahren.

»Ja, genau, Olivier Bechandre. Er ist gerade für Sie auf Chausey, und … ja, ich … was meinen Sie?«

Roussel richtete sich plötzlich auf und sah den Bereitschaftspolizisten alarmiert an.

»Was meinen Sie, er ist nicht auf Chausey? Natürlich ist er dort, meine Kollegen haben ihn dort … Was heißt hier entlassen?«

Roussel drückte auf die Lautsprechertaste, sodass Stéphane mithören konnte. Die müde Stimme des Behördenleiters klang blechern durch den Raum.

»Wenn ich es Ihnen doch sage: Olivier Bechandre arbeitet nicht mehr für unsere Behörde. Ich habe ihn vorigen Monat entlassen.«

»Und warum?«

»Er war … seltsam. Ein Eigenbrötler. Und ehrlich gesagt, war er nicht sehr gut in seinem Job. Ich konnte mich nicht auf ihn verlassen.«

»Können Sie sich erklären, was er dann auf Chausey macht?«, fragte Roussel.

Der Mann schien kurz zu überlegen.

»Keine Ahnung. Er wollte immer mal so einen Auftrag bekommen. Er hat mich mehrfach förmlich angefleht, ihn auf eine der Inseln zu schicken. Aber wie gesagt, er war völlig unbrauchbar, und letzten Endes haben wir uns von ihm getrennt.«

Roussel war aufgestanden.

Stéphane beugte sich über den Hörer und begrüßte den Mann in Cherbourg.

»Gab es denn überhaupt einen Auftrag für Chausey?«

»Wie meinen Sie das?«

»Na ja, wenn Sie nicht Olivier Bechandre geschickt haben, wer sollte denn dann nach Chausey kommen?«

»Ach so meinen Sie das. Warten Sie, da muss ich … Ah ja, jetzt erinnere ich mich. Der Auftrag beginnt in Kürze … hier steht es ja. In zwei Tagen, genauer gesagt. Und jetzt weiß ich auch wieder, wer den Auftrag übernommen hat. Aber es ist keiner von unseren Leuten.«

»Nein?«, fragte Roussel. »Warum das nicht?«

Der Behördenleiter lachte.

»Weil wir genauso unterbesetzt sind wie Sie bei der Polizei. Ich musste einen ortsfremden Ornithologen bitten, das zu übernehmen. Er arbeitet eigentlich in der Camargue, aber er war vor einigen Jahren schon einmal auf Chausey und hat sofort zugesagt. Er müsste sogar bereits nach Granville unterwegs sein, in der Regel kommen die Ornithologen ein bis zwei Tage vorher an, um sich ihre Ausrüstung zu besorgen.«

Roussel dachte kurz nach.

»Hätte Olivier Bechandre von dem Auftrag wissen können?«

»Natürlich«, antwortete der Mann am Telefon umgehend. »Alle Aufträge stehen bei uns auf einer großen Tafel im Büro, es sind ja keine Staatsgeheimnisse. Olivier hat womöglich gesehen, dass Chausey wieder besetzt wird, und hat sich gedacht …«

»… dass er kurz mal seinen Traum leben kann«, ergänzte Roussel. »Zumindest so lange, bis der richtige Ornithologe kommt. Vermutlich wäre er dann einfach abgehauen.«

»Vermutlich«, stimmte ihm der Leiter der Vogelschutzbehörde zu. »Er hatte ja ohnehin nichts mehr zu verlieren.«

»Monsieur, der richtige Vogelkundler, der nach Chausey kommen sollte, haben Sie da einen Namen für uns?«, fragte Roussel.

»Ja, natürlich. Ich kenne ihn persönlich, ein sehr guter

Mann. Er heißt Philippe Duval. Wir haben ihn auf Chausey angekündigt, dort sollte man Bescheid wissen.«

Roussel starrte mit offenem Mund den Bereitschaftspolizisten an, der sich kurz umdrehte und zur Wand sah, an der die Todesliste mit den fünf Namen hing.

»Leck mich am Arsch«, sagte Roussel leise. »Das bedeutet …«

»Monsieur, haben Sie eine Handynummer für uns?«, fragte Stéphane. »Wir müssen Monsieur Duval dringend erreichen.«

»Natürlich. Hier, es ist die …«

Nachdem er das Gespräch beendet hatte, betrachtete Roussel die unzähligen Notizen und Fotos, die an der Wand des Commissariat hingen. Bilder der Opfer, Aufnahmen von Chausey, der Grande-Grève, ein vergrößerter Ausdruck der Liste.

»Wie wollen Sie vorgehen?«, fragte Stéphane.

Roussel überlegte kurz, dann merkte er, wie in seinem müden Kopf die ersten Zahnräder ineinandergriffen.

»Wir haben ein Problem«, sagte er leise.

»Wie meinen Sie das? Wir haben doch endlich eine Spur! Wir sollten diesen Philippe Duval anrufen, er soll sofort hierherkommen, wenn er bereits auf dem Weg ist, wir bringen ihn in Sicherheit und …«

»Jaja«, murmelte Roussel und angelte sein Handy aus der Jackentasche. Er wählte eine Nummer und fluchte, als niemand abhob.

»Scheiße, was macht die denn?«

Er wählte eine zweite Nummer und fing lautstark an zu schimpfen, als er auch dort niemanden erreichte.

»Warum gehen die nicht an ihr Telefon, verdammter Mist! Und die Verbindung ist auch miserabel, ich höre kaum das Freizeichen. Haben die auf Chausey kein Netz oder was?«

»Kein besonders stabiles, fürchte ich«, sagte Stéphane, der bereits dabei war, die Nummer des Ornithologen zu wählen.

»Er geht nicht ans Telefon«, sagte er nach einigen Sekunden.

»Scheiße!« Roussel trat gegen den Papierkorb, der umkippte, sodass die mühsam hineinbugsierten Papierkugeln herauskullerten.

»Ich brauche ein Boot!«, sagte er schließlich zu Stéphane. »Und zwar jetzt sofort, ich muss nach Chausey. So schnell wie möglich.«

Der Polizist sah ihn irritiert an.

»Die Vogelschutzbehörde hat einen Philippe Duval dort angemeldet«, erklärte Roussel. »Und wenn ich richtigliege, dann …«

Wieder wählte er eine Nummer und machte Stéphane ein Zeichen, sich auf die Suche nach einem Boot zu machen.

»Nicolas! Gott sei Dank, wenigstens dich erreiche ich, sonst scheinen ja alle irgendwo auf dieser verdammten Insel verschollen zu sein. Hör zu, wir treffen uns unten am Hafen, jetzt sofort, hörst du? Ich befürchte, dieser Vogelmann ist in Gefahr und ich erreiche Claire nicht. Wir müssen da rüber, jetzt sofort. Nicolas? Was sagst du? Wer ist denn da?«

Roussel war eben noch auf und ab gelaufen, jetzt hielt er inne. Kurz darauf ließ er das Handy sinken und sagte überrascht: »Aufgelegt.«

»War das Ihr Nicolas?«, fragte Stéphane. »Nicolas Guerlain? Unsere Nummer fünf auf der Liste?«

Roussel schüttelte den Kopf.

»Nein? Ich dachte, Sie hätten gerade …«

»Es war sein Vater. Und er meinte, das habe jetzt keine Priorität.«

Fünf Minuten später stieß Roussel die Tür des Commissariat von Granville auf und stürmte hinaus in die Nacht.

»Sie versuchen es weiter bei Philippe Duvale, und wenn Sie ihn erreichen und er in der Nähe ist, sperren Sie ihn ein, wenn es sein muss, lassen Sie ihn nicht aus den Augen! Und rufen Sie mich an, wenn Sie etwas erreicht haben!«

»Das Boot liegt gleich vorne im Hafenbecken, gegenüber der Restaurants. Es ist die ›Mathilde‹, der Fischer bringt Sie rüber.«

Roussel zog seine Kapuze über den Kopf, ein feiner Regen hatte eingesetzt. Er rannte in Richtung Hafen, froh, dass wenigstens die Mondsichel etwas Licht spendete. Denn die Nacht war noch immer undurchdringlich und der neue Tag noch weit entfernt.

KAPITEL 23

Granville, Normandie
Zur gleichen Zeit

Das Erste, was Nicolas sah, als er benommen und unter Stöhnen auf einem weichen Sessel zu sich kam, war ein Foto von sich. Vorsichtig tastete er seinen Hinterkopf ab, das Blut an seinen Fingern war warm, der Schmerz hämmerte hinter seiner Stirn. Sein Blick verschwamm, er holte Luft, wischte das Blut, das er an den Fingern hatte, an einer Serviette ab, die ihm jemand reichte.

»Können wir jetzt weitermachen?«

Sein Vater saß ihm gegenüber und musterte ihn.

»Meine Männer stehen direkt hinter dir, also benimm dich jetzt gefälligst.«

»Ich tue mein Bestes«, stöhnte Nicolas und beugte sich nach vorne.

»Gut. Wir haben schon genug Zeit verloren. Ich möchte, dass du dir das ansiehst.«

Nicolas versuchte, den Schmerz zu ignorieren, was ihm nur leidlich gelang, und blickte auf das Foto auf dem kleinen Tisch. Offenbar hatten ihn die Männer seines Vaters auf den Sessel gehievt, nachdem sie ihn niedergeschlagen hatten.

»Das bin ich«, sagte er und hatte dabei den Geschmack von Blut auf der Zunge.

Es war eine Aufnahme aus der Pariser Métro, die zeigte, wie er eine Treppe hinuntereilte. Sein Vater legte ein weiteres Foto daneben.

»Das bin wieder ich.«

Er selbst mit suchendem Blick auf einer Plattform, im Hintergrund eine einfahrende U-Bahn. Ein weiteres Foto, wieder Nicolas, diesmal leicht zur Seite gekippt. Es war der Moment, in dem er beinahe vor die abfahrende Bahn gestürzt wäre.

Sein Vater zeigte auf einen roten Fleck in der Menge und Nicolas begann zu begreifen. In seinem schmerzenden Kopf begann sich die Erkenntnis zu kristallisieren, was sein Vater von ihm wollen könnte.

»Du warst es, der diese ganzen Aufnahmen aus dem Verkehr gezogen hat. Deshalb hat der Inlandsgeheimdienst nichts gefunden.«

Sein Vater lächelte.

»Wir haben deine Spuren beseitigt«, sagte er. »Ich habe dafür gesorgt, dass du nicht sofort verhaftet wirst.«

Nicolas runzelte die Stirn, während sein Vater weitere Aufnahmen auf den Tisch legte, eine nach der anderen.

Ein rotes Kleid.

Eine junge Frau.

Eine Hand, die ihn rettete.

Sie beide, sich umarmend, als zwei Wachleute vorbeilaufen.

»Wer ist diese Frau, Nicolas? Und was will sie?«

Wieder schmeckte Nicolas das Blut, er musste sich auf die Zunge gebissen haben, als einer der Männer ihn niedergestreckt hatte. Er griff nach einer weiteren Serviette und starrte seinen Vater hasserfüllt an.

»Ich hätte es wissen müssen«, sagte er leise.

»Was wissen müssen? Wer ist diese Frau, Nicolas?«, zischte sein Vater.

Jetzt war es Nicolas, der lächelte.

»Ich hätte wissen müssen, dass du die Macht nicht aufgeben kannst, Vater. Dass du nicht hinnehmen kannst, dass sie dich abgesägt haben.«

»Ich habe immer noch genug Macht, mach dir keine Sorgen. Oder wie meinst du, bin ich wohl sonst an diese Aufnahmen gekommen?«

»Ich meine echte Macht. Gesellschaftliche Macht. Einen Schreibtisch in einem Eckbüro im obersten Stockwerk, Zugang zum Staatspräsidenten, zu den Machthabern dieser Republik. Das ist es doch, was du willst. Und du bist bereit, alles dafür zu tun.«

Für einen Moment schwieg sein Vater, dann tippte er erneut auf das Bild.

»Ich will einen Namen, Nicolas. Wir müssen diese Gruppe stoppen, bevor sie unserem Land mit sinnlosen Anschlägen weiter schadet, und das im Namen irgendeiner Moral, die keine Rolle spielen darf, bei dem, was getan werden muss. Verstehst du? Es muss aufhören, Nicolas!«

»Und du wirst derjenige sein, der es beendet, nicht wahr? Du wirst ein Comeback feiern, der allmächtige Mann im Hintergrund, hätten wir ihn doch nie gehen lassen, seht, was alles geschieht in diesem Land, wenn er fort ist! Wenn du die Aktivisten stoppst, wenn du sie ihnen auf einem Silbertablett servierst, dann bist du wieder im Spiel, nicht wahr? Das ist es doch, warum wir hier sitzen, Vater! Es geht nicht um mich, es geht nicht um Julie, auf die du deine schmutzigen Hände gelegt hast. Und erzähl mir nichts von einem Undercover-Auftrag, du wolltest sie haben, sie besitzen, weil du geil auf sie …«

»Es reicht!«

Die Hand seines Vaters schnellte nach vorn, er wollte Nicolas eine heftige Ohrfeige verpassen, aber sein Sohn war schneller, trotz des Blutes, trotz der Schmerzen. Er packte die Hand seines Vaters, drückte so fest zu, wie er konnte, und ließ schließlich wieder los, ehe einer der Männer im Hintergrund eingreifen konnte.

»Du kannst mich schlagen, Vater. Aber du kannst mich nicht mehr für deine schmutzigen kleinen Spielchen missbrauchen. Damit muss endlich Schluss sein.«

Sein Vater rieb sich die Hand und funkelte ihn an.

»Wer ist diese Frau, Nicolas?«

Nicolas zuckte mit den Schultern.

»Ihr Name ist Marie. Mehr weiß ich nicht. Ich kenne weder ihre Absichten noch ihre Motive. Sie war im Théâtre des Champs-Élysées und sie kam mir verdächtig vor. Aber wie du siehst, ist sie mir entkommen.«

»Das ist Bullshit!«

»Nein, ist es nicht. Finde sie, finde die Aktivisten, stoppe sie, es ist mir egal. Ich habe hier andere Sorgen.«

Im Hintergrund hörte Nicolas das zufriedene Schmatzen Rachmaninoffs, der offenbar ein nächtliches Mahl einnahm und gut versorgt war. Sein Vater zog seine Krawatte gerade und sah Nicolas fest in die Augen.

»Okay, dann machen wir es eben anders.«

Alexandre Guerlain holte einen Umschlag aus der Innentasche seines Anzugs und legte ihn vor Nicolas auf den Tisch. Dann schob er die Aufnahmen aus der Métro auf einen Haufen und legte die Fotos neben den Umschlag.

Nicolas hielt die Luft an, als er sah, was dort vor ihm lag. Der Name seines Dienstes stand auf dem braunen Papier und er verstand sofort. Sein Vater erklärte es ihm dennoch, langsam, bestimmt und keine Unterbrechung duldend.

»Wir wissen beide, was für Unterlagen in diesem Umschlag sind: deine wirklichen Prüfungsergebnisse, die belegen, dass du damals nicht bestanden hast. Zusammen übrigens mit einer hübschen Aufnahme einer Überwachungskamera, die zeigt, wie du die Listen ausgetauscht hast. Das alles ist der Beweis für deinen Betrug damals in Oissel.«

Nicolas überlegte fieberhaft, aber ihm blieb nichts anderes übrig, als den Ausführungen seines Vaters zu lauschen.

»Du hättest niemals Personenschützer werden dürfen, Nicolas. Du bist damals durch den entscheidenden Test gefallen. Und du hast betrogen. Ich weiß das und du weißt das.«

»Das ist Jahre her«, sagte Nicolas. »Das interessiert niemanden mehr.« Aber er merkte am Klang seiner Stimme, wie wenig er von dieser Aussage überzeugt war.

Sein Vater lächelte, sein Mund war kaum mehr als ein schmaler Schlitz.

»Der heutige Staatspräsident wird seit Jahren von einem Betrüger beschützt. Von einem völlig ungeeigneten Personenschützer, der zu Recht abgewiesen worden wäre, weil er durch einen der entscheidenden Tests gefallen ist …«

»Der andere wäre ohnehin nicht genommen worden, er wollte auch gar nicht …«

Sein Vater winkte ab.

»Das ist unerheblich. Du hast seine Ergebnisse als die deinen verkauft, du hast betrogen und er ist in Vergessenheit geraten. Du aber hast eine glänzende Karriere gemacht, du darfst im Élysée-Palast arbeiten, du fliegst um die Welt, bist ein Held geworden. Ein Held, der sehr bald ohne Job und ohne Aufgabe sein wird und der womöglich ins Gefängnis wandert, wenn die Sache mit deiner kleinen Aktivistin rauskommt.«

Nicolas saß auf seinem Sessel, sein Kopf hämmerte und er spürte, wie das Adrenalin ihn nach und nach verließ und eine überwältigende Müdigkeit ihn überrollte.

»Dieser Umschlag, zusammen mit den Aufnahmen aus der Métro – du weißt, wie das aussieht«, fuhr sein Vater leise fort.

»Der falsche Bodyguard und die Attentäterin«, flüsterte Nicolas.

»So ist es.«

Sein Vater lehnte sich zurück, sein Blick war stechend.

»Es ist ganz einfach: In 48 Stunden geht der Umschlag zusammen mit den Fotos sowohl an deinen Dienst als auch an alle großen Medienhäuser im Land. Ich gehe davon aus, dass du wenige Stunden später vorläufig festgenommen wirst, zumindest wegen der mutmaßlichen Vertuschung eines Terroranschlags.«

»Es war Farbe, Vater.« Nicolas' Stimme brach und jegliche Kraft verließ ihn.

»Du warst nie ein Personenschützer der Regierung, Nicolas. Du bist ein kleiner, billiger Bodyguard, der sich durch einen miesen Trick eine große Karriere ergaunert hat. Und jetzt wirst du den Preis dafür bezahlen. Es sei denn ...«

»... was?« Nicolas wusste, was nun kommen würde, er fand nur keine Kraft, es selbst auszusprechen.

»... du lieferst mir diese Marie und damit die Aktivistengruppe. Das ist unser Deal. Du hast 48 Stunden. Deine Zukunft gegen diese Frau. Ich denke, das ist nicht zu viel verlangt.«

Nicolas betrachtete seinen Vater, der seinen Männern im Hintergrund ein Zeichen gab.

»Du opferst deinen eigenen Sohn für ein Comeback?«

Alexandre Guerlain stand auf und lächelte auf ihn herab.

»Ach Nicolas, das habe ich doch schon längst. Und ehrlich gesagt, ich mag deinen Hang zum Dramatisieren nicht.«

»Du armseliges Stück Scheiße.«

Zwei Männer packten Nicolas unter den Armen, er versuchte sich zu wehren, aber ihr Griff war zu fest. Sie zerrten ihn über die Sessellehne nach hinten, dann durch den Gang und Richtung Tür.

»Ihr Arschlöcher!«, brüllte er und wand sich im Griff der Männer, so lange, bis einer von ihnen ihm mit der Faust ins Gesicht schlug.

»Damit kommst du nicht durch!«

Verschwommen sah Nicolas seinen Vater mitten im Raum stehen, die Hände hinter dem Rücken gekreuzt. Nachdenklich sah er seinem Sohn hinterher. Nicolas ließ ihn nicht aus den Augen und rief ihm zu: »Wir sind noch nicht fertig!«

Kalter Wind und salzige Luft empfingen ihn, als die Männer ihn nach draußen zerrten, hinaus auf die kleine Promenade, die menschenleer war.

»Ihr feigen Schweine«, schrie er, als die Männer ihn schließlich auf die Beine stellten, oberhalb einer steilen Treppe, die hinab zum Strand führte. Nicolas versuchte, die Hände abzuschütteln, aber es gelang ihm nicht, er war unbeweglich wie in einem Schraubstock.

Schließlich trat der Mann aus dem Schatten, dessen Haut so dunkel war wie sein Anzug. Er sah ihn gelassen an.

»Monsieur Guerlain, Ihrem Hund ist es gut ergangen. Hier haben Sie ihn zurück.«

»Es ist nicht mein Hund«, sagte Nicolas, aber seine Stimme war nur ein Krächzen.

Der Mann lächelte.

»Sie haben 48 Stunden, Monsieur Guerlain. Bitte achten Sie auf Ihren Kopf.«

»Wieso mein Kopf, ich …«

Ohne Vorwarnung trat ihm einer der Männer von hinten in die Kniekehlen. Nicolas sackte zusammen und als er einen heftigen Schlag auf den Brustkorb bekam, wusste er, was der Mann gemeint hatte.

Als er nach hinten fiel, schlug er die Arme über den Kopf. Sein Körper drehte sich leicht und kam auf der ersten Stufe auf, er rutschte weiter, überschlug sich, fiel die Treppe hinab. Jede einzelne Steinstufe schien sich in seinen Körper zu bohren, mehrmals prallte er hart gegen eine Kante, er überschlug sich abermals, und als er schließlich auf dem feuchten Sandstrand liegen blieb, bekam er es gar nicht mehr mit.

Als er das Geräusch abfahrender Autos hörte, kam er kurz zu sich. Dann ein zweites Mal, als die feuchte Zunge eines Hundes über sein Gesicht fuhr. Er hatte Sand im Mund und den Geschmack von Blut auf der Zunge.

Irgendwann nahm er verschwommen die Umrisse der Felsen wahr, hörte das schmatzende Geräusch der Wellen und das Tuckern eines weit entfernten Fischerbootes.

Das warme Fell Rachmaninoffs.

Nach einiger Zeit hörte er Schritte, die näher kamen.

»Julie?«, stöhnte er leise, als er über sich einen Schatten sah. Er hustete, spuckte Blut und Sand und wieder wurde alles dunkel.

Als er zu sich kam, war der Schatten immer noch da, er beugte sich über ihn.

»Julie? Es ist … du musst … du darfst nicht … glauben.«

»Nicolas?«

Die Stimme war meilenweit entfernt, sie durchdrang eine meterdicke Schicht aus Schmerz.

»Julie … bitte … du musst gehen … wir müssen …«

»Nicolas? Kannst du aufstehen? Wir müssen hier weg.«

Sie roch gut. Langsam hob Nicolas eine Hand, fuhr ihr über die Haare, über die Wange, fühlte ihren Hals, ihre Schultern.

»Du bist so schön«, flüsterte er.

»Nicolas, komm, steh auf. Ich bringe dich in Sicherheit. Aber wir müssen uns beeilen.«

Schwarz.

Dann der helle Schein einer Taschenlampe in seinen Augen. Wasser auf seiner Haut. Ein Hund, der leise wimmerte.

»Bist du das, Julie?«

»Stütz dich auf mich. So ist es gut, jetzt steh langsam auf.«

Sein Blick blieb verschwommen, er konnte nur Umrisse erkennen. Die Felsen, den Strand, Julie.

»Ich bin es, Nicolas. Marie. Und jetzt lass uns gehen.«

KAPITEL 24

Chausey, Normandie
Zur gleichen Zeit

Kann Ihr Kahn nicht ein bisschen schneller fahren?«

»Nicht bei dem Wellengang.«

Roussel verdrehte die Augen und stapfte missmutig aus der Steuerkabine der »Mathilde«, in der ihr Besitzer stand, der sich ihm müde und schlecht gelaunt als Alain vorgestellt hatte und der mit stoischem Blick auf die Wellen schaute. Die Schaumkronen hatten zugenommen, im Mondlicht konnte Roussel die dichten Wolken erkennen, die sich über der Insel zusammenschoben.

»Auch das noch«, fluchte er und versuchte sich mit seinem Rücken gegen den Wind eine Zigarette anzuzünden. Nach einigen vergeblichen Versuchen warf er die Zigarette wütend über Bord, angelte nach seinem Handy und fluchte erneut, als er sah, dass er auf dem Wasser kaum Netz hatte.

Er versuchte Claire zu erreichen, kam aber nicht durch. Als der Fischkutter eine größere Welle unter den Bug nahm, meldete sich zu allem Überfluss sein Magen.

»Das fehlt mir gerade noch«, murmelte er und riss erneut die Tür zur Steuerkabine auf.

»Wie lange haben wir noch?«

Der Fischer blickte unverdrossen nach vorne.

»Halbe Stunde. Die Wellen werden stärker.«

»Ja, merke ich.«

»Westen liegen hinten unter der Bank.«

»Geht schon, danke. Wissen Sie, wo wir hinmüssen? Zum Sémaphore, so heißt das doch, oder?«

Der Fischer nickte und nahm eine weitere Welle unter den Bug. Roussels Kopf stieß gegen das flache Dach der Kajüte, er fluchte und suchte nach besserem Halt. In der Ferne hörte er das Grollen eines herannahenden Gewitters.

»Bei dem Wetter komme ich mit meinem Schiff da nicht hin«, sagte der Fischer und korrigierte das Steuer. »Ich kann in den Sound reinfahren, da ist es etwas geschützter. Den Rest müssen Sie laufen.«

»Wie weit ist das?«

»Keine Ahnung, ich lauf da nie hin.«

»Na, vielen Dank.«

Roussel schloss die Kabinentür und stapfte hinaus an Deck, wo er im Schutz einiger festgezurrter Kisten erneut versuchte, Claire zu erreichen.

»Verdammt, Mädchen, wo steckst du?«, schrie er in den Wind.

In ihrem Zimmer im »Hôtel de la Marée« rang Claire mit sich. Sie stand in der Mitte des Raumes und betrachtete sich in einem Spiegel, der neben einer antiken Kommode auf dem Dielenboden stand. Die Besitzer des Hotels hatten ihnen zwei Zimmer zurechtgemacht, ansonsten stand das Hotel zu dieser Jahreszeit leer.

»Warum bist du nur so aufgeregt?«, murmelte sie und wartete darauf, dass der Claire im Spiegel eine Antwort einfiel. Dinge wie »Anstand« und »alles langsam angehen lassen« kamen ihr in den Sinn, sie wälzte sie in ihrem Kopf, schob sie von einer Seite auf die andere.

»Du bist so eine Langweilerin«, sagte sie schließlich, während sie die Narben an der Hüfte betrachtete. »Ausziehen, rübergehen, Spaß haben. Damit hast du doch sonst auch kein Problem.«

Léons Zimmer lag ihrem genau gegenüber und sie überlegte tatsächlich seit zehn Minuten, warum sie nicht einfach da weitermachten, wo sie vorhin aufgehört hatten, im dunklen Hotelflur.

Es liegt an Philippe, dachte Claire und atmete tief durch. Sie spürte einen Stich in der Magengrube, als sie an den jungen Polizisten aus Caen dachte. Er war ein Kollege von Léon gewesen, auch wenn sie in unterschiedlichen Bereichen gearbeitet hatten.

Sie hatte sich in ihn verliebt, sie hatten ein erstes Date verabredet und er war nicht erschienen.

Weil er zu diesem Zeitpunkt bereits tot gewesen war.

Aus dem Augenwinkel sah sie das Aufleuchten ihres Handydisplays. Jetzt nicht, dachte sie.

Sie holte tief Luft, ging zur Tür und öffnete sie leise. Unnötigerweise schaute sie in beide Richtungen, als könne spontan ein Gast um die Ecke kommen.

»Das Hotel ist leer, du Idiotin.«

Und während sie diesen Satz nicht nur dachte, sondern auch leise aussprach, wurde genau ihr gegenüber, ohne Vorwarnung, die Tür aufgerissen, und Léon stand da. Er hatte seine Zahnbürste in der Hand, etwas Schaum am Mund, aber immerhin noch seine Hose und seine Schuhe an.

Im Gegensatz zu ihr.

»Claire! Zwei! Hörst du! Es sind … er hat … zwei! Es ist mir gerade eingefallen, er … Äh, was machst du, ich … Oh, entschuldige, ich meine …«

Claire stand sprachlos vor ihm, sie wurde rot und versuchte verzweifelt, eine gute Erklärung zu erfinden.

»Äh, ich … also, ich … Ach, scheiße, Léon, du weißt genau, was ich wollte, du Idiot.«

Sie wusste nicht, warum, aber sie hatte gar kein so großes Problem damit, nackt vor ihm zu stehen.

Léon hingegen brauchte zwei Sekunden länger.

»Zu mir? Du meinst … ach so … ach so! Aber sagtest du nicht vorhin … also …«

»Ja, vorhin. Aber das ist jetzt egal. Du tropfst Zahnpasta auf den Boden. Was meinst du mit zwei? Wovon redest du?«

»Der Vogelmann! Ich habe gerade daran gedacht, was er zu uns gesagt hat: Die stand vorhin vor der Tür! …«

»Er sagte, die Flaschenpost stand vor der Tür, genau das hat er …«

»Ja, das hat er zwar gesagt!«, unterbrach Léon aufgeregt. »Aber dann sagte er wörtlich ›Ich dachte, sie wären ein Geschenk.‹ Ich bin mir ganz sicher!«

»Warte kurz.«

Claire ging zurück in ihr Zimmer, streckte ihrem grinsenden Spiegelbild den Mittelfinger entgegen und zog sich rasch an. Léon kam kurz darauf in ihr Zimmer, hatte sich sein Hemd angezogen und bereits einen Pullover und seine dicke Dienstjacke in der Hand.

»Ich bin mir wirklich ganz sicher!«, sagte er aufgeregt.

»Okay, okay«, sagte sie beschwichtigend. »Was meinst du, hat das zu bedeuten? Es stand definitiv nur eine Flaschenpost auf dem Tisch, woanders habe ich auch keine gesehen.«

Wieder sah sie das Aufleuchten ihres Handydisplays.

»Da war auch nur eine«, sagte Léon. »Aber überleg doch mal: Was könnte noch als Geschenk dort gestanden haben. In einer Flasche.«

»Wein?«, sagte Claire. »Auf Chausey? Nicht gerade eine gute Weingegend. Hier ist eher …«

Sie starrte Léon an.

»Schnaps. Scheiße, da stand eine Flasche, sie war verschlossen. Neben dem Radio.«

Léon nickte.

»Aber er steht überhaupt nicht auf der Liste, was sollte das für einen Sinn ergeben?«

Sie griff nach ihrem Handy, das plötzlich wieder klingelte.

»Das ist Roussel. Was will der denn mitten in der Nacht?«

Gebeutelt von weiteren Wellen, die mittlerweile über die Reling des Kutters schwappten, und von seinem Magen, der allmählich zu revoltieren begann, stand Roussel an Deck der »Mathilde« und schrie seine schlechte Laune und seine Sorge um den falschen Ornithologen in den Wind hinaus.

»Claire!! Ihr müsst sofort dorthin! Hörst du mich? Claire!!«

»Was … verstehe nicht … sagst …«

»Claire! Der Vogelmann, ihr müsst da sofort hin! Scheiße, jetzt ist die Verbindung wieder weg!«

Roussel hätte vor Wut fast sein Handy ins Meer geworfen, als plötzlich die Tür der Steuerkabine aufgerissen wurde und Alain, der Fischer, wild gestikulierend etwas in seine Richtung schrie.

»Was sagen Sie?«, rief Roussel durch den zunehmend stürmischen Wind zu ihm hinüber. Er und sein Magen hatten wenig Lust, bei diesem Seegang erneut über das Deck bis zur Kabine zu torkeln.

Der Fischer deutete mit der Hand nach steuerbord, immer wieder nach Nordwesten, dorthin, wo in der Dunkelheit die ersten felsigen Inseln von Chausey zu erkennen waren.

»Was hat er denn?«, murmelte Roussel und versuchte, über den Rand der Kisten, hinter denen er sich verschanzt hatte, etwas zu erkennen.

Er sah das Feuer sofort.

Mitten in der Dunkelheit von Chausey konnte er einen leuchtend roten Fleck ausmachen, Flammen schlugen im Westen der Insel aus einem Gebäude, das auf einer kleinen Erhebung stand.

»Was, um Himmels willen …«

Roussel wusste sofort, um welches Gebäude es sich handeln musste, obwohl er noch niemals auf Chausey gewesen war.

»Können wir dahinten an Land gehen?«, schrie er durch den Wind in Richtung des Fischers. Aber der hatte bereits die Tür seines Steuerhauses zugezogen und als Roussel nach vorne schaute, sah er, dass sie bereits dabei waren, in den Sound einzufahren.

»Verfluchte Insel«, murmelte er und zog seine Jacke fester um sich. »Was auch immer du für Geheimnisse birgst, es wird Zeit, sie aufzudecken.«

Als Claire und Léon aus dem Hotel nach draußen stürmten, begegneten sie dem alten Bitrac, der von seinem Leuchtturm auf dem Hügel hinuntergeeilt war und aufgeregt gestikulierte.

»Das Sémaphore! Es brennt!«

»Wie kann das sein?«, rief Léon. »Wir waren doch vor einer Stunde noch dort!«

»Keine Ahnung«, keuchte der ehemalige Leuchtturmwärter. »Ich habe es eben erst gesehen, als ich meinen Rundgang auf dem Turm gemacht habe.«

»Wie kommen wir da am schnellsten hin?«, fragte Claire.

Bitrac sah hinunter in den Sound, wo das Wasser mittlerweile gestiegen war, weil die einsetzende Flut es in die Kanäle zwischen den Felsen drückte.

»Kommt mit, mit dem kleinen Motorboot dahinten müsste es gehen, wir können eine Abkürzung nehmen.«

Kurz darauf sprangen Claire und Léon an Bord eines kleinen Außenborders, der neben der Anlegestelle lag. Als Claire einen Fischkutter in den Sound einfahren sah, drehte sie sich zu Bitrac um.

»Bleiben Sie hier, unser Kollege kommt dort drüben. Zeigen Sie ihm den Weg zum Sémaphore!«

Bitrac nickte und deutete zwischen zwei Felsen hindurch. »Da durch und dann immer links halten. Nah an der Küste bleiben, weiter draußen ist zu starker Seegang.«

»Los geht's, Claire«, schrie Léon gegen den Wind, ließ den Motor an und kurz darauf pflügte der Außenborder durch die aufspritzende Gischt. Claire versuchte verzweifelt, nicht sofort ins Wasser zu fallen, und suchte nach einer Rettungsweste.

»Kannst du so ein Ding überhaupt steuern?«, schrie sie Léon ins Ohr.

»Klar, da wo ich herkomme war das quasi unser Fahrrad!«, schrie er zurück, während er das Boot geschickt zwischen den beiden Felsen hindurchmanövrierte und kurz darauf nach backbord drehte. Claire spürte, wie das Boot kurz auf dem sandigen Boden aufsetzte, aber nachdem Léon den Motor weiter hochgejagt hatte, schossen sie hinaus aufs Wasser.

Zwischen den Wellenkämmen, die minütlich höher zu werden schienen, sprang das Boot hin und her, bis Léon eine gute Fahrrille gefunden hatte und parallel zum Ufer die Insel in Richtung Westen umrundete.

»Dahinten!«, schrie Claire und Léon gab ihr ein Zeichen, dass er bereits gesehen hatte, wo sie hinmussten. Auf einer kleinen Anhöhe, nicht weit von einem weißen Sandstrand entfernt, stand das Sémaphore, das Haus, in dem Olivier Bechandre erst vor zwei Tagen seinen Dienst als Ornithologe auf Chausey angetreten hatte. Es war ein fast surreales Bild, das sich ihnen mitten in der Nacht bot: Der aufsteigende Rauch vermischte sich mit den tiefhängenden Wolken über der Insel, der Widerschein der Flammen spiegelte sich im Wasser zwischen den Felsen. Für einen Augenblick sah es aus, als verwandelte sich das reetgedeckte Haus in ein Signalfeuer, ein lodernder Hilferuf in der Dunkelheit. Gebannt verfolgte sie den Funkenflug, hörte aus der Entfernung das Knistern von Holz, durch das die Flammen sich trotz des einsetzenden Regens fraßen.

Das Boot pflügte durch die aufgewühlte See, immer wieder wurde Claire von mächtigen Bugwellen durchnässt.

»Halt dich fest, ich fahre direkt auf den Strand!« Sie nahmen eine weitere Welle und Claire wäre beinahe hinterrücks ins Meer gestürzt.

»Festhalten!«, rief Léon, er war mittlerweile genauso durchweicht wie sie. Er drehte den Motor voll auf, Claire duckte sich, als sie einen weiteren Wellenkamm nahmen und auf den Strand zurasten.

In diesem Augenblick sah sie es.

»Oh mein Gott«, murmelte sie.

Das Schlauchboot schlitterte über Steine und Muscheln und neigte sich dabei bedenklich zur Seite.

Claire hielt sich an einem der Griffe fest und konnte ihren Blick nicht von der Gestalt lösen, die soeben durch die Tür des Sémaphore ins Freie getaumelt war.

Das Schlauchboot prallte gegen einen Felsen, der Aufschlag war hart, das Boot wurde aufgeschlitzt, sie wurde herauskatapultiert, überschlug sich auf dem feuchten Sand und prallte ihrerseits gegen mehrere scharfkantige Steine.

»Verfluchte Scheiße!«, schrie sie und hielt sich die schmerzende Schulter. Léon hatte mehr Glück gehabt. Er rappelte sich gerade vom Sandboden neben dem umgekippten Schlauchboot auf. Er sah zu ihr hinüber und in seinem Blick lag pures Entsetzen.

Claire hörte zuerst das Knistern, dann erst roch sie es.

Verkohlte Kleidung. Verbranntes Fleisch.

Womit sie nicht gerechnet hatte, war die Stille.

Olivier Bechandre schrie nicht, kein Stöhnen, kein Wimmern kam über seine Lippen. Da war nur seine schlaksige Gestalt, die von Flammen umhüllt war, und seine weit nach oben geworfenen Arme.

»Claire!«

Sie fing an zu zittern. Wie paralysiert sah sie zu, wie diese menschliche Fackel, aus der jedes Leben bereits gewichen war, auf sie zustolperte.

»Claire!!«

Sie konnte sich nicht bewegen, hörte nur ihren eigenen Atem und das Knistern der Flammen.

»Wo ist sein Hut?«, murmelte sie. Dieser absurde Gedanke hatte sich in ihrem Kopf festgesetzt. Sie sah nicht, wie nah Olivier ihr schon gekommen war, sie realisierte nicht, dass er genau auf sie zukam, dass er nur noch fünf Meter von ihr entfernt war.

Sie blieb stumm, als Léon sie mit einem gewaltigen Satz von den Beinen riss, kurz bevor der brennende Mensch, der schon kein Mensch mehr war, sie erreichen konnte. Sie spürte die Hitze des Feuers, hörte Léons Aufschrei, als er panisch die Flammen an seinem Ärmel erstickte. Claire landete mit dem Gesicht im Sand, sie lag auf der Seite und betrachtete den Flammenmann, der längst tot war und doch weiterlief.

Einige Meter noch, bevor er schließlich umkippte wie eine achtlos zur Seite geworfene Fackel.

Jemand rief ihren Namen. Léon lief zu dem brennenden Mann, zog seine Jacke aus und versuchte, damit die Flammen zu ersticken. Doch alle Mühe war vergebens.

»Er war schon tot«, murmelte sie. Seltsamerweise war es dieser Gedanke, der sie auf unbestimmte Art tröstete: dass der Mann bereits tot gewesen war und dass er folglich keine Schmerzen gehabt hatte. Es war dieser Gedanke, der sie diesen Moment ertragen ließ.

Sie hatten das Schlauchboot umgedreht und gegen einen Felsen gelehnt, sodass es sie vor dem Regen schützte, der jetzt heftiger auf sie niederprasselte. Léon hatte Oliviers Leichnam mit einer Plane bedeckt, die er in einem Schuppen neben dem

Sémaphore gefunden hatte, und diese mit Steinen beschwert. Der Wind zerrte daran, hob sie an der Seite leicht an, sodass Claire in der Dunkelheit eine schwarze Hand erahnen konnte. Es schien ihr, als wolle Oliviers Geist davonfliegen, als würde er sich aufbäumen unter diesem seltsamen Leichentuch.

»Bist du okay?«, fragte Roussel, als er eine halbe Stunde später zu ihr unter das Boot schlüpfte.

»Geht schon«, murmelte sie.

Für einen Augenblick schwiegen sie und schauten zu Léon hinüber, der mit dem alten Bitrac im Regen stand und auf das noch immer brennende Haus des Vogelmannes schaute.

»Er ist nett«, sagte Roussel schließlich.

Claire sah Roussel müde an, sein unrasiertes Gesicht schimmerte in der Dunkelheit.

»Ich wollte unbedingt wieder arbeiten«, sagte sie leise. »Ich wollte dabei sein, ermitteln, ich will doch Polizistin werden, und …«

»Das bist du doch schon längst«, sagte er. »Und du wirst all das hier vergessen, es werden bessere Nächte kommen, bessere Tage.«

Claire schüttelte den Kopf. Wenn sie eines wusste, dann das: Das Bild des brennenden Olivier Bechandre, dem seltsamen Vogelschützer von Chausey, würde sie für immer in sich tragen.

»Was hast du da?«, fragte Claire und sah auf eine Plastiktüte, in die er etwas eingewickelt zu haben schien. Langsam rollte er sie auf und kurz darauf kam eine Flasche zum Vorschein.

»Das ist Schnaps«, bemerkte Claire überrascht.

»Nicht nur«, sagte Roussel und drehte den Schraubverschluss auf. Claire roch daran und nahm einen leicht säuerlichen Geruch wahr.

»Ist das …?«

Roussel nickte.

»Vermutlich hat er nach eurem Besuch den Schnaps getrunken, zur Beruhigung. Ich bin kein Toxikologe, aber ich würde sagen, in dieser Flasche ist genug Gift für eine ganze Armee. Sie lag draußen vor der Tür, er muss damit aus dem Häuschen gestolpert sein. Vielleicht ist er in seinem Todeskampf in den Kamin gefallen und hat das Haus damit selbst in Brand gesteckt, keine Ahnung. Ich weiß nur, dass das alles eine verdammte Scheiße ist! Wir müssen so schnell wie möglich die Spurensicherung auf die Insel holen, alles abriegeln, das große Besteck.«

»Ich habe seine Augen gesehen«, sagte Claire leise. »Sie waren so … tot. Obwohl er noch auf mich zugestolpert ist. Da war nichts mehr, verstehst du?«

Roussel nickte langsam.

»Wir werden heute die ganze verdammte Insel auf den Kopf stellen, ich werde Beamte anfordern, wir werden jeden Stein umdrehen. Wir werden diesen kranken Typen, der seine Liste abarbeitet, aus seinem Loch holen.«

Claire starrte erneut die Plane an, unter der der verbrannte Leichnam lag. Dahinter, jenseits der Felsen, war der erste Schimmer eines neuen Tages zu sehen.

»Aber warum der Vogelmann? Er stand nicht auf der Liste, ich verstehe das nicht.«

In wenigen Sätzen erklärte Roussel, dass es sich wohl um eine Verwechslung gehandelt haben müsse und dass Olivier Bechandre sich selbst auf die Insel geschmuggelt hatte, um wenigstens einmal im Leben Vogelschützer sein zu dürfen, auf einer Insel, so wie er es immer gewollt hatte.

»Was für ein armer Mensch«, sagte Claire leise. »Und jetzt ist er tot, nur weil er seinen Traum leben und einmal jemand anders sein wollte.«

Roussel packte die Schnapsflasche wieder in die Tüte und verstaute sie sorgsam in seiner Jackentasche, um sie vor dem Regen zu schützen.

»Immerhin, die richtige Nummer vier auf der Todesliste, der echte Philippe Duval, ist unterwegs zu uns. Der Kollege hat mir vorhin mitgeteilt, dass er in Kürze im Commissariat eintreffen müsste. An den kommt keiner mehr ran.«

Der Regen ließ nach, Claire sah zu, wie Léon am Strand stand und telefonierte. Er und Roussel redeten minutenlang mit den Kollegen im Commissariat, aber auch mit der übergeordneten Behörde in Caen. Roussel klingelte jemanden aus dem Bett und erklärte, was sich auf Chausey ereignet hatte. Als nur noch wenige Regentropfen auf das Schlauchboot fielen, kam Claire darunter hervor, streckte sich und warf einen Blick auf das völlig verkohlte Gerippe des Sémaphore. Das Haus stand wie ein schwarzes Skelett auf der kleinen Erhöhung, die angrenzenden Ginsterbüsche waren niedergebrannt, ein dunkler Ring auf dem sandigen Boden bildete die Grenze zwischen Leben und Tod.

Claire zog den Reißverschluss ihrer Jacke hoch, drehte sich um und ging zu Léon hinüber, der sein Gespräch beendet hatte.

»Alles in Ordnung?«, fragte er vorsichtig und sie nickte, als sie nach seiner Hand griff.

»Ja.«

Und doch wusste sie, dass die Bilder dieser Nacht sie verfolgen und sich zu denen gesellen würden, von denen sie gehofft hatte, sie eines Tages vergessen zu können.

KAPITEL 25

Granville, Normandie
Zur gleichen Zeit

Nicolas brauchte einige Sekunden, um zu begreifen, warum er auf einem weichen Bett lag und wo er sich befand, neben sich einen kleinen Tisch, auf dem eine dampfende Tasse Tee stand, seine Dienstwaffe lag direkt daneben.

Mit einem Ruck wollte er sich aufsetzen, um seine Dienstwaffe an sich zu nehmen, sackte jedoch augenblicklich mit einem Stöhnen zurück auf das Laken. Er blinzelte, nahm die Konturen eines Zimmers wahr, den warmen Schein einer Stehlampe.

Er war nicht allein.

Vorsichtig tastete er seinen Kiefer ab, er hatte Schürfwunden an der Stirn und den Geschmack von Blut auf den Lippen. Als er sich an die linke Hüfte fasste, wo die Tritte ihn getroffen hatten, schoss ein stechender Schmerz durch seinen Körper, er stöhnte leise auf, während die Konturen langsam schärfer wurden. Ein Fenster, es war noch dunkel draußen, ein geblümter Vorhang, eine Tür, die in einen kleinen Gang führte.

Er hörte Musik.

Die ersten leisen Töne eines Chansons, er kannte das Stück, erst neulich hatte Hélène Faure, die Frau des Staatspräsidenten, im Wagen auf einer Fahrt zum Flughafen das Radio lauter drehen lassen, weil sie das Lied so mochte.

Vincent Delerm. »*Vie Varda*«.

Auf der anderen Seite des Bettes saß Marie, nur wenige Zentimeter von ihm entfernt. Mühsam drehte er den Kopf zur Seite, schloss erneut die Augen, versuchte sich zu sammeln.

Es gelang ihm nicht.

»Hallo, Bodyguard.«

In seinem Kopf schoben sich die Elemente zusammen, Wasser, Wind, Feuer, es war, als würde sich ein sich immer schneller drehender Wirbelsturm in seinem Kopf austoben. Bruchstücke, Gedanken, Eindrücke fielen auseinander, stürzten auf unbekanntes Land, wie ein brennender Zeppelin, der soeben noch stolz in der Luft geschwebt hatte.

»Hindenburg«, murmelte Nicolas benommen. Seine Gedanken schoben sich zusammen wie ein schlecht ausgefülltes Kreuzworträtsel, durch das Fenster meinte er den rötlichen Schein von Flammen auf dem Wasser zu sehen, aber als er blinzelte, waren die Flammen weg.

Es war stockdunkel draußen und Nicolas verstand für einen Augenblick gar nichts mehr.

»Das hier ist Granville und nicht Lakehurst«, hörte er die Stimme an seiner Seite. »Das Einzige, was hier abgestürzt ist, bist du, scheint mir. Gut geschlafen?«

Ihre Stimme war weich und ruhig. Ruhe, danach sehnte er sich, mehr als je zuvor. Ein ganz normales Leben mit normalen, alltäglichen Dingen, das schien ihm wie eine Verheißung. Er blinzelte erneut, fuhr sich über sein Gesicht, spürte die Bartstoppeln und eine Wunde unterhalb seines Ohres, wo ein spitzer Stein ihm die Haut aufgeschlitzt hatte.

»Marie.«

»Ich bin da.«

Alles vermischte sich, der Schmerz, die Erinnerungen, Julie, Chausey, ein Messer im Hals eines Polizisten, das vermeintliche Blut auf der Brust des Staatspräsidenten. Nicolas schwitzte, der Schmerz wanderte durch seinen geschundenen Körper, er atmete schwer.

»Hier, trink.«

Warmer Tee rann durch seine Kehle, wärmte sein Inneres. Eine Tablettenpackung knisterte und Maries warme Hand steckte ihm zwei Schmerztabletten in den Mund. Dann sah er den Bildband, der auf einem der Regale stand. ›Zeitalter der Zeppeline‹ war auf dem Einband zu lesen. Dieses Bild hatte sich wohl in seine Träume gemischt, die Realität verzerrt und eine andere daraus gemacht.

»Du bist ein harter Kerl, du wirst es überstehen.«

Nicolas sah zur Decke und wartete, bis der Schwindel sich legte. Langsam wurde es besser, der Raum hörte auf sich zu drehen, kühle Luft drang durch das gekippte Fenster, der kehlige Schrei einer Möwe ertönte über den Dächern.

Und sein Handy, das kurz vibrierte, in seiner Jacke, die irgendwo in der Nähe liegen musste.

»Wo ist der Hund?«, murmelte er.

Marie lachte.

»Der liegt dahinten in der Ecke und schläft. Du hast ihm viel zugemutet letzte Nacht. Euch beiden.«

»Warum bist du in Granville, Marie?«

Nicolas holte kurz Luft, dann packte er mit einer gezielten, schnellen Bewegung ihr Handgelenk.

»Hey, du tust mir weh!«

Aber er ließ nicht locker.

»Warum bist du hier, Marie?«

Wütend starrte sie ihn an.

»Um mit dir zu reden, du Idiot! Und ganz nebenbei, um dich aufzusammeln, beziehungsweise das, was von dir übrig war, falls du das vergessen hast. Und jetzt lass mich gefälligst los!«

Zehn Minuten später saß Nicolas etwas aufrechter im Bett, er trank mit langsamen Schlucken eine zweite Tasse Tee und verschlang gierig ein Sandwich, das Marie ihm dagelassen hatte.

»Ich muss kurz telefonieren«, hatte sie gesagt und war ohne ein weiteres Wort nach draußen gegangen. Durch das Fenster konnte Nicolas die ersten Konturen der Wolken am Himmel sehen, ein Blick auf seine Uhr verriet ihm, dass es halb sechs am Morgen war. Er musste vier Stunden geschlafen haben, seit Marie ihn am Strand aufgesammelt und die steile Treppe hinauf in die Oberstadt bugsiert hatte. Er erinnerte sich nur schemenhaft an den Aufstieg und daran, wie er sich stöhnend am Treppengeländer festgehalten, wie Marie ihn in den dunklen Gassen gestützt hatte, bevor sie ihn durch die blaue Tür eines kleinen, unscheinbaren Hauses in einer Seitengasse geschoben hatte.

Langsam und unter starken Schmerzen stand Nicolas auf und machte einige Schritte durchs Zimmer, bis er sein Handy erreichte. Er hatte eine neue Nachricht … von Julie.

»Lieber Nicolas. Ich komme mit dem Abendzug aus Paris.«

Er runzelte die Stirn.

»Lieber Nicolas«, murmelte er. Dann warf er einen Blick in den Spiegel, der an der Wand neben dem Fenster hing. Es war kein schöner Anblick. Er sah aus wie eine Leiche, grau und eingefallen, die Augen blutunterlaufen, sein Gesicht und seine Arme von blauen Flecken und Schürfwunden übersät.

»Angenehm, Guerlain«, sagte er mit brüchiger Stimme und hob seine Tasse. Als er spürte, dass seine Knie ihm wegzusacken drohten, setzte er sich rasch auf einen Stuhl und schaute aus dem Fenster.

Draußen war es noch dunkel, unten am Strand schlug die Brandung gegen die Felsen, Wolken türmten sich über der Küste auf. Ein Fischerboot durchpflügte die immer noch aufgewühlte See, die Signalleuchten schwankten im Wind.

Nicolas legte die Stirn an die Scheibe und wartete.

Immer noch liefen die Gedanken in seinem Kopf um die Wette, verzweifelt suchte er nach einer Stopptaste, einem Haken, den er schlagen und damit alles zum Stillstand bringen konnte.

Es gelang ihm kaum, sich zu sortieren. Aber es musste sein.

»Konzentrier dich, verdammt noch mal!«, murmelte er und schloss die Augen.

So saß er einige Minuten da, ohne sich zu rühren.

Die Schatten der Vergangenheit, die er so lang hatte verdrängen können, schoben sich mit unangenehmer Klarheit nach vorn.

Oissel.

Der letzte Tag. Die Abschlussprüfung. Das schien ein ganzes Leben her zu sein. Sein Vater war dort gewesen, ohne dass er es gewusst hatte. Er war in den Vorort von Rouen gekommen, in das Trainingszentrum, um zuzusehen, wie Nicolas sich schlug.

»Fünf Schuss«, erinnerte sich Nicolas, den Kopf an das kalte Glas der Scheibe gelehnt.

Es war die letzte Prüfung gewesen: Schießen auf mittlere Distanz.

»Ich werde ohnehin den Dienst verlassen«, hatte der Mann neben ihm gesagt, während sie beide ihre Pistolen geladen hatten, nebeneinander in den Boxen des Schießstandes. Es war viel Trubel um sie herum gewesen, keiner hatte sie richtig beachtet. Was zählte, war die Zielscheibe, drei Treffer mussten sitzen, mindestens.

»Warum?«, hatte Nicolas gefragt.

»Ich gehe lieber zur Fremdenlegion. Die zahlen einfach besser. Und ich brauche Action.«

Fünf Schuss.

Alle ins Schwarze, der Mann hatte seine Kopfhörer wieder abgesetzt und ihn angegrinst.

»Das war's für mich. Hat mich gefreut, Nicolas. Ich hoffe, du wirst ein guter Personenschützer.«

»Sein Name war Lucas«, murmelte Nicolas. Die Prüfung war neun Jahre her, Nicolas hatte drei Monate später als Personenschützer für die französische Regierung angefangen. Die ersten Jahre hatte er für kleinere Ministerien gearbeitet und für die Französische Botschaft in London. Nach einigen Jahren war er in das Team von François Faure gekommen, dem späteren Staatspräsidenten. Er war der beste Personenschützer seines Dienstes geworden, jung, talentiert, mit schneller Auffassungsgabe.

»Fünf Schuss«, murmelte Nicolas.

Er hatte drei klar neben das Ziel gesetzt.

»Lucas.«

Nicolas öffnete die Augen, stand auf und sah hinaus in die Dunkelheit, aus der sich langsam ein neuer Tag herausschälte.

Lucas hatte seine Prüfungsergebnisse liegen lassen.

Und Nicolas hatte die Scherben seiner Karriere direkt vor Augen gehabt, ohne dass sie überhaupt eine Chance gehabt hatte zu beginnen. Sein Traum war innerhalb weniger Sekunden zerplatzt.

So viel Trubel drum herum, niemand, der auf ihn geachtet hätte.

Nicolas hatte seine Kopfhörer abgesetzt, die eigenen Unterlagen zusammengesucht und war ohne zu zögern in die Nachbarbox gegangen. Die Papiere von Lucas hatte er gegen seine ausgetauscht. So einfach war das.

Fünf Schuss.

Fünf Treffer.

»Gute Arbeit, Guerlain«, sagte ein Ausbilder keine drei Sekunden später und klopfte ihm anerkennend auf die Schulter. »Ich würde mal sagen: Willkommen im Dienst! Der Typ neben dir hat es versemmelt, kein Wunder, dass er gleich abgehauen ist.«

Die Tür öffnete sich, kalte Luft strömte ins Zimmer, als Marie hereinkam. Sie lächelte ihn an.

»Willkommen zurück im Leben, Bodyguard. So gefällst du mir schon viel besser.«

Nicolas schob den Gedanken an Oissel weg und schaute Marie an.

»Hör zu«, sagte er. »Wir haben nicht viel Zeit. Du musst mir sagen, was ihr mit dem Präsidenten vorhabt. Wir werden es stoppen.«

Er deutete aus dem Fenster.

»Da draußen auf Chausey passieren schreckliche Dinge, Menschen sterben, jemand arbeitet eine Liste ab und ich stehe auch darauf. Das alles ist kaum zu fassen, ich muss mich voll darauf konzentrieren und ich habe keine Zeit für eure Spielchen, Marie. Du sagst mir jetzt sofort, was du in Granville machst und was ihr als Nächstes plant! Es muss aufhören!«

Er ging zu ihr hinüber und stand jetzt dicht vor ihr. Er sah das wütende Blitzen in ihren Augen.

»Sachte, Bodyguard. Schön langsam. Setz dich an den Tisch und dann reden wir. Und danach will ich, dass du einen Anruf machst.«

»Und wen bitte schön soll ich anrufen? Den Staatspräsidenten?«

»Nein. Aber seine Frau. Und jetzt setz dich.«

KAPITEL 26

Élysée-Palast, Paris
Zur gleichen Zeit

Ich trinke seit einem Jahr nicht mehr.«

»Das verstehe ich nicht, Hélène. Ich habe gesehen, wie … Ich meine … die ganze Zeit haben Sie …«

»Gilles, setzen Sie sich endlich. Dieses ganze Herumgelaufe macht mich völlig wahnsinnig.«

Gilles Jacombe hatte sich nicht gewundert, sondern sich Sorgen gemacht, als das Klingeln seines Diensthandys ihn um halb fünf am Morgen aus dem Schlaf gerissen hatte. Seine Frau hatte sich murmelnd umgedreht, sie war die nächtlichen Anrufe längst gewöhnt. Sie wusste, dass ihr Mann schnell duschen würde, um im Eiltempo in den Élysée-Palast zu fahren, weil wieder einmal der Zeitplan umgeworfen worden war oder der Staatspräsident spontan nach Brüssel, Berlin oder London musste.

Oder weil er aus einer Wohnung in der Nähe des Canal Saint-Martin abgeholt werden wollte, wo eine junge Referentin aus dem Auswärtigen Amt wohnte.

Jung, ehrgeizig und leicht zu haben für einen Mann wie Faure.

»Können Sie kommen? Jetzt?«

Als er Hélène Faures Stimme erkannt hatte, war er sofort hellwach gewesen. Sie rief ihn sonst nie an, es musste extrem wichtig sein.

Natürlich konnte er. Auch wenn er eigentlich vom Dienst freigestellt war.

»Setzen Sie sich!«, befahl Hélène Faure streng, als er eine halbe Stunde später im Arbeitszimmer der Staatspräsidentengattin eingetroffen war und sie ihn über ihr Anliegen ins Bild gesetzt hatte.

Hélène Faure funkelte ihn wütend an. Gilles folgte ihrer Aufforderung und versuchte, sich etwas zu beruhigen.

»Was Sie da verlangen … Ich meine, die ganze Sache. Hélène, das ist Wahnsinn!«

Sie schüttelte langsam den Kopf, er sah, dass auch sie aufgewühlt war.

»Nein, Gilles«, sagte sie leise. »Alles andere wäre Wahnsinn. Einfach so weitermachen, es ertragen, ein Leben lang. Das geht nicht, Gilles, es muss sein.«

»Hélène, ich bitte Sie! Sie können doch nicht im Ernst glauben, dass ich das gutheißen kann! Dass ich da mitmache! Es wäre Verrat am Staatspräsidenten, dafür kann ich …«

»Ich weiß«, unterbrach sie. »Ich weiß das alles, Gilles, glauben Sie mir. Ich verlange sehr viel, vielleicht zu viel. Aber ich verlange es nicht von irgendjemandem. Sondern von Ihnen. Ich bitte Sie darum, Gilles. Ich habe keine Kraft mehr, ich halte das nicht mehr aus.«

»Dann gehen Sie doch! Verlassen Sie ihn! Warum muss es mit so einer Aktion … Verdammt, im Konzert dachte ich wirklich für einen Moment, er sei tot!«

Gilles war aufgesprungen, nichts hielt ihn mehr auf dem Stuhl, er tigerte erneut im Arbeitszimmer umher.

Hélène Faure wirkte jetzt ganz ruhig.

»Sie haben uns allen etwas vorgespielt! Seit …«

»… einem Jahr, was den Alkohol betrifft. Und seit einigen Wochen, was die Aktivisten betrifft.«

Gilles starrte sie fassungslos an.

»Die Frau des Staatspräsidenten versorgt eine Aktivistengruppe mit Informationen, gibt ihnen Reisepläne, Zeitabläufe, Routen … Das ist also kein Wunder, dass die uns immer einen Schritt voraus waren! Und wofür? Für einen privaten Rachefeldzug? Ich weiß, Sie haben allen Grund dazu, aber …«

»Oh nein, Gilles! Sie wissen gar nichts! Hören Sie! Sie haben nicht mal eine blasse Ahnung davon, wie es ist, mit diesem Mann verheiratet zu sein!«

Jetzt war es Hélène Faure, die aufgesprungen war und ihn wütend ansah.

»Sie haben die Demütigungen in der Öffentlichkeit erlebt! Aber denken Sie ja nicht, das wäre alles. Denn die könnte ich noch ertragen, ich könnte das alles weglächeln, glauben Sie mir. Und ich könnte die Erinnerung daran im Alkohol ertränken, damit habe ich wahrlich genug Erfahrung. Aber was ich nicht mehr ertragen kann, das sind die Dinge, die er mir in diesen vier Wänden antut. Wenn Sie verstehen, wovon ich spreche, wissen Sie auch, warum ich Sie um diesen einen Gefallen bitten muss.«

Sie war ganz nah an ihn herangetreten.

»Ich habe keine Kraft mehr, Gilles«, sagte sie leise und er zuckte, als sie ihre Bluse aufknöpfte und auf den Boden fallen ließ.

»Es muss ein Ende haben.« Ihre Stimme war nur noch ein Flüstern. »Bitte, Gilles.«

Er sah die riesigen Blutergüsse und die blauen Flecken auf ihrer Haut, die Leere in ihrem Blick.

Langsam hob sie ihre Bluse auf, zog sie wieder an und ließ ihn in der Mitte des Raumes stehen.

Hélène Faure lächelte, als ihr Handy plötzlich klingelte.

»Das ist für Sie, Gilles.«

Erstaunt sah er sie an.

»Für mich? Und wer ist es?«

Hélène Faure goss sich aus einer Karaffe ein Glas Wasser

ein und sagte: »Meine Nichte. Und jemand, von dem Sie vermutlich noch immer sagen würden, dass er der beste Personenschützer ist, den diese Regierung hat. Sie sollten ihm gut zuhören, Gilles.«

KAPITEL 27

Granville, Normandie

Von draußen drang das Rauschen des Meeres zu ihnen, während sie am Fenster saßen, jeder auf seinem Stuhl, die Füße an der wärmenden Heizung. Der Tee in Nicolas' Tasse war kalt geworden, die Schmerztabletten fingen langsam an zu wirken, und das Pochen in seinem Schädel nahm ein kleines bisschen ab. Er betrachtete die Klippen, in deren Nischen sich die Möwen tummelten, während unter ihnen das Meer gegen die Felsen rollte. Die Brandung war noch immer stark, das Meer aufgewühlt. Darüber erstreckte sich ein grauer Himmel, nur erhellt von einer winterlichen Morgensonne.

Neben ihm lehnte sich Marie in ihrem Stuhl zurück.

»Die Nichte der Präsidentengattin«, sagte er leise und sie lächelte.

»Sie war immer meine Lieblingstante. Ich habe sie nur selten gesehen, sie und mein Vater verstehen sich nicht besonders.«

»Und als seine Nichte springst du den Präsidenten nackt an und nimmst an dieser unfassbaren Aktion teil?«

Marie zuckte die Achseln und drehte sich zu ihm um.

»François kennt mich nur als ganz kleines Kind, danach haben wir uns nie wiedergesehen. Und du musst es nicht verstehen.«

»Tu ich auch nicht.«

»Bist du sicher?«

»Nein.«

Nicolas streckte sich und warf einen Blick auf die Uhr.

»Aber jetzt ist es zu spät«, sagte er. »Gilles hat dem Plan zugestimmt, wir werden heute Abend sehen, ob er funktioniert. Wenn ja …«

»… dann profitierst auch du davon«, unterbrach ihn Marie. »Dann ist dein Vater nämlich aus dem Spiel.«

»Und wenn nicht, dann sind wir alle aus dem Spiel. Aber wie gesagt, jetzt ist es nicht mehr zu ändern. Und ich muss dringend Roussel kontaktieren, die fragen sich sicher längst, wo ich bin.«

»Im Bett einer geheimnisvollen Schönheit«, sagte Marie lächelnd. Nicolas betrachtete sie für einen Augenblick und lächelte dann ebenfalls.

»Wir zwei haben seltsame Orte für unsere Treffen ausgewählt«, sagte Nicolas. »Ein Hafenbecken, eine Métrostation, einen geheimen Unterschlupf in Granville. Dieses Niveau werden wir vermutlich nicht halten können.«

»Ehrlich gesagt, glaube ich nicht, dass wir uns nach der Aktion heute Abend noch einmal wiedersehen werden«, sagte Marie mit einem schwer deutbaren Ausdruck in den Augen. »Auch wenn ich das schade finde.«

Für einen Moment schien es, als wolle sie sich zu ihm beugen und Nicolas wusste, dass sie beide dabei waren, eine Grenze zu überschreiten.

Eine Grenze, die schlecht gesichert war.

Das Brummen seines Handys rettete sie voreinander.

»Das ist sicher Roussel«, murmelte er, stand auf und nahm den Anruf entgegen.

»Nicolas! Verfluchte Scheiße, wo steckst du denn? Hier ist die Hölle los, dieser Vollidiot hat den Falschen umgebracht!«

»Ich verstehe kein Wort, Roussel. Was heißt das, den Falschen? Und wo bist du überhaupt?«

»Auf Chausey, da, wo du auch sein solltest! Unsere Nummer vier, Philippe Duval, ist Ornithologe. Und genau so einer hat vor zwei Tagen hier auf der Insel seinen Dienst angetreten. Unser Mörder hat ihn für Duval gehalten und ihn vergiftet. Ich kann dir sagen, das ist alles eine Riesenscheiße! In Kürze kommt hier die ganze Kavallerie an, Spurensicherung, Gerichtsmediziner, und die Presse wird nicht lange auf sich warten lassen.«

Nicolas schloss die Augen. Die Kopfschmerzen waren wieder da, sein Gedankenkarussel nahm Fahrt auf.

»Und der echte Duval?«, fragte er Roussel, den er nur schlecht verstand, weil die Verbindung miserabel war.

»Als wir das letzte Mal Kontakt zu ihm hatten, war er mit dem Auto kurz vor Granville. Aber bei Stéphane, dem Polizisten, der im Commissariat auf ihn wartet, ist er bisher noch nicht angekommen! Wir sind hier noch beschäftigt, du …«

»Ich erledige das«, unterbrach Nicolas. »Ich gehe ins Commissariat und melde mich dann.«

Als Nicolas auflegte und sich umdrehte, war Marie bereits aufgestanden und packte gerade einige Sachen in einen Rucksack. Für Außenstehende würde sie am Bahnhof von Granville wie eine Studentin aussehen, die nach einem Besuch bei den Eltern zurück an die Uni nach Paris fuhr. Keiner konnte ahnen, dass sie Teil eines Plans war, der noch heute Abend umgesetzt werden würde.

Für einen Augenblick sahen sie sich an.

»Ich muss los«, sagte sie.

»Ich weiß.«

Nicolas fand keine Worte mehr und auch Marie blieb stumm.

»Zieh die Tür einfach hinter dir zu«, sagte sie leise. Dann schulterte sie ihren Rucksack und wollte an ihm vorbeigehen, doch Nicolas hielt sie am Arm fest.

Marie lächelte.

»Vielleicht in einem anderen Leben«, sagte er leise und sie nickte. Dann, als sie fast schon aus der Tür war, drehte sie sich rasch zu ihm um und küsste ihn. Für einen Moment fanden sich ihre Hände, schoben sich ihre Körper aneinander. Dann besann sie sich.

»Adieu, Bodyguard.«

Die Tür fiel hinter ihr ins Schloss und Nicolas spürte die Kälte, die in den warmen Raum drang.

»Reiß dich zusammen«, sagte er zu seinem Spiegelbild. Als er seine Sachen zusammensuchte, fiel ihm ein zusammengefaltetes Foto aus der Hosentasche.

»Was macht das in meiner …«, murmelte er überrascht, während er das Bild vorsichtig auseinanderfaltete.

Es war eine Bar zu sehen, fotografiert von der Straße aus. »La Cigale« stand auf einem Schild über dem großen Fenster. Drinnen saßen Menschen an Tischen, das Licht war warm, Bierflaschen und Weingläser waren zu sehen, kleine Teller auf den Tischen.

Ein Paar saß am Fenster.

Der Mann lächelte. Die Frau lächelte auch, so wie sie noch nie zuvor gelächelt hatte.

Zumindest kam es Nicolas so vor. Er atmete langsam ein und aus und betrachtete dann wieder Julie, wie sie über den Rand eines Weinglases ihren Begleiter ansah, ihre linke Hand auf dem Tisch berührte seine Finger.

Einer der Männer seines Vaters musste ihm diese Aufnahme in die Hosentasche gesteckt haben. Ein Abschiedsgruß von Alexandre Guerlain.

Ein letzter Schlag.

KAPITEL 28

Chausey und Granville, Normandie
Wenig später

Sie hatte die erste Fähre des Tages genommen, begleitet vom Krächzen der Möwen und dem Tuckern des Schiffsmotors, der eintönig über der rauen See erklang. Claire saß windgeschützt auf einer der Bänke, sie hatte sich in eine zusätzliche Decke gewickelt und warf einen missmutigen Blick auf Chausey, das allmählich kleiner wurde und im Meer zu versinken schien. Der Leuchtturm reckte sich trotzig in den grauen Himmel, die weißen Häuser entlang des Sounds waren längst nicht mehr zu erkennen. Sie hatten die letzten Felsen hinter sich gelassen und Claire hatte dabei zugesehen, wie die Flut sich zurückholte, was ihr gehörte.

Nur etwa zwanzig Felsen würden schließlich übrig bleiben, kleine Inseln, nur die, die hoch genug lagen, um nicht vollständig von den Gezeiten erobert zu werden. Erst, wenn die Ebbe sie alle wieder aus ihrer eisigen Umarmung entlassen würden wären sie wieder vereint. 365 Inseln inmitten des dann flachen Wassers, eine für jeden Tag im Jahr.

Claire fand, dass der heutige Tag eine besonders dunkle Insel verdient hätte, einen Felsen, scharfkantig und bedrohlich. Sie richtete den Blick nach Nordwesten, konnte aber den kleinen Hügel, auf dem das abgebrannte Haus des Vogelschützers stand, nicht mehr erkennen. Wellen schlugen hart gegen das Schiff, sie versuchte, sich auf den Horizont zu konzentrieren.

»Guten Morgen«, sagte eine Frau, die sie bereits auf der gestrigen Hinfahrt an Deck kurz gesehen hatte. »Kann ich Ihnen einen Kaffee rausbringen oder eine Kleinigkeit zu essen?«

Claire schüttelte den Kopf.

»Das ist nett, aber ich brauche nichts.«

Sie wollte wieder ins Schiffsinnere zurückkehren, aber Claire machte ihr ein Zeichen.

»Ja?«, fragte die Frau, sie war einige Jahre älter als Claire.

»Entschuldigen Sie, darf ich Sie etwas fragen?«

»Natürlich«, sagte sie und setzte sich zu Claire auf die Bank. Außer ihr waren nur zwei der Fischer der Insel an Bord.

»Ich habe gehört, es gibt hier Delfine in der Bucht. Stimmt das? Gestern habe ich zumindest keine gesehen.«

Die Frau lächelte, sie hatte ein Spültuch in der Hand und trug eine weiße Schürze. Ihre Haare waren zu einem einfachen Zopf gebunden, der von mehreren grauen Strähnen durchzogen war.

»Ja, die gibt es wirklich«, sagte sie und zeigte hinaus aufs Wasser. »Heute ist es ein bisschen stürmisch, da sind die drei nicht zu sehen.«

»Es sind drei?«

»Ja, sie sind oft hier. Ich liebe Delfine. Manchmal, wenn ich traurig bin und aufs Wasser schaue, sind sie plötzlich da. Dann geht es mir gleich besser.«

Sie streckte Claire die Hand hin.

»Ich bin Adrienne«, sagte sie freundlich und wischte sich mit dem Handrücken eine Strähne aus dem Gesicht.

»Sie müssen ganz schön seetauglich sein, Adrienne, wenn es hier öfter so stürmisch ist?«

Adrienne zuckte mit den Schultern.

»Manchmal ist es richtig schlimm, dann bleibe ich eben an Land und die Passagiere müssen mal ohne Kaffee und Schnaps auskommen. Aber meistens geht es. Sagen Sie … darf ich Sie auch etwas fragen?«

»Klar.«

»Stimmt es … also, ist es wahr, dass dieser Vogelschützer …, dass er verbrannt ist? Das ist doch schrecklich!«

Claire hob entschuldigend die Hände.

»Das tut mir leid, das darf ich Ihnen leider nicht sagen. Wir ermitteln noch. Ich gehe davon aus, dass auf der Rücktour nach Chausey einige Beamte von uns an Bord sein werden. Dann werden Sie auf jeden Fall Ihren Kaffee los!«

Adrienne lächelte schüchtern.

»Ich muss rein, die Küche sauber machen. Ich werde versuchen, nicht an den armen Mann zu denken. Einer der Fischer sagte, er sei verbrannt. Na ja, Sie dürfen nichts sagen, das verstehe ich. Aber es ist furchtbar, nicht wahr?«

Claire nickte, und für einen Augenblick sah sie wieder das Bild des brennenden Olivier vor sich.

»Ja, das ist es wirklich«, murmelte sie und warf einen Blick Richtung Chausey, das immer kleiner wurde, kaum mehr als eine Ahnung am Horizont.

Nicolas hatte in der Zwischenzeit Rachmaninoff geweckt, ihm etwas zu trinken gegeben und seine Sachen zusammengesucht. Noch immer hatte er Maries Duft in der Nase, auch dann noch, als er die blaue Tür öffnete und hinaus in den kalten Wind trat, der in der Oberstadt von Granville durch die Gassen fegte.

»Komm, alter Freund«, sagte er und zog die Tür hinter sich zu. Sie gingen die Rue Saint-Jean hinab bis zur Place Cambernon, wo Nicolas für sich und den Hund zwei Sandwiches kaufte. In einiger Entfernung konnte er die Fähre sehen, die von Chausey den Hafen anlief, er schätzte, dass sie in einer knappen halben Stunde da sein musste.

»Warte kurz«, befahl er Rachmaninoff und holte sein Handy raus. »Wir kümmern uns jetzt mal um dein Herrchen.«

Nicolas lauschte dem Tuten in der Leitung, dann folgte

ein Klicken und schließlich die kontrollierte Stimme seines Vaters.

»Das ging aber schnell. Gerade mal eine halbe Nacht und schon meldest du dich.«

Nicolas atmete tief durch und spürte dabei jede Faser seines Körpers, er hatte das Gefühl, dass er hauptsächlich aus Schmerz bestand.

»Hör zu, Vater, ich habe nicht viel Zeit. Du wirst den Namen bekommen, aber ich brauche vorher eine Information. Und du musst etwas für mich regeln. Das sind meine zwei Bedingungen.«

Er hörte seinen Vater leise und heiser lachen.

»Nicolas, ich glaube nicht, dass du in deiner derzeitigen Situation in der Lage bist, Bedingungen zu stellen. Besorg mir den Namen der Frau, sag mir, wo wir sie finden, und dann werden wir sehen, ob ich etwas für dich …«

»Es geht um Oissel, Vater.«

Das leise Tuckern der Fähre drang über die grauen Schieferdächer zu ihm herüber. Mehrere Möwen begleiteten das Schiff, sie hingen im Wind, die Schnäbel nach unten gerichtet.

Sein Vater schwieg.

»Der Mann am Schießstand. Du hast gesehen, wie ich seine Prüfungsergebnisse …«

»Ja, Nicolas. Ich bin der Einzige, der es weiß. Ich stand keine zehn Meter hinter dir, hinter einer dicken Glasscheibe, und du hattest keine Ahnung. Und wenn du jetzt wirklich denkst, ich würde diese Information nicht gegen meinen eigenen Sohn …«

»Dieser andere Mann, Vater. Er hieß Lucas. Was ist aus ihm geworden? Er wollte zur Fremdenlegion.«

»Die zahlen einfach besser. Und ich brauche Action.«

Nicolas hatte nur noch ein verschwommenes Bild von ihm, von seinem kantigen Gesicht, den schwarzen Locken. Er hatte die Geschehnisse in Oissel tief in seinem Inneren vergraben und sie nie wieder hervorgeholt. Nach und nach waren die Erinnerungen verblichen, wie ein altes Foto, das immer weiter vergilbte, bis die darauf abgebildeten Ereignisse fast unkenntlich geworden waren. Nicolas lehnte sich an eine Laterne an und schloss die Augen.

»Er hieß Lucas. Mehr weiß ich nicht.«

»Lucas Corneille«, antwortete sein Vater endlich mit ruhiger Stimme. »Er ist dein Jahrgang, beziehungsweise, er war es. Er ist tatsächlich zur Fremdenlegion gegangen, nach Afrika. Zwei Jahre später ist er gestorben.«

»Bei einem Einsatz?«

»Das weiß ich nicht, es ist auch nicht relevant. Es geht nicht um ihn, es geht um das, was du getan hast. Du dürftest kein Personenschützer sein, zumindest keiner, der für die Regierung arbeitet. Und wenn ich bis morgen Abend nicht den Namen dieser Frau bekomme, dann …«

»Du bekommst ihn«, unterbrach Nicolas seinen Vater. »Aber ich muss wissen, wie dieser Lucas gestorben ist.«

»Warum ist das so wichtig? Hat es etwas mit eurer seltsamen Todesliste zu tun? Die Zeitungen sind mittlerweile voll davon.«

Rachmaninoff zerrte an der Leine, offenbar wollte er weiter.

»Ich stehe auch auf dieser Liste, Vater. Und ich will wissen, warum.«

Alexandre Guerlain war als ehemaliger Leiter des Inlandsgeheimdienstes nicht leicht aus der Fassung zu bringen. Diesmal aber hatte Nicolas den Eindruck, dass sein Vater tatsächlich überrascht war.

»Und du glaubst, dieser Lucas …«

»Ich habe keine Ahnung. Aber mir fällt sonst niemand ein. Und uns rennt die Zeit davon.«

»In Ordnung«, sagte er schließlich. »Ich werde mich informieren. Ich melde mich gegen Mittag, bis dahin müsste ich etwas herausgefunden haben. Was ist die zweite Sache?«

»Bedingung, Vater, nicht Sache.«

Nicolas lief eilig den kleinen Pfad entlang, der zum Hafen führte und von dort in einem weiten Bogen über den Quai Pléville und die Rue du Port zum Commissariat.

»Wie auch immer du es nennst«, sagte die schneidende Stimme seines Vaters, der hörbar die Geduld verlor. »Ich habe gleich ein Treffen, also würdest du bitte …«

»Im Hôpital Saint-Louis im 11. Arrondissement liegt ein alter Mann, der mit einem schweren Herzinfarkt eingeliefert wurde. Es ist Tito, mein Nachbar, du hast ihn einmal kurz getroffen, als du mit dem Präsidenten im ›Le Vannier‹ warst. Ich will, dass er vom Chefarzt behandelt wird, in einem Einzelzimmer, rund um die Uhr betreut.«

Sein Vater lachte.

»Der Alte in der Strickjacke? Mein Gott, Nicolas, du hängst zu sehr an den Menschen, so wirst du es niemals zu etwas bringen.«

»Vater, das war keine Bitte.«

»In Ordnung, Nicolas, ich kümmere mich darum.«

»Wir sprechen uns heute Mittag.«

Nicolas legte auf, bevor Alexandre Guerlain noch etwas sagen konnte. Es bereitete ihm Vergnügen zu wissen, dass sein Vater es hassen würde, dass er das Gespräch beendet hatte.

»Wir kriegen unseren Tito schon wieder hin«, sagte er zu Rachmaninoff. Im Hafenbecken trieben Fischerboote und die kleinen Jollen der örtlichen Segelschule. Als er auf das offene Meer hinausblickte, sah er Chausey als dunklen Fleck am Horizont, den Ort, an dem alles zusammenzulaufen schien.

»Lucas«, murmelte Nicolas, der Name sprang in seinem Kopf herum wie eine abgefeuerte Pistolenkugel. Er fragte sich, ob er nicht bereits von Anfang an auf diesen Namen hätte kommen können, auch wenn Lucas längst tot war. Und er fragte sich jetzt auch, ob dieser Umstand Menschen das Leben gekostet hatte.

Obwohl der Regen mittlerweile aufgehört hatte, meinte Roussel, das Trommeln auf seiner Kapuze immer noch zu hören. Missmutig stapfte er den kleinen Weg entlang, an der Kapelle von Chausey vorbei, ließ den Hof mit der steinernen Mauer und dem grauen Schieferdach rechts liegen, genau wie das Hinweisschild, das den Weg hinunter zur Port-Marie anzeigte, und öffnete wenig später die Tür des kleinen Inselladens. Als er seine Kapuze zurückschob und seine nassen Schuhe auf einem Teppichläufer abstreifte, kam Louise um die Ecke, in der Hand eine Kanne mit schwarzem Kaffee und einem Teller mit belegten Broten.

»Ich dachte mir, dass Sie früher oder später kommen, Monsieur«, sagte sie und sah ihn freundlich an. »Sie sind doch von der Polizei, oder? Es ist fürchterlich, so fürchterlich, ich kann es noch gar nicht fassen. Hier, das ist für Sie.«

»Sie sind ein Engel«, sagte Roussel und nippte an der vollen Tasse, die sie ihm eingeschenkt hatte. »Ich fürchte, hier werden gleich noch ein paar mehr von meiner Sorte einfallen. Die Spurensuche, die Forensik, das ganze Besteck.«

Louise nickte.

»Ich weiß«, sagte sie. »Die Hafenbehörde in Granville hat mich schon angerufen, um mich vorzuwarnen. Da stehen jede Menge Menschen und warten auf die Fähre. Der Kapitän wird heute wohl außerplanmäßig fahren müssen.«

»Mir scheint, es ist vieles außerplanmäßig auf dieser Insel«, murmelte Roussel und biss in eines der Brote.

Louise sah aus dem Fenster, wo der Wind über den Sound wehte und die Wellen an die Felsen schob.

»Da haben Sie vermutlich recht«, sagte sie. »Chausey war schon immer etwas Besonderes und wird es auch immer sein. Auch, wenn sich vieles verändert hat.«

Roussel betrachtete Louise, die mit durchgestrecktem Rücken am Fenster stand, ihre Haare zu einem Dutt zusammengebunden und die Hände in den Taschen ihrer weißen Schürze.

»Zum Guten oder zum Schlechten?«, fragte er, während er einen weiteren Schluck Kaffee nahm und spürte, wie ihm endlich wärmer wurde.

Als sie sich zu ihm umdrehte, lächelte sie.

»Das kommt vermutlich darauf an, wen Sie fragen.«

»Und wenn ich Sie frage?«

»Dann würde ich wohl antworten: Das kommt darauf an, an welchem Tag Sie mich fragen.«

Roussel lachte.

»Dann geht es Ihnen wie mir, Madame. Wobei die schlechten Tage in letzter Zeit leider deutlich in Führung gegangen sind.«

»Oh, bitte, nennen Sie mich Louise, ja? Und wegen der schlechten Tage: Die gehen vorbei. Auf Flut folgt Ebbe, so sagt man doch. Für manche ist das Hochwasser lästig, für andere der Schlick auf dem Boden, wenn das Wasser sich zurückzieht. Aber wir können es nicht ändern, nicht wahr? Wir sollten einfach die Gezeiten ihre Arbeit machen lassen, der Rest kommt und geht.«

Roussel sah sie nachdenklich an.

Dann schob er seine rechte Hand in die Tasche und zog die Plastiktüte hervor, in die er die Schnapsflasche verpackt hatte, die er vor dem brennenden Haus des Vogelschützers gefunden hatte. Behutsam zog er sie aus der Tüte, er hatte seine Handschuhe angezogen und versuchte, die Flasche so wenig wie möglich zu berühren.

»Kommt Ihnen die hier bekannt vor?«, fragte er Louise und sah, wie sie kurz stutzte. Sie setzte sich die Brille auf und betrachtete das Etikett.

»Willkommen auf Chausey«, stand in großen Lettern darauf, im Hintergrund waren die Hügel der Hauptinsel und der Leuchtturm zu sehen.

»Natürlich«, sagte sie. »Die Flaschen verkaufe ich hier im Laden.«

»Gibt es die sonst noch irgendwo zu kaufen?«, fragte Roussel, sein Ton war jetzt ernst. Er war nicht wegen des Kaffees hierhergekommen.

»Warten Sie … ich muss … Nein, diese hier gibt es tatsächlich nur in meinem Laden. Schauen Sie, da unten ist eine Nummer, am Ende steht eine 3. Die steht für den Verkauf auf der Insel und den mache nur ich. Die Flaschen sind beliebt, ich hoffe, dass ich heute im Laufe des Tages Nachschub bekomme, denn seit einer Woche habe ich keine mehr.«

»Wo gibt es die Flaschen mit einer anderen Nummer zu kaufen?«

Sie musste nicht lange überlegen.

»Die mit einer 1 gehen in den freien Verkauf auf dem Festland, direkt von der Schnapsbrennerei, wo sie produziert werden. Und die mit einer 2 sind für die Souvenirläden am Hafen von Granville. Aber wie gesagt, die hier ist aus meinem Laden, ohne Zweifel. Wo haben Sie sie her, ist sie … ich meine …«

Louise schlug eine Hand vor den Mund und starrte ihn an.

»Sie haben Sie bei dem armen Olivier gefunden.«

Roussel nickte.

»Diese Flasche ist mit Gift versetzt, vermutlich Rizin. Er muss daraus getrunken haben.«

Sie taumelte, sichtlich geschockt, und Roussel sprang auf,

bevor sie gegen ein Regal stolperte. Er hielt sie am Arm fest und führte sie zu einem Stuhl.

»Oh mein Gott. Das ist alles … so schrecklich. Erst der arme Rémy. Jetzt dieser Ornithologe. Er war so … ungewöhnlich. Aber ein wirklich netter Mensch, ein bisschen kauzig vielleicht, aber …«

Ihre Stimme brach.

»Und jetzt denken Sie, ich hätte mit dem Schnaps …«

Roussel legte ihr eine Hand auf den Arm und setzte sich ihr gegenüber.

»Madame, an wen haben Sie in der vergangenen Woche Schnaps verkauft? Haben Sie das irgendwo notiert?«

Sie schüttelte den Kopf.

»Nein, ich schreibe nichts auf, es ist doch nur ein kleiner Inselladen. Ich habe …«

Sie versuchte, sich zu konzentrieren.

»Ein junges Paar, der Mann hat eine Flasche gekauft. Dann eine … warten Sie … eine Gruppe Italiener, denen habe ich zwei Flaschen verkauft, es regnete stark, sie haben sie direkt im Laden getrunken.«

»Weiter!«, sagte Roussel.

»Und … eine an einen Geschäftsmann, aus Angers glaube ich. Das war's, ich hatte nicht mehr so viele und …«

»Würden Sie den Geschäftsmann erkennen? Oder das junge Paar?«

Sie nickte.

»Ja, vermutlich.«

»Gut, danke, Sie haben mir sehr geholfen.«

Kurz darauf schloss Roussel die Tür des Inselladens hinter sich, zog seine Kapuze über den Kopf, um sich gegen den Wind zu schützen, und stapfte den Pfad hinunter, der ihn an Les Blainvillais vorbei in Richtung Westen bringen würde. Dorthin, wo das Gerippe des Sémaphore stand.

»Verdammte Insel«, fluchte er.

Sie kamen zu langsam voran. Die Stunden rannen ihnen durch die Finger und der Täter hatte seine Arbeit noch lange nicht vollendet.

Claire stand währenddessen an der Hafenmole von Granville und sah der Fähre hinterher, die gerade in Richtung Chausey aufgebrochen war, mit mindestens einem Dutzend Beamten aus Caen an Bord, die erst vor wenigen Minuten in der Stadt angekommen waren. Sie hatten ihr Equipment aufs Schiff gebracht und Claire konnte sehen, dass Adrienne, die als Mädchen für alles auf der Fähre arbeitete, Kaffee an die Männer verteilte. Sie hatten sich noch einmal zugewunken.

»Das nächste Mal will ich Delfine sehen«, murmelte sie, drehte sich um und ging zurück in Richtung Stadt. Als sie am Verwaltungsgebäude der Fährgesellschaft vorbeikam, sah sie einige Wintertouristen, die offenbar dem kalten Wind entkommen wollten und einem Hinweisschild folgten, auf dem »Exposition« stand.

Claire fröstelte und sah auf die Uhr. Von der Fahrt war sie komplett durchgefroren und beschloss daher kurzerhand, sich hier aufzuwärmen, bevor sie zum Commissariat hinüberging. Sie folgte den Touristen ins Gebäude, in dem es angenehm warm war und wo es neben dem Souvenirladen eine kleine Ausstellung über die Geschichte von Chausey und der Fährgesellschaft gab. Claire schlenderte zwischen den Infotafeln herum, las Texte über die Austernzucht auf Chausey und das Leben der Insulaner, das offenbar schon immer von einer gewissen Härte geprägt gewesen war. Auf den Fotos waren alte Frauen abgebildet, die vor Steinhäusern im Gras saßen und Fischernetze flickten, Kinder, die mit Segelbooten hinüber ans Festland zur Schule fuhren.

Als ihr Telefon klingelte, zuckte sie zusammen.

»Ah, Monsieur Bodyguard«, sagte sie mit einiger Süffisanz in der Stimme und ging weiter an den Tafeln entlang.

Die Touristengruppe hatte sich bereits ins benachbarte Café zurückgezogen.

»Ja, ich weiß, du bist ein Personenschützer, das ist etwas anderes.«

Dann erzählte sie Nicolas in knappen Worten, was auf Chausey geschehen war, und versuchte dabei, das Bild des brennenden Olivier nicht zu lange in ihrem Kopf zu behalten. Es gelang ihr nicht und deshalb versuchte sie, sich auf den Text zu konzentrieren, der vor ihr auf der Tafel stand.

»Hm … okay … ja, mach das.«

Sie ging um die Tafel herum und stutzte, als sie sah, mit welchem Thema sich der Text beschäftigte.

»Gut, dann komme ich gleich hin. Sperrt diesen Philippe Duval am besten in die Zelle, da kommt keiner an ihn ran. Das war ein Witz, Nicolas! Mein Gott, warum hast du denn so schlechte Laune.«

Verblüfft sah sie auf ihr Handy.

»Aufgelegt«, murmelte sie. »Aus dem werde ich nie schlau.«

Und gerade als sie weitergehen wollte, um sich mit einem Kaffee gegen den kalten Wind zu wappnen, blieb sie verwundert stehen.

Irritiert blickte sie auf einen Zeitstrahl, las den Text und betrachtete das Foto, das daneben abgebildet war.

Dass ihr Handy ihr aus der Hand glitt und zu Boden fiel, merkte sie kaum.

Nicolas betrat das Commissariat von Granville. Vor drei Minuten hatte Roussel ihn angerufen, der wiederum von den beiden Beamten im Commissariat informiert worden war.

»Wo ist er?«, rief er den beiden Beamten zu, während er Rachmaninoff an die Heizung band, wo der Hund sich augenblicklich einrollte und schlief.

Einer der Beamten war aufgestanden, seine Hand auf der Dienstwaffe.

»Und Sie sind ...?«, fragte er, während er Nicolas musterte, dem erst jetzt auffiel, dass er in seinem ramponierten Zustand und mit seinen Schürfwunden im Gesicht durchaus Anlass für Misstrauen gab.

»Hören Sie, wo ist Duval? Sie haben Roussel angerufen, und ...«

»Sie sind der Bodyguard!«, rief der andere Beamte jetzt und deutete auf eines der Fotos an der Wand.

»Stimmt«, sagte sein Kollege jetzt und nahm die Hand von der Waffe. Die beiden waren sichtlich angespannt und bleich, einer der Beamten hatte rot geränderte Augen.

Er hatte geweint.

»Es tut mir sehr leid, was mit Ihrem Dienststellenleiter passiert ist«, sagte Nicolas. »Er war ... ich meine, ich habe ihn nicht gut gekannt, aber er wollte diese Sache unbedingt aufklären. Es ist fürchterlich, was mit ihm passiert ist. Ich wünschte, ich hätte es verhindern können.«

In diesem Augenblick hörte er das Rauschen eines Wasserhahns und kurz darauf kam ein Mann aus der Toilette. Er war schätzungsweise Mitte vierzig, trug einen dicken Pullover, eine Outdoorhose und schwere Wanderstiefel. Auf einem der Besucherstühle hing eine Regenjacke.

»Sie sind Philippe Duval?«, fragte Nicolas. Der Mann nickte.

»Wir warten seit einiger Zeit auf Sie, es ist wirklich dringend, wo waren Sie denn so lange?«

»Ehrlich gesagt war ich erst mal im Hotel, mich frisch machen. So was wird doch noch erlaubt sein, oder? Und jetzt wüsste ich langsam gern, warum ich so dringend zur Polizei kommen sollte. Ist etwas passiert?«, sagte der Mann sichtlich aufgebracht.

Nicolas nickte den beiden Beamten zu.

»Ich gehe mit Monsieur Duval in Marc Huets Büro. Geben Sie mir Bescheid, wenn Roussel hier anruft oder Claire Cantalle ankommt. Sie muss jeden Moment ...«

In diesem Augenblick wurde die Eingangstür des Commissariat mit Wucht aufgestoßen, ein Windstoß wirbelte einen Papierstapel auf. Leere Plastikbecher kullerten durch den Raum, als Claire in den Raum stürmte und die vier Männer anstarrte. Sie war völlig außer Atem, offenbar war sie die ganze Strecke vom Hafengebäude bis zum Commissariat gerannt.

»Ich hab's!«, schrie sie, während sie sich an einem Regal festhielt und nach Luft schnappte. »Ich habe das … ich weiß, warum … ich …«

»Langsam, Claire«, sagte Nicolas und machte einen Schritt auf sie zu. »Atme erst mal durch, so ist es gut, schön langsam …«

»Halt die Klappe, Nicolas«, fauchte sie ihn an, dann sah sie sich um.

»Sind Sie Philippe Duval?«, fragte sie den Mann im dicken Wollpullover.

»Ja, der bin ich. Ornithologe aus dem Süden, ich sollte eigentlich übermorgen …«

»Sie waren schon einmal hier, nicht wahr?«, fragte sie, während Nicolas darüber nachdachte, worauf sie hinauswollte.

Der Ornithologe nickte.

»Ja, natürlich, bereits zweimal. Deshalb wurde ich ja jetzt wieder auf Chausey eingesetzt.«

»Wer ist Chloé, Monsieur Duval?«

Nicolas und die beiden Beamten warfen sich irritierte Blicke zu.

»Wer soll das sein?«, fragte Nicolas. Aber sie beachtete ihn nicht, sondern funkelte Duval an.

»Monsieur, Sie haben meine Frage gehört: Können Sie mir sagen, wer Chloé ist. Oder sollte ich besser fragen: Wer war Chloé?«

»Darf ich mich bitte setzen? Ich glaube … ich muss kurz …«

»Alles okay?«

Nicolas sprintete zu dem Mann, der plötzlich aschfahl war und beinahe umgekippt wäre. Vorsichtig führte er ihn zu einem Stuhl, half ihm, sich zu setzen, und machte einem der Männer ein Zeichen, ein Glas Wasser zu besorgen. Philippe Duval trank es in einem Zug aus, dann schaute er die drei Männer und Claire an. Plötzlich sah er völlig erschöpft aus.

»Dann ist es jetzt gut«, sagte der Mann leise. »Ich warte seit so vielen Jahren darauf, es jemandem zu erzählen. Meiner Familie, meinen Freunden. Aber ich konnte es nicht.«

»Was erzählen?«, fragte Nicolas.

Philippe Duval holte tief Luft, bevor er antwortete.

»Das, was wir getan haben damals. Oder besser: Was wir nicht getan haben.«

KAPITEL 29

Chausey, Normandie
Zur gleichen Zeit

Hallo, kleine Möwe.«

Louise spürte die Anwesenheit des Vogels, bevor sie ihn hörte. Es war schon immer so gewesen, bereits als Kind hatte sie eine besondere Beziehung zu den Möwen auf Chausey gehabt. Sie waren auf ihren Schultern gelandet, wenn sie im Schatten des Leuchtturms gestanden und aufs Meer geschaut hatte, sie waren vor ihren Füßen sitzen geblieben, wenn sie auf der grünen Bank oberhalb der Port-Marie gesessen und für die Schule gelernt hatte. Und immer wieder stolzierte eine von ihnen – vielleicht sogar immer die gleiche – in die kleine Kapelle hinein, mit leicht gesenktem Kopf und geöffnetem Schnabel, als wollte sie ihr etwas zurufen.

»Spiel weiter. Bleib tapfer. Gräme dich nicht.«

Als wüsste die Möwe, dass es genau das war, was Louise tat, seit so vielen Jahren: sich grämen.

Sie saß am Klavier, über ihr schaukelte leicht eines der Schiffsmodelle an der Decke, sie hatte die Tür angelehnt, der Wind fuhr durch das Gemäuer.

»Es wird Sturm geben heute Nacht«, sagte sie zu der Möwe, während sie eine zarte Melodie zu spielen begann. »Du solltest dir ein gutes Versteck suchen. Ich werde schon zurechtkommen.«

Ihre Finger fanden die Tasten von allein, langsam, manchmal leicht stolpernd. Längst taten ihr die Gelenke weh, wenn sie länger Klavier spielte, ihr Rücken schmerzte, wenn sie mehr als fünf Minuten auf dem ungemütlichen Schemel saß.

Und doch saß sie hier, immer wieder, als wollte sie sich selbst nicht schonen, als sei der Schmerz in ihren alten Gliedern ein willkommener Gast.

»Verlass mich nicht«, sang sie leise zur Melodie. »Man muss vergessen, alles vergessen.«

Die Möwe hüpfte kurz auf dem kalten Steinboden, drehte sich im Kreis.

»Die Zeit der Missverständnisse, die verlorene Zeit ...«

Sie brach ab, nahm ihre Finger von der Tastatur und sah durch ein kleines Kirchenfenster nach draußen, wo der Wind die kahlen Zweige der Sträucher bis auf den Boden drückte.

Sie saß lange dort, sie achtete nicht auf ihren Rücken, nicht auf die Kälte in ihren Knochen. Die Möwe war immer noch da.

Und Louise weinte und ihre Tränen fielen auf die Tasten des Klaviers, auf die weißen und die schwarzen. Und draußen auf dem Meer, nördlich von Chausey, schoben sich die Wolken zusammen, zu einem Gebilde, so dunkel wie die Gedanken in Louises Kopf.

Eine Sturmwand nahte.

»Was geschehen ist, ist geschehen«, murmelte sie schließlich.

Chausey würde diesen Sturm überstehen. Und auch die kleine Möwe von Chausey würde diesen Sturm überstehen. Doch die Stille, die folgen würde, würde lauter sein als jeder Sturm.

KAPITEL 30

Granville, Normandie
Am Vormittag

Claire und Nicolas standen in der kleinen Teeküche des Commissariat von Granville und warteten darauf, dass das Wasser endlich kochte. Keiner von ihnen sprach ein Wort.

»Wir hätten früher darauf kommen können«, sagte Claire schließlich und Nicolas wünschte sich, dass sie unrecht hätte, aber so war es nicht.

»Alle hier in der Stadt wissen von dem Unglück, die Fährgesellschaft und die Menschen auf Chausey auch. Aber keiner kommt auf die Idee, dass das ein Motiv sein könnte.«

»Wie auch?«, überlegte Claire, während sie ihren Tee aufgoss. »Was damals geschehen ist, wissen alle. Aber wer damals dabei war? Das wäre vielleicht doch zu viel verlangt.«

Nicolas nahm seine Tasse und folgte ihr in Huets Büro, in dem Philippe Duval auf seinem Stuhl saß und aus dem Fenster starrte.

Er lächelte, als Claire ihm ein Croissant reichte.

»Sie haben Glück, dass der Bäcker von gegenüber alle hier im Commissariat so gut versorgt«, sagte sie. »Ich kenne einen Polizisten in Deauville, der würde für so einen Service glatt töten.«

Duval sagte nichts, sondern starrte weiter aus dem Fenster.

»Entschuldigung«, murmelte Claire. »Unglückliche Wortwahl.«

Für einen Augenblick schwiegen sie alle.

»Das Schlimmste ist die Scham«, sagte Duval schließlich leise. »Ich schäme mich seit sieben Jahren, aber ich weiß auch nicht, wie ich das je überwinden soll ... Ich ... schaffe es nicht, mit jemandem zu sprechen. Nicht mal mit meiner Frau. Und das ist wirklich schlimm, weil ich sie liebe.«

Nicolas räusperte sich.

»Wo standen Sie genau, als das Mädchen ins Wasser gefallen ist?«

Claire hatte das Bild aus dem Winter vor sieben Jahren an der Infotafel gesehen. Der zugehörige Text hatte sich mit Unfällen der Fährgesellschaft in den vergangenen fünfzig Jahren beschäftigt.

Ein auf Grund gelaufenes Schiff, ein abgeknickter Schornstein, ein heiß gelaufener Schiffsmotor, zwei Tote bei einem Sturm vor dreißig Jahren.

Ansonsten stellte sich die Gesellschaft ein hervorragendes Zeugnis aus. In Sachen Sicherheit sei man bestens ausgestattet und die Passagiere zwischen Chausey, Guernsey und Granville seien immer in besten Händen.

Der tragische Tod der kleinen Chloé vor sieben Jahren sei ein schreckliches Unglück gewesen, man sei in Gedanken bei den Angehörigen. Die Fährgesellschaft betonte in dem Text allerdings auch, dass hier die Aufsichtspflicht verletzt worden sei und es sich daher um menschliches Versagen gehandelt habe. Auf die Notwendigkeit von Rettungswesten bei kleinen Kindern seien die Passagiere stets hingewiesen worden.

Claire hatte das Foto gesehen: ein Krankenwagen auf der Mole, die Fähre im Hintergrund.

Sie hatte Rémy Marchand erkannt, den Chef der Fährgesellschaft. Und Balthasar Morignac.

Und dann hatte sie das Datum des Unglücks gesehen.

Auf den Tag genau vor sieben Jahren.

»Rémy Marchand, der Chef der Fährgesellschaft, war am nächsten dran«, begann Duval mit stockender Stimme zu erzählen. »Er stand mit diesem Morignac direkt an der Reling. Ich habe das kleine Mädchen auf dem Deck spielen sehen, sie hatte einen Ball.«

»Erzählen Sie weiter«, sagte Nicolas und warf einen Blick auf die Uhr.

»Es waren nicht viele auf der Fähre, es war ja Winter. Dieser andere Mann …«

»Adrien Martin«, ergänzte Claire und zeigte auf ein Foto, das sie auf den Tisch gelegt hatte.

»Ja, genau der. Er saß mir gegenüber, auf einer der Bänke. Er hat, glaube ich, etwas getrunken, ich weiß es nicht mehr genau. Und ich saß, wie gesagt, auch auf einer Bank, vielleicht vier Meter von der Reling entfernt.«

»Deshalb die Reihenfolge auf der Liste«, sagte Claire und sah Nicolas an. »Zuerst die beiden, die direkt an der Reling gestanden hatten. Dann Adrien Martin und schließlich Sie, Monsieur Duval.«

»Und warum stehen Sie auf der Liste?«, fragte Duval plötzlich und wandte sich an Nicolas. »Ich meine, wenn es wirklich um das Mädchen und ihren Vater geht, warum dann Ihr Name?«

»Dazu kommen wir später«, sagte Nicolas knapp und ignorierte Claires Stirnrunzeln. »Was ist dann passiert?«

Duval schluckte, die Erinnerung an diesen Tag vor sieben Jahren lag ihm schwer auf der Seele.

»Ich … also wir alle, wir haben so schnell gar nicht reagieren können. Das Mädchen ist gestolpert und plötzlich war sie weg. Sie muss zwischen den Sprossen der Reling einfach …«

Duval weinte jetzt, seine Hand zitterte, als er nach dem Taschentuch griff, das Claire ihm reichte.

»Wir standen da, alle vier, an der Reling und starrten ins Wasser. Ich habe ihre Jacke kurz aufblitzen sehen, ich habe noch überlegt … aber … jeder hat den anderen angeschaut … und dann … war sie weg.«

»Was ist dann passiert?«, fragte Claire.

»Der Vater ist aus dem Schiffsinnern gekommen. Er muss noch gesehen haben, wie sie gestolpert ist. Er hat uns … oh mein Gott …«

»Monsieur Duval, bitte, es ist wichtig.«

Philippe Duval schnäuzte in das Taschentuch und sammelte sich.

»Er hat uns angeschaut, voller Verachtung. Sein Blick war so kalt. Dann ist er ins Wasser gesprungen.«

Nicolas stellte gerade seine Tasche auf den Tisch, als sein Handy klingelte. Er machte Claire ein Zeichen, als er sah, wer anrief.

»Mach du kurz allein weiter, ich muss rangehen.«

»Ist gut«, sagte Claire und gab Duval ein weiteres Taschentuch.

Nicolas nahm den Anruf entgegen und schloss die Tür zu Huets Büro hinter sich. Die beiden Beamten beachteten ihn nicht, sie standen vor einer Tafel und verglichen die Hinweise aus der Bevölkerung mit dem Stand der Ermittlungen. Nicolas ging nach draußen und bereute sofort, dass er seine Jacke nicht mitgenommen hatte.

»Was hast du für mich?«

Sein Vater sprach schnell, das war das Erste, was ihm auffiel. Er meinte, auch eine gewisse Verärgerung herauszuhören.

»Nicolas, warum hast du mich nach diesem Lucas Corneille gefragt? Warum interessierst du dich plötzlich so für ihn?«

Auf der anderen Straßenseite beobachtete Nicolas einige wenige Touristen, die über den Bürgersteig hasteten, vorbei an der Bäckerei, dem geschlossenen Souvenirladen und der Apotheke.

»Weil es jemanden gibt, der es auf mich abgesehen hat«,

sagte Nicolas. »Aus einem Grund, den ich verzweifelt suche, aber nicht finden kann. Und nach unserem Treffen heute Nacht musste ich an Oissel denken. Und an diesen Lucas.«

Sein Vater schwieg einen Moment.

»Er ist tot, Nicolas«, sagte er dann. »Wie ich es dir gesagt habe. Allerdings gibt es da ein Problem.«

»Was für ein Problem? Hör zu, ich habe wirklich keine Zeit für deine Spielchen, wir müssen hier …«

Nicolas nahm auf der anderen Straßenseite plötzlich eine Bewegung wahr. Es war nicht mehr als ein vorbeihuschender Schatten, aber als er sich umdrehte, war da nichts. Die drei Geschäfte lagen direkt gegenüber des Commissariat, es waren jedoch keine Kunden zu sehen.

»Lucas Corneille ist nicht im Einsatz gestorben. Er ist noch nicht mal in Dschibuti gestorben.«

Und plötzlich wusste Nicolas, was die Verärgerung in der Stimme seines Vaters zu bedeuten hatte. Es war diesmal ausnahmsweise nicht die Unzufriedenheit mit den Leistungen anderer.

Nein, Alexandre Guerlain hatte einen Fehler gemacht. Er hatte zu sehr auf das vertraut, was ihm gesagt worden war. Er hatte nicht nachgefragt, damals. Lucas Corneille, gestorben als Mitglied der Fremdenlegion in Dschibuti, Afrika. Aber nicht dort gestorben.

»Es war während eines Heimaturlaubs. Er ist zu Hause gestorben. Zwei Jahre, nachdem ihr euch in Oissel bei der Prüfung kennengelernt hattet.«

»Hatte er eine Tochter?«, fragte Nicolas vorsichtig. Er hatte das unbestimmte Gefühl, hier draußen beobachtet zu werden.

»Ja«, sagte sein Vater, »Chloé. Sie war vier Jahre alt. Sie ist …«

»… am gleichen Tag gestorben wie ihr Vater.«

Beide schwiegen, Nicolas' Blick flatterte, eine leichte Übelkeit kam in ihm auf.

Alles ergab einen Sinn. Es waren fünf Menschen gestorben. Drei von der Todesliste und zwei, die dem Mörder in die Quere gekommen waren: Marc Huet und Olivier Bechandre.

Weil niemand das Mädchen hatte retten wollen.

»Da ist noch etwas«, sagte sein Vater schließlich.

»Was?«

»Die Leiche des Mädchens wurde zwei Tage später auf Chausey gefunden. Die des Vaters nicht. Er wurde nach einem Taucheinsatz irgendwann für tot erklärt. Seine Eltern haben ihr Geschäft aufgegeben und Granville verlassen.«

»Er stammte aus Granville?«, fragte Nicolas erstaunt und drehte sich mehrmals um die eigene Achse. Da war dieses Gefühl, er spürte den Blick im Nacken, auf seiner Haut.

Jemand beobachtete ihn.

»Ja, seine Eltern waren dort Apotheker.«

Nicolas wirbelte herum, weil er in einem der Schaufenster eine Reflektion zu sehen geglaubt hatte. Zeitgleich fiel ihm ein, was Roussel über die Ermittlungen gesagt hatte, als sie im Auto gemeinsam mit Huet nach Saint-Lô gerast waren.

»Er ist uns immer einen Schritt voraus. Als würde er uns die ganze Zeit beobachten, dicht bei uns sein, ohne dass wir es merken.«

»Nicolas, bist du noch dran? Denk dran, ich will den Namen der Frau!«

In Nicolas Kopf drehte sich alles, sein Blick verschwamm. Leichter Regen setzte ein, als Nicolas langsam die Straße überquerte. Er warf einen Blick zurück Richtung Commissariat, überlegte kurz, ob er Claire Bescheid sagen sollte oder einem der beiden Beamten.

»Nein, er gehört mir«, sagte er dann leise, entsicherte seine Waffe und öffnete vorsichtig die Tür zur Apotheke.

Das Geräusch einer Glocke kündigte ihn an. Nicolas atmete langsam aus, konzentrierte sich nur auf den Lauf seiner Waffe, vergaß die Schmerzen, seine Wunden …

Es würde zu Ende gehen, hier und jetzt.

Der Laden war verwaist. Nicolas stieg drei Stufen in den Verkaufsraum hoch, seine Schritte waren auf dem Steinboden kaum zu hören, er sah seinen Schatten, der über die Regale wanderte. Mit der Waffe in beiden Händen näherte er sich dem Tresen, auf dem ein kleines Schild stand.

»Bin gleich wieder da.«

Hinter dem Tresen führte ein kleiner Durchgang zu weiteren Schränken, kleine Tiegel und Messbecher standen ordentlich drapiert auf einer Kommode. Nicolas atmete kurz durch, glitt um die Ecke und spürte einen kalten Luftzug.

Schritt für Schritt durchquerte er einen Flur, der nach wenigen Metern durch eine Tür in einen Hinterhof führte.

Und dann hörte er die Musik.

Sie kam aus einer offenen Kellertür, gedämpft und leise, Nicolas erkannte das Lied sofort.

»Les yeux revolver.«

Langsam trat er in den Hof hinaus, überprüfte zwei andere Durchgänge und einen alten Schuppen, bevor er sich schließlich der Kellertür näherte. Die Musik wurde lauter, als er zwei Treppenstufen hinunterstieg und einen Gang betrat, der geradewegs in die Dunkelheit führte.

Sein rechter Zeigefinger lag auf dem Abzug, er hielt den Atem an und betrat den Kellergang. Es roch schimmlig, vor ihm hatte sich eine kleine Pfütze auf dem Boden gebildet. Kurz bevor er vollständig von der Dunkelheit geschluckt wurde, knickte der Gang nach links ab, und Nicolas erreichte einen größeren Kellerraum. Die Musik kam von weiter vorne, wo zwei große Regale zur Seite geschoben worden waren, hinter denen jetzt eine Stahltür in der Wand zu erkennen war. Sie stand offen, dahinter war schwaches, flackerndes Licht zu erahnen.

Vorsichtig durchquerte er den Raum und stieß dabei gegen eine Holzkiste, in der mehrere Flaschen standen.

»Willkommen auf Chausey«, war in das Glas eingraviert.

Die Musik war jetzt besser zu hören. Mit zwei schnellen Schritten war Nicolas an der offenen Stahltür und spähte vorsichtig um die Ecke.

Er wusste sofort, dass er am Ziel war.

Auf der anderen Seite der Tür begann ein schmaler Gang, der offenbar unter den Häusern hindurch mehrere Kellerräume miteinander verband. Die Wände waren allesamt mit Schaumstoff ausgekleidet, auf der Innenseite der Stahltür hatte jemand zusätzlich eine dicke Matratze befestigt.

»Hier will jemand nicht gehört werden«, murmelte Nicolas und fragte sich zugleich, warum dann ausgerechnet jetzt Musik zu hören war.

Er kannte die Antwort und sie ließ ihn den Griff seiner Waffe noch fester umklammern.

Er wurde erwartet.

Nicolas durchquerte den Gang und erreichte eine weitere schallsichere Tür, die ebenfalls offen stand. Dahinter lag ein Vorraum, der sich nach links öffnete. Ein Lautsprecher hing in einer Ecke an der Wand, er nahm zwei Einbuchtungen wahr, die von einer schmalen Backsteinwand getrennt wurden. Nicolas betrat den Raum, er brauchte nur wenige Meter, um zu begreifen, was hier unten im Keller eingerichtet worden war.

Es war seine eigene Vergangenheit.

Jene, die er seit neun Jahren so erfolgreich verdrängt hatte.

Der Schießstand reichte etwa zwanzig Meter in den Keller hinein, Neonröhren beleuchteten den Raum, eine davon war defekt, das Licht flackerte hektisch. Auf beiden Seiten der kleinen Mauer stand ein Tisch, auf dem Kopfhörer lagen. Nicolas nahm den Geruch abgefeuerter Waffen wahr, Patronenhülsen lagen auf dem Betonboden. Dann sah er die Zielscheiben, sie hingen am Ende des Schießstandes direkt vor der Wand, Seilzüge an der Decke führten dorthin. Darunter jeweils ein Knopf, mit dem man die erfolgreichen oder eben die nicht erfolgreichen Einschüsse kontrollieren konnte.

»Drück ruhig drauf.«

Nicolas hatte ihn nicht kommen hören.

Er hatte keinen Schatten gesehen, keine Bewegung wahrgenommen, er hatte nur auf die beiden Zielscheiben gestarrt, die im Halbdunkel hingen. Zwei Fotos waren direkt vor das jeweilige Zielkreuz geklebt worden.

Eine Frau und ein Mann.

»Na los, drück drauf.«

Das Metall eines Pistolenlaufs fühlte sich kalt an in seinem Nacken.

»Und bitte, erspar uns beiden, dass ich dich hier erschießen muss, weil du versuchst, schlauer zu sein als ich. Das bist du nicht. Los, drück schon.«

Nicolas betätigte den Knopf und augenblicklich kam die Zielscheibe auf ihn zugefahren. Weitere Neonröhren flackerten und gingen an, grelles Licht flutete den Schießstand, Nicolas musste die Augen zusammenkneifen.

Der Mann hinter ihm atmete ruhig weiter, seine Hand zitterte kein bisschen. Nicolas versuchte den Kopf zu drehen, um zu sehen, wer hinter ihm stand, aber sofort drückte sich der Lauf der Waffe noch fester in den Nacken.

»Versuch es erst gar nicht, Nicolas. Verdirb uns beiden nicht den Spaß, in Ordnung?«

Die Zielschiebe war jetzt fast vorne.

Es war die Frau.

»Du hast das Ganze gut vorbereitet« sagte Nicolas, während er sich auf den Zeigefinger seiner rechten Hand konzentrierte. »Seit wann planst du diesen Moment?«

Der Mann hinter ihm lachte.

»Seit ich gestorben bin, an den Stränden von Chausey. Das war lange nach deinem Betrug in Oissel, aber ich habe erkannt, dass mit dir alles begonnen hat! Du hast das Schicksal betrogen, hast es zu deinem Eigentum gemacht. Und alles, was danach passiert ist, all das Schreckliche, es hat seinen Ursprung in jenem Moment. Du bist ein Betrüger, Nicolas. Es war mir damals egal, weil ich gar kein Personenschützer werden wollte. Du warst der Richtige, das habe ich zumindest gedacht. Aber ich lag falsch, so falsch! Du hast die Ereignisse in Oissel einfach aus deinem Gedächtnis gestrichen, du hast nicht mal ein schlechtes Gewissen gehabt. Ich wusste, irgendwann sehen wir uns wieder, ich habe nur damals nicht ahnen können, was geschehen würde. Und dieses Irgendwann ist genau jetzt, und glaub mir: Ich werde jeden Augenblick genießen.«

Die Zielscheibe stoppte direkt vor Nicolas und für einen kurzen Moment schloss er die Augen.

»Es geht doch hier gar nicht um uns, Lucas«, sagte er. »Es geht um Chloé.«

Er hatte gehofft, den Mann hinter ihm damit aus der Reserve zu locken, ihn für einen kurzen Augenblick zu irritieren, ihn zu einer Unachtsamkeit zu verleiten. Aber er hatte sich getäuscht. Lucas Corneille war ein Profi, jemand, der einem Polizisten ein Messer in den Hals rammen konnte, ohne zu zögern.

»Schau sie an. Schau sie dir ganz genau an.«

Nicolas öffnete die Augen.

»So schön«, flüsterte Lucas jetzt in sein Ohr. »Eine Heilige, das ist sie für dich, nicht wahr?« Mit einer schnellen Bewegung drückte Lucas erneut auf den Knopf, die Zielscheibe fuhr nach hinten, bevor sie auf halber Strecke stoppte.

»Das sollte reichen. Du hast fünf Schuss, so wie damals.«

»Was soll das, das hier ist kein Spiel! Du hast Menschen umgebracht, du bist krank. Du willst dich rächen für einen Unfall, du hast Unschuldige auf dem Gewissen …«

»Halt die Klappe und schieß«, sagte Lucas. Wieder kein Zittern der Hand, keine Unsicherheit.

Nicolas amtete ruhig, aber er schwitzte. Er begann zu begreifen, dass hinter ihm jemand stand, den er in einer Situation wie dieser nicht überwältigen konnte. Ein Mitglied der Fremdenlegion, ausgebildet zum Töten, geübt im Umgang mit Waffen jeglicher Art.

Er spürte Lucas' Atem direkt an seinem Ohr.

»Mit dir hat alles begonnen, Nicolas«, flüsterte Lucas. »All das Unglück in meinem Leben, es hat alles mit dir begonnen.«

»Du bist freiwillig gegangen, damals«, zischte Nicolas, immer noch konzentrierte er sich auf seine Waffe in der rechten Hand.

»Da wusste ich noch nicht, dass ich eine Tochter habe«, sagte die dunkle Stimme hinter ihm. »Ich wollte bei ihr bleiben, zu Hause, ich wollte mich mit ihrer Mutter versöhnen, alles hätte sich gefügt! Stattdessen konnte ich nicht mehr Personenschützer werden, musste in der Fremdenlegion bleiben und meine Familie im Stich lassen. Ich war ja durchgefallen, und die Geschichte mit den getauschten Unterlagen hat mir natürlich niemand mehr geglaubt. Du bist schuld daran, dass alles schiefgegangen ist!«

Nicolas hoffte darauf, dass Lucas die Fassung verlor, doch seine Stimme blieb ruhig und kalt.

»Ich habe dich im Fernsehen gesehen, neben dem Minister, neben dem Präsidenten, ich habe dir angesehen, wie sehr du diesen Beruf liebst. Du hattest das, was ich hätte haben sollen, was mir zugestanden hätte. Ich habe angefangen, dich zu hassen!«

»Erzähl mir, was damals passiert ist«, sagte Nicolas, um Zeit zu gewinnen. Aber wieder schlug sein Versuch fehl.

»Nichts ist passiert, Nicolas. Aber alles ist verloren gegangen, alles ist mir entglitten, nach und nach.«

»Und das hier?«, fragte Nicolas und sah zum Schießstand. »Was ist das, ein Trainingszentrum? Fühlt ihr euch besser hier unten, du und dein krankes Hirn?«

Der Mann schnaubte verächtlich.

»Ich bin nicht krank, Nicolas, oh nein. Ich bin nur ein Mann, der nach Hause zurückgekehrt ist, in das Haus seiner Eltern. Erst hier habe ich begriffen, was mich retten kann: du, Nicolas. Du bist die Quelle meines Übels.«

»Und was hast du jetzt vor? Da draußen sucht dich demnächst die halbe Stadt, du wirst nicht ...«

»Niemand sucht mich, Nicolas«, flüsterte Lucas. »Weil sie nicht wissen, wen sie suchen sollen. Das Einzige, was sie finden werden, bist du. Ich werde dich dorthin bringen, wo ich gestorben bin. Dann erst werde ich frei sein!«

»Du bist total ...«

Lucas drückte ihm den Lauf seiner Waffe noch fester in den Nacken.

»Fünf Schuss. Und lass dich nicht von ihrem hübschen Lächeln irritieren.«

Nicolas sah Julie fest in die Augen.

»Das ist doch lächerlich, was soll das ...«

»Tu es!«

Nicolas hob zögerlich seine Waffe.

»So ist es gut. Und ziele genau. Nicht wie damals, du warst zu selbstsicher in Oissel. Aber jetzt, jetzt kannst du es. Und weißt du, warum?«

»Nein, du krankes Arschloch.«

Lucas lachte. Dann kam er ganz nah an Nicolas heran und flüsterte: »Weil ich sie nur am Leben lasse, wenn du fünfmal ins Schwarze triffst.«

Nicolas schluckte schwer.

»Was hat sie damit zu tun? Du wirst sie nicht anfassen!«

»Mein Mädchen hatte auch nichts damit zu tun. Und doch ist sie gestorben, ertrunken, ich war dabei. Aber keine Sorge, für dich wird es nicht so schlimm sein, wenn ich sie umbringe. Denn du wirst mit ihr sterben. Und jetzt schieß endlich, Nicolas!«

Er schloss kurz die Augen, öffnete sie wieder, atmete langsam aus, während er Julie anvisierte. Sie lächelte, als wolle sie ihm sagen: Alles ist gut, du hast nichts zu befürchten.

Nicolas sah sie vor sich, am Strand von Deauville, als junges Mädchen, wie sie am Wasser entlanggelaufen war, ihn hinter sich herziehend. Er hörte ihr Lachen, spürte ihre Lippen, ihre Umarmung unter den Laken eines Hotelbettes. Er schmeckte das Salz ihrer Tränen, hielt ihren zitternden Körper. Wieder und wieder hatte er seine rechte Hand auf einen leeren Platz im Konzertsaal gelegt, er hatte sie aus den Untiefen geholt und war wieder mit ihr dort hineingestürzt.

»Ich bin gleich wieder da.«

Ihre Stimme war wie ein Flüstern in der Nacht, ihre Haare berührten seine Haut, ihre Augen schlossen sich. Sie lag an seiner Schulter auf einer Dachterrasse in Paris, das Funkeln des Eiffelturmes hinter ihnen.

Und in dem Augenblick, in dem Nicolas den Zeigefinger krümmte und fünfmal nacheinander den Abzug betätigte, da begriff er, dass es niemals wieder so werden würde wie früher.

Der Knall seiner Waffe peitschte durch den Gang, der Rückstoß presste seinen Hinterkopf nur noch fester gegen den Lauf von Lucas' Waffe.

Seine Kugeln zerfetzten Julies Gesicht und rissen sie in Einzelteile.

Schuss. Treffer.

Schuss. Treffer.
Schuss. Treffer.
Schuss. Treffer.

Nicolas spürte einen Stoß an der rechten Schulter, nicht fest, aber gerade genug, um den Lauf seiner Waffe beim letzten Schuss wenige Zentimeter zur Seite rutschen zu lassen.

Schuss. Kein Treffer.

Die Kugel flog deutlich an Julies bereits zerfetztem Gesicht vorbei und schlug zehn Meter dahinter in die Betonwand ein.

»Ups«, sagte Lucas. »Das tut mir jetzt leid. Aber mach dir keine Gedanken, es macht für dich ohnehin keinen Unterschied mehr.«

»Du wirst sie nicht …!«

Der schwere Lauf der Waffe prallte ohne Vorwarnung auf Nicolas' Hinterkopf und ließ ihn augenblicklich zu Boden sacken. Das Letzte, was er sah, waren zwei Füße, die über ihn hinwegstiegen, Lucas' Umriss gegen das Licht der Neonröhren, sein Arm, eine Waffe in seiner Hand.

Fünf Schüsse, kurz nacheinander.

Das Gesicht auf der anderen Zielscheibe wurde aus der Halterung gerissen, flatterte kurz in der Luft und trudelte dann gemächlich zu Boden, sauber durchschossen von fünf Kugeln.

»Jetzt liegst du hier gleich zweimal«, sagte Lucas und lud seine Waffe in aller Seelenruhe nach. Dann beugte er sich zu Nicolas hinunter, der längst bewusstlos war, und tätschelte ihm die Wange.

»Und jetzt wird es Zeit, dass du endlich Chausey kennenlernst.«

Dritter Monolog

Unser letzter Akt beginnt.

Der Vorhang senkt sich, es ist alles erzählt, alles geschehen, so wie es im Drehbuch stand. Chausey hat sein Schauspiel bekommen, wieder einmal, und du solltest stolz sein, dabei gewesen zu sein.

Ich jedenfalls bin es.

Schau ruhig hin, sieh, wie er Richtung Himmel blickt, ganz ruhig ist er geworden, unser Nicolas. Endlich hat er begriffen, dass sein Vorhang sich nicht mehr heben wird, auch dann nicht, wenn er ganz fest daran glaubt. In jedem Ende steckt ein Anfang, so heißt es doch. Nie war ein Satz so falsch wie dieser. Glaub mir, ich habe das Ende gesehen, ich habe es berührt, durchlebt, dieses Ende, aber es hat sich nichts getan. Es wurde kein neuer Anfang daraus, da konnte ich das Gesicht meines kleinen Mädchens noch so lange streicheln. Ich habe geflüstert, meine Lippen an ihr Ohr gelegt, sie geküsst, ihr in die Augen geschaut, die so blau waren wie das Wasser.

Hörst du mir zu? Hörst du mir verdammt noch mal zu, während du ihn anstarrst? Ich weiß, du hast keine Ahnung, wovon ich rede, du warst nicht dabei, nicht damals.

Du weißt nicht, was Chausey einem rauben kann, in einem einzigen Augenblick. Doch heute wirst du die Grausamkeit dieser Insel kennenlernen, sie wird ein Teil von dir werden,

den du nie vergessen kannst. Schau hin! Genau dort, wo er jetzt liegt, da lag auch ich, zu Boden gedrückt von meinem Schmerz, meiner Scham, niedergehalten von einem Herzen, das schwerer war als alle Felsen auf dieser Insel.

Hör auf zu heulen! Dein Rotz läuft mir über die Hand, ich werde den Strick nicht loslassen! Schau hin! Da liegt er, hilflos, den Gezeiten ausgeliefert. Aber er hat es so viel besser als ich damals. Denn für ihn ist es hier wirklich vorbei, sein Ende ist genau das: ein Ende.

Für mich war es kein Ende, sondern ein niemals enden wollender Albtraum. Und glaub mir, mit Albträumen kenne ich mich aus. Ich habe einen Albtraum gelebt, in den Wüsten, den Steppen, eingegraben im Sand, als Soldat, weit fort von hier, wo es kein Meer gibt und keine Gezeiten.

Aber nichts war so schlimm wie dieser Ort hier.

Und jetzt knie dich hin.

Du sollst dich hinknien! Hier in den Sand, er soll dich sehen, während er stirbt. Das Letzte, was er sieht, bevor er stirbt, sollst du sein. Mit einer Waffe am Kopf.

Hörst du mich, Nicolas? Kannst du mich noch verstehen, oder steht das Wasser schon zu hoch? Hör mir zu, du mieser Verräter! Hier kniet sie, deine große Liebe, deine inständige Hoffnung auf ein besseres Leben, ein normales Leben, das wolltest du doch, oder? Ihr zwei, ein Paar wie jedes andere, zwei Leben auf engstem Raum, wie war dein Tag, Liebling? Das ist es doch, was du immer wolltest, nicht wahr? Du willst kein Held sein, du willst niemanden retten, willst nicht bezahlen für die Fehler der anderen, du bezahlst ja nicht mal für deine eigenen. Du willst nur für sie da sein, sie beschützen, vor dem Leben, vor den dunklen Gedanken in ihrem Kopf. Und weißt du was, Nicolas? Du bist gescheitert.

Das Letzte, was du zu sehen bekommst, wird ihr Tod sein.

Du wirst diesen Anblick mit in die Ewigkeit nehmen, so wie ich ihn mit in die Ewigkeit nehmen musste. Mein Mädchen ist an diesem Strand gestorben, sie lag in meinen Armen, Nicolas! Niemand hat ihr geholfen, sie standen alle dort, haben dabei zugeschaut, wie sie in den Fluten versunken ist. Als wäre das alles ein Schauspiel gewesen und nicht mein kleines Mädchen.

Und ich habe es nicht mehr rechtzeitig geschafft! Hörst du, Nicolas! Ich habe ebenfalls versagt, ich habe sie in den Armen gehalten, sie aus den Fluten gerettet, aber sie war tot! Ein Leben, vier Jahre hat es nur gedauert, dann wurde es ausgelöscht, begraben vom Wasser. Und an guten Tagen träume ich, ich läge auch dort unten. Aber an schlechten Tagen, weißt du, woran ich an den schlechten Tagen denke, seit diesem Tag vor sieben Jahren?

Dann denke ich an dich, Nicolas. Weil mit dir alles begonnen hat.

Und mit dir wird alles enden.

Knie dich hin und hör auf, so widerspenstig zu sein! Sieh ihn dir an, schau ihm in die Augen, er will dir sagen, dass alles gut wird, dass alles sich fügen wird.

Und so ist es ja auch! Ihr zwei werdet zusammen von dieser Erde gehen, vereint im Tod. Ist das nicht großzügig von mir? Mir war diese Gnade nicht vergönnt. Ich werde deinen letzten Atemzug abwarten, Nicolas. Ich glaube, wir müssen nicht mehr lange warten, das Wasser bedeckt schon dein Kinn. Schmeckst du das Salz? Wer hätte das gedacht, dass der Tod salzig schmeckt? Aber wie sollte er sonst schmecken, es ist der Geschmack der Tränen. Alles ergibt einen Sinn, nicht wahr?

Es war so einfach, das alles. Fast zu einfach, nicht wahr?

Die Männer, die für den Tod meiner Tochter bezahlen mussten. Sie haben es mir ganz leicht gemacht.

Und dann du, Nicolas. Auch mit dir war alles so einfach,

du bist mir direkt in die Arme gelaufen, fast so, als wolltest du es endlich hinter dir haben.

Und auch du, ganz einsam auf dem Gleis, mit dem Abendzug aus Paris, aber da war niemand. Kein Nicolas, der dich doch abholen wollte. Kein Held, an den du dich hättest anlehnen können.

Nur ich. Die Polizeiuniform stand mir gut, nicht wahr? Ich habe sie aus dem Lager im Commissariat, sie räumen dort nie auf, und ich bin täglich dort, laufe immer direkt an dieser Tür vorbei.

»Ich soll Sie abholen, Mademoiselle. Monsieur Guerlain ist im Commissariat, ich bringe Sie dorthin.«

Alles viel zu einfach.

Bleib auf den Knien und hör auf zu jammern! So ist es gut, bleib ruhig, atme, sieh ihn dir an.

Der Tod ist in der Stille besser zu ertragen, glaub mir. Auch ich habe das irgendwann einsehen müssen. Ich habe es losgelassen, mein Kind, habe es in den Sand gelegt, genau dorthin, wo er jetzt liegt. Ich habe meine Schreie im Sand erstickt und meine Tränen fortgewischt.

Ich bin gestorben.

Und wurde wiedergeboren. Nur für diesen einen Moment.

Wie schön Chausey ist, wenn der Sturm vorbei ist. Aufgeräumt, gereinigt, befreit. Die Felsen glänzen, sind wie glatt geschmirgelt, Strandläufer picken auf dem Boden und draußen auf dem Meer kräuseln sich die weißen Schaumkronen.

Und nichts ist zu hören, nur der Wind, ganz zart, wie habe ich ihn vermisst diesen Wind, als ich in der Wüste war, in der Hitze. Seine beruhigende Berührung, die Kühle auf meiner Haut.

Der Wind hat es davongetragen, mein Mädchen, ich habe es den Wellen übergeben. Und das werde ich auch mit euch machen. Ich hoffe, das ist euch ein Trost.

Auf Wiedersehen, Nicolas, das Wasser ist jetzt da.

Press ruhig die Lippen zusammen, atme ein letztes Mal tief durch die Nase ein. Zerre ein weiteres Mal vergeblich an den Stricken. Es ist sinnlos und es ist zu spät.

Keine Sorge, sie wird nicht leiden. Lass es zu, lass es geschehen! Lass den Tod kommen, er ist nicht dein Feind.

Nichts ist so schlimm wie der Tod des eigenen Kindes. Glaub mir. Dagegen ist das hier gar nichts.

Dein letzter Atemzug.

Wir sehen uns wieder.

Auf der anderen Seite.

Alle drei.

KAPITEL 31

Chausey, Normandie
Am Vormittag

»Da kommt was auf uns zu.«

Roussel blickte mit sorgenvoller Miene in Richtung Norden, wo sich am Horizont die Wolken zu dunklen Türmen aufgebaut hatten. Das Wasser zu seinen Füßen kräuselte sich, als ein scharfer Wind über die Insel fuhr. Draußen auf dem Meer waren immer mehr weiße Schaumkronen zu sehen, das Wasser veränderte seine Farbe, wurde dunkler, aufgewühlter, und Roussel fror, weil die Kälte langsam durch seine Kleidung kroch.

»Wir sollten uns beeilen«, rief er einem Kollegen zu, der gerade dabei war, den Boden rund um das abgebrannte Sémaphore zu untersuchen. Andere Beamte stapften in weißen Schutzanzügen vorsichtig durch die verkohlten Überreste des Hauses, steckten an mehreren Stellen gelbe Schilder in den Sand und machten Fotos von dem, was das Feuer übrig gelassen hatte. Ebenso von dem Leichnam, der mittlerweile nicht mehr unter der Plane lag, sondern unter einem hastig errichteten Zeltdach.

Zum wiederholten Male fuhr sich Roussel erschöpft über sein unrasiertes Gesicht und gähnte, während er die Wolken im Auge behielt. Er hatte vor einer Stunde mit Claire telefoniert, nachdem sie herausbekommen hatte, was das mutmaßliche Motiv für die Morde war. Sie hatten lange telefoniert, aber letztendlich war das Wichtigste schnell erklärt: Ein kleines Mädchen war vor sieben Jahren an Bord einer Fähre gestorben. Vier Männer hatten das nicht verhindert, oder nicht verhindern können, und deshalb mussten sie sterben.

»Und ganz nebenbei auch Marc Huet«, sagte Roussel in den kalten Wind hinein und dachte für einen Augenblick an dessen trauernde Familie.

»Gute Arbeit, Claire«, hatte er schließlich gesagt und jetzt stand er hier und überlegte, wie sie weitermachen sollten. Denn auch wenn sie jetzt wussten, welche Hintergründe die Mordserie hatte, so war ihnen der Täter offenbar entwischt.

»Das wird ein ausgewachsener Sturm«, sagte León, als er sich neben ihn stellte, die Hände immer wieder aneinanderreibend. »Verdammte Kälte, die kriecht einem wirklich in die Glieder.«

»Tja, das wärmende Feuer ist jedenfalls ausgegangen«, antwortete Roussel und beide warfen schweigend einen Blick auf die Überreste des kleinen Hauses.

»Armer Kerl«, sagte Léon schließlich leise. »Er hat sich wohl genau den falschen Ort ausgesucht, um heimlich seinen Traum zu leben.«

Roussel nickte grimmig.

»Das kann man wohl sagen. Aber woher sollte er wissen, dass der Mann, der eigentlich hier arbeiten sollte, auf einer Todesliste steht? Und jetzt liegt der arme Kerl dort, entweder vergiftet oder verbrannt oder beides, obwohl er rein gar nichts damit zu tun hatte. Und schon gar nichts mit dem Tod eines kleinen Mädchens vor sieben Jahren. Schöne Scheiße.«

»Es war jedenfalls ein schrecklicher Tod«, sagte jemand hinter ihnen. Ein älterer Mann im weißen Schutzanzug zeigte auf den toten Olivier Bechandre am Strand.

»Also, es ist natürlich schwierig, jetzt schon etwas zu sagen, aber wir haben keinen Brandbeschleuniger im Haus gefunden. Dafür haben die Kollegen im Gras vor dem Haus ein Schnapsglas entdeckt. Es ist zerbrochen und komplett verrußt, aber es würde mich nicht wundern, wenn wir noch Spuren im Glas finden würden. Aber das kriege ich hier vor Ort natürlich nicht hin.«

Roussel deutete auf den Leichnam.

»Und bei ihm?«

Der Mann zuckte mit den Schultern.

»Es wird dich nicht wundern: Er ist verbrannt.«

»Ach was.«

»Es ist schwer zu sagen, ob er vorher Gift zu sich genommen hat. Aber ehrlich gesagt: Man kann fast davon ausgehen. Die Flasche ist zu einem Drittel leer und es ist eindeutig Rizin enthalten. Wenn er das alles getrunken hat, dann hat ihn das sofort zerlegt. Er hatte eine Jacke aus Polyester an. Sollte er damit in den Kamin gefallen sein, dann gute Nacht. Im Moment ist das jedenfalls unsere Theorie.«

»Das deckt sich jedenfalls mit der Tatsache, dass es rund um das Haus keine sonstigen Spuren gibt, Fußabdrücke oder Ähnliches«, sagte Léon.

Roussel streckte sich.

»Der arme Teufel wurde erst vergiftet, weil unser Täter ihn für einen anderen hielt. Dann hat er sich selbst abgefackelt und ist in Flammen stehend gestorben. Das ganze Paket also.«

»So sieht es aus«, sagte der Kollege von der Spurensicherung und ging zurück zu den anderen Beamten, während am Horizont nördlich der Insel ein erstes Grollen zu hören war.

»Beeilt euch, da rollt was auf uns zu«, rief Roussel ihm hinterher.

Als sein Handy klingelte, angelte er es aus der Innentasche seiner Jacke.

»Ja, Claire?«

Er hörte zu und runzelte die Stirn.

»Ich hab keine Ahnung, wo er ist.«

Mit dem Fuß schob er etwas Sand zusammen und rollte schließlich mit den Augen.

»Claire, ich weiß nicht, wo Nicolas steckt. Wenn du sagst, dass er plötzlich verschwunden ist, dann hört sich das wie ein ganz normaler Tag mit unserem Bodyguard an. Er ist doch ständig …«

Wieder hörte er genervt zu, als Claire schnell und aufgebracht auf ihn einredete.

»Ja, dann hat der Hund sich halt losgerissen und ist mit ihm weg, vielleicht machen die beiden einen Spaziergang am Meer! Herrgott, Claire, er ist Personenschützer, er kann auf sich … Ja, ich weiß, dass er genau das am allerschlechtesten kann, aber wir haben hier wirklich andere Sorgen, unter anderem eine verdammt dunkle Sturmwand, die da auf uns zukommt. Hör zu, ich muss Schluss machen, gerade kommt die Besitzerin des Inselladens hier an, die will irgendwas von uns und … Hey, warten Sie, nicht den Strand betreten! Ich komme zu Ihnen … Claire, passt ihr auf unseren Philippe Duval auf, er verlässt das Commissariat nicht, hast du mich verstanden!«

Als Léon ihn verwundert ansah, zuckte Roussel mit den Schultern.

»Angeblich ist Nicolas weg. Wie vom Erdboden verschluckt. Na ja, er wird schon wieder auftauchen.«

»Scheint ein sehr spezieller Typ zu sein, euer Nicolas«, sagte Léon, während sie auf Louise zugingen, die aufgeregt winkend an der Absperrung stand.

»Das kannst du laut sagen«, murmelte Roussel. »Madame, wie können wir Ihnen helfen?«

Louise keuchte, ihr Gesicht war rot, offenbar war sie die ganze Strecke bis zum Strand der Grande-Grève gerannt.

»Es ist …«, keuchte sie und schnappte nach Luft. »Der Schnaps … die Flaschen. Ich weiß jetzt, wer …«

»Nun beruhigen Sie sich erst mal«, sagte Roussel und half

ihr unter der Absperrung durch. »Holen Sie tief Luft, und dann sagen Sie uns, was los ist.«

Einige Sekunden standen sie neben Louise und warteten, bis sie sich von ihrem hastigen Lauf erholt hatte.

»Es ist mir vorhin beim Klavierspielen eingefallen«, sagte sie schließlich. »Ich hatte es komplett vergessen, weil es ja nicht hier auf Chausey war.«

»Was war nicht auf Chausey?«, fragte Léon.

»Der Schnaps. Ich habe bei der letzten Lieferung nur eine Kiste bekommen. Statt zwei, wie sonst immer. Sechs Flaschen, und die waren eben sofort weg.«

Roussel und Léon sahen sich verwundert an.

»Und wo ist die zweite Kiste geblieben?«

Louise zeigte hinüber zum Festland.

»In Granville. Jemand hat sie direkt am Hafen gekauft, bevor sie zu mir kommen konnte. Ich hatte einen sehr netten Zettel in meiner Kiste, ich hatte ihn nur völlig vergessen. Es tut mir leid, das war …«

»Wo ist der Zettel?«, fragte Roussel ungeduldig. Louise kramte in ihrer Tasche.

»Ich habe ihn wiedergefunden, in meiner Kassenschublade. Er war wirklich sehr nett geschrieben, deshalb habe ich mir nichts dabei gedacht. Hier ist er.«

Roussel betrachtete den Zettel, er war von Hand geschrieben.

Madame, bitte entschuldigen Sie. Ich habe mir erlaubt, eine Ihrer Kisten zu kaufen. Sie soll ein Geschenk sein. Ich revanchiere mich! Liebe Grüße aus Granville. B. N.

»Er ist so ein netter Mann«, sagte Louise. »Ich habe mir nichts dabei gedacht, ich wusste ja nicht …«

»So wie es derzeit aussieht, hat er sich Schnaps besorgt und ihn mit Rizin versetzt. Und wir suchen uns hier die Finger wund«, murmelte Léon.

Roussel sah Louise an.

»Madame«, sagte er schließlich. »Wer verbirgt sich hinter B.N.?«

Sie war sichtlich aufgewühlt.

»Na, Bertrand Neuville. Der Apotheker, gleich gegenüber von Ihrem Commissariat.«

Drei Minuten später hievten Roussel und Léon ein Schlauchboot ins Wasser, das sie hinter einem Felsen festgebunden gefunden hatten. Vermutlich gehörte es zum Sémaphore, es dümpelte friedlich im flachen Wasser.

»Claire!«, brüllte Roussel durch den stärker werdenden Wind in sein Handy. »Hörst du mich?«

Léon startete den Motor und zeigte auf die Wellenberge, die sich mittlerweile vor ihnen türmten.

»Das wird ein Höllenritt«, rief er durch den Wind. »Ich hoffe, der Sturm geduldet sich noch ein kleines bisschen, sonst gehen wir da draußen sang- und klanglos unter.«

»Claire! Hier ist Roussel! Der Apotheker ... hörst du mich? Es ist der Apotheker, er heißt Bertrand Neuville! Er ist unser Mann!«

»Festhalten!« Léon steuerte das Schlauchboot die erste Welle hinauf.

»Nein! Ihr wartet auf uns! Nein, du gehst nicht ... Verdammt, Claire!«

Roussel legte auf und verstaute sein Handy in der Jackentasche. Dann schaute er zuerst zu Léon und dann hinaus aufs Wasser, auf dem die Gischt mittlerweile meterhoch spritzte.

»Ich bin nicht wirklich seetauglich«, sagte er mit dunkler Miene.

»Dann solltest du es lernen. Und zwar schnell.«

Bereits wenige Wellen später wusste Roussel, dass ihm dies nicht gelingen würde. Als er einen Blick über die Schulter warf, sah er, dass der Sturm mittlerweile direkt hinter Chausey stand. Ein tiefes Grollen war zu hören, Wolkenbänder legten sich um die Insel, einige Möwen flüchteten flach über das Meer, über dem eine gespenstische Atmosphäre lag. Roussel hoffte, dass ihr Schlauchboot schnell genug sein würde.

»Wie lange brauchen wir?«, rief er Léon zu, aber der hörte ihn nicht. Seine Hand krallte sich um den Steuerknüppel, sein Blick war starr nach vorne gerichtet, dorthin, wo Roussel in der Ferne die Klippen von Granville erkennen konnte.

Sie waren weiter entfernt, als er gehofft hatte.

KAPITEL 32

Granville, Normandie
Zur gleichen Zeit

Claire starrte die beiden Beamten an, als sie die Verbindung zu Roussel verlor. In ihrem Kopf türmten sich die Gedanken, fielen wieder zusammen, ordneten sich aufs Neue, bevor sie in ihrem Schädel zu explodieren schienen.

»Immer einen Schritt voraus«, murmelte sie. »Als würde er uns die ganze Zeit beobachten.«

»Was hast du gesagt?«, fragte einer der Beamten.

Claire stand langsam auf und schaute aus dem Fenster auf die andere Straßenseite. Wolken waren aufgezogen, der Himmel war dunkel geworden, es wirkte fast, als sei schon die Dämmerung hereingebrochen.

»Immer in der Nähe«, murmelte sie erneut und zog langsam ihre Waffe.

»Hey, ist alles in Ordnung?«, fragte der Beamte und stand ebenfalls auf, während er Claire verunsichert ansah.

»Wie lange gibt es die Apotheke schon?«, fragte sie.

»Die da drüben? Schon immer. Aber der Besitzer ist neu, was meinst du, wie lange ist der schon da?«

Der andere Beamte war ebenfalls aufgestanden.

»Bertrand? Zwei Jahre vielleicht.«

»Er ist unser Mann.«

Claire sah auf die Uhr. Nicolas war seit zwei Stunden verschwunden, Rachmaninoff war kurz darauf aus dem Commissariat gestürmt und nicht wiedergekommen.

»Du bleibst bei Philippe Duval. Ich will nicht, dass jemand an ihn rankommt. Und du kommst mit. Ich habe ein ungutes Gefühl bei dieser ganzen Sache.«

Zwei Minuten später huschten sie zu zweit über die Straße, die mittlerweile menschenleer war. Die wenigen Passanten waren vor dem stärker werdenden Wind geflohen. Ein Fensterladen schlug gegen eine Außenwand und als Claire den Eingang der Apotheke erreichte, fuhr ein einzelner Lieferwagen durch die Straße, die Scheinwerfer blendeten sie für einen Augenblick. Claire wartete kurz, machte dem Kollegen ein Zeichen und holte Luft.

»Warum eigentlich immer ich«, murmelte sie und öffnete schließlich die gläserne Eingangstür.

»Polizei!«

Mit erhobener Waffe stürmte sie in die Apotheke, der Beamte direkt hinter ihr. Sie machten zwei schnelle Schritte die Treppenstufen hinauf in den Verkaufsraum und sahen sich um.

»Keiner da«, sagte der Polizist und deutete auf den Tresen, auf dem ein kleines Schild stand.

»Bin gleich wieder da.«

Claire ging am Tresen vorbei, ihre Waffe in beiden Händen, als sie einen kalten Luftzug auf der Haut spürte.

»Dahinten geht es weiter«, sagte sie, durchquerte einen kleinen Flur mit Medikamentenschränken und erreichte kurz darauf eine angelehnte Tür, die auf einen kleinen Hof führte. Die ersten Regentropfen fielen auf sie herab.

Auch hier war niemand.

»Sicher«, sagte der Polizist, nachdem er einen Bretterverschlag kontrolliert hatte. Sie schauten sich um und wollten gerade zurück in die Apotheke gehen, als Claire zwei Dinge bemerkte.

Den entfernten Klang von Musik. Und den Geruch eines nassen Hundes.

»Rachmaninoff war hier«, sagte sie und deutete auf eine Kellertür. Der Beamte machte ihr ein Zeichen und öffnete sie langsam. Dahinter war es dunkel, eine kleine Treppe führte hinab in einen schmalen Gang.

»Haben Sie eine Taschenlampe?«

Der Polizist nickte und kurz darauf beleuchtete Claire beim Abstieg die Kellerwände. Sie sah ein Regal, mehrere Kisten standen auf dem Boden, darunter auch eine, in der sich Flaschen befanden. Claire pfiff durch die Zähne. »Courrier de la mer« war ins Glas graviert – Post aus dem Meer. Auf den Zetteln standen vermutlich harmlose Grußbotschaften, vielleicht auch eine Schatzkarte, aber sicherlich keine Todesliste mit fünf Namen.

Jedenfalls wussten sie jetzt, wo der Täter die Flaschen herhatte, die er seinen Opfern hatte zukommen lassen.

»Die Geschäfte auf dieser Straßenseite teilen sich die Kellerräume«, sagte der Polizist hinter ihr leise und Claire nickte. Bertrand, der Apotheker, hatte auf diese Weise immer genug Material für seine spezielle Flaschenpost gehabt.

Sie leuchtete den Gang entlang.

»Polizei!«, rief sie laut in Richtung einer Tür, die zwischen zwei Regalen weiter in das Innere des Kellers führte. Von dort kam auch die Musik.

Der Beamte ging langsam neben ihr durch den dunklen Raum, immer wieder sicherten sie sich gegenseitig, bis sie den Durchgang erreichten und Claire einen Lichtschalter fand. Neonröhren erwachten flackernd zum Leben und als Claire sah, was der Mann, den sie suchten, hier unten installiert hatte, pfiff sie ein weiteres Mal durch die Zähne.

»Verflucht, das ist ein …«

»… Schießstand«, ergänzte sie leise und ging weiter, bis sie die erste Nische erreichte, in der ein Tisch mit Munition stand.

»Da ist Blut auf dem Boden«, sagte der Beamte. Claire bückte sich und betrachtete den Steinboden. Immer noch roch sie nassen Hund und spürte, wie sich ihr Magen zusammenzog.

»Das ist nicht gut«, flüsterte sie und entdeckte in etwa zehn Metern Entfernung eine zerfetzte Zielscheibe.

»Warten Sie«, sagte sie und betrat die Bahn. Die Neonröhren warfen ein kaltes Licht auf die Szene, es roch muffig, und sie hörte den Widerhall ihrer Schritte in diesem seltsamen Raum. Sie erreichte die Papierfetzen auf dem Boden und hob sie auf.

Claire brauchte nicht lange, um zu verstehen, wer hier in Stücke geschossen worden war.

»Julie«, murmelte sie. Dann drehte sie sich zur anderen Bahn und entdeckte, dass dort ebenfalls ein Foto lag, allerdings nicht so zerfetzt wie jenes, das sie in der Hand hielt.

»Der hier konnte deutlich besser schießen«, sagte sie, während sie auf die fünf Löcher in der Stirn des Ziels starrte, alle Treffer eng beieinander.

»Scheiße«, murmelte sie, »ich fürchte, unser Mann ist bereits über alle Berge.«

Und er hat Nicolas in seiner Gewalt, dachte sie bei sich, und dieser Gedanke machte ihr Angst, eine Angst, die tiefer saß als alles, was sie bisher erfahren hatte.

KAPITEL 33

Granville, Normandie
Zwei Stunden später

Als gegen Mittag die Tür des Commissariat aufging und Jérôme von der Bäckerei gegenüber mit einem Pappkarton voller Sandwiches und Kaffeebechern hereinkam, war die Stimmung merklich gedrückt. Er stellte alles auf dem Tresen ab und nickte einem der Beamten zu, der bereits Geld aus einer metallenen Kasse unter dem Tresen am Eingang hervorgeholt hatte.

»Was ist denn hier los?«, flüsterte er dem Beamten zu, als der sein Wechselgeld zählte.

»Scheißtag heute«, sagte der Beamte leise. »Du weißt nicht zufällig, wo Bertrand Neuville ist, oder?«

Jérôme sah ihn an.

»Das hat dein Kollege doch vorhin schon gefragt. Nein, keine Ahnung, ich bin heute mehr im Auto unterwegs, als in der Bäckerei zu stehen. Viel zu liefern bei dem Mistwetter.«

»Ja, verstehe. Lass gut sein, stimmt so.«

»Danke. Schauen aber alle sehr miesepetrig drein …«

»Ja, wir haben auch allen Grund dazu. Danke für die Sandwiches, kannst du heute Nachmittag noch mal kommen?«

»Gern, warte, ich schreib mir alles auf, dann verteile ich die Sandwiches.« Jérôme suchte seine Taschen ab, fluchte kurz und fragte dann: »Hast du einen Stift für mich?«

Der Beamte reichte ihm einen Kugelschreiber.

»Ich nehm den Zettel hier. Da steht schon was drauf, ich schreib auf die Rückseite, wenn es okay ist. Also, ich höre …«

Roussel war genau wie Léon in eine Decke gehüllt, über seinen Beinen lag eine dicke Polizeijacke, und seine Füße steckten in gefütterten Stiefeln, die ihm einer der Beamten aus dem Lager geholte hatte. Er und Léon sahen nach ihrer eiligen Fahrt mit dem Schlauchboot aus wie zwei ins Wasser gefallene Seeleute, zerzaust und verfroren, und Claire überlegte, ob sie den jungen Polizisten aus Caen in diesem Augenblick nicht noch anziehender fand.

Beziehungsweise ausziehender, aber dieser durchaus wärmende Gedanke wurde jäh unterbrochen, als Roussel sie anblaffte.

»Wir haben nichts! Gar nichts! Außer drei Toten auf der Liste, einem toten Kommissar mit einem Messer im Hals und einem falschen und noch dazu abgefackelten Vogelschützer. Es kann doch nicht sein, dass dieser ... dieser ...«

»Neuville. Bertrand Neuville«, sagte sie.

»Dass dieser beschissene Apotheker uns durch die Lappen geht! Er hat uns die ganze Zeit an der Nase herumgeführt, ist vor unseren Augen auf und ab spaziert und jetzt ist er plötzlich weg!«

Claire griff zerstreut nach einem Sandwich, das ihr jemand reichte.

»Aber was ist sein Motiv?«, überlegte sie. »Ich meine, was hat er mit dem verstorbenen Mädchen auf der Fähre zu tun? Wenn er sich für deren Tod rächen wollte, dann müsste er doch irgendwie mit ihr verwandt sein oder so was ...«

Roussel sah zu einem der Beamten, der an einem Rechner saß.

»Wir brauchen unbedingt die Hintergründe zum Unglück auf der Fähre damals, vor allem die Namen: Vater, Mutter, meinetwegen auch Cousins dritten Grades! Irgendwo muss doch dieser Apotheker auftauchen!«

»Wir sind dran«, erwiderte der Beamte, was Roussels Laune nicht wirklich verbesserte.

»Und was machen wir jetzt?«, fragte Léon in die Runde. »Wir haben die ganze Apotheke auf den Kopf gestellt, den Keller auch, wir haben nichts Brauchbares gefunden.«

»Na ja, wir haben Schnaps gefunden, die Weinflaschen, die er als Flaschenpost benutzt hat, da müssten doch Fingerabdrücke …«

»Dafür haben wir keine Zeit!«, herrschte Roussel ihn an. »Nicolas ist in seiner Gewalt und ich habe keine Ahnung, warum! Ich weiß nur, dass das vermutlich sein Blut war auf dem Kellerboden. Und bis diese beschissene Spurensicherung von der Insel runterkommt, ist der Tag vorbei!«

Claire sah aus dem Fenster, an dem das Wasser in Strömen herabfloss. Der Starkregen hatte vor einer Stunde eingesetzt, ganze Bäche fluteten die Straßen, überspülten die Bürgersteige und ließen die Kanaldeckel volllaufen. Sie wollte sich gar nicht ausmalen, wie es draußen auf Chausey aussah. Die Spurensicherung hatte sich ins »Hôtel de la Marée« zurückgezogen und wartete darauf, dass das Wetter besser wurde und die Hälfte von ihnen nach Granville übersetzen konnte, um den Keller des Apothekers genauer zu untersuchen.

Der Sturm hatte die Küste in seiner Gewalt, er hatte das Ruder vollständig übernommen. Und sie saßen hier drinnen und keiner von ihnen wusste, wie es weitergehen sollte, weil Bertrand Neuville ihnen Rätsel aufgab.

Jérôme, der Inhaber der Bäckerei, unterhielt sich am Tresen mit einem der Polizisten, während er seine Sachen zusammenpackte.

»Du sagtest, ihr hättet in der Zelle jemanden zu Besuch. Ich habe noch ein Sandwich übrig und einen Kaffee auch.«

»Danke. Der arme Kerl muss da drin ausharren, obwohl er gar nichts gemacht hat.«

»Bertrand Neuville ist vor drei Jahren nach Granville gekommen«, hatte Léon recherchiert. »Vorher war er auf der

Île de Ré, er hat dort auch sein Studium gemacht. Er ist Ende dreißig, unverheiratet. Angeblich keine Kinder.«

Léon hatte intensiv im Internet recherchiert, Polizeiakten durchgeblättert, Einträge in Melderegistern, Vereinen, der Kirche. Claire hatte auf der Île de Ré angerufen, schließlich bei den Eltern, sogar bei einer ehemaligen Freundin von Bertrand Neuville.

Nichts.

»Das kann nicht sein, er ist unser Mann«, hatte Roussel geflucht.

Aber sie hatten einfach nichts gefunden. Keine Kinder, keine Militärausbildung, keine dunklen Flecken in der Vergangenheit. Und vor allem: keine Verbindungen zu Nicolas oder dem kleinen Mädchen auf dem Schiff.

Sie hatten den Apotheker vor der Nase gehabt und nun war er wie vom Erdboden verschluckt.

Claire zuckte zusammen, als das Telefon der Polizeidienststelle klingelte. Sie nahm den Anruf entgegen, während Jérôme draußen seine leere Kiste in den Kofferraum eines Kleintransporters stellte. Er winkte ihr lächelnd zu und machte die Klappe zu.

»Hier spricht Claire Cantalle in der Polizeidienstelle von Granville«, sagte sie.

Nach kurzem Zögern war die kontrollierte Stimme eines älteren Mannes zu hören. Eine Stimme, die ihr sofort signalisierte, dass Zeit etwas Kostbares war.

»Hier spricht Alexandre Guerlain, Mademoiselle Cantalle. Wo ist Nicolas?«

»Oh, bonsoir Monsieur Guerlain. Nicolas ist … wir wissen es nicht. Wir suchen ihn derzeit.«

»Stell laut!«, zischte ihr Roussel zu.

»Wie lange ist er bereits fort?«, hörten sie kurz darauf alle gemeinsam die schneidende Stimme von Nicolas' Vater.

Claire schaute auf die Uhr.

»Etwas mehr als drei Stunden.«

Für einen Moment war es still in der Leitung.

»Dann müssen wir davon ausgehen, dass er in Gefahr ist?«

»Davon gehen wir tatsächlich aus, Monsieur.« Claire sah, wie Roussel die Stirn runzelte. Sie hatte sich zu den Polizisten gestellt und den Lautsprecher eingeschaltet, damit alle mithören konnten.

Nicolas' Vater räusperte sich kurz.

»Die folgenden Informationen sind vertraulich, aber ich denke, wir haben jetzt wohl keine Zeit für Formalitäten. Also: Der Mann, der hinter Nicolas her ist, heißt mit richtigem Namen Lucas Corneille, ein ehemaliger Fremdenlegionär. Sein Motiv ist für den Moment uninteressant. Wichtig ist nur: Wenn Nicolas sich nicht meldet, können Sie davon ausgehen, dass er ihn hat.«

»Monsieur, ich verstehe nicht. Woher …« Claire sah erst Roussel, dann Léon an, der sichtlich irritiert war.

»Es geht nicht darum, was Sie verstehen, Mademoiselle Cantalle«, sagte Nicolas' Vater mit ruhiger Stimme. »Es geht um die simple Tatsache, dass Nicolas in genau diesem Augenblick vermutlich in größter Gefahr ist. Ich schicke Ihnen ein Foto von diesem Lucas ins Commissariat. Vielleicht hilft Ihnen das weiter.«

»In Ordnung, aber könnten Sie nicht …« Claire hielt verwundert inne. Alexandre Guerlain hatte aufgelegt.

»Was für ein Idiot!«

Zunächst sagte keiner ein Wort. Selbst Roussel war in der Mitte des Raumes stehen geblieben und versuchte, seine Gedanken zu ordnen.

Léon sah einem der Beamten über die Schulter, der ihn an seinen Rechner gerufen hatte.

»Wir haben ihn!«, sagte er laut. »Er heißt tatsächlich Corneille. Der Vater des kleinen Mädchens. Lucas Corneille. Eine

Mutter ist hier nicht erwähnt, nur der Vater war damals mit an Bord. Und ja, es gibt einen Eintrag, dass er bei der Fremdenlegion war. Aber laut der Unterlagen ist Lucas Corneille ebenfalls ertrunken.«

»Fremdenlegionär?«, murmelte Claire, während draußen auf der Straße ein Kleintransporter davonfuhr.

Kurz darauf ging eine E-Mail mit dem Bild des Mannes ein, der Nicolas in der Gewalt hatte.

»Das ist doch verrückt«, sagte sie. »Ich meine, was hat ein Fremdenlegionär mit …«

Und dann kam die Welle.

Eiskalt flutete sie Claires Inneres, ließ sie erstarren. Ihre Finger verkrampften, ihr Atem stockte. Dann folgte die Hitze, die ihre Eingeweide aufzufressen schien und ihren Kopf glühen ließ.

Und Claire begann zu zittern.

Roussel war mit einem Satz bei ihr, als sie das Gleichgewicht zu verlieren drohte. Er fing Claire auf, hielt sie an der Schulter und folgte ihrem Blick, der noch immer auf das Bild auf dem Computer starrte. Dann sah er ebenfalls hin. Zuerst verstand er es nicht, sah einen Soldaten, jung, gut aussehend, einen Mann der …

»Scheiße«, sagte er schließlich.

»Was ist denn?«, fragte Léon, auch die anderen kamen in Bewegung.

Was nun folgte, wirkte auf Claire, als würde es in Zeitlupe geschehen: Sie riss sich von Roussel los, warf einen Stuhl um, der ihr im Weg stand, zog ihre Waffe aus dem Holster, rammte ihre Hüfte gegen einen Tisch, eine Lampe fiel um, ein Rechner kippte krachend auf den Boden.

Neben ihr brüllte Roussel etwas, Léon wirbelte herum, alles war langsam, so schrecklich langsam, das Licht fiel schräg in den Raum, der Regen empfing sie wie ein dichter Vorhang aus eisigem Wasser, als sie aus der Tür des Commissariat stürzte, hinter ihr die anderen.

Sie sah die Lichter des Wagens durch den Regenvorhang, die unauffällige Form eines Kastenwagens, der um die nächste Ecke bog.

Und Claire schoss, ohne nachzudenken.

Auf die Räder, auf die Lichter, auf den Regenvorhang. So lange, bis ihr Magazin leer war und Roussel ihren Arm nach unten riss. Er brüllte sie an, doch sie hörte nichts.

Dann kamen die Geräusche langsam zurück, das Rauschen des Wassers, ihr eigenes Keuchen, die Rufe der Kollegen, die aufgeregten Schreie der Anwohner. Léons Hand auf ihrer Schulter, sein Blick.

»Nicolas«, flüsterte sie.

Keiner ihrer Schüsse hatte das Ziel getroffen, der Wagen war eine halbe Sekunde zu früh um die Ecke gebogen.

Léon führte sie zurück ins Commissariat, wo alle durcheinanderriefen, Sandwiches lagen halb angebissen auf Papptellern, Roussel brüllte etwas in ein Telefon, sein Hemd war fleckig vom Kaffee, den er verschüttet hatte, an der Wand hinter ihm hingen die Fotos der Opfer, großformatig, aufgehängt zu einem Zeitpunkt, zu dem die Ermittler noch voller Zuversicht gewesen waren.

Weil sie noch nicht gewusst hatten, dass der Täter, der wahre Täter, die ganze Zeit quasi mitten unter ihnen gewesen war. Der freundliche Mann, der ihnen die Sandwiches brachte – und den Kaffee.

»Kaffee«, murmelte Claire.

»Was ist los?«, fragte Léon im Vorbeilaufen.

»Er hat den Kaffee gebracht. Und die Sandwiches. Und er hat …«

Sie drehte sich um, ließ die anderen stehen, alles wurde leiser, ihre Schritte klangen gedämpft auf dem billigen Linoleumboden des Commissariat. Sie ging den schmalen Gang entlang, bis zu einer Metalltür. Sie war abgeschlossen, weil der Insasse selbst es so gewollt hatte.

Aus Angst.

Langsam schob sie die Klappe des kleinen Sichtfensters in der Tür zur Seite. Auf dem Boden lagen einzelne Krümel. Und man konnte den Kaffee noch riechen.

Philippe Duval lag auf dem Boden vor seiner Pritsche, inmitten seines eigenen Erbrochenen. Neben ihm ein leerer Kaffeebecher. Kein Geräusch war zu hören, kein Röcheln, kein Stöhnen, Duvals Todeskampf hatte nur kurz gedauert.

Claire hörte jemanden den Gang herunterkommen, sie sah Roussels entsetzten Blick, als er sie zur Seite schob und die Tür öffnete. Sie rutschte an der Wand hinab, bis sie auf dem kalten Boden vor der Zelle saß, die Arme um die Knie geschlungen, die Augen geschlossen. Hier würde sie sitzen bleiben, so lange, bis sie Nicolas gefunden hatten.

Vorher würde sie nicht aufstehen.

KAPITEL 34

Granville, Normandie
Am Nachmittag

Als er das erste Mal wach wurde, spürte er nur den Schmerz. Er hielt Nicolas fest umklammert, nahm ihm die Luft zum Atmen, presste ihn gegen den harten Boden des Lieferwagens. Er spürte seine Hände nicht mehr, sie waren auf den Rücken gebunden, und bereits nach wenigen verzweifelten Versuchen merkte Nicolas, dass es sinnlos war. Wer auch immer ihn gefesselt hatte, verstand sein Handwerk.

Er nahm das Geräusch der Reifen auf einer unebenen Straße wahr, bei jeder Kurve wurde sein Körper nach links und rechts katapultiert, sein Kopf knallte mehrmals gegen eine Kiste, seine Beine fanden keinen Halt, und durch den stickigen Stoff des Sackes, den jemand ihm über den Kopf gezogen hatte, bekam er kaum richtig Luft.

Nach wenigen Minuten dämmerte er wieder weg, und der Gedanke, der als letzter in seinem Kopf haften blieb, war der an das zerschossene Bild von Julie auf dem Boden des Schießstandes im Keller.

Schreiend erwachte er, doch diesmal stand der Lieferwagen. Trotz seines laut pochenden Herzens versuchte er, auf die Geräusche der Umgebung zu achten. Wie lange waren sie gefahren? Nicolas drehte den Kopf, sofort meldete sich der Schmerz wieder, aber diesmal war er es, der die Oberhand gewann.

»Konzentrier dich«, flüsterte er und versuchte dabei, seine Atmung zu kontrollieren.

Ein. Aus.

Wieder ein.

»Alles in Ordnung«, stöhnte er und schob sich mühsam über den Boden des Lieferwagens, bis er mit dem Rücken halbwegs aufrecht an einer Kiste lehnte. Er versuchte erneut, seine Finger zu bewegen, aber der Kabelbinder saß fest. Die Finger waren taub, seine Unterarme brannten und Schweiß rann ihm von der Stirn. Er hustete, würgte kurz, streckte seinen Oberkörper, um besser atmen zu können.

Lucas.

Der Mann aus seiner Vergangenheit.

Er hatte ihn verdrängt, schlichtweg gelöscht aus seinem Gedächtnis. Nur ein kurzer Moment vor so vielen Jahren, zwei Männer an einem Schießstand. Nicolas hatte verdutzt auf sein eigenes Versagen gestarrt, dann auf diesen Mann neben sich, der perfekt geschossen hatte und einfach gegangen war, seine Unterlagen noch auf dem Tisch.

Der Prüfer war für einen Moment abgelenkt gewesen.

Und sein Vater hinter einer Glasscheibe, von dessen Anwesenheit er nichts mitbekommen hatte.

Die Tür des Lieferwagens wurde aufgerissen, kalte Luft strömte herein, Nicolas atmete hastig ein, bis jemand ihn an den Fußknöcheln packte und über den metallenen Boden zerrte.

»Au, verdammt!«, schrie er, versuchte sich freizustrampeln, aber er hatte keine Kraft, sein Körper gehorchte ihm nicht.

»Jammer nicht rum, das passt nicht zu dir«, hörte er die Stimme des Mannes, der hinter ihm im Keller der Apotheke gestanden hatte. »Setz dich hin.«

Der Mann zerrte ihn nach oben, sodass Nicolas jetzt auf

der Ladekante des Lieferwagens saß. Durch den dicken Stoff des Sackes sah er nur Umrisse, das leise Rauschen von vorbeifahrenden Autos und das ferne Tuckern eines Schiffsmotors waren zu hören.

Sie konnten nicht weit vom Meer entfernt sein.

Mit einem Ruck riss Lucas ihm den Sack vom Kopf, und obwohl die Sonne mittlerweile vollständig von den dichten Regenwolken des Unwetters verschluckt worden war, blendete das Tageslicht Nicolas, es brannte ihm in den Augen.

»Keine Sorge, es geht schnell, gleich wird es wieder angenehm dunkel.«

»Lucas, hör zu, es ist vorbei, du hattest deine …«

Nicolas versuchte, seinen Blick zu fokussieren. Der Mann mit dem dunklen, lockigen Haar, der vor ihm stand, grinste breit, während er auf ihn hinuntersah.

»Sei still, Nicolas. Wir reden später. Wenn auch nur kurz, aber keine Sorge: Für das Wichtigste werden wir genug Zeit haben.«

Bevor Nicolas begriff, was geschah, verpasste Lucas ihm eine schallende Ohrfeige und presste ihm Bruchteile von Sekunden später ein feuchtes Tuch aufs Gesicht. Nicolas schnappte nach Luft, wand sich im harten Griff seines Gegenübers, aber es war vergeblich.

Dann spürte er wieder den kalten Boden des Lieferwagens an seinem Hinterkopf. Über ihm verschwammen Lucas' Gesichtszüge zu Brei, eine dunkle Stimme sagte sanft zu ihm: »Schlaf, Nicolas. Ich bring dich durch den Sturm. Dorthin, wo alles enden wird.«

Dann war da nur noch ein Rauschen in seinem Kopf, das Rauschen seines eigenen Blutes, irgendwo in der Dunkelheit. Eine Bewegung unter ihm, ein Himmel, der sich drehte, als er die Augen öffnete.

»Bleib wach«, murmelte er in den Wind, aber er spürte,

wie seine Lider sofort wieder schwer wurden, die dunklen Wolken verschwanden, die Blitze, die um ihn herum über dem Wasser zuckten.

Da war ein Jubelschrei, dicht hinter ihm. Ekstase angesichts der entfesselten Elemente.

Das salzige Wasser schien überall zu sein. Er würgte, hustete, fiel tief, immer tiefer.

»Warte noch ein bisschen, Nicolas, bald sind wir da! Genieß es, solange du kannst, bewundere das Schauspiel, das die Gezeiten dir bieten. Das alles ist nur für uns, alter Freund!«

Nicolas riss die Augen auf, sah nach vorne, über den Bug eines kleinen Schiffes hinweg. Was er sah, hätte ihm unter normalen Umständen Angst gemacht, aber nicht mal dafür hatte er noch Kraft.

»Das ist Wahnsinn«, flüsterte er, als er die Sturmwand sah, auf die sie sich in hohem Tempo zubewegten, wie ein flacher Stein, der über das Wasser geschleudert wird und der auf den Wellenkämmen auftitscht. Unterhalb der schwarzen Wolken, die wie ein Empfangskomitee am Horizont auf sie zu warten schienen, konnte Nicolas einige Felsen ausmachen.

»Wir kommen, mein Mädchen«, hörte er Lucas rufen. »Wir sind gleich bei dir!«

Dann kippte Nicolas zurück in die Schwärze.

Als ein Schwall Wasser in seinem Gesicht landete und er hustend und keuchend aus seiner Benommenheit auftauchte, war der Sturm offenbar vorüber. Erinnerungsfetzen zuckten durch seinen Kopf, Salzwasser überall, das Grollen eines schweren Unwetters. Jetzt jedoch sah er einige wenige Sterne, die zwischen den Wolkenfetzen, die über dem Wasser hingen, hindurchblitzten. Eine blasse Mondsichel war zu erkennen. Nicolas wollte sich das Wasser aus dem Gesicht wischen, das eiskalt in seinen Kragen rann – als er merkte, dass er auf dem Rücken lag, die Arme weit von sich gestreckt, unbeweglich.

Auch seine Beine waren fixiert.

Verzweifelt versuchte er, sich aufzurichten, doch ein stechender Schmerz fuhr ihm durch die Glieder.

»Es hat keinen Sinn, versuch es erst gar nicht«, hörte er eine Stimme hinter sich, und als er den Kopf nach hinten bog, sah er, dass Lucas sich hinter ihm auf einen kleinen Felsen gesetzt hatte. Kalt lächelnd blickte er auf ihn herab, während er mit einem scharfen Messer einen Apfel schälte.

»Die Steine liegen hier seit Hunderten von Jahren, es wird dir nicht gelingen, sie fortzuschieben.«

Nicolas sah auf seine Beine hinunter, dann auf seine Arme und begriff, dass es kein Entkommen gab.

Feste Stricke führten von seinen ausgestreckten Händen und Füßen zu dunklen Steinen, die im kiesigen Boden steckten. Sie waren kreisförmig um ihn herum angeordnet, er war ein Gefangener inmitten dieses mystischen Steinkreises.

»Wo sind wir hier?«, fragte er mit brüchiger, kraftloser Stimme, die seine mangelnde Zuversicht verriet. Lucas schnitt ein Stück aus dem Apfel und schob es sich in den Mund. Er kaute für einen Augenblick, dann deutete er auf eine Stelle im Sand.

»Dort lag sie«, sagte er leise, Nicolas hatte Mühe, ihn zu verstehen, die Brandung rollte wenige Meter von ihm entfernt auf den Strand.

»Ich bin aus dem Wasser gekrochen, schreiend, weinend, ich habe ihren Namen gerufen, immer wieder. Ich habe so laut gerufen, dass man es bis zum Himmel gehört haben muss. Und dann lag sie plötzlich da. Als habe der Gott des Meeres sie einfach dort abgelegt. Genau dort.«

Wieder fuhr das Messer in den Apfel, ruhig und ohne Hast. Nicolas versuchte sich zu beruhigen, nicht an den Stricken zu zerren, die Kälte zu ignorieren, die sich bereits jetzt in seinem Körper ausbreitete.

Rede mit ihm, beschwor er sich. So lange, bis dir etwas einfällt. Versuch es zumindest.

»Du hast deine Rache bekommen«, unterbrach ihn Nicolas. »Alle sind tot.«

Lucas lächelte, sein dunkles Haar verschmolz mit der Nacht. Er sieht gut aus, dachte Nicolas, athletisch, wie es sich für einen Fremdenlegionär wohl gehörte. Und doch lag etwas in seinem Blick, das Nicolas frösteln ließ.

»Weißt du«, begann Lucas mit ruhiger Stimme, »als ich damals einfach fortging von dem Schießstand, dem Dienst, dem Beschützen, dem Vor-die-Kugel-Werfen, da wusste ich, ich tue das Richtige. Es wäre nichts für mich gewesen, viel zu langweilig.«

Er kaute schmatzend und sah dabei in die Ferne.

»Was ist dann passiert?«, fragte Nicolas.

Lucas lächelte.

»Mein Mädchen«, sagte er leise. »Ich wusste nicht, dass sie überhaupt existiert, plötzlich stand eine Frau vor meiner Tür, mit meiner kleinen Chloé auf dem Arm. Ich kannte die Frau nur flüchtig, und nie hätte ich gedacht … Es hat alles verändert.«

Nicolas suchte nach einer Frage, er wollte das Gespräch am Laufen halten, während seine Hände verzweifelt die Seile abtasteten.

»Du wolltest plötzlich nicht mehr nach Afrika«, sagte er schließlich. »Du wollest nicht mehr zur Fremdenlegion.«

Lucas nickte, sein Messer glitt sanft durch den Apfel.

»Natürlich nicht. Ich wollte bei meinem Mädchen bleiben, ich wollte meinen Test wiederholen, wollte zurück in den Dienst. Aber sie haben mich nicht gelassen.

Du hast mein Ergebnis zu deinem gemacht, Nicolas«, sagte Lucas mit kalter Stimme, sein Blick war hart und ohne jegliche Regung. »Du hast mir die Rückkehr verbaut, du hast mich nach Afrika verbannt, nur die Fremdenlegion hat mich genommen. Mein Leben wäre ohne dich ein anderes gewesen. Aber was das Entscheidende ist: Meine Tochter würde leben!«

»Das ist Blödsinn, und du weißt das, Lucas! Wach auf, diese Rache wird nichts wiedergutmachen! Dadurch wird sie auch nicht wieder lebendig!«

Nicolas zerrte an seinen Fesseln, über ihm leuchteten die Sterne, er zitterte am ganzen Leib.

Lucas sah ihn ruhig an.

»Sie nennen es den Cromlech de l'Oeillet«, erklärte er ihm schließlich und deutete auf den Ring aus Steinen. »Niemand weiß genau, was er zu bedeuten hat, also habe ich mir einfach eine Bedeutung ausgedacht, nur für dich, Nicolas.«

»Und die wäre?«

»Es ist dein Kreis, der sich schließt. Du warst der geborene Personenschützer, mit meiner Hilfe. Nun wirst du sterben, durch meine Hand. Oder sagen wir besser: durch die Hand der Gezeiten.«

Lucas warf einen Blick auf seine Armbanduhr.

»Die Flut wird bald kommen. So lange wirst du noch leben, Nicolas. Ich gebe dir gewissermaßen die Möglichkeit, mit dir ins Reine zu kommen, über alles nachzudenken und deinen Frieden damit zu machen.«

»Es war ein Fehler, Lucas!« Nicolas versuchte, ihm direkt in die Augen zu sehen, aber der Mann, der hinter ihm auf dem Felsen saß, aß in Seelenruhe weiter seinen Apfel. Die Klinge des Messers glänzte im Mondlicht.

»Hör mir zu, es war ein schrecklicher Fehler, deine Ergebnisse zu nehmen! Ich habe betrogen, das hätte ich niemals tun dürfen! Aber es ist Jahre her, was bringt es dir, nun dafür Rache zu nehmen. Du hast dich doch schon gerächt. Deine Todesliste …«

Lucas lachte laut.

»Meine Rache? Du meinst, dass das alles hier meine Rache

ist? Nicolas, wirklich, das ist herrlich, dass ihr nach all dem Jagen und Suchen noch immer nichts begriffen habt. Du vor allem, du hast nichts begriffen.«

Lucas war aufgestanden und beugte sich zu Nicolas herunter, bis ihre Nasenspitzen sich fast berührten.

»Dir gilt meine Rache, Nicolas. Ich wollte nur dich, von Anfang an.« Seine Stimme war kaum mehr als ein Flüstern, seine Augen funkelten bedrohlich. Nicolas fuhr zusammen, als die Spitze des Messers seinen Kehlkopf berührte.

»Mein Mädchen musste sterben, weil niemand ihm geholfen hat. Und Chloé wird natürlich nicht mehr lebendig, nur weil jene, die es einfach geschehen ließen, tot sind.«

»Warum dann das Ganze?«, fragte Nicolas. »Das Töten, die Liste, du hast einen Polizisten ermordet, einfach so, ohne …«

»Ohne mit der Wimper zu zucken, ganz recht.« Lucas richtete sich wieder auf und schaute über Nicolas hinweg in Richtung Festland.

»Der Sturm ist vorbei und ich habe noch etwas zu erledigen.«

»Lucas, verdammt! Bleib hier, das kann nicht dein Ernst sein! Du wirst nicht …«

Ohne Vorwarnung trat Lucas ihn mit seinem schweren Stiefel in die Seite, Nicolas wurde übel, er wollte sich zusammenkrümmen, auf die Seite drehen, aber er konnte sich kaum rühren, der Himmel drehte sich, der Strand kippte.

Als Lucas ein weiteres Mal zutrat, brach eine Rippe.

Schwer atmend strich er sich sein Haar nach hinten und sah in den Himmel.

»Sie suchen mich, Nicolas. Deine Kollegen suchen mich, aber leider haben sie keine Ahnung, wo sie mich suchen müssen. Ich bin ganz nah und doch unerreichbar.« Lucas holte einen Zettel aus seiner Hosentasche, faltete ihn auseinander und lächelte.

»Nicolas, kleiner Nicolas. Wir zwei sind doch noch längst nicht fertig. Oder vielleicht sollte ich lieber sagen: wir drei.«

Nicolas lag auf dem steinigen Boden von Chausey, festgebunden in einem mythischen Steinkreis, bedroht von der Flut, die zurückkehren würde, und von der Kälte, die seine Glieder taub machte. Und doch schien all das unwichtig zu sein, in dem Moment, in dem er las, was auf dem Zettel stand.

Etwas, das er selbst geschrieben hatte. Er hatte sich eine Notiz gemacht. Warum, das wusste er selbst nicht mehr genau. Und er hatte diesen Zettel auf dem Tresen im Commissariat liegen lassen und Lucas damit ein letztes Geschenk gemacht.

Julie – Ankunft 21:37

»Es wird ein wenig dauern, bis wir hier sind. Aber keine Sorge: Wir werden auf keinen Fall die Flut verpassen.«

Kurz darauf war Nicolas allein. Die Brandung schlug gegen die Felsen, der Wind rauschte oder war es sein Blut? Sein Brustkorb hob und senkte sich. Er war allein, ohne eine Menschenseele in der Nähe, seine Schreie würden ungehört verhallen. Aber weil es das Einzige war, das ihm einfiel, schrie Nicolas trotzdem, lauter und verzweifelter als jemals zuvor in seinem Leben.

KAPITEL 35

Paris
Am Abend

Die Rue Chalgrin lag im 1. Arrondissement, nur einen Steinwurf von der Place de l'Étoile und dem Triumphbogen entfernt, und doch war sie etwas versteckt, lag im Schatten hoher Häuser, deren weiße Fassaden auf den Wohlstand ihrer Bewohner schließen ließen. Banker und Notare, Staatsanwälte und Richter residierten hier oder einfach nur reiche Erben. Die Einbahnstraße war relativ schmal, hatte kaum Durchgangsverkehr, was daran lag, dass sie letztendlich nur einen Halbkreis bildete, dessen beide Enden auf die Avenue Foch führten.

Die Rue Chalgrin war aus Sicht der Sicherheitsbehörden ein akzeptabler Ort für die Stadtwohnung des Staatspräsidenten. Jeweils ein Polizeifahrzeug riegelte die Straße ab, wenn François Faure zu Hause war, hinzu kamen drei Sicherheitskräfte direkt vor dem Haus und ein Personenschützer im Inneren des Gebäudes. Er saß in einem kleinen Raum direkt neben dem Fahrstuhl und patrouillierte halbstündlich durch das Treppenhaus.

Es war ein Dienst, der bei den Kollegen nicht sehr beliebt war und daher hatte es kaum Widerstand gegeben, als Gilles Jacombe angerufen hatte, um sich freiwillig für die Nachtschicht zu melden. Auf ausdrücklichen Wunsch der Präsidentengattin.

In der Vergangenheit hatten sie mehrfach zu zweit in dem kleinen Kabuff gesessen, Hélène Faure hatte etwas zu trinken und zu essen in den Fahrstuhl gestellt, sie selbst war mit zwei Decken in der Hand hinuntergekommen, und sie hatten sich unterhalten, über das Leben an der Seite des Präsidenten, über Gilles' Familie, über das Land und seine Herausforderungen. Und immer hatte Gilles darauf geachtet, dass er alle halbe Stunde den Kollegen draußen Bericht erstattete. Er sprach mit ihnen, gab ihnen keinen Anlass zu kompromittierenden Mutmaßungen.

Nie hatten Hélène Faure und er eine Grenze überschritten, nie hatte es eine Situation gegeben, die hätte schwierig werden können. Sie waren Freunde geworden in den vergangenen Jahren, manchmal hatte Gilles sie auch zum Essen zu sich nach Hause eingeladen, seine Frau mochte sie, es waren schöne Abende voller Herzlichkeit gewesen, fernab aller Zwänge.

An diesem Abend jedoch saß Gilles allein in dem kleinen Raum in der Rue Chalgrin und starrte gebannt auf seine Armbanduhr. Noch zwei Minuten.

Er schwitzte, seine Hand zitterte. Einer seiner Finger lag auf einer Taste, mit der sich der Hintereingang des teuren Wohngebäudes von innen öffnen ließ. Sein Blick wanderte zu einem kleinen Bildschirm, auf dem der Hof zu sehen war, teure Wagen standen in Reih und Glied auf dem Kies, dahinter führte ein kleiner Weg zwischen Sträuchern hindurch zu einem benachbarten Hof und von dort aus durch ein abgeschlossenes Eisentor auf die Rue la Sueur.

»Vielleicht kommen sie nicht«, murmelte er und wusste zugleich, dass diese Hoffnung vergeblich war. Immer wieder sah er auf seine Uhr, auf die Taste, auf den Bildschirm, auf dem kaum etwas zu erkennen war, weil er vor einer halben Stunde die Glühbirne über der Tür herausgedreht hatte.

So wie Hélène es ihm aufgetragen hatte.

»Es ist für mich, Gilles«, hatte sie gesagt und es waren nicht einmal ihre Tränen gewesen, die ihn überzeugt hatten.

Auch nicht die blauen Flecken, mit denen ihr Körper übersät gewesen war.

Es war ihr Blick, dem er nichts entgegenzusetzen gehabt hatte. Der Blick einer Frau, die nur noch diese eine Karte spielen konnte.

Ihre letzte.

Und jetzt waren sie da.

Gilles sah erst die Schatten, dann die Umrisse mehrerer Personen. Sie waren aus der Dunkelheit aufgetaucht, schienen aus dem Nichts zu kommen.

»Scheiße«, sagte Gilles leise und drückte, ohne sich eine weitere Chance zum Nachdenken zu geben, auf den Türöffner. Ein kurzes Summen ertönte.

Es begann. Und er stand nicht nur mit einem Bein, sondern vermutlich mit neun von zehn Fußzehen im Gefängnis.

Sie waren zu fünft.

Als Gilles sie am Fuß der Treppe in Empfang nahm, sah er, dass sie allesamt vermummt waren. Sie trugen schwarze Masken, schwarze Kleidung, selbst ihre Schuhe waren dunkel. Sie wirkten wie ein hochprofessionelles Einsatzkommando.

Niemand sagte ein Wort. Die fünf sahen ihn an, bis endlich eine der Gestalten Gilles zunickte und die Maske abnahm. Es war eine junge Frau, keine dreißig Jahre alt, sie hatte kurze Haare, und an jedem anderen Ort der Welt wäre sie als Studentin durchgegangen, die unterwegs war zu einer aufregenden Graffitiaktion.

Aber das Treppenhaus, das vor ihr und hinter Gilles lag, führte direkt hinauf zur Wohnung des französischen Staatspräsidenten, und sie hielt auch keine Sprühdosen in der Hand, sondern nur ein Smartphone.

Sie lächelte Gilles an, der seine Dienstwaffe entsichert und aus dem Halfter gezogen hatte.

»Guten Abend. Ich soll Sie von Nicolas grüßen.«

Gilles schluckte.

»Wie geht es ihm?«

»Schlecht, wie immer. Sie kennen ihn ja.«

Gilles nickte, steckte langsam seine Waffe weg und begann, die fünf einen nach dem anderen abzutasten. Keine Waffen, das war seine letzte und entscheidende Bedingung gewesen, und Hélène hatte ihr Wort gehalten.

»In Ordnung«, sagte er. »Sie haben zehn Minuten. Danach komme ich hoch. Und ich werde nicht allein sein.«

Lautlos huschten die fünf die Stufen hoch, ihre Umrisse verloren sich schnell im düsteren Treppenhaus. Noch einige Sekunden stand Gilles Jacombe, Teamleiter des Personenschutzes des französischen Staatspräsidenten, auf dem eleganten Marmor der kleinen Empfangshalle und starrte nach oben.

Er hatte soeben fünf Fremden den Zugang zu François Faures Wohnung ermöglicht. Einer Gruppe, die aussah wie ein hochprofessionelles Killerkommando.

François Faure bekam von alldem nichts mit.

Er lag ausgestreckt zwischen den seidenen Laken des großen Bettes im Schlafzimmer, durch das offene Fenster sah er über die Dächer von Paris hinweg, auf die funkelnde Spitze des Eiffelturms, den Himmel über Paris, und für einen kurzen Moment spürte er eine innere Zufriedenheit, wie er sie selten fühlte.

Genüsslich zog er an seiner Zigarre und betrachtete das Cognacglas, das Hélène ihm auf den Nachttisch gestellt hatte. Er grinste, als er hörte, wie sie die Dusche im Bad anstellte.

»Was ist bloß los mit ihr?«, sagte er halblaut, als er den Kopf drehte und sich im Spiegel betrachtete, der neben seiner Betthälfte an der Wand hing.

So hatte er seine Frau noch nie erlebt, leidenschaftlich, hingebungsvoll, voller Feuer. Sie war auf ihm gewesen, hatte ihn auf das Laken gepresst und dabei laut gelacht.

»Wie eine Furie«, sagte er und nippte an dem Cognacglas. »Wurde auch mal wieder Zeit.«

Er überlegte, ob er ins Badezimmer gehen sollte, zu ihr unter die Dusche, beschloss dann aber, dass eine Zigarre und ein Cognac genau das waren, was er jetzt brauchte. Die Nacht war noch lang.

Es war ihre Idee gewesen, einfach zwei Termine abzusagen, darunter das Abendessen in der Britischen Botschaft, und einen freien Abend in ihrer Stadtwohnung zu verbringen.

»Und wir verlassen das Bett nur, um Cognac nachzuschenken«, hatte sie ihm im Auto zugeflüstert und er hatte sie angegrinst und seine Hand unter ihr Kleid geschoben.

Sie hatte gelacht, befreit und gelöst gewirkt. Dabei verliefen die meisten ihrer gemeinsamen Abende ganz anders. Wie oft hatte sie sich verweigert, wie oft hatte er sie packen und aufs Bett werfen müssen.

»Es geht doch, Hélène«, sagte er und prostete sich zu. Als er hörte, wie die Badezimmertür sich öffnete, legte er die Zigarre beiseite und lächelte. Sie trug einen Seidenbademantel, den sie kaum zugezogen hatte, und sein Blick wanderte über ihre noch feuchte Haut.

»Komm her«, sagte er. »Ich bin noch nicht fertig mit dir.«

Sie lächelte ihn an und sagte: »Ich auch nicht mit dir.«

Erst jetzt bemerkt er, dass sie eine Hand hinter dem Rücken versteckte.

»Was hast du da?«, fragte er. »Handschellen? Das kannst du vergessen, wenn überhaupt, dann werde ich dich fesseln.«

Hélène Faure zog eine Waffe hervor und richtete sie auf ihren Mann. Ihr Blick war entspannt und gelassen, ihre Hand zitterte kein bisschen.

»Hey! Scheiße, was soll das? Bist du verrückt, wo hast du die Waffe her? Du verrückte alte … Hilfe!! Wachen!«

»Schrei noch einmal und ich schieße dir die Eier weg«, sagte sie und richtete ihre Waffe zwischen seine Beine.

»Das machst du niemals! Ich bin der Scheiß-Präsident, ich werde dich … Hilfe!!!«

Hélène Faure senkte den Lauf ihrer Waffe noch ein wenig und feuerte einen Schuss ab. Erst jetzt bemerkt er, dass sie einen Schalldämpfer auf die Waffe geschraubt hatte.

»Scheiße! Bist du verrückt?«

Die Kugel war am Fußende in die Matratze eingedrungen, direkt zwischen seine Füße. Eine einzelne Feder wirbelte durch die Luft.

»Glaub mir, François, ich tue es. Wirklich. Ich will, dass du mir zuhörst. Du wirst jetzt still sein und mich ausreden lassen.«

Faures Augen funkelten, er starrte sie wütend an.

»Was willst du, Hélène? Was ist das für ein verdammtes Spiel? Und woher hast du diese Waffe?«

»Halt endlich die Klappe und hör uns zu, François!«

Dass es Gilles gewesen war, der ihr die Waffe besorgt hatte, durfte er nicht wissen und niemand würde es ihm jemals verraten.

François Faure war für einen Augenblick verwirrt. Er saß jetzt aufrecht am Kopfende seines Bettes. Die Decke hatte er hochgezogen, als würde er ahnen, was gleich passieren würde.

»Uns? Wieso uns? Was ist hier …?«

Mit offenem Mund blickte er zur Schlafzimmertür, durch die in diesem Augenblick fünf Fremde den Raum betraten. Sie waren schwarz gekleidet, einer von ihnen richtete die Kamera eines Smartphones auf ihn.

»Hey, was soll das? Macht das Ding aus, filmt ihr mich etwa? Wer seid ihr, was seid ihr für perverse Schweine!«

»François, hör uns zu! Umso schneller sind sie wieder weg.«

Verständnislos sah er sie an, während die fünf Gestalten

sich im Halbkreis um das Bett stellten. Die Person direkt neben seiner Frau zog sich die Maske vom Kopf, blonde, schwere Locken kamen zum Vorschein.

»Das ist … Sie sind?«

Die Frau war etwa so alt wie Hélène, sie trug ihr Haar offen und ihr Blick war voller Spott.

»Das tut nichts zur Sache«, sagte seine Frau. »Sie ist eine alte Schulfreundin von mir, wir hatten uns viele Jahre aus den Augen verloren, aber der Kontakt ist nie ganz abgebrochen.«

»Guten Abend, Monsieur le Président«, sagte die Frau und nickte ihm zu. »Es tut mir natürlich leid, dass wir Ihnen den Abend verdorben haben, aber ich denke …«

»Halt die Klappe, du alte Schlampe!«, fauchte Faure sie an. »Du bist eine von diesen … diesen Aktivistenhuren! Ihr seid die beschissene Gruppe, die im Konzertsaal auf mich geschossen hat … Ihr attackiert mich seit Tagen, seit Wochen! Und jetzt auch noch hier in meiner Wohnung, das ist …«

Immer noch war die Handykamera auf ihn gerichtet, und als Faure seine Frau ansah, begann er langsam zu begreifen.

»Du«, sagte er leise. »Du bist die Quelle. Du hast diese blöden Schlampen mit Informationen versorgt, du kanntest meine Pläne ganz genau … Das ist wirklich … das ist … Landesverrat!«

Hélène Faure sah ihren Mann an. Dann nickte sie.

»Ja, das ist es womöglich. Es ist vielleicht Verrat an deinem Land. Aber nicht an meinem.«

»Was soll das heißen«, blaffe er sie an. »Willst du einen Ehrenpreis für dein Lebenswerk, bist du die heilige Jungfrau von Orléans?«

»Monsieur le Président, bei allem Respekt, aber Sie sollten jetzt zuhören.« Die Frau war einen Schritt nach vorne getreten, er konnte jetzt sehen, dass sie einen Zettel in der Hand hielt.

»Wir werden immer weitermachen, Monsieur le Président. Und glauben Sie mir, der Konzertsaal war nur der Anfang. Wir werden immer da sein, wir werden Sie in der Öffentlichkeit so lange bloßstellen, bis Sie zu einer bloßen Witzfigur der internationalen Politik geworden sind, glauben Sie mir.«

»Das ist mir scheißegal, ihr Schlampen! Ich lasse mich nicht erpressen!«

Jetzt war es seine Frau, die einen Schritt auf ihn zu machte.

»Ich werde dich anzeigen, François«, flüsterte sie. »Ich habe all das, was du mir angetan hast, aufgeschrieben, ich habe Fotos von den Schürfwunden und den blauen Flecken gemacht, ich war beim Arzt. Ich habe die Untersuchungsergebnisse, ich werde alles ins Netz stellen, ich werde dich auswringen, bis du nur noch ein jämmerlicher Scheißlappen bist, vollgesogen mit deinem eigenen Angstschweiß. Kapierst du das? Ich kann dich zerstören, François. Und ich werde es tun.«

Ihre Stimme war ruhig, sie hatte die Hand der Frau ergriffen, die neben ihr stand und die François Faure jetzt den Zettel zwischen die Beine warf.

»Was ist das?«, knurrt er.

»Eine Lösung«, sagte Hélène Faure. »Denn das alles muss nicht sein. Du kannst es anders handhaben. Und ehrlich gesagt, wäre das ein echter Dienst für dein Land, dem du bislang der schlechteste Präsident warst, der jemals in den Élysée-Palast gezogen ist.«

Faure angelte den Zettel vom Bettlaken, ohne die Gruppe aus den Augen zu lassen.

Er runzelte die Stirn und lachte.

»Scheidung? Du machst das ganze Theater hier, damit ich in eine Scheidung einwillige? Das hättest du einfacher haben können, du blöde Kuh!«

»Lies weiter«, sagte Hélène Faure.

Und er tat es.

Dann las er den Zettel ein weiteres Mal.

Der französische Staatspräsident sah seiner Frau direkt in die Augen.

»Das ist nicht dein Ernst.«

Exakt eine Minute vor dem Ablauf der verabredeten Zeit hörte Gilles Jacombe, wie am oberen Ende des Treppenhauses eine Tür geschlossen wurde und mehrere Personen hastig die Stufen hinabeilten.

Zehn Sekunden später betätigte er mit pochendem Herzen erneut den Türöffner des Hintereingangs. Die fünf schwarz gekleideten Gestalten eilten, ohne ein Wort zu verlieren, durch die Empfangshalle und verschwanden in der Dunkelheit. Nur die letzte Person blieb kurz bei ihm stehen, er wusste, dass es Marie sein musste, die junge Frau, die Kontakt zu Nicolas aufgenommen hatte. Damit er ihn, Gilles, überzeugte, sie bei ihrem Plan zu unterstützen.

Marie griff in ihre Hosentasche und reichte Gilles dann einen Zettel.

»Geben Sie ihm den. Bitte.«

Dann nickte sie ihm zu und eilte den anderen hinterher. Gilles faltete das kleine Stück Papier auseinander, auf das sie eine Handynummer gekritzelt hatte.

Zwei Minuten später kam Hélène Faure die Treppe herunter, in der Hand hielt sie einen kleinen Koffer.

»Guten Abend, Gilles.«

»Gute Abend, Hélène.«

Sie warfen sich einen Blick zu, ohne etwas zu sagen. Als sie ihn schließlich anlächelte, sah er, dass sie Tränen in den Augen hatte.

»Hätten Sie jemanden, der mich fahren könnte? Ich möchte zu einer Freundin.«

»Natürlich, Madame.«

Über sein Mikro am Ärmel beorderte Gilles einen Fahrer und eine kleine Eskorte in die Rue Chalgrin. Einige Minuten später öffnete er ihr die Tür, wo eine dunkle Limousine sie bereits erwartete.

Sie hatten kein Wort gesprochen.

Hélène Faure setzte sich in den Wagen und sah ihn an.

»Passen Sie gut auf den Staatspräsidenten auf, Gilles.«

Er nickte und machte dem Fahrer schließlich ein Zeichen, loszufahren.

»Gute Nacht, Madame.«

»Ja, das ist es wohl, Gilles. Eine gute Nacht.«

Kurz darauf verschwand der Wagen hinter einer Kurve, die Lichter der Begleiteskorte flackerten noch einen Augenblick über die weißen Fassaden. Gilles atmete tief durch. Dann ging er zurück ins Gebäude und setzte seinen Nachtdienst fort.

KAPITEL 36

Chausey, Normandie
In der Nacht

Es war kaum mehr als eine Ahnung, ein zarter Schimmer im Dunkel. Der Mond und die Sterne schickten ihr schwaches Licht durch die Wolkendecke. Es schien, als hätten sie über ihn gewacht. Irgendwann war es Nicolas so vorgekommen, als würden die Elemente höchstpersönlich auf ihn herabblicken und sagen: »Schade. Aber vermutlich musste es so kommen.«

Und wie gern hätte er ihnen entgegengeschrien, sie angebrüllt, dass es ihm egal sei, er sei bereit, sollte der Tod ihn doch holen, jetzt und hier. Aber da war nichts mehr, mit dem er hätte schreien können, keine Kraft und keine Stimme, sie hatte ihn bereits nach einer Stunde verlassen, war irgendwann jämmerlich leise geworden und dann ganz verstummt, nachdem er so lange in die Dunkelheit hinausgebrüllt hatte. Nicolas bekam nicht mal mehr ein Krächzen heraus, auch seine Tränen waren aufgebraucht.

Und nun kam die Flut. Sie hatte ihn geweckt, ihn aus dem Dämmerzustand gerissen, der doch nichts anderes gewesen war als der Vorhof zur Hölle. Er lag schon ewig auf dem steinigen, eisigen Strand, er war nicht nur ausgekühlt, sondern beinahe erfroren. Er zitterte längst nicht mehr, wirre Bilder und Gedanken bevölkerten seinen Kopf: Schatten und Wolken, Blut auf den Fliesen, ein Messer im Hals. Ein Zug, der sich näherte. Ankunftszeit 21:37 Uhr.

Es war das Wasser, das ihn töten würde. Er hatte es zuerst an den Füßen gespürt, es hatte an seinen Knöcheln geleckt, dann war es zu seinen Knien emporgekrochen, hatte seine Hüften umschlossen, wie eine eiskalte Decke, die der Tod ihm mit auf die Reise geben wollte.

Jetzt lag es schon schwer auf seinem Brustkorb, wie eine hungrige Raubkatze, die voller Vorfreude wartete, bis die Falle endgültig zuschnappte.

Da war eine Stimme.

Weit weg, irgendwo hinter ihm. Er hörte sie durch den Wind und wusste sofort, dass diese Stimme kein Grund zur Hoffnung war. Wenn überhaupt, war es höchstens die Hoffnung auf das Ende, auf die Erlösung, die er mittlerweile mehr herbeisehnte als alles andere.

Er erkannte die Stimme sofort. Lucas war zurückgekehrt.

Und er war nicht allein.

Und als Nicolas das bewusst wurde, regte sich etwas in ihm. Er öffnete langsam die Augen, bewegte vorsichtig seine Finger.

Julie.

Nicht sie.

Er wollte an den Stricken zerren, wollte schreien, aber nichts passierte. Der Felsen steckte im Boden fest, so wie die anderen um ihn herum. Er war so erschöpft, dass er einfach aufgeben wollte.

»Ich habe ein Geschenk für dich.«

Lucas' Stimme war fröhlich, er wirkte fast, als würde er jemandem die Schönheiten dieser Insel zeigen, ganz beiläufig und gut gelaunt.

»Sieh ihn an, deinen Helden, deinen Krieger.«

Nicolas schaffte es, den Kopf ein wenig zu drehen, obwohl alles an ihm taub war. Er wusste nicht, ob er sich überhaupt bewegte, er schien zu Stein geworden zu sein. Doch plötzlich schob sich etwas in sein Blickfeld. Dort … war sie.

Lucas hatte ihr eine Schlinge um den Hals gelegt, wie ein Stück Vieh hatte er sie durch die Dunkelheit gezerrt, er konnte die Abschürfungen an ihrem Hals sehen und die Furcht in ihren Augen erahnen. Der Mond war hinter den Wolken hervorgekommen und warf ein gespenstisches Licht auf diese unwirkliche Szene.

»Ich bin hier!«, wollte er schreien. »Ich beschütze dich.«

Aber er konnte weder schreien noch sie beschützen.

Lucas stieß Julie auf einen Felsen, sie sackte dort zusammen, kraftlos, ihr Blick suchte nach einem Ausweg, doch weit und breit waren nur Felsen, Wind und Wasser. Nicolas hörte Schritte, Wasser spritzte auf, als Lucas zu ihm kam. Er schrie, als er sich zu ihm herabbeugte.

»Ihr alle kennt mich nicht! Aber du, Nicolas, du kennst mich, nicht wahr? So lange schon, und was hast du gemacht? Hast mich vergessen, mich verdrängt, mich getilgt aus deinem Leben, du hast versucht, mich wegzuwischen, aber es hat nicht geklappt, nicht wahr? Wie ein dunkler Fleck, der nicht fortgeht, er stört, er ist da, er wird immer bleiben, dein Schandfleck! Hier stehe ich und ich werde dich vernichten, hörst du, Nicolas? Ich vernichte dich und all jene, die dir nahestehen!«

Lucas bohrte ihm seinen schweren Stiefel in die Seite und trat dann zu. Julie schrie, aber Nicolas ließ es einfach über sich ergehen. Er hatte all seinen Schmerz aufgebraucht.

Er wollte Julie anlächeln, ihr Mut machen, aber es gelang ihm nicht.

Es würde zu Ende gehen. Hier auf Chausey.

Irgendwann war Lucas' Stimme nur noch ein Flüstern.

»Adieu, Nicolas. Das Wasser ist da.«

Für einen Augenblick musste er erneut das Bewusstsein verloren haben, denn als er das nächste Mal die Sterne sah und die Mondsichel, an der Wolkenreste vorbeizogen, da leckte das Wasser bereits an seinem Kinn. Er war unglaublich erschöpft, die Müdigkeit breitete sich in seinem Körper aus, die Kälte hüllte ihn ein, die Gezeiten schaufelten sein Grab – unaufhaltsam.

Schließ die Augen, Nicolas. Lass es zu. Es ist genug.

Ein letztes Mal riss er die Augen auf, ein letztes Mal zerrte er an den Stricken, er bog den Kopf zurück, weil das Wasser seinen Mund erreicht hatte, er schluckte Meerwasser, hustete und sog gierig Luft durch die Nase. Und die ganze Zeit versuchte er, Julie anzusehen, die auf dem Strand kniete, während Lucas ihr seine Waffe an den Kopf hielt. In der linken Hand hatte er sein Messer.

»Hörst du mich, Nicolas? Das Letzte, was du zu sehen bekommst, wird ihr Tod sein. Du wirst diesen Anblick mit in die Ewigkeit nehmen!«

Das Wasser hatte seinen Mund erreicht, seine Augen weiteten sich, immer wieder zerrte er mit letzter Kraft an den Stricken, aber es war vergeblich. Ein Krächzen kam aus seinem Hals, ein Gurgeln.

Und dann war er da, sein letzter Atemzug.

Julie.

Schneeflocken fielen auf die Planches von Deauville, er sah sie dort stehen, sie lächelte, streckte ihm die Hand hin.

»Komm mit mir«, sagte sie.

Der Strand war verlassen, nur ein einzelner weißer Sportwagen drehte seine Kreise, die Reifen gruben sich in den Sand, durch die Luft glitt eine Möwe hoch über dem Meer. Und er ging auf sie zu, seine Füße hinterließen rote Abdrücke auf den Holzplanken, sie summte ein Lied, eine alte Melodie, und er wusste, er würde sie mitnehmen in die Ewigkeit …

»Da da da dadadada da …«

Lucas sah Nicolas an, sein Finger am Abzug krümmte sich.

»Wir sehen uns wieder. Auf der anderen Seite. Alle drei.«

Julie öffnete die grün gestrichene Tür zu einer der Umkleidekabinen. Als Nicolas näher kam, bemerkte er, dass auf den weißen Geländern entlang der Planches sein Name aufgemalt war: Nicolas Guerlain.

»Komm«, flüsterte sie, und er nahm ihre Hand, sie war warm und die Wärme breitete sich in ihm aus, Julie schloss die Tür hinter ihnen und küsste Nicolas.

Ihre Lippen schmeckten nach Salz.

Und draußen lachte eine Möwe.

Ein Hund knurrte.

Nicolas öffnete die Augen, das klare Wasser war über ihm und er sah etwas Dunkles, das sich vor den Mond schob. Eine Waffe wurde abgefeuert und Julies Körper schlug auf dem Boden auf.

Dann nichts mehr.

KAPITEL 37

Chausey, Normandie

Rachmaninoff, Pianokonzert in c-Moll.

Im Nachhinein wusste Nicolas nicht mehr, warum ausgerechnet dies sein allerletzter Gedanke gewesen war, während ihm die Luft ausgegangen war und er auf das Ende gewartet hatte. Aber was auch immer es gewesen war: Es war ein guter letzter Gedanke.

Während Nicolas verzweifelt um Luft rang und sich auf das qualvolle Ertrinken vorbereitete, tauchte der Schatten eines alten und durchnässten Hundes im Mondlicht auf und es waren seine Zähne, die sich, begleitet von einem dumpfen Knurren, in Lucas' Handgelenk gruben. Mit seinem Schwung drückte er dabei dessen Arm zu Seite, genau in dem Augenblick, in dem Lucas abdrückte.

Der Knall des Schusses peitschte über den Strand und schien bis zu den Wolken vorzudringen, die sich wie ein rasch zugezogener Vorhang über der Grande-Grève verteilten.

Julie sackte zusammen, zunächst in der Annahme, getroffen worden zu sein und wegen des gewaltigen Geräuschs, das ihr das linke Trommelfell zerriss. Die Kugel zerfetzte ihr linkes Ohrläppchen und bohrte sich zwei Meter hinter ihr in den Kies.

»Was ist … du Scheißvieh!«

Rachmaninoff hatte sich in Lucas' Arm verbissen, er grollte und knurrte, während seine Zähne sich tief in das Fleisch gruben. Julie rollte sich auf den Rücken, hielt sich entsetzt die linke Gesichtshälfte, konnte das warme Blut spüren. Lucas trat nach dem Hund und versuchte, ihn abzuschütteln, die Waffe fiel auf den feuchten Strand.

Julie wollte schreien, nur schreien, sie wollte sich auf den Mann stürzen, doch sie wusste, sie und der Hund, sie würden es nicht schaffen, er war zu stark. Bereits am Bahnhof hatte sie das gemerkt, als er sie im Auto betäubt hatte. Sein Griff war so fest gewesen, dass es unmöglich war, sich daraus zu befreien.

Für den Bruchteil einer Sekunde meinte sie, ein Licht gesehen zu haben, das über die Felsen zuckte. Sie rieb sich die Augen, doch da war nur das Meer ... und dann sah sie das Messer, direkt vor sich.

Lucas hatte es fallen lassen, er tastete jetzt mit der linken Hand danach, gleich würde er es erreichen und Rachmaninoff außer Gefecht setzen. Dann wäre sie ihm ausgeliefert, dem Tod geweiht.

Julie stolperte nach vorn, riss sich die Hände an den scharfen Steinen auf, fiel hin, stolperte weiter, während Lucas' Finger den Griff des Messers fast erreicht hatten.

»Fass, Rachmaninoff!«, schrie sie und kickte das Messer weg, stolperte weiter, stürzte über einen Felsen.

Hinter sich hörte sie das Jaulen des Hundes, als Lucas ihm mit der Faust mehrfach in die Seite hieb.

Das Messer.

Sie fand es, griff danach, musste sich abstützen, sie atmete hektisch, zitterte.

Dann war sie bei Nicolas.

Ein markerschütternder Schrei drang aus Lucas' Kehle. Der Hund hatte von ihm abgelassen, er kam auf die Beine und in seinem Blick lag der blanke Hass. Rachmaninoff lag wimmernd einige Meter entfernt am Fuße eines Felsens. Julies

Hand zitterte heftig, sie durchwühlte das kalte Wasser, stieß gegen Nicolas' Oberkörper, taumelte, als sie über seinen rechten Fuß stolperte.

Dann spürte sie den Strick, der an einem seiner Handgelenke befestigt war.

Panisch versuchte sie, ihn durchzuschneiden, aber es gelang ihr nicht, sie hieb das Messer ins Wasser, schrie so laut sie konnte, doch der Strick blieb starr, Nicolas' Finger leblos. Und Julie schrie ...

Dann spürte sie, wie der Strick plötzlich nachgab, doch in diesem Augenblick war Lucas bereits über ihr.

Ohne zu zögern, trat er sie in die Seite, Julies Körper schlug auf dem steinigen Boden auf. Wieder hatte sie den Eindruck, ein Flackern gesehen zu haben, dann das Geräusch von Rotoren, alles drehte sich.

Lucas packte sie an den Haaren, zerrte sie über den Strand, riss sie nach oben. Seine Faust landete ohne Vorwarnung in ihrem Magen, sie spie Blut, ihre Beine gaben unter ihr nach, wieder riss er sie nach oben.

Ein letztes Mal.

Seine Hände schlossen sich um ihren Hals, sie spürte die lodernde Wut, die ihn antrieb. Und dann hob er sie einfach hoch und schleuderte sie von sich, mitten ins Wasser, wo ihr Kopf gegen einen Felsen schlug. Einen kurzen Moment war alles schwarz, dann rappelte sie sich mühsam auf, wollte nicht kampflos aufgeben.

Und doch ahnte sie, dass es vergebens war.

Schemenhaft nahm sie wahr, dass sich hinter Lucas etwas bewegte. Ein dunkler Fleck, der größer wurde. Erst im letzten Moment konnte sie einen Arm erkennen und in der Hand das Messer.

Die Gestalt, die sich jetzt hinter Lucas aus dem Wasser erhob, hatte nichts Menschliches mehr, es war nichts anderes als ein Toter, der sich mit letzter Kraft zu den Lebenden zurückgekämpft hatte.

Weil sein Schutz noch gebraucht wurde.

Lucas drehte sich langsam um, stutzte, lächelte dann, mit einer Spur von Bewunderung im Blick.

»Sehr gut!«, rief er Nicolas zu. »Das nenne ich Durchhaltevermögen! Und weißt du was? Dafür sollst du belohnt werden, mit einem fairen Kampf, Mann gegen Mann, wir bringen es zu Ende, hier und jetzt!!«

Nicolas stand jetzt inmitten des überfluteten Cromlech de l'Oeillet, sein Herz raste, sein Blut rauschte im Kopf, seine Lunge pumpte verzweifelt Sauerstoff, auf den sie eine gefühlte Ewigkeit hatte verzichten müssen.

Er zitterte am ganzen Körper, konnte kaum richtig sehen, und so traf ihn Lucas' Faustschlag völlig unvorbereitet mitten ins Gesicht. Er wurde von der Wucht des Schlages nach hinten geschleudert, kurz darauf versank er wieder in den Wellen.

Lucas riss ihn hoch, tauchte ihn wieder unter, schlug ihm mehrmals mit der Faust ins Gesicht.

»Du hast keine Chance, du Versager!«, schrie Lucas und lachte.

»Und für mich ist es so ein noch schöneres Ende, ehrlich gesagt!«

Wieder verschwand Nicolas im Wasser, er strampelte, versuchte sich zu wehren, aber Lucas drückte ihn auf den Grund. Kraftlos und mit bleiernen, schmerzenden Gliedern war er den Schlägen seines Widersachers hilflos ausgeliefert.

Lucas zerrte Nicolas wieder an die Oberfläche und wand ihm das Messer aus der Faust. Die Lichter, die blau über die Felsen zuckten, waren nun deutlich zu sehen.

»Sie kommen«, sagte Lucas und grinste. »Aber sie kommen zu spät! Sie werden euch hier finden, tot. Du hättest dort liegen bleiben sollen, Nicolas. Denn jetzt wird es kein so schöner Tod mehr, du hättest aufgeben sollen.«

Lucas drehte das Messer in der Hand.

»Adieu, Bodyguard ...«

Nicolas sah ihm fest in die Augen, seine Stimme hörte sich an wie das Schnarren einer rostigen Tür.

»Weißt du ... warum ich kämpfen wollte? Obwohl ich wusste, dass ich keine Chance habe?«

Lucas runzelte die Stirn. Die Klinge seines Messers glitzerte im Mondlicht.

»Das ist mir ehrlich gesagt scheißegal. Es ist jetzt genug.«

Nicolas lächelte, alles in seinem zerschundenen Gesicht schmerzte.

»Ich sage es dir: Damit sie mehr Zeit hat.«

Lucas schwang das Messer, ließ es herabsausen auf Nicolas, der keine Chance hatte, die Klinge abzuwehren.

Für einen Moment flackerte etwas in Lucas' Augen, eine Erkenntnis vielleicht, eine Sorge womöglich.

Aber was auch immer es war, es währte nur kurz.

Das Geräusch der Schüsse peitschte über den Strand, die Kugeln trafen Lucas mitten im Rücken.

Fünf Schuss. Alle trafen ihr Ziel.

Im diffusen Licht des Mondes stand Julie blutend und zitternd vor Kälte wenige Meter hinter ihm. Lucas' Waffe, die er im Kampf mit dem Hund verloren hatte, hielt sie mit beiden Händen fest.

Für einen Moment blieb seine erhobene Hand mit dem Messer in der Luft, dann kippte der massige Körper ins Wasser, langsam, wie eine gefällte Eiche, die noch nicht begriffen hatte, dass ihr Ende gekommen war.

Kurz darauf schlug der Körper direkt neben Nicolas im kalten Wasser auf, und die Flut begann augenblicklich, an ihm zu zerren. Die Strömung schob ihn fort, bereitete ihm ein nasses Grab.

Nicolas sah zu, wie der Körper an der Oberfläche trieb, die Arme und Beine ausgestreckt, wie ein Fallschirmspringer, und langsam aufs offene Meer trieb. Dann nahmen die Gezeiten ihn mit sich fort, zogen ihn hinaus aufs Meer, wo er kurz darauf aus Nicolas' Blickfeld verschwand.

Eine Hand berührte seine Schulter. Eine leise, kraftlose Stimme drang an sein Ohr. Jemand sackte neben ihm ins Wasser, lehnte sich an ihn, ohne ein weiteres Wort.

Nicolas zitterte am ganzen Körper. Mühsam rappelten Julie und er sich schließlich auf, stützten sich, als sie durch das ansteigende Wasser Richtung Strand gingen. Vor einem großen Felsen fielen sie auf den Kies, mehr tot als lebendig.

Als die Suchscheinwerfer eines Hubschraubers kurz darauf die Wolkendecke durchbrachen, legte Nicolas seine Hand auf das nasse Fell des Hundes, der neben ihnen lag und ruhig atmete.

»Er muss sich heimlich aufs Boot geschlichen haben«, sagte Julie leise.

Wenige Augenblicke später setzte der Hubschrauber am Strand auf, das Wasser kräuselte sich unter dem Wind der Rotorblätter. Eine Schiebetür wurde aufgezogen, Roussel und Claire sprangen aus der Maschine und rannten, gefolgt von zwei Sanitätern, auf sie zu.

»Nicolas?«, flüsterte Julie, während sie seine Hand nahm.

»Ja?« Er wusste, was sie sagen wollte.

»Ich kann nicht mehr.«

Er drückte ihre Hand, fühlte ihre Finger, ihren Puls am Handgelenk. Er spürte das ganze Gewicht, das auf ihnen lastete und das sie gemeinsam nicht mehr tragen konnten.

»Ich weiß«, sagte Nicolas. Dann schloss er die Augen.

KAPITEL 38

Granville, Normandie
Drei Tage später

Eine überraschend kräftige Wintersonne hatte sich am Morgen über dem Hinterland erhoben, sie ließ das Wasser glitzern und das weiße Gefieder der Möwen und Albatrosse aufleuchten, die hoch über dem Hafenbecken kreisten und dabei ihre Aufmerksamkeit auf die Fischerboote und Auslagen der Restaurants entlang des Quai Pléville richteten. Neben dem Gebäude der Fährgesellschaft hatten sich einige wenige Touristen zusammengefunden, die das gute Wetter für eine Überfahrt nach Chausey nutzen wollten. Claire ließ den Blick über die Hafenmauer schweifen, hinaus auf das Wasser, wo sie in der Ferne, dank der guten Sicht, die Bretagne sehen konnte.

Sie lächelte, als Léon mit zwei Bechern Kaffee in der Hand zu ihr kam.

»Das nenne ich mal einen Service«, sagte sie und ließ ihre Finger für einen Moment über seinen Handrücken gleiten, als er ihr einen Becher reichte.

»Ich finde, das haben wir uns mehr als verdient«, sagte er und deutete auf das Schiff, das mit laufendem Motor am Kai lag.

»Es geht los. Auf nach Chausey – wieder mal.«

»Aber diesmal ohne Mordopfer«, sagte sie und klopfte dabei auf ihre Schultertasche. »Aber dafür mit Übernachtungssachen. Das Hotel hat angerufen, wir können zwei Nächte bleiben. Für dich finden wir bestimmt was im Inselladen.«

»Natürlich finden Sie da was«, sagte eine fröhliche Stimme hinter ihr.

»Louise! Das ist aber eine Überraschung, was machen Sie denn hier?«

Die Besitzerin des Inselladens umarmte sie spontan zur Begrüßung.

»Ich war über Nacht bei einer Freundin hier in Granville. Das sollte ich viel öfter machen, das Festland hat ja doch seine Vorzüge.« Sie deutete auf ihre Handtasche.

»Ich habe endlich mal wieder ein paar Bücher gekauft und mir vorgenommen, wieder mehr zu lesen. Und Sie?«

»Wir haben uns in die Insel verliebt, trotz allem«, sagte Léon und zwinkerte ihr zu. »Also haben wir gedacht, nachdem das alles jetzt vorbei ist, schauen wir uns Chausey bei gutem Wetter noch mal an.«

»Tja, in Chausey verliebt man sich sehr schnell«, sagte Louise. Claire beugte sich zu ihr und flüsterte ihr ins Ohr: »Auf Chausey, Madame. Wenn Sie verstehen …«

Louise sah beide für einen Augenblick an, dann begriff sie.

»Oh … also, das ist doch, na ja, also ganz wunderbar! Ich freue mich, kommen Sie, es geht los. Ich muss Adrienne unbedingt um einen Kaffee an Bord bitten, ich habe es hier am Hafen nicht mehr geschafft.«

Kurz darauf legte die Fähre von der Kaimauer ab und drehte ihren Bug in Richtung Nordwesten, das Wasser war stahlblau und Claire setzte sich auf einen der Plätze am Heck.

»Zu dumm, dass wir keine Bücher dabeihaben«, sagte Léon und nahm neben ihr Platz. »Auf so einer Insel wird es schnell langweilig.«

Sie zog ihn an sich.

»Da finden wir schon was«, flüsterte sie ihm ins Ohr. »Aber jetzt muss ich aufpassen, ich will die Delfine nicht verpassen!«

»Was du nur an diesen Delfinen findest«, lachte Léon, sah dann aber auch hinaus auf die Wellen. Am Horizont lag Chausey wie ein brauner Pinselstrich am Rande einer blauen Leinwand.

Von dem Punkt aus, wo Nicolas und Julie sich befanden, war die Insel noch besser zu sehen. Auf halber Höhe über der Stadt saßen sie auf einer Bank im Park des Krankenhauses von Granville, die Sonne schien durch die Zweige einer Erle, im Hintergrund spielten einige Patienten Boule.

Seit fünf Minuten hatte keiner von beiden ein Wort gesprochen.

Der Druckverband um Nicolas' Oberkörper spannte. Jeder Schritt, jedes Atemholen verursachte Schmerzen an der Seite, dort, wo die gebrochenen Rippen ihn an die Geschehnisse auf der Insel erinnerten. Er hatte Kopfschmerzen, sein Hals kratzte und seine Stimme war immer noch kaum mehr als ein Flüstern.

»Irgendwann fahre ich auch noch mal rüber«, sagte er leise, als sie die Fähre beobachteten, die aus dem Hafen lief. »Ich habe von Chausey nicht wirklich viel gesehen. Es muss eine schöne Insel sein.«

Julie griff nach seiner Hand.

»Wenn es okay ist: Ich verzichte gern«, sagte sie und lächelte. Nicolas nickte.

»Klar. Ich bin mir ja auch noch nicht sicher.«

In den vergangenen drei Tagen hatten Claire und Roussel ihnen immer wieder einen Besuch abgestattet und sie über den Stand der Ermittlungen informiert. Von Lucas' Leichnam fehlte jede Spur, dafür konnte ihm anhand von DNA-Spuren, die im Lieferwagen und in seiner Bäckerei genommen worden waren, die Morde nachgewiesen werden.

»Er war besessen von seiner Rache«, hatte Roussel ihnen

erklärt. »Er ist vor drei Jahren nach Granville gezogen und hat alles geplant. Die Flaschenpost, die Liste, die Morde. Er hat uns allen Rätsel aufgegeben und vor allem dich hierhergelockt.«

»Und ich habe ihm Julie auch noch auf dem Silbertablett präsentiert«, hatte Nicolas auf seinem Krankenbett geflüstert.

Vielleicht war es das, was er sich am wenigsten verzeihen konnte: dass er Julie schon wieder in Lebensgefahr gebracht hatte.

Das war allein seine Schuld.

Und deshalb war das, was sie in den vergangenen zwei Stunden auf der Bank besprochen hatten, der einzig richtige Weg. Und er spürte, dass er damit würde leben können, und das nicht nur, weil er es musste.

Wenigstens eine gute Nachricht hatte Roussel ihm überbracht, direkt nachdem er zum ersten Mal im Krankenhaus aufgewacht war.

Sie betraf den verschwundenen Apotheker.

»Er war in einem verlassenen Kellerverschlag eingesperrt, keine drei Häuser weiter«, hatte Roussel erzählt. »Er hat sich bemerkbar gemacht, indem er gegen die Heizungsrohre geschlagen hat, so lange, bis jemand ihn gefunden hat.«

»Damit ist Bertrand Neuville der Einzige, den Lucas verschont hat«, hatte Nicolas gemurmelt.

»Die beiden hatten sich tatsächlich angefreundet, bis er Lucas zufällig in seinem Schießstand überrascht hat, kurz bevor du dorthin kamst. Der Apotheker hat ausgesagt, er hätte den schmalen Durchgang zum hinteren Teil des gemeinsamen Kellers vorher nie so richtig wahrgenommen und hinter der Tür höchstens einen kleinen Bretterverschlag vermutet. Bis eines Tages die Tür offen stand, und weil er Licht gesehen hat, ist er dann nachsehen gegangen. Er hat den Schießstand entdeckt und Lucas. Das hat Bertrand Neuvilles Schicksal besiegelt.«

»Hat Lucas den Keller selbst ausgebaut?«, hatte Nicolas gefragt, und Roussel hatte mit den Schultern gezuckt.

»Zuzutrauen wäre es ihm, er hat alles seit Jahren vorbereitet. Der Keller selbst war wohl mal ein längst vergessenes Lager der Hafenbehörde.«

Und jetzt saßen sie hier unter der Erle, Julie und er, und Nicolas fragte sich, ob es das gleiche Meer war, das sie sahen, der gleiche Himmel, die gleichen Vögel über den Fischerbooten.

»Da sind ja meine beiden Turteltauben!«

Julie löste ihre Hand aus seiner und lächelte Roussel an, der über den gekiesten Weg auf sie zukam.

»Da habt ihr euch aber wirklich die schönste Bank ausgesucht«, sagte er und blieb vor ihnen stehen. »Was für eine Aussicht, man könnte sich fast dran gewöhnen.« Dann legte er Nicolas einen Stapel Akten auf den Schoß.

»Hier, damit ihr was zum Lesen habt, ich habe dir alles kopiert. Ist zwar nicht erlaubt, aber ehrlich gesagt, ist mir das scheißegal. Ich habe diese Geschichte satt, ich will nach Hause und genau das werde ich heute Nachmittag auch tun: nach Hause fahren.«

»Gibt es irgendetwas Neues da drin?«, fragte Nicolas leise und Roussel zuckte mit den Schultern.

»Nicht wirklich, die Hintergrundinfos zu Lucas, der Sprengsatz auf dem Boot von Morignac in Deauville, das alles eben. Aber wir wissen immer noch nicht, wie er Rémy Marchand vergiftet hat. Das wird wohl für immer sein Geheimnis bleiben.« Nicolas nickte nachdenklich und sah hinaus aufs Meer. Irgendetwas störte ihn.

Sein Blick wanderte hinüber nach Chausey, wo der Leuchtturm in den blauen Himmel ragte, über die Hügel und das flache Land im Westen. Dort hatte sein Schicksal in Lucas' Hand gelegen.

»Du bist meine Rache, Nicolas.«

»Alles okay?«, fragte Julie, als er plötzlich aufstand.

»Und wenn die Betonung falsch ist?«, murmelte er und sah Roussel an. »Weißt du, wo das Mädchen damals beerdigt wurde, Lucas' Tochter? Hier in Granville?«

Roussel überlegte kurz, dann nickte er.

»Ja, auf dem Cimetière Notre-Dame, direkt oberhalb der Klippen.«

»Dann lass uns dort hinfahren.«

»Spinnst du? Du bist immer noch verdammt ramponiert, mein Lieber.«

»Roussel – jetzt!«

Als Nicolas schließlich mit den beiden aus dem Park humpelte, legte sich draußen auf dem Meer das Fährschiff in eine lang gezogene Linkskurve und nahm Kurs auf Chausey.

»Da sind sie!«

Claire hüpfte aufgeregt auf der Stelle, als sie plötzlich drei Finnen durch das Wasser brechen sah. Kurz darauf schnellte ein silberner Körper aus dem Wasser, es spritzte und Claire klatschte vor Freude in die Hände.

»Sie sind so schön! Sind sie nicht wunderbar?«

Auch Léon betrachtete das Schauspiel, neben ihnen stand Louise und lächelte.

»Sie sind wirklich zauberhaft. Ich gehe mir einen Kaffee holen, wollen Sie auch irgendetwas?«

Claire schüttelte den Kopf und suchte das Wasser ab, in der Hoffnung, dass die drei Delfine sich nochmals blicken lassen würden.

Louise ging zur Kaffeebar im Innern des Schiffes und lächelte Adrienne an, die mit einem Lappen den Tresen abwischte.

»Salut, Adrienne.«

»Bonjour, Louise. Einen Kaffee?«

»Ja, sehr gern. Was für ein wunderbares Wetter, nicht wahr?«

Adrienne drehte sich zur Kaffeemaschine und drückte auf einen Knopf. Fauchend schossen etwas Milch und schwarzer Kaffee in eine Tasse. Sie sah blass aus und übermüdet. Louise warf ihr einen sorgenvollen Blick zu.

»Jaja, ich weiß«, sagte Adrienne und lächelte. »Ich wollte auf das Vorderdeck gehen«, sagte sie, während Louise den Kaffee bezahlte. »Willst du mir Gesellschaft leisten? Da vorne ist es immer so schön ruhig.«

»Sehr gern, das ist eine gute Idee.«

Claire griff nach Léons Hand und küsste ihn.

»Das wird schön mit dir«, sagte sie leise und sah ihm in die Augen. »Ich weiß nicht, ob ich dich noch mal loslasse.«

»Das habe ich befürchtet. Aber deshalb fahren wir ja nach Chausey. Da lernen wir uns richtig kennen und auf der Rückfahrt werden wir dann froh sein, uns wieder los zu sein.«

»Genau«, murmelte Claire und kuschelte sich an seine Schulter, während im Hintergrund ein Delfin aus dem Wasser schnellte.

»Hierhin, an die Reling?«

Adrienne blinzelte in die Sonne, während der Bug des Schiffs sich durch das klare Wasser grub. Louise genoss den Ausblick, das Glitzern der Sonne auf dem Wasser, eine Handvoll Segelboote, die durch die Bucht des Mont-Saint-Michel kreuzten.

Und natürlich Chausey …

»Ich habe das Gefühl, ich sehe meine eigene Insel jetzt mit ganz anderen Augen«, sagte sie zu Adrienne. »Ich kann es gar nicht erklären, aber es ist ein gutes Gefühl.«

»Sie ist jedenfalls wunderschön«, sagte Adrienne und nahm einen Schluck aus ihrer Teetasse, die sie mitgenommen hatte.

»Ja, das ist sie allerdings.« Louise pustete in den heißen Kaffee.

»Da vorn muss es sein!«

Roussel war mit dem Wagen auf Nicolas' Geheiß direkt auf den Friedhof gefahren und hatte ihn dann, unter dem lautstarken Protest einiger älterer Damen, sogar über den Kiesweg gelenkt, bis Nicolas ihm befohlen hatte, zu halten.

»Da liegen mehrere Kränze auf dem Grab«, sagte Julie. »Das kann es nicht sein.«

»Doch«, sagte Roussel und half Nicolas beim Aussteigen. »Nachdem die ganze Geschichte in der Presse war, haben hier zahlreiche Menschen aus Granville Kränze hingelegt. Was willst du denn hier, Nicolas?«

»Etwas überprüfen«, murmelte Nicolas und humpelte mühsam über den Weg, bis er vor einem schlichten Grab stand, auf dem mehr als ein Dutzend Kränze abgelegt waren.

»Das ist sie wirklich«, murmelte Julie und zeigte auf die Inschrift.

»Chloé, gestorben vor sieben Jahren.«

»Ja, das ist sie«, sagte Nicolas und sah enttäuscht auf die Grabplatte.

»Was hattest du dir erhofft?«, fragte Julie, aber Nicolas zuckte nur mit den Schultern.

»Na ja, vielleicht einen Hinweis auf den Namen der Mutter«, sagte er schließlich und betrachtete die Kränze, an denen breite Schleifen angebracht waren, die im Namen des Spenders Mitleid und Mitgefühl ausdrücken sollten.

»Lucas hatte das alleinige Sorgerecht, allerdings lebte das Kind bei einer Schwester, während seiner Zeit als Fremdenlegionär. Die Mutter hat sich nie blicken lassen, auch bei der Beerdigung damals nicht. Glaub mir, ich habe das gecheckt. In den Akten – die du ja nicht liest – steht, dass die Mutter und der Vater sich nicht lange kannten. Sie hat ihm die Tochter überlassen, sie war wohl drogenabhängig oder zumindest krank. Jedenfalls hat sie sich nicht um das Kind gekümmert«, sagte Roussel.

Julie starrte Nicolas entsetzt an, der plötzlich auf die Grabplatte gestiegen war.

»Um Himmels willen, was machst du da?«

Adrienne sah zu Louise hinüber und sagte: »Vielleicht ist es diese schreckliche Sache, die deinen Blick auf Chausey verändert hat?«

Louise nickte nachdenklich. »Ja, vielleicht.«

Für einen Augenblick schwiegen sie beide, während Chausey immer näher kam.

»Sie hieß Chloé«, sagte Adrienne leise.

Louise, die gerade an ihrem Kaffee nippen wollte, sah sie überrascht an.

»Ja«, sagte sie schließlich, »das habe ich auch gelesen, damals. Schlimm, das arme Mädchen.«

»Es ist grausam zu wissen, dass keiner ihr geholfen hat«, sagte Adrienne und Louise sah nun, dass sie weinte. »Keiner hat ihr geholfen.«

Louise wusste nicht, was sie sagen sollte.

»Ein kurzer Moment reicht aus«, sagte sie schließlich leise. »Das Leben ist manchmal so schrecklich ungerecht …«

Adrienne nickte, lächelte und wischte sich die Tränen aus dem Gesicht.

»Entschuldige. Trink in Ruhe deinen Kaffee. Ich bin heute etwas … ich weiß auch nicht.«

»Es hat uns alle mitgenommen«, antwortete Louise und legte ihr eine Hand auf den Arm.

Adrienne schien sich wieder gefasst zu haben, als sich plötzlich ihr Blick veränderte. Sie schaute über das Wasser in die Ferne, ihre rechte Hand hatte sie in die Tasche ihrer Küchenschürze gesteckt.

»Sie ist einem Ball hinterhergelaufen.«

Louise spürte einen Stich in der Brust. Der heiße Kaffeedampf stieg ihr in die Nase.

»Nicolas! Was soll denn …«

Nicolas hatte sich über die Grabplatte gebeugt und durchwühlte die Kränze, hob sie an, schob sie zur Seite. Nach wenigen Sekunden hatte er ein heilloses Durcheinander angerichtet, ein älteres Ehepaar sah irritiert zu ihnen hinüber.

»Nicolas, ich bitte dich, es gibt …«

»Hier!«

Nicolas hielt einen Kranz hoch, an dem ein breites Trauerband befestigt war. Es war rot, die daraufgestickten Wörter in mattem Gold gehalten. Nicolas lehnte den Kranz an das Grab und legte das Band ordentlich davor, sodass sie den Schriftzug erkennen konnten.

Keiner von ihnen sagte ein Wort.

»Scheiße«, murmelte Roussel schließlich.

Bis gleich, mein Kind.

»Ich war SEINE Rache«, sagte Nicolas mit brüchiger Stimme. »Aber es gibt noch jemanden, der Rache wollte. Jemanden, den wir nicht wahrgenommen haben.«

»Die Mutter«, sagte Julie leise, während Roussel immer noch ungläubig auf das Trauerband starrte.

»Sie muss die ganze Zeit in der Nähe gewesen sein«, sagte Nicolas. »Vor unseren Augen, sie hat alles mitbekommen, auf Chausey, hier in Granville, sie war einfach überall. Und keiner hat sie bemerkt. Während der Vater seine Liste abgearbeitet hat, hat sie im Hintergrund alle beobachtet, ihn mit Informationen versorgt. Diese Liste, das ist IHRE Rache. Und sie haben sie gemeinsam ausgeführt.«

»Aber wie konnten wir sie übersehen, sie müsste uns doch aufgefallen sein«, sagte Roussel.

»Mittendrin«, sagte Nicolas schließlich und zeigte hinunter auf das Wasser. »Es muss eine Frau sein, die alles sieht und die doch keiner wahrgenommen hat. Gibt es da jemanden?

Ich meine, Roussel, du bist doch nach Chausey gefahren. Fällt dir irgendjemand ein?«

Als Roussel schließlich begriff, wohin Nicolas zeigte, fluchte er so laut, dass die Besucher des Friedhofes sich allesamt nach ihm umdrehten. Weil ihm das Gesicht einer Frau in den Sinn kam, die so unscheinbar war wie ein Schluck Wasser inmitten eines grauen Meeres.

Dann rief er Claire an, in der Hoffnung, dass es noch nicht zu spät war.

»Ja, das habe ich auch gelesen«, sagte Louise mit plötzlich trockenem Mund. »Ich meine, dass da ein Ball war, ich habe …«

»Aber weißt du, was seltsam ist, Louise?«, fragte Adrienne mit leiser Stimme, die über das Motorengeräusch der Fähre hinweg kaum zu hören war.

»Nein, ich weiß nicht, was … was ist seltsam?« Louise umklammerte die warme Tasse in ihrer Hand, sie wollte einen Schluck nehmen, zögerte aber, weil Adrienne ihren Blick auf diese geheftet hatte.

»Chloé hatte gar keinen Ball dabei.«

»Wieso? Wie meinst du … Woher willst du das so genau wissen?« Louise war plötzlich übel, sie musste sich an der Reling festhalten, drehte den Kopf gegen den Wind, ihr Haar flatterte vor ihren Augen.

Adrienne stand plötzlich dicht vor ihr, und in ihrem Blick lag eine tiefe Traurigkeit.

»Weil Lucas es mir gesagt hat, Louise. Er hat mir gesagt, dass Chloé keinen Ball dabeihatte. Aber du, Louise, du hattest einen Ball dabei, nicht wahr? Du warst nämlich auch auf der Fähre damals, auch wenn du das am liebsten auf ewig vergessen würdest.«

Louise sah Adrienne direkt an und spürte, wie in ihr etwas zerbrach, etwas, das sie so viele Jahre auf der Insel verborgen hatte.

Ihre Schuld.

Dann sah sie die kleine Pistole, die die zarte Frau aus ihrer Schürze zog, und begriff, dass dies der Moment war, in dem sie ihre Schuld würde begleichen müssen.

Claires Handy klingelte, als sie sich gerade in Léons Armen eingerollt hatte. Ihre Sonnenbrille steckte in ihrem Haar, die Augen waren geschlossen, in Gedanken war sie bereits in einem gemütlichen Hotelbett auf Chausey.

Es war Roussel. Und er schrie so laut, dass selbst Léon ihn hörte.

»Die Mutter!«, schrie er. »Es ist die Frau auf der Fähre, hörst du? Sie ist mit euch auf der Fähre, ihr müsst sie sofort …«

»Was für eine Mutter?«, fragte Claire und musste sich kurz sortieren, da sie den Fall in ihrem Kopf schon abgeschlossen hatte.

»Die Mutter des Mädchens! Claire, verdammt, frag jetzt nicht so viel. Die Frau auf der Fähre, diese Adrienne … ihr müsst sie festnehmen! Ich weiß nicht, was sie noch vorhat, und …«

Claire sah Léon an.

»Scheiße.«

Léon war eine halbe Sekunde schneller als sie, er sprang auf und rannte in Richtung der Kaffeebar. Claire umrundete das Schiff, knapp über dem Wasser segelten die Möwen, die Wellen schlugen gegen den Schiffsrumpf, sie stieß ein älteres Ehepaar zur Seite, rannte weiter.

»Ja, ich war auch da«, flüsterte Louise, den Kopf gesenkt, den Blick vor Scham abgewendet.

»Und du hast meiner Tochter damals einen Ball geschenkt.« Adriennes Stimme zitterte, aber da war kein Zorn, nur Erschöpfung.

Sie hielt die Waffe in der Hand, der kurze Lauf war direkt auf Louise gerichtet.

»Trink, Louise.«

Aber Louise schüttelte den Kopf.

»Sie war so süß. Sie lachte, sprang umher. Und ich hatte diesen verdammten Ball in der Handtasche … Ich wollte ihn für den Laden, weil da oft die Kinder der Tagesgäste auf der Wiese sind und sie sich bestimmt gefreut hätten, wenn …«

»Du hast Chloé den Ball zugeworfen.«

Louises Schultern bebten, sie weinte.

»Es ist okay, Louise, es ist vorbei. Trink einen Schluck, der wird dir guttun.«

Louise zitterte.

»Sie hat ihn nicht gefangen, den Ball … Sie ist ihm hinterhergelaufen. Bis … oh mein Gott!«

»Es ist okay«, flüsterte Adrienne.

»Du hast Rémy Marchand vergiftet«, sagte Louise leise. »Wie hast du …«

Adrienne lächelte, ohne die Waffe zu senken.

»Er mochte mich, irgendwie. Ich habe ihm auf der Hinfahrt einen Schnaps angeboten. »Sagen Sie es nicht meiner Frau«, hat er mir zugeflüstert. Es war so einfach.«

»Oh mein Gott, du hast … all das hast du … die ganzen Menschen …«

»Es musste sein. Für Chloé. Trink jetzt deinen verdammten Kaffee, Louise.«

»Diese ganzen Morde, es sind doch Menschen, sie haben Familie!«

»Ich hatte auch einmal eine Familie, Louise. Wenn auch nur eine ganz kleine. Ich konnte für meine Tochter nicht da sein, weil ich lange Zeit krank war. Und dann habt ihr sie mir genommen, hier auf der Fähre. Ich war nie für sie da, selbst ihre Beerdigung habe ich verpasst, ich habe es einfach nicht geschafft. Dass ich jetzt mit Lucas zusammen endlich Rache nehmen konnte, ist mein einziger Trost. Und jetzt trink gefälligst den Kaffee!«

»Keine Bewegung! Weg mit der Waffe!«

Claire hatte den vorderen Teil des Schiffes wenige Augenblicke vor Léon erreicht, sie stand mit erhobenen Händen wenige Meter von Adrienne und Louise entfernt.

»Den Becher weg!«, schrie jetzt auch Léon. Sie hatten beide keine Waffen dabei und machten behutsam einige Schritte auf die beiden zu.

»Oh mein Gott, ich wollte das Mädchen nicht ... ich ... ich denke seitdem jeden Tag an sie!«, schrie Louise verzweifelt und sah Adrienne mit flehendem Blick an.

»Louise, die Tasse!«

Aber Adrienne war schneller, mit hartem Griff führte sie die Tasse an Louises Lippen, nur wenige Zentimeter fehlten noch, ihr Blick war starr und entschlossen. Der Rand der Tasse berührte ihre Lippen ...

Louise schrie und mit letzter Kraft schaffte sie es, die Tasse über die Reling zu schleudern.

»Es ist vorbei, Adrienne«, rief Claire der Frau zu. »Geben Sie auf, wir werden Ihnen helfen, Ihnen zuhören!«

Louise war vor Erschöpfung zusammengebrochen. Adrienne stand allein an der Reling, mit dem Rücken zum Wasser. Sie richtete ihre Waffe auf Louise und drückte ab.

Das metallene Klicken war kaum zu hören, das Geräusch der Wellen unter dem Bug des Schiffes und das Krächzen der Möwen in der Luft waren lauter.

Für einen Augenblick starrten Léon und Claire Adrienne an.

»Sie ist nicht geladen«, sagte diese schließlich und ließ

die Waffe aus der Hand gleiten. Polternd fiel die Pistole aufs Deck. »Ich könnte niemals …«

»Erzählen Sie uns alles, Adrienne«, sagte Claire leise und ging einen weiteren Schritt auf sie zu.

»Ich möchte nicht, dass Sie mir zuhören. Ich möchte …«

»Hören Sie, wir können …«

»… zu meinem Kind.«

Später würde Claire zu Léon sagen, dass dieser Satz das Traurigste war, was sie jemals gehört hatte. In diesem Moment jedoch nahm sie nur wahr, dass Adrienne sich mit einem Lächeln auf der Reling abstützte und sich nach hinten kippen ließ.

»Nein!«

»Claire, nicht!«

Ohne nachzudenken, rannte Claire die drei Meter bis zur Reling und sprang in die kalten Fluten. Das Schiff war nur noch wenige Hundert Meter von Chausey entfernt.

Die Kälte war ein Schock, ebenso die Klarheit des Wassers, das ihr vorkam, als sei sie in einem endlosen Aquarium. Claire sah sich um, überall waren Luftblasen, sie versperrten ihr die Sicht. Mühsam machte sie zwei Schwimmzüge, bis sie einen Schatten unter sich wahrnahm.

Die Frau sank etwa drei Meter unter ihr hinab in die Dunkelheit. Claire machte zwei weitere Armzüge und tauchte hinab, immer tiefer, sie spürte, wie ihr Körper protestierte, wie die Kälte sie steif machte.

Noch einen Meter.

Ich kriege dich, dachte sie, als ihre Hände nur noch wenige Zentimeter vom Körper der Frau entfernt waren. Sie wollte sie nicht zurücklassen, sie nicht den dunklen Fluten überlassen. Sie wollte das tun, was bei Chloé nicht gelungen war. Ihre Fingerspitzen konnten Adriennes Jacke beinahe berühren.

Ohne Vorwarnung wurde Claire plötzlich von einem schweren Körper zur Seite gestoßen.

Panisch drehte sie sich um, sah wieder nur Luftblasen, dann Adrienne, die wieder ein Stück weiter unten war.

Mit aufgerissenen Augen trat Claire um sich, als sie die Finne eines Delfins erkannte. Kurz darauf glitt ein zweiter Delfin dicht an ihr vorbei.

Claire sah zu Adrienne hinunter, die gleich unwiederbringlich in der Dunkelheit verschwinden würde. Sie machte einen Schwimmzug, wollte einen letzten Anlauf nehmen, doch dann fiel ihr Adriennes letzter Satz ein: »Ich möchte zu meinem Kind.«

Für einen Augenblick sah sie dem langsam hinabsinkenden Körper hinterher, so lange, bis er von der Tiefe des Meeres komplett verschluckt worden war. Als wäre all das nie passiert.

Claire sah nach oben, wo sie den Rumpf der Fähre ausmachen konnte. Dann schwamm sie los, dem Licht entgegen.

KAPITEL 39

Place Sainte-Marthe, Paris
Eine Woche später

Nicolas saß auf der Bank unter den Platanen, als der Wagen langsam durch die engen Straßen rollte und schließlich einige Meter neben ihm zum Stehen kam. Rachmaninoff, der eben noch nach einem passenden Baum gesucht hatte, hob den Kopf und bellte.

»Da ist er«, rief Nicolas ihm zu und nippte an seinem Bier, das er sich aus dem »Le Vannier« geholt hatte, zusammen mit einem Glas Rosé und einem Pastis. Er hatte sich einen kleinen Tisch geborgt und ihn vor die Bank gestellt, in den kahlen Ästen darüber hingen vier Lampions.

Für jeden einen.

Die Tür des Wagens wurde geöffnet, und ein alter Mann stieg aus, mühsam und sichtlich schlecht gelaunt, aber doch zu stolz, um die Hand des Fahrers zu nehmen, der ihm helfen wollte.

»Stellen Sie die Tasche einfach hierhin«, rief Nicolas, und der Fahrer nickte ihm zu.

»Brauchst du Hilfe, Tito?«, fragte Nicolas, während er Rachmaninoff ein Zeichen gab.

»Von wem, von dir? Du siehst mir dann doch etwas zu … ramponiert aus, Bodyguard.«

»Im Gegensatz zu dir, alter Mann. Das blühende Leben. Du solltest öfter einen Herzinfarkt haben.«

»Halt die Klappe, Bodyguard. Ich muss einen alten Freund begrüßen. Ich hoffe, du hast gut auf ihn aufgepasst.«

Mit einem Satz war Rachmaninoff bei Tito, er sprang ihn an und legte seine Pranken auf die Hüften des alten Mannes, wie ein Kind, das seinen Großvater begrüßte. Im gleichen Augenblick öffnete sich die Tür des Hauses, in dessen Dachgeschoss ihre Wohnung lag, und Julie trat auf den Platz hinaus.

Mit zwei Koffern in der Hand.

Jetzt ist es also so weit, dachte Nicolas. Und merkte dabei, dass der Schmerz nachließ, dass sich ein gutes Gefühl darüberlegte, ein Neuanfang oder zumindest ein neuer Weg, den er einschlagen konnte, auf dem schmalen Grat zwischen Glück und Unglück.

Er würde diesen Weg allein gehen.

»Tito!«

Julie nahm den alten Mann in den Arm und auch Nicolas stand auf und drückte seinen alten Nachbarn an sich, nicht ohne seine eigenen Rippen dabei zu spüren.

»Ich werde diesen Platz nicht mehr verlassen, so viel steht mal fest«, sagte Tito. »Mein Herz braucht seine Heimat und die ist hier. Einen Bodyguard hätte ich gebrauchen können, aber der hatte offensichtlich mal wieder anderes zu tun. Aber auf den Hund war Gott sei Dank Verlass.«

»Dein Gegrummel haben sie jedenfalls nicht kurieren können«, lachte Nicolas und reichte Tito seinen Pastis.

»Ich soll keinen Alkohol trinken«, sagte der und sah ihn an.

»Ach so, entschuldige.«

»Gib schon her, Idiot.«

Kurz darauf saßen sie zu dritt auf der Bank, über ihnen die Lampions und ein klarer Himmel. Tito erzählte ihnen von der Frau im Nachbarzimmer, die er einladen wollte, das Leben müsse ja weitergehen. Nicolas und Julie berichteten ihm von den Ereignissen in Granville, von Chausey und den Delfinen, die es dort gab.

Irgendwann sah Tito die beiden nachdenklich an.

»Und ihr meint das jetzt ernst, ja?«, fragte er mit leiser Stimme. »Ich meine, das geht mich ja nichts an, aber ... kann nicht wenigstens Julie hier wohnen bleiben?«

Sie lächelten beide und sahen sich über den Kopf des alten Mannes hinweg an. Julie prostete Nicolas zu.

»Nein, ich gehe nach Marseille, es ist schon alles richtig so. Ich habe eine Stelle dort angenommen. Und den Rest haben wir dir ja schon erklärt.«

Tito nickte nachdenklich.

»Ja, ich weiß schon. Und ich wünsche euch viel Glück, euch beiden.«

Sie hatten lange mit ihm gesprochen, im Krankenhaus, und schließlich hatte er genickt, so wie er es jetzt auch tat, unter seinen geliebten Platanen.

»Dann probiert es aus. Rachmaninoff und ich gehen jetzt jedenfalls nach oben, wir haben einiges zu besprechen, nicht wahr, alter Freund? Zum Beispiel die Frage, welches Lied wir hören, wenn wir in der Küche nachsehen, was wir uns zu essen machen. Schlaft gut, ihr zwei. Und wenn es eben sein muss: jeder für sich.«

Die Scheinwerfer eines Taxis glitten über die Fassaden der Häuser, mittlerweile war es dunkel geworden. Sie hatten Tito hinterhergesehen und Julie hatte sich auf die Bank gelegt, den Hinterkopf auf Nicolas' Schoß.

»Du siehst müde aus«, sagte sie, »und tatsächlich etwas ramponiert.«

Nicolas lächelte.

»Zwei Jahre«, sagte sie. »Das haben wir vereinbart. Danach sehen wir weiter.«

»Zwei Jahre«, sagte er. »Und das hier schenke ich dir.«

Er reichte ihr das zusammengefaltete Foto, das er in Granville in seiner Hosentasche gefunden hatte, weil sein Vater ihm einen weiteren Nackenschlag hatte verpassen wollen. Julie und ein Mann, lachend in einer Bar in Paris.

Julie lächelte.

»Dein Vater wird alt, er macht Fehler. Er hätte meinen Bruder erkennen müssen, auch wenn er ihn bisher nur einmal gesehen hat.«

Nicolas nickte nachdenklich.

»Und trotzdem wusste ich in dem Augenblick, in dem ich das Foto gesehen habe, dass es für uns so nicht weitergehen kann«, sagte er leise. »Dein Bruder und du, ihr standet euch nie sonderlich nahe. Und doch siehst du auf dem Bild so glücklich aus.«

Für einen Moment schwiegen sie.

Kurz darauf nahm Nicolas ihre Koffer und schob sie in den Kofferraum des Taxis, das sie nach Orly bringen würde. Einen Augenblick standen sie unschlüssig vor der geöffneten Tür, ihre Hände berührten sich.

»Es ist gut so«, sagte Nicolas schließlich. »Ganz bestimmt.«

Julie hatte Tränen in den Augen, genau wie er selbst. Sie lächelte kurz und es war das schönste Lächeln, das er jemals gesehen hatte.

»Pass auf dich auf, Nicolas«, flüsterte sie. »Versprich mir das.«

Dann beugte sie sich zu ihm und küsste ihn auf den Mund.

»Du darfst eines nicht vergessen«, flüsterte Nicolas ihr ins Ohr und lächelte, weil er wusste, dass sie wusste, was er sagen würde. Es war ihr Gruß, ihr Abschied und zugleich ihr Band, das sie zusammengehalten hatte in den vergangenen Jahren, die mehr Dunkelheit als Licht bereitgehalten hatten.

Aber das würde sich jetzt ändern. Sie würden sich loslassen

und abwarten, was passieren würde, mit ihnen und der Welt um sie herum.

»Sag du es«, sagte er.

»Wir sagen es beide«, antwortete Julie und drückte ihn fest an sich. »Wir flüstern, es ist nur für uns. Für dich und mich.«

Nicolas schloss die Augen und sprach die gleichen Worte in ihr Ohr wie sie in seines, und er war glücklich, zum ersten Mal seit sehr langer Zeit.

Zwei Minuten später stand er allein auf der Place Sainte-Marthe und lauschte den Geräuschen der Stadt. Der entfernte Verkehr, die Gesprächsfetzen aus dem »Le Vannier«, Menschen, die lachten, sich begrüßten, darüber das Leuchten der Laternen, der Schein eines Fernsehers aus einem Fenster, eine Taube, die sich gurrend in der Nacht verlor.

Und weiter oben der Himmel, der nie richtig dunkel wurde in dieser Stadt.

Nicolas schlug den Kragen seiner Jacke hoch.

Dann lief er los.